Ihre

Schwester

Ihre Schwester

LOUISE JENSEN

Übersetzt von Saskia Gehrmann

bookouture

Die Originalausgabe erschien 2016 unter dem Titel
„The Sister"
bei Storyfire Ltd. trading als Bookouture.

Deutsche Erstausgabe herausgegeben von Bookouture, 2022
1. Auflage November 2022

Ein Imprint von Storyfire Ltd.
Carmelite House
50 Victoria Embankment
London EC4Y 0DZ

www.bookouture.com

ISBN: 978-1-80314-925-7
eBook ISBN: 978-1-80314-924-0

Dieses Buch ist ein belletristisches Werk. Namen, Charaktere, Unternehmen,
Organisationen, Orte und Ereignisse, die nicht eindeutig zum Gemeingut
gehören, sind entweder frei von der Autorin erfunden oder werden fiktiv
verwendet. Jede Ähnlichkeit mit tatsächlichen lebenden oder toten Personen
oder mit tatsächlichen Ereignissen oder Orten ist völlig zufällig.

Für Ian Hawley
Zutiefst geliebt und schrecklich vermisst.

EINS

HEUTE

Mit vor Kummer schweren Beinen steige ich aus meinem Auto, schließe den Reißverschluss meiner Jacke, streife mir Lederhandschuhe über und hole den Spaten sowie meine Tasche aus dem Kofferraum. Es ist Zeit. Auf dem Weg zur Lücke in der Hecke, die schon immer dort war, finden meine Gummistiefel im rutschigen Matsch kaum Halt. Im Wald angekommen fröstle ich, und es ist dunkler als gedacht. Um mich wieder zu beruhigen, atme ich die frische Luft der Nadelbäume tief ein. Ich verdränge das Bedürfnis, umzukehren und am nächsten Morgen wiederzukommen, erinnere mich daran, weshalb ich hier bin, und setze mein Vorhaben fort.

Mein Handy leuchtet mir den Weg, während ich versuche, in keinen Hasenbau zu fallen. Mit großen Schritten steige ich über Äste, über die ich normalerweise problemlos gesprungen wäre. Mit fünfundzwanzig bin ich zwar nicht zu alt zum Laufen, allerdings trage ich sperriges Gepäck mit mir und habe es nicht eilig. Es war nie der Plan, dass ich das hier allein mache.

Ich bleibe stehen, lehne den Spaten gegen meine Hüfte

und schüttele das Kribbeln mit gespreizten Fingern von mir ab. Es knackt in den Büschen und ich fühle mich beobachtet. Mein Herz stockt, als zwei Hasen herausspringen und dann, von meinem Licht geblendet, das Weite suchen. »Es ist nichts passiert«, versichere ich mir, doch meine Stimme wirkt laut und hallt wider; sie erinnert mich daran, wie allein ich bin.

Mein Rucksack drückt auf die Schultern und ich justiere die Gurte, bevor ich auf brechenden Zweigen weitergehe. Ich überlege, ob ich mich verlaufen habe, erreiche dann aber die Lichtung mit dem vom Blitz getroffenen Baum. Ich hätte nicht gedacht, dass er noch da steht, doch ich sehe mich um und stelle fest, dass die Lichtung noch genauso aussieht wie früher – obwohl sich seitdem alles verändert hat. Die Erinnerungen an das letzte Mal, als ich hier war, treffen mich so heftig, dass mir die Luft wegbleibt. Ich sinke zu Boden. Die Feuchtigkeit der Blätter und der Erde kriecht durch meine Hose, während die Vergangenheit in das Hier und Jetzt sickert.

»Beeil dich, Geburtstagskind, sonst bist du sechzehn, bevor wir fertig sind. Mir ist kalt«, rief Charlie vom verwitterten Tor am Ende des Kornfeldes aus, auf das sie sich gesetzt hatte. Um ihre Füße herum lagen Plastiktüten und ihre Haare glänzten in der schwachen, korallenroten Sonne. Ungeduldig wartete sie, bis ich samt der mit unseren Träumen und Wünschen gefüllten Kiste zu ihr gestampft kam.

»Jetzt komm schon, Grace.« Sie sprang auf ihre Füße, sammelte ihr Hab und Gut zusammen und verschwand im Wald. Ich verlagerte das Gewicht der Kiste und versuchte, mit ihr mitzuhalten, folgte ihrem gelegentlich aufblitzenden lila Mantel und den Duftschwaden des Impulse-Deodorants, das sie immer aus dem Schlafzimmer ihrer Mom stahl.

Äste und Sträucher streiften unsere Jeans, verhakten sich in unseren Haaren, doch wir blieben erst stehen, als wir die Lichtung erreichten.

»Dein Gesicht ist jetzt genauso rot wie deine Haare«, sagte Charlie lachend, als ich die Kiste ablegte und mit den Händen auf den Oberschenkeln nach Atem rang. Trotz der kühlen Abendtemperaturen lief mir der Schweiß von der Stirn. Charlie stülpte die Tragebeutel um und verstreute Snacks, Getränke, Streichhölzer, eine kleine Gartenschaufel sowie ein kleines Geschenk in lilaglänzendem Geschenkpapier und einem ›Endlich 15‹-Aufkleber darauf auf dem Boden. Lächelnd übergab sie mir das Geschenk. Ich setzte mich im Schneidersitz auf den Boden, öffnete es vorsichtig, ohne das Papier zu zerreißen, und nahm ein kleines Kästchen heraus. Gut gepolstert lag die Hälfte eines goldenen Herzens an einer Kette darin. In das Herz waren die Buchstaben ›BFF‹ eingraviert. Mit Tränen in den Augen schaute ich zu Charlie. Sie zog den Kragen ihres Fleeceshirts herunter und brachte die andere Hälfte des Herzens darunter zum Vorschein. Ich legte mir die Kette um, während Charlie begann, ein Loch zu graben. Als erfahrene Pfadfinderin machte ich ein kleines Feuer. Sobald die Sonne untergegangen war, würde es noch kälter werden. Als das Loch tief genug war, war Charlie ganz außer Atem und der Dreck klebte unter ihren Fingernägeln.

Ich trug die Erinnerungskiste zum Loch und legte sie hinein. Wir hatten einen ganzen Samstag damit verbracht, den Inhalt auszuwählen und die Plastikkiste von außen zu dekorieren. Fotos von Superstars und Models, denen wir nacheifern wollten, zierten sie nun. »Du kannst nie zu reich oder zu dünn sein«, sagte Charlie und schaufelte etwas Erde auf die Kiste.

»Warte! Das hier soll auch noch rein«, rief ich und wedelte mit dem Geschenkpapier.

»Das geht nicht mehr, wir haben die Kiste bereits versiegelt.«

»Ich bin auch vorsichtig.« Langsam zog ich den Klebestreifen ab und öffnete den Deckel. Zu meiner Überraschung lag ein rosa Umschlag auf den Fotos, der beim gemeinsamen Befüllen der Kiste noch nicht dort gelegen hatte. Ich blickte zu Charlie, die geheimnistuerisch dreinschaute.

»Was ist das, Charlie?« Ich griff nach dem Umschlag.

Charlie fasste mich am Arm. »Nicht.«

Ich riss mich los und rieb mir das Handgelenk. »Was ist das?«

Charlie wich meinem Blick aus. »Etwas, das wir lesen, wenn wir die Kiste öffnen.«

»Was steht drin?«

Charlie riss mir das Geschenkpapier aus der Hand, legte es zerknittert in die Kiste und schlug den Deckel zu. Wenn sie über etwas nicht reden wollte, dann war es sinnlos, darauf zu beharren. Ich beschloss, es dabei zu belassen, denn ich wollte meinen Geburtstag nicht von ihrer Heimlichtuerei ruinieren lassen.

»Etwas zu trinken?« Ich nahm mir einen Cider. Beim Öffnen zischte es und Schaum lief an der Seite der Dose herunter. Ich wischte mir die Hand an der Hose ab und trank einen Schluck. Das Getränk wärmte mich von innen und spülte mein Unbehagen fort.

Charlie schüttete Erde in das Loch und klopfte mit der Schaufel darauf herum, bis alles flach war. Dann setzte sie sich neben mich.

Das Feuer knisterte, während wir gegen den Baumstamm sitzend Marshmallows rösteten. Erst mit dem Erlöschen der Glut bemerkte ich, wie spät es geworden war.

»Wir sollten gehen. Ich muss um zehn zu Hause sein.«

»In Ordnung. Versprochen, dass wir zurückkommen und die Kiste gemeinsam öffnen?« Charlie bot mir ihren kleinen Finger an und ich krümmte meinen um ihren, während wir mit unseren Dosen anstießen und auf ein Versprechen tranken, von dem wir nicht ahnen konnten, dass es unmöglich sein würde, es zu halten.

Jetzt gibt es nur noch mich. »Charlie«, flüstere ich, »ich wünschte, du wärst hier.« Während ich mich nach vorne beuge, schwingt Charlies Herzhälfte umher, so als würde sie ihr Gegenstück suchen und verzweifelt danach streben, wieder vollständig zu sein. Ich werde sie nie wieder ablegen. Behutsam lege ich den Kranz ab. Die überwältigende Panik, die mich seit Charlies Tod vor vier Monaten plagt, kommt wieder hoch und ich lockere den Schal an meinem Hals, um besser Luft zu bekommen. *Ist es wirklich meine Schuld? Ist es denn immer meine Schuld?*

Trotz der Januarkälte ist mir heiß. Als ich die Handschuhe ausziehe, meine ich Charlies letzte Worte durch den Wald hallen zu hören: *Ich habe etwas Schreckliches getan, Grace. Hoffentlich kannst du mir verzeihen.*

Was hat sie getan? Es kann nicht schlimmer sein als das, was ich getan habe, doch ich bin fest entschlossen, es herauszufinden. Ich werde erst mit allem abschließen können, wenn das Rätsel gelöst ist. Ich hatte nicht gewusst, wo ich anfangen soll, bis ich heute Morgen einen rosa Umschlag im Briefkasten fand, der mich an Charlies in der Kiste versteckten Brief erinnerte, den sie mir nicht hatte vorlesen wollen. Vielleicht enthält der Brief einen Hinweis. Auf jeden Fall ist er ein Anfang. Die Leute zu befragen, die sie kannte, hat mich nicht weitergebracht. Außerdem habe ich sie ja wohl am besten gekannt, ich war schließlich ihre beste Freundin.

Doch kann man eine Person wirklich kennen? Samt all ihren Geheimnissen?

Ich hocke mich hin und verweile regungslos. Die Luft um mich herum wird kühler. Äste rascheln und wiegen umher, als vertrauten mir die Bäume ihre Geheimnisse an. Sie ermutigen mich, Charlies Geheimnis auszugraben.

Ich schüttele den Kopf, zerstreue meine Gedanken und ziehe mir den Ärmel bis über den Handballen, bevor ich mir damit meine feuchten Wangen abwische. Meine Arme sind schwer und erscheinen mir fremd, doch ich fasse den Spaten so fest, dass der Schmerz meine Handgelenke durchzieht, hole tief Luft und beginne zu graben.

»Mittens?«, rufe ich unsere Katze. »Ich bin wieder da!« Mit hochgehaltener Erinnerungskiste quetsche ich mich durch den Flur ins Wohnzimmer, ohne eines meiner Küstenfotos von der eierschalenfarbenen Wand zu reißen. »Da bist du ja.« Das graue Fellknäuel hat es sich auf dem Klavierstuhl gemütlich gemacht. Auf den hat Dad mich gehoben und mir das Klavierspielen beigebracht, kaum dass ich ohne Hilfe gerade sitzen konnte. Dann saßen Dad und ich nebeneinander und seine dicken Wurstfinger glitten erstaunlich geschickt über die Tasten, während ich eine Melodie aussuchte. Ich werde nie wieder spielen. Die Erinnerungen an die Zeit, in der ich ein normales Leben führte und eine normale Familie hatte, sind zu schmerzhaft.

Im Wohnzimmer ist es trotz des Lichts, das durch die Terrassentür dringt, düster. Bedrohliche Wolken ziehen über den dunklen Himmel. Ich schalte das Licht an. Der Winter in diesem Jahr ist rau und ich kann mich kaum mehr an die Sonnenblumenabende im Sommer erinnern, an denen ich mit einem großen Pimm's-Cocktail mit klirrenden Eiswürfeln darin draußen gesessen hatte, bis das Sonnenlicht verschwunden war und die Fledermäuse durch den indigofarbenen Himmel flogen.

Der Alfred-Meakin-Teller, den ich für besondere Anlässe verwahrte, balanciert auf einem Stapel *FHM*-Männermagazine. Eingetrocknetes Eigelb und Ketchup ergänzen dessen Blumenmuster. Der Salzstreuer liegt umgekippt auf dem Boden. Einzelne Salzkörner sind auf dem Teppich verstreut. Dan hat gegessen.

Ich steige über ein zusammengeknülltes Handtuch zum Couchtisch und schiebe eine zerfledderte *Little Women*-Ausgabe zur Seite, die ich Mrs Jones von nebenan vorlese – trotz ihrer dicken Brillengläser kann sie kleingeschriebene Schrift kaum noch lesen. Ich bin fast an der Stelle, an der Beth stirbt, und obwohl ich die Stelle schon oft gelesen habe, wird sie mich erneut zum Weinen bringen. Als ich die Erinnerungskiste abstelle, bröckelt trockener Matsch auf die beige lackierte Tischplatte und ich fege ihn auf den Boden. Die einst festgeklebten, nun gealterten und nur noch an einigen Stellen haltenden Bilder von dem ein oder anderen One-Hit-Wonder und Supermodel hängen an der Kiste, allerdings kann ich mich kaum noch an einen von ihnen erinnern. Mit dem Fingernagel versuche ich, den Klebestreifen am Deckel zu lösen. Er lässt sich leicht entfernen. Doch dann hefte ich den Streifen wieder auf den Deckel und drücke ihn mit beiden Daumen fest. Es fühlt sich falsch an, die Kiste ohne Charlie zu öffnen – nicht, dass ich eine Wahl hätte, wenn ich den Inhalt des rosa Umschlags erfahren möchte. Also öffne ich die Kiste trotz des in mir aufsteigenden Unbehagens, weil ich Charlies Privatsphäre verletzen könnte.

Im Cottage ist es mir zu still und ich lege eine Platte auf. Nina Simones fröhliche Stimme erklingt. Wenigstens eine von uns ist gut drauf. Dan lädt sich seine Musik immer runter, doch ich mag die altmodischen Dinge lieber, mit denen ich aufgewachsen bin, auch wenn Grandpa mit seinem Blu-ray-Player und Bose SoundDock mittlerweile moderner ist als ich. Ich plumpse auf das braune Ledersofa und versinke in den weichen, nicht zueinanderpassenden Kissen. Die Platte dreht und dreht sich, knackt und knistert, schreit nach Aufmerksamkeit, genau wie meine Erinnerungen.

Es kommt mir gar nicht so vor, als seien wir vor sieben Jahren in das Cottage gezogen. Damals musste ich mir keine Sorgen machen; mein Leben verlief endlich so, wie es sollte, und ich entwickelte eine leichte Obsession für Heimtextilien. Bei jedem neuen Kissen, das ich nach Hause brachte, verdrehte Dan die Augen. »*Tanz, als würde niemand zusehen.* Schon wieder so ein mit Schaumstoff gefüllter Fetzen Weisheit.« Er schnappte sich das Kissen und wirbelte mit ausgestrecktem Arm damit herum.

»*Dich* will niemand tanzen sehen«, antwortete ich ihm damals. Er kitzelte mich, bis wir auf den Boden sanken. Dann zogen wir uns gegenseitig aus, bis er auf mir war, in mir, und mein Rücken vom Reiben auf dem roten Teppich brannte, den wir seitdem durch einen schokoladenbraunen Flor ersetzt hatten. Danach kuschelten wir zwischen den bunten Dekokissen, die das Sofa zierten, und mampften Pizza Hawaii. Ich hatte Dan gesagt, er solle eine Pepperonipizza bestellen, denn er konnte Obst auf herzhaftem Essen noch nie leiden, doch er wusste, dass ich die Kombination aus süß und salzig mochte.

Es kommt mir vor wie einer Ewigkeit her, dass wir so gelacht haben, uns so geliebt haben. Danach hat uns die Trauer wie zwei sich abstoßende Magnete auseinandergetrieben: Sosehr wir auch versuchen, uns wieder näherzukommen, wir schaffen es nicht, eine Brücke über die Kluft zwischen uns zu schlagen.

Mittens richtet sich auf und macht einen Buckel. Dadurch wird mir bewusst, dass ich schon wieder nicht beim Yoga war. Es gibt nichts Zerstörenderes als Schuld; sie zerfrisst einen von innen. Und ich muss es wissen, denn schließlich ist ›Gewissensbiss‹ mein zweiter Vorname. Ich hätte Katholikin werden sollen. Graziös, wie es nur Katzen können, springt Mittens vom Stuhl und stößt ihren Kopf mit einem ›Fütter mich!‹-Miauen an meine Wade.

Ich schlendere ihr in die Küche hinterher. Es riecht nach abgestandenem Fett und in der Spüle, die ich blitzeblank hinterlassen habe, steht nun zur Hälfte das Wasser. Der Griff einer Kasserolle ragt wie eine Aufforderung in die Höhe: Spül mich. Ich öffne das Schiebefenster. Aus dem Garten strömt eiskalte Luft herein; für morgen ist Schnee vorhergesagt. Ich setze Wasser auf, werfe zwei Eierschalen weg und hinterlasse dabei einen schleimigen Eiweißstreifen auf der hölzernen Arbeitsplatte. Der Mülleimer quillt über. Ich muss ihn später wohl leeren. Ich wische über die Arbeitsplatte, spüle eine Tasse und schicke ein Stoßgebet in den Himmel, dass Dan endlich lernt, nicht für jeden Tee oder Kaffee eine neue zu nehmen. Wir haben keine Spülmaschine – es sei denn natürlich, ich zähle als solche, was Dan offensichtlich glaubt. Unsere Küche ist winzig beziehungsweise ›kompakt und funktional‹, wie Dan sagen würde, wenn dies eines der Häuser wäre, die er zu verkaufen versucht. Es gibt kaum Platz für Schränke, aber immerhin eine Speisekammer, in der alles Nötige Platz findet.

Ich greife in die Teedose und spüre das kühle Metall des Bodens. Das Licht des Kühlschrankes enthüllt spärlich gefüllte Fächer. Was zaubere ich aus einer halben Packung Ziegenkäse und einer verschrumpelten roten Paprika? Nach dem Fußball wird Dan nach Hause kommen und Hunger haben. Es ist unfair, mich nie darum zu bitten, sondern einfach zu erwarten, dass ich koche. Immer bin ich diejenige, die kocht. Ich verdränge die Erinnerungen an eine Zeit, über die wir nicht mehr sprechen. An die Zeit, in der ich kaum mehr meinen eigenen Namen wusste oder einen Backofen bedienen konnte. Mittlerweile komme ich klar. Wirklich.

Ich kritzele ›Teebeutel‹ auf die endlos lange Einkaufsliste, die mit dem STOPP-Magneten am Kühlschrank hängt, auf dem auch ein Schwein abgebildet ist. Dan hat ihn mir letztes Jahr als Motivationshilfe gekauft, nachdem ich mal wieder eine Diät abgebrochen hatte. Die Hochglanzmagazine, die ich so intensiv las, halfen mir nicht weiter. Auf der einen Seite schreiben sie, ich trüge die Durchschnittsgröße einer Frau in Großbritannien und Größe vierzig sei nicht fett, doch auf der nächsten Seite drucken sie Fotos von abgemagerten Models mit herausstechenden Schlüsselbeinen und hohlen Wangen. Der Magnet dient als ständige Erinnerung daran, dass ich fünf Kilo abnehmen sollte. Bisher ohne Erfolg.

Mittens schlängelt sich zwischen meinen Beinen und drängt darauf, ihren leeren Napf aufgefüllt zu bekommen. Im Schrank liegt noch eine kleine Packung Katzenfutter. Ich kratze das Futter in ihren Napf, während sie ungeduldig miaut.

Ich schaue Mittens beim Fressen zu. Sie ist dabei so unbefangen, wie es nur ein Tier sein kann. Seit Charlie gestorben ist, hat sie mir sehr viel Trost gespendet. Ihr Schweigen tröstete mich mehr als Dans unbeholfene Worte. Eigentlich wollte ich mir gar kein Haustier anschaffen, doch vor drei Jahren warf die Katze der Nachbarin meiner Oma sechs Junge und ich machte ein paar Fotos von ihnen, um sie im Kindergarten zu zeigen, in dem ich arbeite. Die Kätzchen waren bezaubernd, und nachdem das Kleinste auf meinem Schoß eingeschlafen war, musste ich nicht mehr groß überredet werden, sie mit nach Hause zu nehmen. Ich trug sie zu meinem gebraucht gekauften Fiesta. Die Katze saß in einem Karton auf dem Beifahrersitz, in dem sich zuvor Walkers-Chips befunden hatten und die ich mit einer ausgeblichenen rosa Decke ausgelegt hatte. Zum ersten Mal schaute sie in die Sonne und kniff die Augen zusammen. Ich fuhr langsamer als üblich nach Hause, parkte in der mit Schlaglöchern übersäten Einfahrt unseres Cottages und schüttelte meine kribbelnden Hände. Mit meinen Fingernägeln hatte ich Sicheln in meine Handballen gegraben und ich weiß noch, wie ich den Kopf über mich selbst schüttelte. Jeden Tag kümmerte ich mich um sechsunddreißig vierjährige Kinder, da würde ich ja auch eine Katze versorgen können.

Im Haus angekommen, beobachtete ich sie dabei, wie sie ohne Scheu ihr neues Heim erkundete. Welchen Namen sollte ich ihr geben? Als Kind liebte ich Beatrix Potter. Jeden Abend vor dem Schlafengehen hatte Dad mir eine Geschichte von ihr vorgelesen, wobei er jedem Tier eine andere Stimme verliehen hatte. Am liebsten mochte ich die Albernheiten von Tom Kitten und seinen Schwestern Moppet und Mittens. Die Pfoten der Katze waren heller als der Rest ihres Fells. Mittens schien mir sehr passend und zugleich eine Verbindung zu Dad zu sein.

Als wir sie das erste Mal aus dem Haus ließen, wurde sie fast vom Müllwagen überfahren. Nach diesem Schock traute sie sich nicht mehr raus. Wir hatten versucht, sie wenigstens in den Garten zu locken, doch sie wurde jedes Mal so panisch, dass uns der Tierarzt riet, sie in Ruhe zu lassen. Sie würde irgendwann wieder von allein rausgehen – doch dem war nie so.

Mittlerweile konnte ich mir unser Haus ohne sie gar nicht mehr vorstellen. Ich beobachte sie beim Verputzen ihres Abendessens, wie sie das Wasser mit der flinken rosa Zunge aus ihrem Napf schleckt und anschließend aus der Küche schleicht.

Der Wasserkocher beginnt zu sprudeln, Wasserdampf steigt auf und er schaltet sich automatisch aus. Ich folge Mittens ins Wohnzimmer. Wir sitzen nebeneinander auf dem Sofa und starren auf die Kiste. Ob sie sich noch an den Karton erinnert, in dem ich sie nach Hause gebracht habe?

»Keine Sorge, da ist nichts Lebendiges drin«, versichere ich ihr. Doch das ist gelogen. Meine Erinnerungen leben und sind weitaus schwerer zu kontrollieren als eine unruhige Katze.

Ich kaue an meinen Nägeln und erwarte fast schon, dass Charlie mit einem ›Überraschung! Du hast doch nicht wirklich gedacht, dass ich dich allein lasse?‹ aus der Kiste herausspringt.

Das Gefühl der Einsamkeit überkommt mich. Die meiste Zeit über bin ich kurz vorm Weinen und nicht stark genug, mich mit den verdrängten Erinnerungen auseinanderzusetzen. Ich habe Angst, dass sobald ich einmal anfange, mich zu erinnern, ich nicht mehr damit aufhören kann. Doch es gibt Dinge, an die ich mich nicht erinnern möchte. Weder jetzt noch jemals.

Das Cottage ist das reine Chaos und ich räume auf, um mich abzulenken. Aufzuräumen hat immer etwas Therapeutisches. Ich bin froh, währenddessen nicht in Gedanken versinken zu können. Ich lasse die Kiste zurück und beginne in der Küche. Mit hochgekrempelten Ärmeln bereite ich das Spülwasser vor. Während das Wasser erhitzt, wische ich Fett vom Kochfeld. Als die Spüle voller Wasser ist, tauche ich meine Hände hinein und ziehe sie sofort wieder heraus. Ich lasse kaltes Wasser darüber laufen, um meine brennende Haut abzukühlen.

Die Handcreme auf der Fensterbank ist leer. Ich bin mir sicher, dass Dan meine Pflegeprodukte benutzt, obwohl er es immer abstreitet. Ich gehe nach oben ins zweite Badezimmer, in dem die Hygieneartikel lagern. Als wir das Cottage erstmals besichtigten, wollten wir Charlie fragen, ob sie bei uns einziehen möchte. Auch wenn sie das zweite Badezimmer nie zu sehen bekommen hat, so ist es irgendwie noch immer ihres.

Ich finde die Handcreme und reibe meine schmerzenden Hände damit ein. Der Lavendelduft wirkt beruhigend und weckt die Erinnerung an die kleinen Säckchen, die Grandma mir als Kind gemacht hat. Weil ich damals oft Albträume hatte, legte sie diese Lavendelsäckchen in die Schublade mit meinen Schlafanzügen sowie unter mein Kopfkissen. Der Duft half mir beim Einschlafen und wachte die ganze Nacht über mich. Auch wenn Grandma mit ihren arthritischen Fingern nicht mehr nähen kann, verbinde ich den Geruch von Lavendel noch immer mit Wohlbefinden.

Mein Handy vibriert in meiner Tasche. Ich greife mit

meinen frisch eingecremten Händen danach, klemme es zwischen Schulter und Ohr und wische mir die Hände an der Schürze ab.

»Hi Dan. Habt ihr gewonnen?«

»Ja, drei zu zwei. Ich habe in der letzten Minute das Tor gemacht.«

»Das freut dich sicherlich. Du hast ewig nicht mehr getroffen.«

»Danke, dass du mich daran erinnerst ...«

»So habe ich das nicht gemeint ...« Nach einer Pause tue ich so, als wären wir ein ganz normales Pärchen, und wähle meine nächsten Worte sorgfältig. »Das sind tolle Neuigkeiten. Ich brate uns zur Feier des Tages Steak und mache eine Flasche Wein auf.«

»Wir feiern bereits in der Bar. Komm doch rüber.«

»Ich kann nicht.«

»Irgendwann musst du wieder anfangen zu leben. Wieso also nicht heute? Alle sind hier.«

Nicht alle. Ich denke an die Kiste, die auf dem Tisch liegt, ein Teil von Charlie ... Wie kann ich ausgehen und sie hier allein lassen? »Ich habe noch zu tun.«

»Okay.« Ich kann die Enttäuschung in seiner Stimme hören und wünsche mir für den Bruchteil einer Sekunde, ich wäre mit ihm in der Bar und wir würden warmen Cider trinken und über Witze lachen, die zu gemein sind, um sie zu wiederholen. »Du musst nicht wach bleiben, bis ich nach Hause komme.«

Er legt auf, bevor ich ihm antworten kann, dass ich nicht vorhabe, auf ihn zu warten. Das mache ich nie.

Ein langer und ruhiger Abend liegt vor mir, und obwohl ich noch nichts gegessen habe, verspüre ich keinen Hunger. In der Küche öffne ich eine Flasche Wein. Es ist ja nicht so, dass ich eine Tasse Tee trinken könnte, rechtfertige ich mich vor mir selbst. Wenn ich allein trinke, komme ich mir immer seltsam vor.

Im Wohnzimmer ist es dunkel. Ich schalte die Tischlampen mit dem warmweißen Licht an und dimme den grellen Strahler an der Decke. Dann setze mich mit untergezogenen Füßen aufs Sofa und lege meine Hand auf die schlafende Mittens. »Heute Abend gibt es nur dich und mich«, flüstere ich ihr zu. Mit einem Blick zur Kiste weiß ich jedoch, dass dies nicht stimmt. Charlie ist überall.

Es dauert nicht lange, bis sich das erste Glas eiskalter Chardonnay zu den Schmetterlingen in meinem Bauch gesellt hat. Es bedarf noch eines weiteren halben Glases, bis ich mit zitternden Händen die Kiste öffne. Das lilaglänzende Stück Geschenkpapier liegt ganz oben, der Brief darunter. Ich halte den rosa Umschlag unter die Nase und atme tief ein, hoffe auf den Geruch von Charlie. Doch er riecht feucht und modrig. Der Kloß in meinem Hals, den ich immer wieder herunterzuschlucken versuche, bildet sich erneut. Wen werde ich noch alles verlieren? Manchmal beiße ich die Zähne zusammen und bereite mich bereits auf den nächsten Streit vor, wenn ich Dans Schlüssel in der Tür höre, doch vor dem Gedanken daran, allein zu sein, graut es mir. Außerdem hat uns das Geschehene bisher nicht umgebracht, also sind wir jetzt stärker, oder nicht?

Ich umklammere das Handy und gehe die Kontaktliste durch. Dan steht an sechster Stelle. Ich wähle seine Nummer. Unser Foto erscheint auf dem Display, auf dem wir bei einer von Lyns Feiern als Superman und Wonder Woman verkleidet sind. Sie ist mir mehr eine Freundin als eine Chefin, und das Bild bringt mich immer zum Lächeln.

»Ich wollte dir nur sagen, dass ich dich liebe«, sage ich.

»Ich weiß«, antwortet er kurz und knapp.

»Sei bitte vorsichtig heute und setz dich nicht hinter das Steuer, wenn du getrunken hast.«

»Wie bitte? Ich kann dich nicht hören.«

»Ich habe gesagt, du sollst vor...«

»Grace, die Verbindung ist schlecht. Warte kurz, ich...«

Der Anruf bricht ab. Erneut wähle ich seine Nummer, erreiche jedoch nur die Mailbox. Frustriert werfe ich das Handy auf das Sofa und beuge mich nach vorne, um die Kiste auszupacken.

Unzählige Erinnerungen kommen in mir hoch, während ich ein kleines Fotoalbum durchsehe. Charlie und ich posen am Strand, stolz auf unsere ersten Bikinis, unsere Brüste so flach wie ein Brett. Ein Foto von der Schuldisko, unsere Arme voller Silberglitzer. Auf ein paar Bildern sieht man Charlie, Dan und mich lachend im Garten, während wir uns an einem heißen Sommertag mit dem Gartenschlauch abspritzen. Auf einem anderen Bild schaut Charlie direkt in die Kamera, während Dan sie bewundernd anstarrt. Charlie, Dan und ich an unserem letzten Schultag, wie wir lachend die Schulkrawatten, die wir nie wieder tragen würden, in die Luft schmeißen. Wie frei wir uns an diesem Tag fühlten. Ein Gruppenfoto von mir, Emseé, Charlie und Siobhan. Unsere kleine Clique. Wie nah wir uns standen. Wer hätte gedacht, dass wir uns je so voneinander abwenden würden, wie wir es getan hatten?

Ich nehme das letzte Foto aus der Plastikfolie. Charlie steht im Garten meiner Großeltern, ihre weißblonden Haare wehen im Wind und sie trägt ein orangefarbenes Batik-T-Shirt zu engen weißen Jeansshorts. Sie hat solchen Ärger dafür bekommen, erst die Jeans aus der Schublade ihrer Mom genommen und dann mit Grandmas Haarschneideschere die Beine abgeschnitten zu haben.

Ich nehme ein Foto von Dan und mir vom Klavier, auf dem wir die Schlüssel zum Cottage von unseren Fingern baumeln lassen und eine Flasche Champagner öffnen, und schiebe stattdessen das Foto von Charlie in den Rahmen.

Mein Handy klingelt. Ich springe auf, hoffe, dass es Dan ist, blicke jedoch auf eine unbekannte Nummer. In meinem Kopf erwarte ich bereits das Schlimmste – womöglich hatte Dan einen Unfall und liegt im Krankenhaus – und fange an zu schwitzen. Ich nehme den Anruf entgegen und höre am Ende der Leitung Atemgeräusche.

»Hallo?«, frage ich. Dann noch mal etwas lauter: »Hallo? Hallo-o?«

Niemand antwortet. Schließlich ertönt das Freizeichen. Das ist heute nun schon zum dritten Mal passiert und ich schalte mein Handy aus.

Müdigkeit überkommt mich. Meine Augenlider werden durch die Mischung aus Alkohol und Emotionen schwer. Ich reibe meine Augen und versuche so, die Vergangenheit loszuwerden. Mit dem Foto und dem Brief gehe ich ins Schlafzimmer und lehne beides gegen meine Nachttischlampe. Die Fotos haben so viele Erinnerungen wachgerüttelt, dass ich fürchte, den Verstand zu verlieren, wenn ich heute noch Charlies Brief öffne. Ich drücke eine Schlaftablette aus dem Blister und spüle sie mit einem Schluck Wasser herunter. Dann falle ich in einen unruhigen Schlaf, der mich von Charlie und meinem Vater träumen lässt.

»Es ist deine Schuld, Grace«, sagt mein Vater im Traum. »Wenn du nicht gewesen wärst, würde ich jetzt noch leben.«

»Mach den Brief auf, Grace«, flüstert Charlie meinem Unterbewusstsein zu. »Lass mich nicht hängen.«

Am nächsten Morgen wache ich neben einer verdrehten Decke und einem feuchten Kissen auf. Dan ist nicht nach Hause gekommen.

DREI

DAMALS

Langsam hörte die Welt auf, sich zu drehen und ich spürte, wie Grandpa meinen Rücken mit seiner warmen Hand in kleinen Kreisen streichelte.

»Ruhig ein- und ausatmen, Grace«, forderte er mich auf, weil ich wie eine Dampflokomotive schnaufte. Ich holte tief Luft, doch der eiskalte Wind brachte mich zum Husten. Tränen liefen meine eingefrorenen Wangen herunter, während ich langsam, wie es mir beigebracht worden war, beim Einatmen bis fünf zählte und anschließend genauso langsam wieder ausatmete. Schließlich hatte ich mich wieder beruhigt, richtete mich auf und ließ die Eisenstange los, die ich so fest ergriffen hatte, dass die moosgrüne Farblackierung abblätterte und nun in meinen Handschuhen zurückblieb. Ich klatschte in die Hände, wodurch die Farbrückstände zu Boden fielen, und betrachtete das gigantische Gebäude, das sich vor mir erstreckte.

»Zwing mich nicht, da reinzugehen.«

»Ich weiß, dass der Umzug nicht leicht für dich war.«

Das war untertrieben. Es waren nicht nur die Menschen, die ich zurückgelassen hatte, sowie mein sonnenblumengelbes

Zimmer und meine Schule, die ich vermisste, sondern auch die Geräusche, die ein Haus zu einem Zuhause machten. Das Rauschen der Wellen, zu dem ich jeden Morgen aufgewacht war, das Knarzen der dritten Treppenstufe, wenn jemand darauf trat, das Schreien der Möwen auf dem Weg zur Schule, der knirschende Kies unter meinen Füßen, wenn ich am Strand entlang nach Hause lief, die salzige Seeluft.

In den Schulferien hatte ich am liebsten meine Großeltern besucht. Ich konnte beobachten, wie das malerische Oxfordshire von Jahr zu Jahr wuchs, wie Häuser aus roten Ziegelsteinen in den Randgebieten hochgezogen, ein zweiter Pub, ein Café, und ein Co-op-Supermarkt gebaut wurden. »Der ganze moderne Luxus«, wie Grandma stets zu sagen pflegte. Trotzdem war es kein Zuhause. Es klang nicht wie ein Zuhause. Nie wieder würde ich mich unter der Bettdecke verstecken, wenn Wind und Regen den Klippen wieder einmal den Krieg erklärten, während das blinkende Licht des Leuchtturms mein Zimmer erhellte.

»Du wirst schnell neue Freunde finden«, sagte Grandpa in seinem Optimismus.

»Das werde ich nicht, wenn sie erfahren, was ich getan habe.«

»Hör auf, dir die Schuld dafür zu geben. Niemand wird irgendetwas herausfinden, es sei denn, du erzählst es ihnen.« Grandpa rückte meinen Hut gerade. »Du musst zur Schule, Gracie.« Er lächelte, doch es legten sich nicht wie sonst die kleinen Fältchen um seine Augen. Ich nickte und fühlte mich schuldig, so ein Aufheben daraus gemacht zu haben. Ich bin gerade neun Jahre alt geworden und sollte mich auch entsprechend verhalten. Wäre Grandma da gewesen, hätte ich, ohne zu zögern, das Gebäude betreten.

»Komm.« Er bot mir seine faltige und mit Altersflecken bedeckte Hand an. »Lass uns reingehen.«

Hand in Hand gingen wir über den kahlen Spielplatz. Ich

hatte gerade *Gullivers Reisen* ausgelesen und fühlte mich wie ein Liliputaner, als ich vor der ersten Stufe stehen blieb und nach oben zum großen roten Gebäude blickte. Es schien tausendmal größer zu sein als meine alte Grundschule.

Grandpa sah aus, als wollte er etwas sagen, schüttelte stattdessen jedoch nur den Kopf und zog mich sanft an der Hand, bis ich ihm mit widerwilligen Füßen in die tropische Wärme meiner neuen Schule folgte.

Im Eingangsbereich saß eine ernst blickende Frau hinter dem Empfangstresen. In narzissengelber Schrift zierten die Worte WILLKOMMEN IN DER LERNGEMEINSCHAFT GREENFIELD die Wand über ihr.

»Grace Matthews.« Grandpa tätschelte meine Schulter. »Sie hat heute ihren ersten Tag.«

Die Sekretärin bedeutete uns, auf lachsfarbenen Stühlen Platz zu nehmen, die vielleicht einmal rot gewesen waren. Dankbar ließ ich mich nieder. Meine Füße hingen über dem Boden und ich knallte meine neue Brotdose auf einen Holztisch, in den die Worte *Miss Markham ist gut zu vögeln* geritzt waren.

»Miss Markham ist wohl die Biologielehrerin«, grübelte Grandpa.

Während ich an den Fäden meines ausgefransten Stuhlpolsters zupfte, blickte ich mich um. Es gab keine Zeichnungen oder Bastelbilder, die die abgenutzten Wände hätten freundlicher wirken lassen. Ein verlassener Weihnachtsbaum stand in der Ecke. Er trug kaum noch Nadeln, dafür aber eine bunte, viel zu kurze Lichterkette. Ich wollte nie wieder Weihnachten feiern. Vor ein paar Wochen hatte ich mich noch wie ein ganz normales neunjähriges Kind gefühlt, doch nun hatte ich Paula, meine persönliche Betreuerin. Wie ich die wöchentlichen Therapiestunden hasste, in denen ich über meine Gefühle sprach, als würde dies jemals etwas verändern. Jetzt wünschte ich mich in die blauen Wände von Paulas Büro, die mir das

Gefühl gaben, unterzugehen. Ich wünschte, ich wäre irgendwo anders, nur nicht hier.

Der Geruch nach Zitrusreiniger widerte mich so sehr an, dass sich mein Magen umdrehte, und umso mehr sehnte ich mich nach meiner alten Schule: nach dem Geruch von Tennisschuhen und Plakatfarbe, meinen alten Freunden, dem Himmel-und-Hölle-Spiel und Kuss-Fangen. Ich legte den Kopf in den Nacken und schloss die Augen. Es war unheimlich still. Ich hatte erst kurz nach Schulbeginn kommen sollen, damit mir nicht gleich alles zu viel wurde, doch eigentlich war das schlimmer. So musste ich meine neue Klasse betreten, wenn der Unterricht bereits angefangen hatte. Ich atmete tief durch, so wie Paula es mir beigebracht hatte, und versuchte mich in Gedanken an einen glücklichen Ort zu transportieren. Ich stellte mir vor, in meinem Kinderzimmer zu liegen, in meinem richtigen Kinderzimmer, das ich vermutlich nie wieder sehen würde. Meine geballten Fäuste lockerten sich allmählich und ich war wohl eingenickt, denn das Klacken von Absätzen weckte mich. Für einen Moment dachte ich tatsächlich, alles wäre normal. Ich war zu Hause und Mom machte Abendessen für Dad.

»Das ist Mrs Beeton«, sagte Grandpa. »Ich habe sie bereits gesehen, als ich dich angemeldet habe.«

»Schön, dich kennenzulernen, Grace.« Die Schulleiterin stand mir mit einem mitfühlenden Lächeln gegenüber. Davon hatte ich in letzter Zeit viele gesehen.

Ohne ein Wort starrte ich sie an. Meine Lippen blieben geschlossen und ernst.

»Bitte folgen Sie mir, Mr Roberts. Es gibt noch Einiges an Papierkram zu erledigen. Wir sind gleich wieder da, Grace.«

Die beiden steckten die Köpfe über dem Empfangstresen zusammen, sprachen mit gedämpfter Stimme und schauten ab und an besorgt zu mir herüber.

»Bis später, Süße.« Grandpas Stimme war bei seinem

Abschied ein paar Minuten später ein wenig zu laut, sein Lächeln ein wenig zu breit. Seine Schritte hallten laut im Rhythmus meines Herzschlags, während ich ihm beim Verlassen des Gebäudes nachsah.

Ich trabte Mrs Beeton durch den Kaninchenbau identischer Flure hinterher, wurde vor jedem Fenster langsamer und wollte draußen Grandpa erhaschen, wie er, der Kälte ausgesetzt, mit den Händen in den Taschen und den Kopf gegen den Wind geneigt, nach Hause ging. Meine nagelneuen Clarks-Schuhe quietschten auf dem Linoleumboden und ich spürte, wie sich bereits eine Blase an meiner Ferse bildete.

»Da wären wir.« Mrs Beeton drückte die Tür zu einem Klassenraum auf. Ein Meer aus Gesichtern drehte sich zu uns um und ich hatte mich noch nie so klein gefühlt wie in diesem Moment.

»Grace, das hier ist Miss Stiles.«

Miss Stiles schob ihre Brille die Nase hinauf. Sie trug eine Hose und war jünger als meine letzte Lehrerin, die immer nur Kleider getragen hatte. Hoffentlich musste ich mich nicht vorstellen.

»Hinten ist noch ein Platz frei, Grace.«

Erleichtert flitzte ich zum leeren Stuhl. Leider schneller, als es mir meine noch nicht eingelaufenen Schuhe erlaubten. Mit ausgestreckten Händen fing ich meinen Sturz ab. Mein Mittagessen fiel zu Boden und ich landete daneben. Am liebsten wäre ich im Boden versunken.

Ohne jemandem in die Augen zu schauen, zog ich meinen Rock runter, um ein letztes Stück Würde bemüht. Dann sammelte ich krabbelnd mein Mittagessen ein. Der Joghurtlöffel fehlte, doch es war mir egal. Der Deckel meiner Brotdose war an einem Gelenk gebrochen und hing nun in einem unnatürlichen Winkel. Ich stopfte alles in die kaputte Brotdose und drückte sie mir an die Brust. Beim Aufstehen schmerzte mein Knöchel und ich hielt die Tränen zurück.

»Das gehört wohl dir?«

Ein Junge drehte sich mit seinem Stuhl zu mir. In der Hand hielt er einen Zettel.

Ich schüttelte den Kopf und humpelte zu meinem Platz.

»Vergiss nicht, wie sehr wir dich *lieben*, Gracie.«

Ich erstarrte, als ich die Worte, die nur von Grandpa liebevoll geschrieben worden sein konnten, laut vorgelesen hörte.

Ich griff nach dem Zettel, während die gesamte Klasse kicherte.

Der Junge deutete mit dem Finger auf mich. »Schaut mal, jetzt ist ihr Gesicht genauso rot wie ihre Haare!«

»Das reicht jetzt, Daniel Gibson.« Ich war dankbar für Miss Stiles' Einschreiten und humpelte zu meinem Platz, wobei ich auf den Boden starrte, als würde er sich in den gelben Ziegelsteinweg verwandeln und mich zum Zauberer von Oz bringen. Es gibt einfach nichts Schöneres als zu Hause.

Es saßen jeweils zwei Kinder an einem Tisch. Ich schenkte meiner Tischnachbarin keine Beachtung, als sie ihr Buch in die Tischmitte legte, damit ich mit reinschauen konnte. Mit Feindseligkeiten konnte ich umgehen, doch Freundlichkeit brachte mich zum Weinen. Und das hatte ich in letzter Zeit genug getan.

Zur Beruhigung dachte ich mich an einen Strand, doch sogleich musste ich an zu Hause denken. Ich wollte meinen Kopf auf den Tisch legen und die ganze Ungerechtigkeit ausheulen. Gefühlte Stunden später klingelte es zur Pause.

Miss Stiles drängte sich nach hinten, während die Kinder aus dem Raum hinausstürmten.

»Charlotte«, sagte sie zum Mädchen neben mir, das seine Sachen in einen rosa Rucksack räumte, »könntest du Grace bitte zeigen, wo wir zu Mittag essen?«

»Okay«, sagte Charlotte.

»Woher kommst du?«, fragte Charlotte, als wir uns den Weg durch das Labyrinth aus Fluren bahnten. Sie war groß. Ich musste fast rennen, um mit ihr Schritt zu halten. Mein Knöchel pochte, doch ich beschwerte mich nicht. Ich war dankbar für die Gesellschaft. »Wieso beginnst du das Schuljahr erst jetzt?«

Diese Frage hatte ich bereits erwartet, doch die Lügen, die ich vor dem Spiegel geprobt hatte, steckten nun in meinem Hals fest. Charlotte blieb stehen und ich schluckte schwer, dachte, sie würde auf meine Antwort warten, doch dann bemerkte ich, dass wir in der Kantine angekommen waren. Der Saal sah aus wie in dem Gefängnis, das ich im Fernsehen gesehen hatte: Reihen von grauen Plastiktischen und orangefarbenen Stühlen. Das Mittagessen hatte zwar gerade erst begonnen, doch es lagen bereits Krümel auf dem Parkettboden. Schmerzhaft erinnerte ich mich an meine alte Schule, in der wir in unserem Klassenzimmer zu Mittag gegessen und Kekse gegen Schokoriegel und Joghurt gegen Kuchen getauscht hatten.

»Also, das ist die Kantine. ›Nicht unbedingt das Ritz‹, wie meine Mom sagen würde, aber du weißt ja ...«

Ich nickte, ohne zu wissen, wovon sie sprach.

Charlotte winkte zwei Mädchen in der hinteren Ecke zu. »Das sind Esmeé und Siobhan. Ich stelle dich ihnen später vor. Normalerweise sitze ich bei ihnen, aber nicht heute. Komm.«

Ich eilte Charlotte hinterher und reckte mich vor, um sie verstehen zu können.

»Du kannst nach der Schule mit zu mir kommen, wenn du magst. Ich kann dir die Haare machen und dich schminken. Meine Mom ist Sängerin und hat eine Menge cooles Zeug. Sie ist selten zu Hause und merkt das sowieso nicht.«

Aber das ging nicht. Grandpa holte mich ab, und außerdem würde Grandma einen Schock bekommen, wenn ich geschminkt nach Hause käme.

»Vielleicht«, sagte ich, um nicht wie ein Kleinkind zu klingen.

»Komm, wir setzen uns hier hin.« Charlotte knallte ihre Sachen neben den Jungen, der mich in der Klasse gedemütigt hatte. Ich zögerte, redete mir ein, dass es besser war, als allein zu sitzen, und spürte dennoch, wie warm meine Wangen wurden.

»Setz dich.« Charlotte starrte mich an. Ihre leuchtend grünen Augen erinnerten mich an unsere frühere Katze Bessie, und mein Gefühl sagte mir, dass ich ihr trauen konnte.

Ich setzte mich und packte mein Mittagessen aus, obwohl ich mich so unwohl fühlte, dass ich eigentlich nichts essen konnte. Hätte ich meinen Löffel noch, hätte ich vielleicht etwas Joghurt herunterbekommen. Ausgerechnet Aprikosenjoghurt, mein Lieblingsgeschmack. Ich warf dem Jungen, Daniel, einen finsteren Blick zu, steckte den Plastikstrohhalm in mein Apfelsaft-Trinkpäckchen und trank in kleinen Schlucken. Charlotte schüttelte ihre Bananenmilch.

»Könntest du mir einen Strohhalm besorgen?« Charlotte schenkte Daniel ein strahlendes Lächeln.

»Klar.« Er wurde rot, schob seinen Stuhl zurück und stolzierte auf eine ›Ich bin zu cool für die Schule‹-Art durch den Raum.

»Pass auf.« Charlotte griff nach Daniels halb aufgegessenem Brot und entfernte die obere Brotscheibe. Dann nahm sie die Ketchup-Flasche aus der Halterung, schmierte den Inhalt auf die Erdbeermarmelade und legte das Brot wieder zurück.

Als Daniel wiederkam und gierig in das Sandwich biss, wurde ich ganz steif vor Anspannung. Er kaute einmal, zweimal, spuckte den Bissen aus und wischte sich mit dem Ärmel den Mund ab.

»Oh, schaut mal!«, rief Charlotte und zeigte auf ihn. »Sein Gesicht ist so rot wie sein Marmeladenbrot!«

»Wer war das?« Daniel stand auf und ballte die Hände zu Fäusten.

»Ich war das. Das hast du davon, wenn du an ihrem ersten Tag so gemein zu Grace bist.«

»Du bist eine blöde Kuh, Charlotte Fisher.« Daniel packte

sein Mittagessen in den Rucksack und schaute mich trotzig an. Ich zuckte zusammen. »Dafür wirst du büßen.« Er stürmte zum Ausgang.

»Ein Glück, dass ich den los bin!«, rief Charlotte.

»Ich kann nicht fassen, dass du das getan hast, Charlotte.«

»Ich heiße Charlie, nicht Charlotte, wenn du mit mir abhängen willst. Möchtest du einen?«

Mein Mund fühlte sich viel zu trocken an, um etwas zu essen, doch ich nahm einen Cheese&Onion-Chip und legte ihn mir auf die Zunge.

»Also, wieso bist du hierhergezogen, Grace?«

Der Chip lag mir plötzlich schwer im Mund. Ich versuchte zu schlucken, doch mein Hals war wie zugeschnürt.

VIER

HEUTE

Letzte Nacht konnte ich ewig nicht einschlafen. Durch das Fotoalbum zu blättern hat zu viele Erinnerungen in mir aufgewühlt, Bedauern hervorgerufen und meine Gedanken nicht mehr ruhen lassen. Die Schlaftabletten wirken auch nicht mehr so gut wie früher, sodass ich beschließe, am Montag zum Arzt zu gehen und mir neue verschreiben zu lassen, mit der Begründung, ich hätte mein letztes Rezept verloren. Dann kann ich meine Dosis verdoppeln.

Als ich das letzte Mal total besorgt auf die Uhr gesehen habe, weil Dan noch immer nicht nach Hause gekommen war, zeigte sie zwei Uhr. Ich glaubte schon, niemals einschlafen zu können, doch beim nächsten Blick auf die Uhr ist es bereits sechs. Ich muss also eingenickt sein. Ich springe so schnell aus dem Bett, dass mir schummrig wird, schlüpfe in die Pantoffeln und werfe mir den Morgenmantel über. Möglicherweise hat sich Dan hereingeschlichen und hat auf dem Sofa geschlafen, um mich nicht zu wecken. Doch als ich ins Wohnzimmer gehe und das Licht einschalte, blinzelt nur Mittens in das grelle Licht.

Ich ziehe die Vorhänge zurück. Meine Schläfen pochen, als

ich zum wiederholten Male versuche, Dan auf dem Handy zu erreichen. In meinem Kopf spielen sich die erschreckendsten Bilder ab: Dan im Graben, das Auto liegt mit sich noch immer drehenden Reifen auf dem Dach; Dan, ausgeraubt und dem Tode überlassen, in einer dunklen Gasse; Dan, blutend und verletzt, am Straßenrand.

Aufgrund des Wetters kann man nicht weiter als bis zum Vorgarten sehen. Es ist noch immer dunkel und Nebel hängt tief in der Luft. Die Schwaden wirbeln mit sich schlängelnden Fingern in meine Richtung und versperren die Sicht auf den Weg. Erst mit unserem Umzug hierher habe ich begonnen, die Kraft des Wetters zu schätzen: Mal sieht man die Auswirkungen, mal nicht. Ich schaudere, obwohl mir nicht kalt ist, und ziehe den Morgenmantel noch etwas enger. In der Tasche finde ich eine Packung Polos und lege mir ein Pfefferminzbonbon auf die Zunge. Ganz egal, wie häufig ich meine Zähne putze oder wie viele Pfefferminzbonbons ich lutsche, durch meine Medikamente habe ich den ganzen Tag über Mundgeruch.

Erneut schaue ich auf die Uhr, als würde die Zeit dadurch schneller vergehen. Es ist noch nicht einmal sieben Uhr und somit kein Grund zur Panik, doch so bin ich nun einmal. Ich befürchte immer das Schlimmste, aus Angst vor Verlust, wie Paula mir erklärt hat. Dan hingegen ist der Meinung, ich sei zu verklemmt und deshalb so panisch. Angespannt laufe ich vor dem Wohnzimmerfenster auf und ab, wie ein Tiger im Käfig, wobei meine Pantoffeln Abdrücke im Teppichflor hinterlassen.

Seit wann leben Dan und ich uns auseinander? Mein Leben scheint zweigeteilt zu sein, mit Charlies Tod als Wendepunkt. Soweit ich mich erinnern kann, waren wir vor ihrem Tod noch glücklich. Manchmal habe ich das Gefühl, ich habe ihn so weit von mir weggestoßen, dass es unmöglich sein wird, ihn wieder zurückzuholen. Doch auch wenn ich ihn auf keinen Fall verlieren will, kann ich meine ständige Gereiztheit nicht kontrollieren. Ich rede mir ein, dass es egal ist, wenn er chaotisch ist oder seine Versprechen nicht einhält, und dennoch nörgele ich ständig herum, provoziere ihn manchmal fast schon, damit er sich mit mir streitet.

Ich erschrecke beim Geräusch des Gatters, das durch den heulenden Wind klappert. Der Riegel hält nicht richtig, wodurch das Tor aufschwingt und gleich wieder zuknallt. Wie oft muss ich Dan denn noch sagen, dass er den Riegel reparieren soll? Ich höre Autogeräusche und versuche etwas zu erkennen. Scheinwerfer schweifen wie Katzenaugen durch den Nebel am Ende des Weges und ich warte darauf, das Auto sehen zu können. Es muss Dan sein. Unser Weg führt ansonsten nur zu Feldern. Als wir das Cottage damals kauften, stellte ich mir vor, wie Schafe grasen oder Pferde ihren Kopf über das Gatter hängen, doch der Boden ist landwirtschaftlich nutzbar. Jedes Mal, wenn ich Weetabix esse, fühle ich mich so stolz, als hätte ich den Weizen dafür selbst angebaut.

Aus dem Nebel erscheint das Auto. Es ist zu klein, um Dans zu sein, und fährt so langsam, dass es fast steht. Vielleicht hat der Fahrer sich verfahren. Hier gibt es nur zwei Cottages, unseres und das von Mrs Jones. Sie besitzt kein Auto und bekommt ausschließlich an ihrem Geburtstag oder zu Weihnachten Besuch. Außerdem ist es viel zu früh, um jetzt jemanden zu besuchen. Die Sonne ist noch nicht einmal aufgegangen.

Das Auto rollt langsam bis zu unserem Gatter vor, doch der Nebel versperrt die Sicht ins Innere. Der Motor dröhnt und die Scheinwerfer erleuchten unseren Apfelbaum, doch niemand steigt aus. Die Zeit vergeht, ohne dass etwas geschieht. Ich frage mich, was die Person tut. *Wen sie beobachtet.* Bei dem Gedanken läuft es mir kalt den Rücken herunter. Es ist nicht das erste Mal, dass ich mich beobachtet fühle, und ich rede mir ein, Gespenster zu sehen. Wer sollte mich denn auch beobachten wollen? Dennoch kann ich mich nicht abwenden. Als ich zuletzt mein Rezept erneuern wollte, fragte mich der Arzt nach Nebenwirkungen der Medikamente. Ich antwortete, dass ich keine spüre, doch seitdem trage ich ein Unbehagen in mir; ich bin ängstlich, meine Gedanken spielen verrückt und ich kann mich nicht konzentrieren. Ich sollte die Medikamente absetzen. Ich bin schreckhaft, paranoid und erkenne mich selbst kaum wieder.

Es ist nur ein Auto.

Ein zweites Paar Scheinwerfer schimmert durch den Nebel und Dans alter Land Rover fährt vor. Ich flitze zum Sofa, lasse mich lässig darauf nieder und greife mit noch immer zittrigen Händen nach meinem Buch. Ganz ruhig. Dan schlurft ins Zimmer, wirft seine Jacke ans Fußende der Couch und starrt mich durch gerötete Augen an. Er sieht schrecklich aus. In mir liefern sich Wut und Freude einen Wettkampf. Die Wut gewinnt.

»Wo zur Hölle bist du gewesen? Und wen hast du mitgebracht?«

»Mitgebracht?« Dan schaut sich suchend um.

»Das andere Auto?«

»Das andere Auto?«

»Kannst du auch noch etwas anderes, als meine Worte zu wiederholen? Wieso hast du nicht angerufen?«

»Ich habe mein Handy verloren.«

»Wo?«

»Wenn ich das wüsste, hätte ich es ja wohl nicht verloren«, antwortet Dan gereizt.

»Nicht ...«

Er hält seine Hände mit gespreizten Fingern vor seine Brust. »Tut mir leid. Ich hätte dich von Harrys Handy aus anrufen sollen, aber ich bin auf seinem Sofa eingeschlafen.«

Ich spüre ein Stechen im Bauch, während das Bild von Dan, Harry und dessen Freundin Chloe vor Harrys Holzfeuer mit einem Kasten Budweiser sowie Schüsseln voller Tortilla Chips und Salsa in meinen Kopf schießt. So wie wir es regelmäßig samstagsabends getan hatten, als Charlie noch lebte.

»Ich habe mir Sorgen gemacht.«

»Die machst du dir immer. Ich gehe duschen und lege mich noch mal für ein paar Stunden aufs Ohr.«

Meinem Blick ausweichend stiefelt Dan aus dem Zimmer und die Treppe hinauf. Kurz darauf höre ich das Knarzen der Badezimmertür und das Wasser, das durch die Rohre fließt, nachdem Dan die Dusche angestellt hat.

Ob er nach dem Duschen herunterkommt und gemeinsame Zeit zum Kuscheln am Sonntagmorgen vorschlägt? Ich frage mich, wieso ich ihm den Vorschlag nicht selbst mache. Es dauert nicht lange, bis sich die Schlafzimmertür öffnet und gleich wieder schließt. Dann höre ich das Bett quietschen.

Im Badezimmer hängt der Dunst wie eine Wolke der Unentschlossenheit über mir. Ich öffne das kleine Fenster und hebe Dans Handtuch vom Boden auf. Dann steige ich selbst in die Glaskabine und drehe das Wasser auf. Zitternd warte ich, bis es heiß wird. Mit geschlossenen Augen erinnere ich mich an die Momente, in denen wir uns zu zweit in die Dusche gedrängt haben. Meine Hände lagen damals auf den nassen Fliesen und seine auf meiner Hüfte. Dann schäumte er meine Haare ein, während ich mich nach hinten gegen ihn lehnte. War er wirklich die ganze Nacht bei Harry gewesen? Ich seife mich mit Lavendel-Duschgel ein, mit dem vertrauten Duft und dem Trost meiner Kindheit, der meine Ängste löst, bis sie nach und nach im Abfluss verschwinden. Es gibt keinen Grund, Dan nicht zu glauben. Kummer hat mein Urteil beeinflusst. Mein Bezug zur Realität ist nicht der beste. Paula hat mir immer geraten, meine Gedanken rational zu betrachten, statt mich der Angst hinzugeben. »Unser Kopf kann die verschiedensten Szenarien eines einzelnen Gedankens durchspielen, ohne dass auch nur eines davon eintreten wird«, pflegte sie zu sagen. Ich bin zu müde, um mich jetzt damit zu beschäftigen.

Ich steige aus der Dusche, lasse meine Gedanken darin zurück und ziehe mir wieder den Schlafanzug an. Dan lasse ich lieber schlafen. Ich habe Angst vor dem, was ich sagen könnte, wenn ich mich zu ihm lege, und vor dem, was ich hören könnte. Erst als ich die Treppe hinuntergehe, fällt mir wieder das andere Auto vor dem Haus ein – doch es ist weg.

Im Schuppen ist es eiskalt. Mein Atem kondensiert vor meinem Gesicht. Ich stelle die Heizung an und ziehe mir graue fingerlose Handschuhe über. Das Telefontischchen, das ich geschliffen habe, steht auf einem Stapel Zeitungen und wartet nun darauf, neu gestrichen zu werden. Mrs Jones bewundert immer mein Telefontischchen, und nun bekommt sie ihr eigenes zum Geburtstag. Ich tunke den Pinsel in den Eimer und streiche die Kreidefarbe in pistaziengrün über das nackte Holz. Auch wenn Dan meine Faszination für antike Möbel nicht nachvollziehen kann, bewahre ich durch das Upcycling gern ein kleines Stück der Geschichte. Ich frage mich immer, wie das Leben der ursprünglichen Besitzer war, ob sie glücklich gewesen sind. Das Streichen beruhigt mich, und als ich fertig bin, fühlen sich meine Schultern viel entspannter an. Meine Ängste sind ebenfalls in den Hintergrund gerückt, wo ich sie nicht mehr sehen kann. Mein Handy summt und ich lese die eingegangene Nachricht. Grandpa bestätigt noch einmal, dass wir um ein Uhr mittagessen. Nicht dass ich das bei unserer regelmäßigen Sonntagsroutine vergessen könnte, aber seit Oma ihm zu seinem siebzigsten Geburtstag letztes Jahr ein Handy geschenkt hat, schreibt er mir ständig. Ich sende ihm eine Antwort, die weitaus euphorischer klingt, als ich mich fühle, und stecke mein Handy wieder in die Tasche. Ich sollte Dan aufwecken.

. . .

Die Soße ist dickflüssig. Ich fülle sie in die weiße Porzellansauciere und wische die herunterlaufenden Tropfen mit einem Finger weg. Grandpa schneidet das Roastbeef, während Grandma das dampfende Gemüse schwungvoll in Servierschüsseln umfüllt. Der Geruch nach Yorkshire-Pudding, die Teilchen, die Grandma immer selber backt und zu Roastbeef reicht, lässt mir das Wasser im Mund zusammenlaufen. Ich habe einen Bärenhunger, weil ich aufgrund meiner schlechten Laune auf das Frühstück verzichtet habe. *Alkohol vermeiden* steht auf dem Beipackzettel meiner Schlaftablettenpackung, doch das ist nur eine dieser Standardwarnungen, die wir alle ignorieren, oder? Beim ersten Bissen Fleisch beginnt meine Nase aufgrund der Meerrettichsoße zu laufen. Grandma reicht mir ein Taschentuch und erzählt weiter von dem »netten jungen Mann«, der ihnen den neuen Computer eingerichtet hat, und wie sie nun jeden Tag im Internet surft.

Ich muss mein Lachen unterdrücken, doch meine Schultern beben dennoch und ich suche Dans Blick. Er sitzt über seinen Teller gebeugt, schiebt das Essen auf seinem Teller von der einen Seite zur anderen und schaut auch nicht auf, als ich beginne, den Tisch abzuräumen. Ich bringe das Geschirr in die Küche und staple es neben der Spüle. So oft habe ich schon versucht, meine Großeltern für eine Spülmaschine zu begeistern. Sie könnten sich eine leisten und Platz wäre auch genug vorhanden. Doch auch wenn sie immer sagen, sie würden darüber nachdenken, mögen sie die Routine des Abspülens von Hand. Sie stehen nebeneinander, Grandma spült und Grandpa trocknet ab, während sie die Vögel anhand ihres Gefieders identifizieren oder darüber diskutieren, wie sehr die Gartenkürbisse gewachsen sind.

Die Stimme von Grandpa dringt tief und rau durch die Wand hindurch. Wenn man es nicht besser wüsste, würde man denken, dass er raucht. Dan lacht auf und ich brauche einen Moment, um das Geräusch zuzuordnen, da ich es so lange nicht mehr gehört habe. Wir sind zusammen aufgewachsen und ich frage mich manchmal, ob es natürlich ist, dass wir uns auseinanderleben, ob es auch ohne die Ereignisse so gekommen wäre.

Grandma rührt selbst gemachte Vanillesoße für den bereits im Ofen warm werdenden Apfel-Crumble. Auf Zehenspitzen nehme ich den rosa Krug mit dem Bild von grasenden Kühen darauf von der Anrichte und fülle ihn mit Leitungswasser.

»Gracie, meine Freundin Joan hat mir die Tage eine E-Mail geschickt. Sie liegt auf dem Kühlschrank für dich.«

»Du hast sie ausgedruckt?«

»Ja, sie hat mir ein Rezept geschickt, das ich dir weiterleiten wollte.«

Ich öffne den Mund, um ihr die Bedeutung von ›etwas weiterleiten‹ zu erklären, schließe ihn jedoch sogleich wieder. Es genügt, dass sie weiß, wie man E-Mails schreibt, auch wenn in jeder Betreffzeile VON GRANDMA steht und sie mich anschließend anruft, um nachzufragen, ob ich die E-Mail erhalten habe.

Das Rezept ist für ein Kürbisrisotto mit Walnuss und klingt sehr lecker. Ich werde es nächste Woche zum Abendessen ausprobieren, wobei ich für Dan ein Steak dazu braten muss, damit er zwischen dem Gemüse nicht das Fleisch sucht.

»Und ich habe Lexie getroffen.«

Beim Namen von Charlies Mom erstarre ich.

»Mal wieder so betrunken, dass sie kaum stehen konnte.«

Lexie hatte zu Charlies Lebzeiten bereits den ein oder anderen Schluck genossen, doch seit ihrem Tod kann sie die Finger nicht mehr vom Alkohol lassen. Grandma dreht das Gas ab und schaut mich an. »Ich wusste nicht, ob ich es dir erzählen soll, Grace. Ich will nicht, dass du dich über diese Frau aufregst.« Grandma hat noch nie viel von Lexie gehalten.

»Was denn erzählen?«

»Sie will dich sehen.«

Bei dem Gedanken daran, der Mutter meiner besten

Freundin zu begegnen, schießt mein Puls in die Höhe. Zuletzt habe ich sie bei Charlies Beerdigung gesehen, die ich vorzeitig verlassen musste, nachdem Lexie mir erzählt hat, dass sie mir den Tod ihrer Tochter niemals verzeihen würde.

Was vor Charlies Tod geschehen ist, war nicht meine Schuld. Und auch nicht Charlies. Wie denn auch? *Warum ist Charlie denn damals weggelaufen?*, flüstert die Stimme in meinem Kopf. Ich ignoriere sie, doch sie verschwindet nicht.

Grandma füllt die Vanillesoße in eine Sauciere und drückt sie mir in die Hand. Ich bringe sie ins Esszimmer. Unterwegs schwappt sie über und etwas von der heißen Flüssigkeit landet auf meiner Hand, doch ich merke es kaum. Grandma folgt mir mit dem Apfel-Crumble, auf den ich nun keinen Appetit mehr habe. Ich sitze am Tisch und greife nach dem Löffel. Die Stimmen um mich herum scheinen immer weiter weg und schließlich blende ich sie aus. Ab und an hoffe ich, an den richtigen Stellen zu lächeln und zu nicken, während meine Gedanken um ein und dieselbe Frage kreisen: Was will Lexie von mir?

FÜNF

DAMALS

Ich trat vom einen auf den anderen Fuß und rieb mir die Arme, während ich die Straße hinunterblickte und auf Charlie wartete, die zum Abendessen vorbeikam. Nachdem Grandma vorgeschlagen hatte, am Ende meiner ersten Schulwoche einen Freund oder eine Freundin einzuladen, hatte ich sorgfältig überlegt. Esmée war lieb, Siobhan etwas zurückhaltend, aber auch nett, und sogar Dan war nach meinem ersten Tag freundlich zu mir gewesen, doch nach wie vor stand ich Charlie am nächsten. Noch nie hat sich jemand so für mich eingesetzt, auch wenn es zuvor vermutlich kaum eine Gelegenheit dazu gegeben hatte.

»Du lässt die ganze Kälte rein«, schimpfte Grandma aus dem Flur.

Ich zog die Haustür hinter mir zu, verharrte jedoch auf dem Treppenabsatz. Kaum hörte ich ein Auto, stellte ich mich auf Zehenspitzen, doch als Charlie mit zwanzig Minuten Verspätung endlich eintraf, kam sie zu Fuß. Ich schob sie durch die Haustür. »Wir gehen hoch in mein Zimmer.«

»Aber ohne Schuhe, junge Dame, du kennst die Regeln.« Grandma eilte in den Flur und wischte sich die mehligen

Hände an ihrer Schürze ab. Ich schämte mich, als Charlie ihre ausgebleichten blauen Turnschuhe nur von ihren Füßen streifte und Grandma sie ins Schuhregal stellte. Beim Anblick der fast abgelaufenen Sohlen schnalzte sie mit der Zunge. Charlie und ich flitzten nach oben und ließen uns auf mein Bett fallen.

»Worauf hast du Lust?«

Ich hatte noch immer nicht fertig ausgepackt. In der Zimmerecke standen Kisten voller Spiele und Bücher. Charlie ging hinüber und holte das Spiel *Mausefalle* heraus. Als sie den Karton schüttelte, klapperte der Inhalt darin.

»Auf das hier.« Sie reichte mir das Spiel und ich öffnete den Deckel. Es war nicht mein Lieblingsspiel, denn manchmal war es zu knifflig.

»Wieso wohnst du bei deinen Großeltern?«

Obwohl ich diese Frage erwartet hatte, traf sie mich unvorbereitet. »Meine Eltern können sich nicht um mich kümmern. Welche Mausfarbe möchtest du haben?«, fragte ich und hielt ihr meine Hand mit den Spielfiguren hin.

Charlie entschied sich für grün und schaute mich beständig an. »Wieso nicht?«

»Sie sind tot.« Die Lüge blieb mir fast im Hals stecken und ich griff nach einem der rosafarbenen Plastikbecher mit Saft darin, die Grandma heraufgebracht hatte. Ich trank den Becher in einem Zug leer, als könnte ich meine Worte hinunterspülen, und rümpfte aufgrund des süßen Sirups die Nase.

»Tot?« Charlie runzelte die Stirn.

»Ja.«

»Wie sind sie gestorben?«

»Ich bin blau.« Ich warf die restlichen Spielmäuse wieder zurück in den Karton. »Hast du Geschwister?«

»Nein«, antwortete Charlie. »Es gibt nur Mom und mich. Früher war ich so einsam, dass ich eine imaginäre Freundin hatte.«

»Echt?«

»Ja, sie hieß Belle. Hat mir immer zugeflüstert, dass ich unartige Sachen machen soll, und dann wurde meine Mom wütend und hat mich angeschrien und Belle hat nur gelacht, weil ich Ärger bekommen habe. Als ich zu Weihnachten eine Barbie bekommen habe, hat Belle mich dazu gebracht, ihr die Haare abzuschneiden und ihr Gesicht mit Nagellack zu übermalen. Sie war aber auch eine gute Freundin.«

»Hast du sie nach Belle in *Die Schöne und das Biest* benannt?«

»Gut möglich. Mittlerweile bin ich aber zu alt dafür geworden, genau wie für Disney.«

»Ich auch«, antwortete ich und hoffte, dass Charlie nicht den Karton mit meinen Videos öffnen würde. Bis vor Kurzem war ich noch von Prinzessinnen nahezu besessen gewesen. Nach den Ereignissen mit meinen Eltern jedoch bin ich reifer geworden, wie es vermutlich jeder wäre.

»Du kannst froh sein, Großeltern zu haben.«

»Das bin ich. Hast du keine?«

»Ne. Mom sagt, dass wir niemanden außer uns brauchen. Sie und ich gegen den Rest der verdammten Welt. Aber jetzt haben wir ja uns. Du und ich sind gleich, wir haben beide keinen Vater. Wir werden beste Freundinnen.«

Charlie griff in ihre Jacke und holte einen KitKat heraus. Sie öffnete die Verpackung und brach die Riegel auseinander. Einen davon hielt sie mir hin. Ich nahm ihn dankbar entgegen.

»Lass uns *Mausefalle* spielen. Mit dir macht das bestimmt viel mehr Spaß als mit Belle, auch wenn ich vielleicht nicht gewinne.« Charlie würfelte grinsend. »Lächeln! Du, ich, Siobhan und Esmée, wir werden in der Schule wie eine kleine Familie sein. Dafür sorge ich schon.«

Wir waren mitten im Spiel und Charlie war an der Reihe, als Grandma an die Tür klopfte. Mehl rieselte von ihren

Händen auf den Teppich. Mit ihrem Hausschuh rieb sie das Mehl noch tiefer ein.

»Telefon für dich, Grace.«

»Nicht schummeln, Charlie! Ich bin gleich wieder da.«

Unten verschwand Grandma wieder in der Küche. Ich nahm den Hörer, wickelte das Kabel um meinen Finger und hörte das Rauschen am anderen Ende der Leitung. Ich sagte nichts. Ich wusste bereits, wer dran war, und hatte nichts zu sagen.

»Grace? Grace?« Die Stimme meiner Mom klang weit entfernt und ich legte knallend wieder auf.

»Das war aber kurz«, rief Grandma, als ich die Treppe wieder hinaufstampfte.

»Die Verbindung wurde getrennt«, rief ich zurück.

Charlie reichte mir den Würfel, als ich mich wieder zu ihr gesetzt hatte. »Wer hat angerufen?«

»Niemand«, sagte ich und kreuzte die Finger hinter dem Rücken. »Es war niemand dran.«

SECHS

HEUTE

Die ganze Nacht liege ich wach und überlege, weshalb Lexie zu Grandma gesagt hat, dass sie mich sehen will. Möglicherweise möchte sie sich für ihr Verhalten auf Charlies Beerdigung entschuldigen. Oder mich umbringen. Mein Kopf brummt so laut und geschäftig wie ein Bienenstock. Als die Sonne aufgeht und den Himmel feuerrot färbt, habe ich drei Tassen Tee getrunken und mich noch immer nicht entschieden, ob ich sie treffen möchte.

Lexie singt nicht mehr im örtlichen Pub und ist mittlerweile nur noch in der Öffentlichkeit anzutreffen, wenn sie ihren Einkaufswagen im Supermarkt mit mehr Alkohol als Lebensmitteln füllt. Dan meint, sie sei verwirrt, was er auch schon vor ihrem Ausbruch auf der Beerdigung fand, doch Grandma steht ihr etwas mitfühlender entgegen. »Sie hätte nicht so mit dir reden sollen, wie sie es getan hat«, sagte sie, »aber Menschen trauern auf unterschiedlichste Art.«

Müde und mit geschwollenen Augen komme ich auf der Arbeit an.

»Guten Morgen, Grace.« Meine Chefin Lyn ist immer guter Laune. »Bereit für den Ansturm?« Lyn schließt die

Eingangstür auf und begrüßt jedes Elternteil und Kleinkind beim Namen.

Eine Welle Kinder flutet die Garderobe, gefolgt von müden Müttern, die mit ihren Füßen stampfen und ihre Regenschirme ausschütteln. Regentropfen sammeln sich auf dem Boden. Ich nehme mir vor, später zu wischen, damit niemand auf dem feuchten Boden ausrutscht. Emily flitzt nach vorne und schlingt die Arme um meine Knie. Ich sollte kein Lieblingskind haben und liebe wirklich jedes von ihnen, aber meine Beziehung zu Emily ist dennoch besonders. Ich öffne ihre Regenjacke und ziehe sie ihr aus. Darunter kommt ein rosa ›Dora the Explorer‹-T-Shirt zum Vorschein.

»Guten Morgen, Sarah«, sage ich. Emilys Mutter ist blass und unter ihren Augen zeichnen sich dunkle Ringe ab. »Wie geht es Ihnen?«

»Müde. Die Kleine hier hat die ganze Nacht durchgeschrien.« Sie schiebt den Kinderwagen vor und zurück. Ich blicke hinein. Das Baby schläft ausgestreckt wie ein Seestern, die Hände zu Fäusten geballt. »Ich kann sowieso kaum schlafen, seit ...« Über Emilys Kopf treffen sich unsere Blicke, und ich weiß, was sie meint. Seit Greg weg ist. Sarah hat uns vor einigen Wochen davor gewarnt, dass Emily möglicherweise etwas aufgewühlt sein könnte, weil sie ihren Vater vermisst. Sarah hat ihn rausgeschmissen, nachdem sie ihn mit seiner Sekretärin im Bett erwischt hat; ein Klischee, das ich bis dahin für eine Erfindung gehalten hatte.

»Ich bin auch schon weg und lege mich noch mal aufs Ohr«, verkündet Sarah. »Bevor sie wieder aufwacht«, fügt sie hinzu. Dann küsst sie Emilys blondes Haar und geht zur Tür, eine Hand am Kinderwagen, während sich sie sich mit der anderen die Kapuze überzieht.

Ich verbringe einen fröhlichen Morgen am Basteltisch und beobachte die Kinder dabei, wie sie in ihre Arbeiten vertieft glitzernde Meisterwerke erschaffen.

»Schau mal, Grace.« Emily zeigt mir ein Blatt Papier mit zwei Strichmännchen darauf. Blaue Farbe tropft auf meine schwarze Hose.

»Wie schön. Sind das du und Lily?«

»Ja.«

»Es muss toll sein, eine Schwester zu haben.«

»Nein, sie schreit die ganze Zeit. Mommy sagt, wenn sie größer ist, wird sie innesanter.«

Ihre falsche Aussprache bringt mich zum Lächeln. »Ganz sicher wird sie interessanter.« Ich hänge das durchnässte Blatt auf die Wäscheleine über dem Tisch. »Das wird Mommy richtig gut gefallen. Bis du nach Hause gehst, ist es getrocknet.«

Emily flitzt in die Ecke mit der Verkleidungskiste und ich schaue mir das Bild der zwei kleinen Mädchen an. Als ich klein war, wollte ich auch immer eine Schwester haben, mit der ich alles teilen kann. Dann habe ich Charlie getroffen und gedacht, wir hätten uns für immer gefunden. Ich dachte, wir würden zusammen alt werden, uns auf der Parkbank an frühere Streiche erinnern und unsere Wehwehchen vergleichen, über die guten alten Zeiten lachen.

»Ein Penny für deine Gedanken.« Lyn fasst mich leicht am Arm.

»Ich glaube nicht, dass die so viel wert sind.«

»Ich glaube schon, dass ...« Ihre Stimme bricht ab, als die Klingel ertönt. Der Lärm hört gar nicht mehr auf. Entweder hält jemand den Klingelknopf gedrückt oder die Klingel ist kaputt.

»Bleib mit den Kindern hier drinnen«, weist Lyn Hannah an. Ich folge ihr in den Flur und schließe die Tür zum Spielzimmer hinter mir.

Als er uns kommen sieht, lässt Emilys Vater den Klingelknopf los. Stattdessen schlägt er nun mit den Händen gegen die Tür. Regen rinnt von seinem roten, wutentbrannten Gesicht.

»Lasst. Mich. Rein!«

Lyn betätigt die Gegensprechanlage und spricht in ihrem regulären Tonfall. Das leichte Zittern in ihrer Stimme bemerke ich nur, weil ich sie so gut kenne.

»Was möchten Sie, Greg?«

»Emily.«

»Gehen Sie nach Hause und beruhigen Sie sich. So kann ich Sie nicht hereinlassen.«

»Macht die Scheißtür auf!« Er tritt dagegen. Matschige Schuhabdrücke bleiben so willkürlich wie die Kartoffelstempel der Kinder auf dem Glas zurück. Der Rahmen erschüttert, doch fürs Erste hält er stand.

»Sie erschrecken die Kinder. Wenn Sie nicht gehen, muss ich die Polizei rufen.«

»Ich habe das Recht, meine Tochter zu sehen, Sie blöde Zicke. Ihr seid allesamt blöde Zicken!«

Ich frage mich, wie lange die Polizei brauchen würde, um herzukommen. Im Zimmer nebenan ist alles still. Ich sehe die Kinder vor mir, blass und verängstigt, mit ihren kleinen Händen die Ohren zuhaltend. Wut verdrängt meine Angst. Wie kann er es nur wagen? Väter sollten beschützen. In mir erwachen längst vergessene Gefühle, als ich durch den Mitarbeiterraum zur Hintertür hinausgehe. Der Wind bläst eiskalten Regen in mein Gesicht. Mit gekrümmten Schultern und gesenktem Kopf gehe ich um das Gebäude herum zum Haupteingang.

»Greg.«

Er dreht sich um. Die Vene an seiner Schläfe pocht.

»Wo ist meine verdammte Tochter?«

»Ich bringe sie ganz bestimmt nicht raus.« Eiskaltes Wasser läuft mir den Rücken hinunter und mein lilafarbenes ›Little Acorns‹-T-Shirt klebt an meiner Haut.

Greg schnellt mit gehobener Faust nach vorne. Ich weiche zurück. Meine Oberschenkelmuskeln zittern und fühlen sich zu schwach an, um mich aufrecht halten zu können. Ich denke an Emily, wie sie ihre rosa Zunge herausstreckt, während sie sich auf das Malen konzentriert.

»Wenn Sie mich nicht zu ihr lassen, Grace, wird Ihnen das leidtun, das schwöre ich.« Sein Kiefer zuckt.

»Wollen Sie wirklich, dass sie Sie so sieht?« Ich spreche gefasst und überspiele meine Angst.

Er lässt den Arm fallen und schaut mir in die Augen. In der Ferne donnert es. Er sinkt auf die Knie. Sein Gesicht ist nass von Regen und Reue. Mit zitternden Händen bedeckt er seine Augen.

»Ich vermisse sie. Ich vermisse die beiden so sehr.« Er senkt seine Stirn zu Boden, als würde er zu einem Gott beten, der ihn nicht erhört.

Ich lege eine Hand auf seine Schulter und bin mir unsicher, ob ich damit ihn trösten oder mich selbst stützen möchte.

Er hebt den Kopf und schaut mich mit geröteten Augen an. »Ich kann nicht mit dem Schmerz leben, den ich verursacht habe.«

Doch, das kann er. Wir müssen alle mit den Konsequenzen unseres Handelns leben, ganz egal, wie schwerwiegend sie sind. Das weiß ich besser als alle anderen.

»Bitte, Grace. Lassen Sie mich zu ihr.«

»Das kann ich nicht.«

»Dann werde ich dafür sorgen, dass Sie sich genauso fühlen wie ich mich. Wie fänden Sie das?«

Lyn steht für unsere Getränke an, während ich uns einen Tisch am Fenster sichere. Ich lege meinen Schal ab und ziehe die Jacke aus. Weil meine nasse Arbeitsuniform zusammengeknüllt in meinem Kofferraum liegt, trage ich Hannahs Sportklamotten. Im Sessel lehne ich mich zurück und rutsche auf dem Kunstleder nach vorne. Eine Horde von Menschen eilt am Fenster vorbei und ich frage mich, wohin sie gehen: nach Hause, Kinder abholen, vielleicht einen Liebhaber treffen? Die Füße zitternder Körper schlagen auf den nassen Asphalt, während Schals enger um den Hals gelegt und Jacken noch höher zugezogen werden. Der vorhergesagte Schnee ist zwar noch nicht gefallen, aber die kalte Januarluft ist ungemütlich.

Auf der anderen Straßenseite steht eine einsame Gestalt unter der Straßenlaterne. Sie trägt einen schwarzen Mantel, die Kapuze ist aufgezogen und das Gesicht bedeckt. Die Person schaut direkt in das Café. Zu mir? Unbehaglich setze ich mich anders hin und schaue weg, doch bei einem erneuten Blick steht die Person noch immer unbewegt dort. In mir steigt dasselbe Gefühl auf, das ich verspürte, als am Sonntag das fremde Auto vor meinem Cottage stand.

»Hier.« Lyn stellt die Tassen mit dampfend heißer Schokolade auf den Tisch. Sahne läuft die Tasse herunter und sie leckt sich die Finger ab.

»Siehst du die Person auf der anderen Straßenseite?«

»Wo?« Lyn verengt die Augen und versucht, ohne ihre Brille etwas zu erkennen.

»Dort.« Ich stehe auf und deute mit dem Finger aus dem Fenster. Meine Stirn berührt die Scheibe, die durch meinen Atem beschlägt. Ich drehe mich zu ihr um. »Siehst du sie?«

Lyn setzt ihre Brille auf, stellt sich ebenfalls hin und schaut mit gerunzelter Stirn in die dunkle Straße. »Wen soll ich sehen, Grace?«

Ich schaue wieder durch das Fenster, doch die Gestalt ist verschwunden. Ich frage mich, ob ich sie mir nur eingebildet habe.

»Ist egal«, sage ich. »Ich fürchte, Greg hat mich ganz schön aus der Fassung gebracht. Danke hierfür.« Ich setze mich, stelle meine Tasse vor mich und höre Lyn mit nur einem halben Ohr zu, während sie von einer Verwechslung bei der Bestellung berichtet. Mein Blick ist wieder nach draußen gerichtet und ich ärgere mich über meine Paranoia, denn draußen ist wirklich niemand zu sehen. Seit Charlies Tod sind meine Sinne über-sensibel. Es ist seltsam, wie vielfältig Trauer doch ist: Tränen und Traurigkeit, Verwirrung und Ärger. Ich greife über den Tisch und öffne eine Tüte Mini-Muffins, nehme einen heraus und beiße hinein. Der Zuckerrausch gibt mir einen Teil der Energie wieder, die ich den Tag über verloren habe.

»Was für ein Tag.« Lyn pickt mit ihren Fingernägeln die Schokoladenstückchen aus ihrem Muffin und legt sie auf ihre Zunge.

»Immerhin ist Emily in Sicherheit.« Ich habe die Nummer von Gregs Schwester im Kontaktbuch für Notfälle gefunden und sie hat ihn abgeholt. Trotz allem verdiente er es nicht, verhaftet zu werden. Ich weiß, wie sich die Schuld im Innersten eines selbst anfühlt, wie sie einen auffrisst. Es ist ein dumpfer Schmerz, der niemals vergehen mag. Greg ist ein Mensch, der Reue verspürt und Fehler macht, genau wie wir anderen auch. Doch manche Fehler sind schwerer zu verzeihen als andere.

»Meinst du, Sarah gibt ihm noch eine Chance?«, fragt Lyn.

Ich zucke mit den Schultern und löffele mir Sahne in den Mund, genieße die samtige Süße, die auf meiner Zunge zergeht.

»Es tut so gut, endlich mal zu sitzen«, sagt Lyn. »Auf dem achtzehnten Geburtstag von Steves Nichte letzten Samstag habe ich so viel getanzt, dass selbst meine Blasen Blasen bekommen haben. Ich wünschte, du wärest auch gekommen.«

»Ich weiß. Es ist nur ...«

»Zu früh nach Charlies Tod.« Lyn streichelt meine Hand, greift nach einem weiteren Muffin und lehnt sich zurück.

Mittlerweile sind fünf Monate vergangen und ich versuche, zurück ins Leben zu finden. Manchmal habe ich das flüchtige Gefühl, alles wäre wieder normal, doch meine trauernden Füße sind noch nicht stark genug, um zu tanzen, egal wie sehr ich Lyns Versuche schätze, mich aus dem Haus zu locken. Ich möchte die Menschen wieder an meinem Leben teilhaben lassen und bin froh, dass sie noch da sind. Nach Charlies Beerdigung bin ich zusammengebrochen, kam kaum noch aus dem Bett. Erst als meine Großeltern an meinem fünfundzwanzigsten Geburtstag mit aufgesetztem Lächeln und glänzend eingepackten Geschenken vor mir standen, bemerkte ich ihre besorgten Gesichter. Seitdem versuche ich, mich wieder zusammenzuflicken. Ich rede mir ein, dass ich klarkomme, doch es stimmt nicht. Nicht wirklich. Ohne meine Schlaftabletten wäre ich verloren.

»Grandma hat Lexie getroffen, Charlies Mom. Sie will mich sehen.«

»Wieso?«

»Ich weiß es nicht. Es gibt wohl nur einen Weg, das herauszufinden.«

»Ist das eine gute Idee? Sie hat sich dir gegenüber schrecklich benommen, Grace. Sie hat dich von der Beerdigung deiner besten Freundin vertrieben.«

»Ich weiß. Aber sie ist Charlies Mom und hat keine weitere Familie. Ich sollte wirklich nachsehen, ob es ihr gut geht. Vermutlich möchte sie sich entschuldigen.«

»Vermutlich«, antwortete Lyn. Doch sie sieht genauso wenig überzeugt aus, wie ich mich fühle.

Meine Uniform läuft in der Waschmaschine, während ich Löcher in die Plastikfolie der Fischpastete steche, die ich ganz hinten im Gefrierfach gefunden habe. Eigentlich hatte ich noch einkaufen wollen, doch die Begegnung mit Greg und das Gefühl, im Café beobachtet zu werden, haben mich so sehr beunruhigt, dass ich nach meinem Treffen mit Lyn direkt nach Hause gefahren bin. Ich erwärme die Pastete in der Mikrowelle und schenke etwas Wein in ein Glas. Montags hat Dan Fußballtraining und isst anschließend immer in der Bar. Er hat mir eine Nachricht geschrieben, dass er sein Handy wiedergefunden hat, und ich bin froh, dass wir ihm noch kein neues gekauft haben. Nach dem Essen würde ich früh zu Bett gehen.

Ich gehe meine Schallplatten durch und versuche eine zu finden, die zu meinem heutigen Tag passt. Wenn Dan nicht im Haus ist, läuft der Fernseher fast nie. Vorsichtig setze ich die Nadel auf die Platte und höre dem Rauschen zu, bevor der Gesang einsetzt. Ella Fitzgerald grölt ›Stormy Weather‹, und auch ich könnte etwas Sonnenschein gebrauchen. Obwohl es noch recht früh ist, schlüpfe ich in meinen flauschigen Schlafanzug mit Schottenmuster, in dem ich laut Dan wie Rupert Bär aussehe. Der rosa Umschlag von Charlie steht zwischen meiner Bettlampe und einem Stapel Bücher, die ich noch nicht gelesen habe. Vorsichtig, als könnte er explodieren, nehme ich den Brief mit ins Erdgeschoss. Während ich aus der fettigen Plastikschale esse, um mir das Spülen zu sparen, starre ich auf den Briefumschlag. Einerseits bin ich neugierig, was Charlie geschrieben hat, doch auf der anderen Seite widerstrebt es mir, den Brief zu öffnen, aus Angst vor den Gefühlen, die er freisetzt. Es ist die letzte neue Erinnerung, die ich in Bezug auf Charlie schaffen kann. Sobald ich den Brief geöffnet habe, werden sich die Erinnerungen nur noch wiederholen.

Ich stelle mein Tablett auf den Boden, schwinge meine Füße hoch und strecke mich auf dem Sofa aus. Dann lege ich eine Patchwork-Decke über meine Beine, halte den Umschlag zwischen meinen Fingern und öffne ihn.

»Die Zwiebelknollen kommen langsam raus und die Osterglocken blühen bereits.« Grandpa wusch sich die Hände in der Spüle, während Grandma mit ihrem ›J'Adore Paris‹-Geschirrtuch die Wasserflecken von den Edelstahlarmaturen wischte. Sie war noch nie in Frankreich gewesen, hat England noch nie verlassen, liebte aber Geschirrtücher und kaufte jedes Mal ein neues, wenn sie irgendwo zu Besuch war, meistens als Geschenk für jemand anderen. Sie hatte eine ganze Schublade voll mit Orten, an denen sie noch nie war. Auch ich war noch nie im Ausland gewesen, aber mit dreizehn hatte ich noch alle Zeit der Welt.

Ich saß am Küchentisch aus Kiefernholz, der eingequetscht neben der walisischen Kommode voller blauweißem Geschirr stand. Auf meinem Teller blieben nur ein paar Krümel vom Zitronenkuchen liegen und ich schob ihn beiseite. Stattdessen zog ich den Stapel Fotoalben zu mir heran.

Ich öffnete die zerknitterten braunen Seiten und legte eine Hand auf meine stechende Brust. Meine zerbrochene Familie zu sehen, raubte mir immer wieder den Atem. Normalerweise vermied ich es, doch ich benötigte ein paar Fotos für ein Schulprojekt. Grandpa stand mit seiner Hand auf meiner Schulter hinter mir, während ich still durch die Seiten blätterte. Meine Finger strichen über die Gesichter auf den Bildern. Wir sahen aus wie eine ganz normale Familie: Mom, Dad und ich. Wunderschöne Weihnachten und sonnige Sandburgensommer. Wir *waren* eine ganz normale Familie gewesen. Ich vermisste diese Zeit. An einem Foto von Mom und Dad blieb ich hängen. Darauf waren wir am Strand, und sie hoben mich grinsend und stolz wie eine Trophäe in die Luft. Ihre Haare wehten im Wind. Ich muss damals etwa zwei Jahre alt gewesen sein und Eis tropfte von meinem Kinn, während ich die Waffel in die Kamera hielt. Das Foto hat den Moment so gut eingefangen, dass ich beim Anblick die Sonne auf meiner Haut spürte, die brechenden Wellen sah und die Möwen kreischen hörte. Das Gefühl von Geborgenheit. Es gab noch ein grobkörniges Bild von Dad und mir. Darauf sitzen wir beim Frühstück und machen es uns mit einer Tasse heißer Schokolade mit Sahne und Streuseln gemütlich. Dad hat mir immer richtig gute heiße Schokoladen gemacht, »kein Fertigpulverzeug für mein Mädchen«. Er hatte einen besonderen Becher, den er nur für die Milch benutzte und in dem er die Cadbury-Schokolade so lange umrührte, bis die Milch glatt und braun war.

»Das hier.« Ich nahm es aus der Plastikhülle heraus und legte es auf den Stapel mit den anderen Fotos von meinen Großeltern, Mom und weiteren Onkeln und Tanten, die ich nie kennengelernt hatte. Namen, die auf Weihnachtskarten gekritzelt waren und mir nichts sagten.

»Du vermisst sie sicherlich sehr.« Grandpa setzte sich neben mich. »Das musst du nicht. Deine Mom hat gestern Abend noch mal angerufen.« Er legte seine Hand auf meine. Seine Handfläche war warm und feucht.

»Ich will nicht über sie reden.« Bei dem Gedanken daran, was ich getan hatte, drehte sich mir der Magen um und ich zog meine Hand zurück.

»Das solltest du aber. Du solltest die Dinge in deinem Kopf sortieren.«

»Ich habe doch damals mit Paula gesprochen. Wieso brauchte ich eine bescheuerte Psychologin, wenn ich jetzt auch noch mit dir reden muss?«

»Nicht in diesem Ton, Grace.«

Die Stuhlbeine quietschten auf dem gefliesten Boden, als ich meinen Stuhl nach hinten schob und aufstand. »Ich gehe zu Charlie.«

»Warte.« Grandma hielt ihre Hand wie ein Verkehrspolizist nach oben. Ich lehnte mich gegen den Türrahmen und trommelte mit den Fingerspitzen gegen das Holz, während sie ein großes Stück Biskuitkuchen auf eine Folie legte und einpackte. »Das nimmst du mit. Das Mädchen muss mehr essen.« Wenn es nach Grandma ging, bekam niemand außer uns genug zu essen. »Vielleicht magst du sie fragen, ob sie in den Ferien dieses Jahr mit uns kommen mag, wir fahren ins Ausland.«

»Wirklich? Wohin?« Neugierde hellte meine Stimmung auf. Ich drückte mir selbst die Daumen: *Disneyland, Disneyland, Disneyland.* Esmée war letztes Jahr mit ihrer Tante in Paris gewesen und redete seitdem von nichts anderem mehr.

»Zur Isle of Wight.«

»Ivy, die liegt nicht im Ausland, das habe ich dir doch erklärt.« Grandpa zwinkerte mir zu und ich konnte mir das Lächeln nicht verkneifen. Mein Wutausbruch war so gut wie vergessen.

»Wenn sie nicht im Ausland liegt, wieso müssen wir dann eine Fähre nehmen, um dort hinzukommen? Erklär mir das mal.«

Die mit Fotos und Kuchen gefüllte Tragetasche von Tesco schlug mir gegen die Beine, als ich durch das Dorf lief, vorbei an Rasenmähern und Gartenschläuchen, die schmutzige Autos säuberten. Meine Turnschuhe klatschten auf den Asphalt, während ich immer schneller rannte und Grandpas Worte zu vertreiben versuchte, die mir nicht mehr aus dem Kopf gehen wollten. Mein Leben schien in zwei geteilt. Vorher und nachher.

Als ich an der Hauptstraße ankam und am Briefkasten stehen blieb, um Luft zu holen, war mein T-Shirt schweißdurchnässt. Schallendes Gelächter ertönte über die Straße. Siobhan. Sie kam mit ihrer jüngeren Schwester Abby aus der Drogerie. Ich wollte gerade Hallo rufen, als Siobhan ihren Mund mit der Hand verdeckte und Abby etwas ins Ohr flüsterte. Dann schauten sie zu mir herüber und kicherten. Ich schloss meinen Mund wieder und studierte die Leerzeiten des Briefkastens, wohl wissend, dass meine Wangen vermutlich genauso rot waren wie der Briefkasten. Ich wünschte, ich hätte den Weg durch den Park genommen, aber Grandma mochte es nicht, wenn ich allein dort entlangging. »Da sind lauter Leute, denen man lieber aus dem Weg geht«, sagte sie stets, dabei war der Park tagsüber meist voller anhänglicher Kleinkinder und angespannter Mütter. Ich wusste nicht, was Siobhan gegen mich hatte, doch sie war mir nie so freundlich begegnet wie Charlie und Esmée. Und je älter wir wurden, desto gemeiner wurde sie mir gegenüber. Abby und Siobhan verschwanden im Café und ich eilte mit gesenktem Kopf und hängenden Schultern am Fenster vorbei.

Charlies Haus stand eingeengt zwischen einer Reihe viktorianischer Terrassen mit roten Backsteinen und aneinandergereihten Schornsteinen. Es handelte sich um die Häuser der ehemaligen Arbeiter in der alten Textilfabrik. Die Fabrik gab es schon lange nicht mehr, die Räumlichkeiten dienten nun als Grundschule, doch die Häuser sind geblieben.

Das kniehohe Gras war voller Brennnesseln, weshalb ich meine Arme auf dem Weg zur Haustür hochhielt. Ich ignorierte die Klingel, die meines Wissens noch nie funktioniert hatte, und nutzte den Türklopfer. Etwas von der schwarzen Farbe blätterte ab und fiel auf die Treppenstufen. Ich wartete und wollte gerade erneut klopfen, als ich das Klackern von Absätzen und das Klirren von Armreifen hörte. Knarzend öffnete sich die Tür.

»Hi, Lexie.« Charlies Mom schmiegte sich an die Wand, während ich mich in den Flur drückte. Lexie wedelte mit den Händen.

»Meine Nägel sind noch nicht trocken. Mach die Tür zu, Gracie-Grace.«

Ich schloss die Tür hinter mir und hob die Post von der Fußmatte auf.

»Wenn ein roter Umschlag dabei ist, kannst du ihn mit nach Hause nehmen«, sagte Lexie. »Ich will ihn ganz bestimmt nicht.« Sie pustete gegen ihre rubinroten Nägel. »Wie läuft's? Hast du schon einen Freund?«

»Nein, ich ...«

»Ohne bist du eh besser dran. Jungs sind zu nichts zu gebrauchen, keiner von diesen verdammten Nichtsnutzen. Charlie ist in der Küche und macht Abendessen. Hast du Hunger?«

»Und wie!« Den Zitronenkuchen hatte ich durch das Laufen bereits wieder verdaut.

Charlie schüttete Chicken-Nuggets und Pommes auf ein vor Rost orangefarbenes Backblech.

Lexie kochte fast nie. Charlie ernährte sich von Pizza, Burger und Pommes – ein Wunder, dass sie so dünn war. »Faules Essen für faule Leute«, wie Grandma es nannte, aber mir lief das Wasser dennoch im Mund zusammen.

»Tu mir den Gefallen und zünd mir eine Kippe an. Ich will nicht die Nägel verschmieren.« Lexie deutete auf die Packung. Ich nahm eine Zigarette heraus und hielt sie hoch. Sie legte ihre Lippen darum und ich brauchte drei Anläufe, um das Feuerzeug zu entzünden. Lexie beugte sich vor und ich hoffte, sie würde neben ihrer Zigarette nicht auch ihre durch das jahrelange Färben trockenen und fransigen Haare anzünden. Sie zog an der Zigarette, sodass das Ende rot aufglomm.

»Was hast du da?« Lexie deutete auf meine Tragetasche.

Ich räumte einige Briefe beiseite, die sich wie Efeu auf dem Tisch ausgebreitet hatten, und holte meine Fotos heraus. »Die sind für unser Geschichtsprojekt. Das mit dem Stammbaum. Bescheuert, aber Pflicht. Charlie braucht auch ein paar Fotos.«

»Ich glaube nicht, dass ich brauchbare habe. Nur Werbefotos. Und die sind anstößig, wenn du weißt, was ich meine.«

Ich wusste nicht, wovon sie sprach, stieg aber dennoch in ihr Lachen ein. »Was ist mit Charlies Dad?«

»Was soll mit dem sein?« Sie legte die Stirn in Falten und wedelte den Rauch vor ihren Augen zur Seite.

Charlie blickte finster zu mir und schob die Nuggets scheppernd in den Ofen.

»Hast du Fotos? Wir brauchen welche von der ganzen Familie. Es ist bescheuert, aber ...«

»Ich bin ihre ganze Familie. Bin ich verdammt noch mal nicht gut genug?« Lexie drückte ihre Zigarette aus.

»Doch, aber ...«

»Aber was?«

»Wir sollen Fotos mitbringen. Sind sie damals im Feuer verbrannt?«

»Was für ein Feuer?«

»Charlie hat erzählt, sie erinnert sich an ein Feuer, hier, als sie noch jünger war.«

»Charlie hat eine ausgesprochen blühende Fantasie.«

»Aber Mom ... Ich erinnere mich ...«

»An gar nichts erinnerst du dich, du kleine Lügnerin. Es hat nie ein Feuer gegeben.« Lexie schob ihren Stuhl nach hinten. Er knallte gegen die Wand. »Ich gehe aus.«

»Mom, ich koche gerade ...«

»Ich habe keinen Hunger.« Ihre spitzen Absätze hallten im

Flur wider. Das ganze Haus vibrierte, als sie die Haustür zuschlug.

»Was hast du dir dabei gedacht?«, fragte Charlie und stammte die Hände in die Hüfte.

»Wie bitte?«

»Ich hab dir doch gesagt, wie sie drauf ist, wenn ich meinen Dad erwähne.«

»Du hast ein Recht darauf, von ihm zu erfahren. Aber egal, wir müssen ...«

»*Wir* müssen gar nichts. Siobhan hat recht, manchmal bist du echt nervig, Grace. Nur weil deine Familie das reinste Chaos ist, brauchst du dich nicht in meine einzumischen.«

Mein Stuhl fiel klappernd zu Boden, als ich mit geballten Fäusten aufsprang. »Ich fass es nicht, dass du das gerade gesagt hast. Du bist meine beste Freundin!«

»Vielleicht ist es besser, wenn wir keine Freundinnen mehr sind. Ich brauche keinen Dad und ich brauche auch dich nicht, Grace Matthews. Fahr zur Hölle!«

Charlie sprang auf und rannte aus der Tür. Tritte donnerten die Treppe herauf und das Licht über mir flackerte, als Charlie in ihr Zimmer lief. In diesem Haus gab es keinen Teppich, der die Geräusche dämmte. Ich erinnerte mich daran, wie Charlie erwähnt hatte, dass der vom Rauch beschädigte Teppich herausgerissen worden war, und ich konnte nicht anders, als mich zu fragen, weshalb Lexie das Feuer leugnete. Was verbarg sie? Während ich meine Fotos zurück in die Tasche stopfte, wurde mir bewusst, dass Charlie in einem Punkt recht gehabt hatte. Meine Familie war das reinste Chaos, und es war alles meine Schuld.

ACHT

HEUTE

Der Brief liegt in meinen Händen. Das Blatt hat ein Eselsohr. Es ist eindeutig aus einem Collegeblock herausgerissen und ich kann fast schon die Stimme unserer Grundschullehrerin Miss Stiles hören: »Charlotte Fisher! Was machst du da?« Charlie hat so oft Ärger bekommen.

Ich hebe mein Weinglas, lehne mich zurück und beginne zu lesen.

NUR GRACE UND CHARLIE DÜRFEN DAS HIER LESEN! WENN DU ALSO KEINER VON UNS BIST, VERGRABE DIE KISTE WIEDER UND VERZIEH DICH!!!

Wir sind also keine Fünfzehn mehr, sondern erwachsen und fabelhaft, und dies ist meine Bucketliste, sollte ich die Dinge noch nicht getan haben:

1. Ich möchte meinen Dad finden. Da, ich habe es zugegeben. Es tut mir so leid, Grace, dass ich so eine Heulsuse war, als du mir früher schon dabei helfen wolltest, aber Mom war so sehr dagegen und ich so hin- und hergerissen. Ich dachte, es aufzuschreiben ist leichter als es auszusprechen, aber allein, dass ich den Gedanken überhaupt habe, macht mir ein schlechtes Gewissen. Mom ist manchmal echt bescheuert, aber sie ist alles, was ich habe, und ich möchte sie nicht verärgern. Aber du weißt ja, wie das ist, wenn man ohne einen Vater aufwächst, oder, Grace? Irgendwie fühlt man sich immer so unvollständig. Und die innere Traurigkeit geht einfach nie weg und man kann sie immer schwieriger ignorieren.

In letzter Zeit denke ich immer häufiger an ihn. Ich frage mich, ob ich ihm ähnlich sehe (meine Schönheit kommt ja nicht von nirgendwoher), ob wir denselben Humor haben (es muss ja einen Grund für meine Vorliebe für Monty Python geben) und ob er Rote Beete genauso eklig findet wie ich. Zur Hälfte bin ich jemand, den ich nicht kenne, und das möchte ich ändern. Ich will wissen, wer ich bin und wo ich herkomme, und ich will, dass er auch mich kennt (natürlich nur meine guten Seiten!).

Hoffentlich ist Mom mittlerweile weg vom Alkohol und hat mir erzählt, wer mein Vater ist. (Ich werde übrigens NIEMALS so lügen, wie sie es tut.) Hoffentlich haben wir ihn bereits gefunden und unsere Ferien am Pool seiner Hollywoodvilla verbracht. (Ist es übertrieben zu hoffen, dass er ein reicher Filmstar ist?)

2. Auf keinen Fall fett werden!!! Wir werden sehr viel Zeit im Bikini verbringen (siehe oben)!

3. Für immer Freunde bleiben. Grace, Siobhan, Esmée und Charlie. Die fabelhaften Vier. Ich liebe euch alle (und insbesondere dich, Grace. Meine BFF).

Charlie xxxx

Ich lese die Liste noch zweimal, während ich mein Glas leere. Doch sie hilft mir nicht dabei, Charlies letzte Worte zu entschlüsseln. Nichts aus dem Brief gibt mir einen Hinweis auf ihre Bedeutung. Enttäuschung macht sich in mir breit. Ehrlich gesagt weiß ich nicht, was ich erwartet habe. Einen im Brief markierten Tipp? Einen dicken schwarzen Pfeil mit der Aufschrift ›Hier anfangen‹? Beim erneuten Lesen fällt mir auf, dass wir ihren Dad nie gefunden haben. Ich erhebe mich und gehe auf und ab. Wo war sie, als sie verschwunden ist? Hat sie möglicherweise ihren Dad gefunden? Könnte er wissen, was sie getan hat, das sie als so schrecklich empfand?

Ich schließe meine Augen. *Denk nach, Grace.* Wenn ich ihn finden würde, könnte ich ihn danach fragen. Das Problem ist allerdings, dass es nur eine einzige Person gibt, die weiß, wer er ist. Lexie.

NEUN

HEUTE

Die Regenwolken hängen tief im schiefergrauen Himmel, während ich zu Lexie fahre. Ich bin noch nicht einmal auf halbem Wege dort, als es zu regnen beginnt. Die dicken Regentropfen prasseln auf meine Windschutzscheibe. Ich schalte die Scheinwerfer an, obwohl es noch nicht einmal sechzehn Uhr ist.

Trotz meiner Bitte, mich zu begleiten, wollte Dan nicht mitkommen. Ich versuchte ihm zu erklären, dass ich mit Lexie Frieden schließen müsse, da es die einzige Möglichkeit war, Charlies Dad zu finden. Doch er versteht nicht, weshalb ich so dringend mit ihm reden möchte. Im besten Fall hat er Charlie getroffen, als sie verschwunden war, und kann mir ein paar Antworten geben. Im schlimmsten Fall haben sich die beiden nie getroffen, aber dann kann ich ihm immerhin von Charlie erzählen. Ihre Erinnerung ehren.

Außerdem muss ich die Bedeutung von Charlies letzten Worten entschlüsseln: *Ich habe etwas Schreckliches getan, Grace. Hoffentlich kannst du mir verzeihen. Irgendwo muss ich anfangen zu suchen.*

Mein Handy klingelt und ich fahre in die Bucht einer

Bushaltestelle, um nachzusehen, wer anruft. Wenn es Grandma ist, werde ich rangehen. Ein roter Corsa nähert sich mir von hinten. Der Anruf kommt von einer 0843er-Nummer und ich lehne ihn ab. Vermutlich nur ein Telefonverkäufer. Ich blinke und fahre zurück auf die Straße, lehne mich nach vorne, um durch den Regenschauer sehen zu können. Als ich in Charlies Straße ankomme, bin ich erleichtert.

Lexies Vorgarten ist ungepflegt. Nachdem ich mich durch den Dschungel zur Haustür durchgeschlagen habe, sind meine Hosenbeine bis zum Knie durchnässt. Es kommt mir nicht vor wie sieben Jahre her, dass ich tränenüberströmt und mit schmerzenden Händen gegen die Tür geschlagen und nach Charlie gerufen habe, um die Wahrheit zu erfahren. Damals hatte ich nicht die leiseste Ahnung, dass ich Charlie für mehrere Jahre nicht sehen würde. Und dass ich das nächste Mal, wenn ich an diese Tür klopfte, Lexie zu Charlies Beerdigung abholen würde.

Der Türklopfer lässt sich schwer bewegen, und als ich ihn anhebe, knarzt er protestierend. Ich trete mir die Schuhe ab und warte. Ein Donnerschlag erschüttert mich. Zuerst denke ich, es wäre ein fehlzündendes Auto, und drehe mich herum. Hinter meinem Wagen parkt ein roter Corsa, doch es ist zu dunkel, um den Fahrer hinter dem Steuer erkennen zu können. Ich wünschte, ich hätte mir das Kennzeichen des Autos an der Bushaltestelle gemerkt. Wie viele rote Corsas kann es geben? Vermutlich Hunderte, doch meine Nackenhärchen stellen sich trotzdem auf, als ich überlege, ob es dasselbe Auto wie letzten Sonntag vor meinem Cottage ist.

Ich klopfe noch einmal. Schnell und fest.

»Wer ist da?«

»Ich bin's, Grace.«

Die Tür schwingt auf und ich versuche, mein Lächeln nicht zu verlieren, als Lexies Gesicht hinter der Tür auftaucht. Winzige rote Äderchen durchlaufen das Weiß ihrer Augen.

»Ich mache die Tür nur noch auf, wenn ich weiß, wer dahintersteht. Kann die ganzen Weltverbesserer nicht mehr sehen. Ich war mir nicht sicher, ob du kommst.«

»Ich mir auch nicht.«

Bereit, mich zu verteidigen, sollte sie mich anschreien, betrete ich den Flur. Sie breitet ihre Arme aus und ihr Verhalten während der Beerdigung scheint plötzlich nicht mehr so wichtig. Sie ist Charlies Mom und verletzt. Wir beide sind es. Ich spüre ihre Hüftknochen, als wir uns ungeschickt umarmen – sie war eigentlich nicht der Typ, der andere gern anfasst –, und ich drehe meinen Kopf zur Seite, um nicht ihre Haare im Gesicht zu haben. Ihre dunkelgrauen Haarwurzeln heben sich von den hellroten Längen ab, und sie riechen, als wurden sie seit Wochen nicht mehr gewaschen.

Ich folge ihr den engen Flur entlang, wobei meine Schuhe nasse Abdrücke auf dem unbehandelten Holz hinterlassen.

»Setz dich.«

Die Küche sieht furchtbar aus. An der Hintertür stapeln sich die überquellenden Mülltüten. Ich schäme mich. Das ist Charlies Mom, und unabhängig von den Geschehnissen bei der Beerdigung hätte ich schon viel früher vorbeikommen sollen. Sie hat niemanden. Ich ziehe einen Stuhl mit wackeligen Beinen heran und wische ein paar Krümel vom Polster, bevor ich mich setze.

»Tee?«

»Gern.«

In der Spüle türmt sich das schmutzige Geschirr wie eine gigantische Version von Jenga, und als Lexie eine Tasse herauszieht, fällt Besteck herunter. Das Klimpern zerreißt die peinliche Stille.

»Zucker?«

»Nein, danke.«

Lexie spült die abgestandene Tasse unter kaltem Wasser aus und füllt sie mit einem Teebeutel und noch nicht kochendem Wasser. Ich schiebe einen Stapel Post und den überfüllten Aschenbecher zur Seite, um Platz für die Tasse zu schaffen. Nach Milch frage ich gar nicht erst.

Mit zu meinen Lippen erhobener Tasse tue ich so, als würde ich einen Schluck trinken. »Wie geht es dir?«

Lexie zuckt mit den Schultern und lässt ihren Blick durch die dreckige Küche schweifen, als würde dies die Frage beantworten – was durchaus zutrifft. Die peinliche Stille setzte wieder ein.

»Ich komm zurecht. Deine Grandma bringt genug Auflauf und Kuchen vorbei, um die ganze Straße satt zu kriegen.«

Ich überspiele meine Überraschung. Grandma hat Lexie nie besonders gemocht, und ihre Geste rührt mich.

»Also.« Ich hole tief Luft. »Du wolltest mich sehen?«

Mit zitternden Händen zündet sich Lexie eine Zigarette an. Sie trägt den Aschenbecher zur Hintertür und leert ihn auf eine bereits volle Mülltüte. Ein Teil der Asche fällt daneben. »Ich hole mir einen Untermieter. Ich brauch das Geld. Immerhin hab ich ja nicht gearbeitet, seit ... Du weißt schon.«

Ich nicke.

»Dafür muss ich Charlies Zimmer leerräumen. Das schaff ich nicht alleine.«

Lexie nimmt ihr goldenes Zippo-Feuerzeug und lässt es immer wieder auf- und zuschnappen. Ich beiße die Zähne zusammen. Ich möchte ihre Hand in meine legen und sie beruhigen, aber ich tue es nicht.

»Du willst, dass ich dir helfe?«

»Ja. Morgen ist der Einzug.«

»Morgen?«

»Ja. Hilfst du mir?«

Ihre Frage hängt in der Luft und verlangt eine Antwort, doch mein Mund ist so trocken, dass ich kein Wort herausbekomme. Ich möchte Charlies Zimmer nicht noch mal betreten.

Ihr Blick trifft meinen. »Bitte.« Sie flüstert so leise, dass ich das Wort kaum höre.

Ich öffne den Mund. Das Wort ›Nein‹ liegt mir auf der Zunge wie ein gefangener Vogel, der darauf wartet, freigelassen zu werden. Doch meine Schuldgefühle agieren eigenständig und ich sage »Ja«.

Die Tür fühlt sich kalt und schwer an, als wäre ihr bewusst, dass sie ein Zimmer behütet, das sein Herz verloren hat. Mit dem Öffnen der Tür überkommt mich ein Würgereiz, doch ich weiß nicht, ob er vom Staub oder von alten Erinnerungen ausgelöst wird. Die zartlila Vorhänge, die sich kaum in der Mitte treffen, sind zugezogen. Ich ziehe sie auseinander, öffne das Fenster und schnappe nach Luft, als wäre ich zu lange unter Wasser gewesen. Die sanften Regentropfen, die auf mein Gesicht fallen, sind die reinste Wohltat.

In den letzten sechs Jahren vor ihrem Tod wurde Charlies Zimmer nicht genutzt, doch sie ist damals so abrupt verschwunden, dass noch fast alle ihre Sachen hier sind. Im für Charlie typischen Chaos kann man nur einen kleinen Fleck vom Boden erkennen. Dennoch fühlt sich das Zimmer irgendwie leer an. Hohl.

Lexie lungert an der Tür und hat noch keinen Fuß in den Raum gesetzt. Sie kaut an ihren Fingernägeln.

»Ich hole einen Müllsack«, bietet sie an.

Ich nicke, obwohl wir vermutlich mindestens eine ganze Rolle an Säcken benötigen werden. Und wenn wir das Zimmer heute noch komplett leerräumen wollen, auch ein Wunder.

Das mit Fotos bestückte Korkbrett hängt noch immer an der strukturierten Wand. Charlie hat ihr Zimmer gehasst: »Wer hat denn Wände, die wie eine Decke aussehen?« Ich erinnere mich noch an das Wochenende, an dem sie aufhörte, Lexie zu bitten, einen professionellen Verputzer anzuheuern, und wir beide die nikotingelben Wände hellrosa gestrichen haben. Danach sah es nur noch schlimmer aus. Charlie kam damals bei mir vorbei, weinte und zupfte sich Farbspritzer aus den Haaren, während sie sich beschwerte, dass ihr Zimmer jetzt wie ein riesiges Marshmallow aussah. Grandma kochte uns Shepherd's Pie, während Grandpa seine Malerrollen und Leitern aus dem Schuppen holte. Als Charlie am nächsten Tag nach Hause kam, waren ihre Wände polarweiß, doch die Struktur war geblieben.

Ich nehme ein Foto von der Wand und mein Magen zieht sich zusammen, während ich die Umrisse von Charlies Gesicht vorsichtig mit meinem Finger nachfahre. »Du fehlst mir«, flüstere ich.

»Mir fehlt sie auch.« Lexie reicht mir ein paar Müllsäcke und einen Karton. »Ich trinke das letzte Bier aus, damit wir den Karton nutzen können.«

Ich schlucke meinen Sarkasmus herunter. Sie bemüht sich. »Wo möchtest du anfangen? Am besten machen wir mehrere Stapel. Einen für die Sachen, die wir behalten, einen mit Zeug, das wir spenden, und einen für den Müll.«

»Ich ziehe das Bett ab und stecke die Wäsche in die Maschine. Du fängst mit den Schubladen an. Klamotten, die du noch tragen würdest, kannst du behalten.«

Beim Hinknien drücken meine Kniescheiben so fest in die Holzdielen, dass ich froh bin, eine lange Hose zu tragen. Die oberste Schublade geht nicht auf und ich muss Kraft anwenden. Dabei geht der Knauf ab und ich überlege, Lexie nach einem Schraubenzieher zu fragen, stecke den Knauf stattdessen aber ein. In meinem Kofferraum befindet sich ein kleiner Werkzeugkasten. In der Schublade liegt ein prächtiger Regenbogen aus zerknüllten, winzigen T-Shirts. Selbst wenn ich sie tragen wollte, wären sie zu klein. Ich lege einige zur Seite, von denen ich glaube, dass Lexie sie gern behalten würde – ein orangefarbenes Batik-T-Shirt und Tops in den Farben von Smarties. Die restlichen Oberteile falte ich in einen Sack für die Spenden. Ganz unten in der Schublade liegt ein T-Shirt mit Blumenmuster. »Das ist meins«, erzähle ich Lexie. »Mal sehen, was ich sonst noch so wiederfinde.«

Der Hauch eines Lächelns legt sich über Lexies Lippen.

»Was?«, frage ich.

»Als Charlie fünf oder sechs Jahre alt war, hat sie meine Schubladen durchwühlt und Verkleiden gespielt. Ich stand gerade in der Küche und habe Abendessen gemacht, als sie mit meinem vibrierenden Vibrator in der Hand hereingekommen ist. ›Was ist das, Mommy?‹, hat sie gefragt.«

»Was hast du geantwortet?«

»Das ist ein spezielles Massagegerät für die Schultern, hab ich ihr erklärt. Für harte Tage.«

»Das war einfach.«

»Ich hab mir nichts dabei gedacht, aber zwei Wochen später oder so, als ich sie von der Schule abgeholt habe, wollte ihre Lehrerin Miss Johnson kurz mit mir sprechen. Sie hat erzählt, dass sie den Kindern am Tag davor erklärt hätte, dass ihre Schulter verspannt wäre und sie deshalb nicht an die Tafel schreiben kann. Und da hat ihr Charlie mein spezielles Massagegerät mitgebracht und wollte es ihr ausleihen. Die Lehrerin hat mir dann meinen Vibrator in einer Plastiktüte vom Tesco überreicht. Ich wäre am liebsten im Erdboden versunken.«

»O mein Gott. Wie hast du reagiert?«

»Ich habe mich bedankt und gesagt, dass es ihr hoffentlich bald wieder besser geht.«

Ich pruste vor Lachen. »Du Arme! Und arme Charlie! Hat sie Ärger bekommen?«

»Nein, sie wollte nur helfen. Schlimmer war, als Leute an unserer Tür standen und nach Spenden für kranke Kinder in Afrika fragten.«

»Was ist passiert?«

»Ich stand gerade unter der Dusche und Charlie hat

beschlossen, eine meiner Pflanzen zu spenden. ›Diese Kräuter machen glücklich. Die können die Kinder haben‹, hat sie gesagt und ihnen eine meiner selbst gezogenen Cannabispflanzen überreicht.«

»Lexie! Du kannst froh sein, dass du nicht verhaftet wurdest.« Ich muss lachen. Das Eis zwischen uns war nun etwas gebrochen.

»Ich glaube nicht, dass die wussten, was für eine Pflanze das war. Sie haben lediglich geantwortet, dass sie nur Geldspenden sammeln. ›O, wir haben nie Scheiß-Bargeld im Haus‹, hat sie geantwortet. Da muss sie etwa fünf gewesen sein.«

»Ich kann mir gar nicht vorstellen, wie sie als Kind aussah. Hast du Fotos?«

»Ein paar wenige. Ich zeig sie dir später, wenn du willst.«

»Gerne, danke.« Ich stelle mir die fünfjährige Charlie mit Pferdeschwanz und furchtlos vor. Nie werde ich vergessen, wie sie sich für mich eingesetzt hat, als wir uns zum ersten Mal begegnet sind.

»Grace, ich schulde dir eine Entschuldigung ...«, sagt Lexie mit immer leiser werdender Stimme.

Ich glätte Falten aus Sommerkleidern und lege Winterpullover zusammen. Kleidung für Jahreszeiten, die Charlie nicht mehr erleben wird. »Die Beerdigung war purer Stress. Du brauchst dich nicht zu entschuldigen.«

»Es geht nicht nur um die Beerdigung.« Ihr Feuerzeug flackert auf und eine Rauchschwade weht durch den Raum. »Es ist kompliziert ...«

»Wir müssen nicht heute darüber reden.« Ich nehme das letzte Teil aus der Schublade. »Die gehörten mal dir, weißt du noch?« Ich halte winzige weiße Jeansshorts in die Luft.

»Diese Hose habe ich geliebt. Kleine Göre.«

Ich lege sie zu den anderen Sachen, die wir für Lexie aufheben.

Nun sind die Schubladen leer. Beim Aufstehen wische ich

mir über die Knie, dann öffne ich Charlies Schmuckkästchen. Klimpernde Musik ertönt, während eine Ballerina in rosa Tutu ununterbrochen Pirouetten dreht.

Das Gegenstück zu meiner Herzkette liegt im roten Samt der Schatulle. Ich nehme es heraus. Es dreht sich, genau wie meins im Wald, als würde es seine andere Hälfte suchen.

»Die solltest du behalten«, sagt Lexie. »Sie hatte die Kette an dem Tag an. Sie würde wollen, dass du sie hast.«

Mein Hals ist wie zugeschnürt, also nicke ich nur. Dann öffne ich meine Kette und fädele Charlies Hälfte darauf, bis sie neben meiner hängt, ohne richtig zusammenzupassen: ein gebrochenes Herz, das nie wieder eins sein wird.

Wir arbeiten schweigend, bis der Mond aufgeht und ein cremefarbenes Licht auf die vielen schwarzen Säcke wirft, die wie Soldaten an der schmutzigen Wand aufgereiht stehen.

»Die bringe ich am Montag zur Spendensammlung.« Mit einem Müllsack über meiner linken Schulter und einem weiteren in meiner rechten Hand fühle ich mich wie der Weihnachtsmann, als ich die Treppen hinuntersteige und darauf achte, nicht hinzufallen. Ich klappe die Rückbank meines Autos um und quetsche Charlies gesamtes Leben in meinen Kofferraum. Nur den Sack mit den Klamotten, die Lexie noch tragen kann, stopfe ich in ihren Schrank.

Dann verabschiede ich mich von Charlies Zimmer. Ausgeblichene Rahmenlinien von Postern sowie Resten von Klebepads sind die einzigen sichtbaren Hinweise auf ein Leben, das hier einmal herrschte. Wie schnell wir doch die physikalische Präsenz einer Person auslöschen können, während die Erinnerungen an sie ewig weilen. Ich schalte das Licht aus und geselle mich zu Lexie ins Wohnzimmer.

»Willst du was trinken?«

»Bitte.«

Ich setze mich mit angezogenen Beinen auf das kaputte Ledersofa, nippe an einem Glas Merlot und warte darauf, dass der Alkohol meine Angst wegspült. Ich muss die Gelegenheit nutzen, um nach Charlies Dad zu fragen. Ich muss die Wahrheit wissen. Das ist die Gelegenheit, einen Namen und vielleicht sogar eine Adresse herauszufinden.

»Ich habe mein erstes Glas Rotwein hier getrunken«, erzähle ich Lexie. »Charlie hat gemeint, es wäre Blut, und ich sollte es als Mutprobe trinken. Als ich nach Hause kam, habe ich geweint und meinem Grandpa erzählt, dass ich nun ein Vampir bin.«

»Sie konnte eine richtige Göre sein«, sagt Lexie liebevoll.

»Zeigst du mir jetzt die Babyfotos?«, frage ich betont beiläufig, obwohl mein Herz rast. Ich trinke noch einen weiteren, diesmal etwas größeren Schluck.

Lexie kramt in der Anrichte und ich drücke mir selbst die Daumen.

»Hier sind sie.« Sie holt einen braunen DIN-A4-Umschlag heraus, auf dem mit schwarzem Filzstift *Charlotte* draufgekritzelt steht. Ein paar Fotos ragen aus dem gerissenen Falz heraus.

»Ich wollte sie schon immer mal in ein Album stecken.« Lexie legt die Fotos zwischen uns aus.

Charlie als Baby in der Spüle, grinsend, zahnlos und mit den Haaren voller Shampooschaum.

»Sehr niedlich.« Ich greife nach einem alten Polaroidfoto. Lexie mit pinkfarbenen Haaren in einem gepunkteten Kittel und mit Krankenhausarmband, ein schlafendes Baby in ihrem Arm. »War das am Tag ihrer Geburt?«

»Ja. Vierzehn Stunden Wehen. Mann, war ich fertig. Aber das Lachgas war super.«

»War Charlies Vater auch da?«

»Nein.« Lexie kippt ihren Wein runter.

»Wieso nicht?«

Lexie zuckt mit den Schultern. »Er wollte nichts mit uns zu tun haben. Der Penner ist einfach auf und davon, nachdem er von meiner Schwangerschaft erfahren hat.«

»Hat er Charlie denn nie gesehen?«

»Nein.«

»Das muss hart für dich gewesen sein, so ganz alleine mit einem Baby.«

»Das kannst du dir gar nicht vorstellen.«

»Erzähl mir von ihm.«

»Er ist ein Arsch. Ohne ihn war sie besser dran.«

»Da bin ich mir sicher.« Die Lüge rutscht mir von der Zunge. »Ich bin nur neugierig.«

Die Stille zwischen uns wird immer angespannter, bis sie einreißt.

Lexie atmet tief aus. »Okay, was willst du wissen?«

Sie füllt die letzten Tropfen Wein in ihr Glas, das beinahe schon überläuft, und greift unter das Sofa. Sie holt eine neue Flasche hervor, winkt damit und hebt fragend die Augenbrauen.

»Ich muss noch fahren«, sage ich und halte die Hand über mein Glas. Zigarettenrauch und Geheimnisse hängen wie Wolken in der Luft und ich werde zappelig. Lexie blättert durch die Fotos und nimmt das geknickte Bild eines Mannes aus dem Stapel. Er hebt sein Bierglas und prostet jemandem außerhalb des Bildausschnittes zu. Zwischen seinen Lippen hängt eine Zigarette. Er ist Charlies Ebenbild.

»Sein Name ist Paul Lawson. Wir haben uns kennengelernt, als ich sechzehn war. Zu der Zeit hing ich ständig im The Folk Lore ab, ein echt cooler Musikschuppen. Alle paar Wochen spielte da eine andere Band. Mittlerweile ist es, glaube ich, geschlossen.« Lexie runzelt die Stirn, und ich lehne mich ein Stück nach vorne, um sie zum Weiterreden zu animieren. »Ich hab mich immer durch die Hintertür reingeschlichen, um nicht zahlen zu müssen. Dann stand ich ganz hinten und wünschte mir, ich wäre die Sängerin auf der Bühne. Eines Tages hat mir der Besitzer Frank auf die Schulter geschlagen. Ich hab mir vor Angst fast in die Hose geschissen, weil ich dachte, er schmeißt mich raus. Doch er sagte: ›Wenn du dich schon jedes Mal reinschleichst, dann mach dich wenigstens nützlich und sammle ein paar Gläser ein.‹« Bei der Erinnerung muss Lexie lachen. »Paul war Sänger. Es war sein erster Auftritt und er war scheiße gut. Ich hab mich sofort in ihn verliebt.«

Lexie pausiert, um sich noch eine Zigarette anzuzünden. Der Rauch umhüllt mein Gesicht, während ihre Worte meine Gedanken aufwirbeln. Sie hat Charlies Dad geliebt? So richtig geliebt?

»Er war zweiundzwanzig. Kein riesiger Altersunterschied, aber gefühlt war er viel älter als ich. Ein richtiger Mann, du weißt schon. Ich stand tierisch auf ihn. Er hatte hellblonde Haare und die grünsten Augen, die ich je gesehen habe.« Asche fällt von Lexies Zigarette auf ihre Hose, doch sie scheint es nicht zu bemerken.

»Hier.« Ich reiche ihr den Aschenbecher. »Also warst du mit ihm zusammen?«

»Nach seinem ersten Auftritt kam er total vollgedröhnt von der Bühne runter. Hat mich hochgehoben und so schnell herumgewirbelt, dass ich fast gekotzt habe. Er wollte mit mir feiern, aber Frank hat gesagt, dass er mir nichts ausschenken würde, auch Stunden später nicht.« Lexie öffnet die noch verschlossene Flasche und füllt ihr Glas erneut auf. »Also hat Paul eine Flasche Whiskey zum Mitnehmen gekauft und wir sind in den Park.« Lexie schlingt ihre Arme um den Körper, als würde sie ihre Erinnerungen festhalten wollen. So verletzlich habe ich sie noch nie gesehen. »Ich mochte keinen Whiskey, fand ihn echt eklig. Aber ich hab nichts gesagt. Und einfach die Hälfte wieder zurück in die Flasche gespuckt, statt das Zeug runterzuschlucken.« Sie schaudert. »Versuch niemals, dich für einen Mann zu verändern, Grace.«

»Was ist passiert?«

»Er hat mich vollgesäuselt, dass ich was Besonderes wäre,

und ich hab ihm den ganzen Quatsch geglaubt. Und dann hatten wir Sex auf seiner Jacke. Mein erstes Mal. Edel, was?« Lexie kippt ihren Wein herunter.

»Und dann hat er dich verlassen?«

»Nein. Sechs Wochen haben wir miteinander verbracht. Und dann ist er einfach verschwunden. Hat noch nicht einmal Tschüss gesagt. Und seitdem hab ich ihn nie wiedergesehen. Und will ich verdammt nochmal auch gar nicht.«

»Warst du da schon schwanger, als er weggegangen ist?«

»Ja, aber das wusste er nicht.«

»Du hättest ihn doch sicherlich finden und ihm davon erzählen können. Er hatte ein Recht, von dem Baby zu erfahren.«

Lexie spielt mit ihrer Zigarettenpackung, zögert ihre Antwort hinaus, als würde sie ihre Worte erst im Kopf formen, bevor sie sie aussprach.

»Ich habe ihm davon erzählt. Er wollte uns nicht.«

»Aber du hast doch gerade gesagt ...«

»Er wusste nichts davon, bis ich es ihm erzählt habe, meinte ich. Er wollte keine Kinder. Wollte, dass ich abtreibe. Arschloch.«

»Weiß er, dass du das Kind behalten hast? Dass er eine Tochter hat?«

»Klar.« Lexie stellt ihre Füße wieder auf den Boden und tritt dabei den Wein um. »Scheiße, scheiße, scheiße.«

Ich hole einen Lappen und knie mich hin, tupfe den abgenutzten Teppich ab und nehme den Rotwein auf. »Wie hat er reagiert, als du ihm von Charlie erzählt hast?«

»Ich habe keine verdammte Ahnung. Das ist fünfundzwanzig Jahre her. Kann mich kaum noch an das erinnern, was ich gestern gesagt habe.«

»Weiß er, dass Charlie gestorben ist, Lexie?«

Lexie starrt auf den purpurroten Fleck. Ihre Augen sind

voller Tränen, die nicht fließen. »Ich will nicht mehr darüber reden.«

»Aber es ist wichtig, Lexie ...«

»Treib es nicht zu weit, Grace. Es tat gut, dich wiederzusehen, aber jetzt ich bin müde.« Lexie streckt mir ihre Hand aus und ich gebe ihr den durchnässten Lappen, ziehe meine Schuhe an und sammle meine Jacke und Tasche zusammen.

»Wir sprechen uns bald wieder«, sage ich.

Sie nickt und wir umarmen uns zum Abschied.

Als ich in meinen Fiesta steige, spüre ich Charlies Schubladenknauf in meiner Tasche. Ich habe vergessen, ihn wieder dranzuschrauben. Immerhin habe ich so einen Grund, wiederzukommen. Ich werde das Foto von Paul zurückgeben müssen, das ich in meiner Tasche habe verschwinden lassen, als Lexie nicht hingeschaut hat. Ich fahre davon und muss zugeben, dass mich ein Schauer der Aufregung durchfährt. Ich habe einen Plan.

Ich habe Muskelkater. An die Bettkante gedrückt liege ich da und versuche wie eine Hochseiltänzerin, das Gleichgewicht zu halten. Dan schläft noch. Mit offenem Mund und einer Stirn glatt wie ein Kieselstein liegt er auf dem Rücken. Beim Schlafen verschwindet die Furche zwischen seinen Augenbrauen, die mit dem Aufwachen zurückkommt. Kalte weiße Laken liegen wie ein Strom zwischen uns, den ich nach wie vor nicht überqueren kann, sosehr ich es mir auch wünschte. Keine Ahnung, was er noch für mich empfindet. Ich beobachte, wie sich sein Brustkorb mit jedem Atemzug gleichmäßig hebt und senkt, und sehne mich danach, meinen Kopf auf seine Brust zu legen, seinem Herzschlag zu lauschen.

Trauer erdrückt und isoliert, lässt einen einsam zurück. Wir beide haben Charlie verloren, aber Dan kann nicht nachvollziehen, wie ich mich tatsächlich fühle. Woher denn auch? Zuerst war ich so schockiert, dass ich weder sprechen noch die einfachsten Abläufe ausführen konnte, selbst wenn ich sie zuvor bereits unzählige Male durchlaufen hatte. Meine Toasts waren verbrannt, die Klamotten zerknittert. Ich war nicht mehr in der Lage zu kommunizieren. Die Worte verknoteten sich auf meiner Zunge, bis ich sie herunterschluckte. Im Magen stießen sie dann auf sämtliche Gefühle, die ich nicht sortiert bekam. Wie hätte ich ihm meine Gefühlslage übermitteln sollen, wenn ich sie selbst nicht einmal genau bestimmen konnte? Dan arbeitete immer länger, kam meistens erst um Mitternacht nach Hause. Ich hörte dann die Treppenstufen unter seinem Gewicht knarzten, verdrehte die Augen und lag einfach nur still da, wartete, während er sich auszog und neben mir ins Bett fiel. Meist roch es im Zimmer anschließend so stark nach Alkohol, als hätte ich selbst getrunken.

In letzter Zeit jedoch ist es anders, die Rollen vertauscht. Er ist öfter zu Hause, während ich wieder arbeiten und unter Leute gehe, als wäre ich eine von ihnen und das Gefüge meines Universums unversehrt.

Der Wind schlägt gegen die Fenster und lässt sie erzittern. Das Gartentor schwingt auf und wieder zu. Ich setze mich auf und greife nach meinen Pantoffeln. Mein Nacken knackt. Mit den Füßen im Kunstpelz und dem Körper im Morgenmantel schlurfe ich ins Erdgeschoss und öffne die Haustür. Der Apfelbaum steht so gebeugt wie ein alter Mann im Wind. Mit vorsichtigen Schritten gehe ich auf dem zugefrorenen Weg zum Tor, schließe und arretiere es, wohl wissend, dass die Maßnahme nicht lange halten wird.

In der Küche schalte ich die alte, gluckernde Heizung an und nehme etwas Frühstücksspeck aus dem Kühlschrank. Früher haben wir uns jeden Sonntag abwechselnd gegenseitig das Frühstück zubereitet und ans Bett gebracht, doch ich weiß nicht mehr, ob wir vor oder nach Charlies Tod damit aufgehört haben. Ich schneide dicke Scheiben von einem Weißbrot ab und bestreiche sie mit Butter und Gewürzketchup. Der Bacon brutzelt und spritzt, und Mittens schnurrt um meine Füße, weil sie auch etwas vom gebratenen Speck abhaben möchte. Ich schneide das Fett ab und gebe ihr die Hälfte davon. Die andere Hälfte bekommen die Vögel.

»Guten Morgen!« Wieder im Schlafzimmer, stelle ich das Tablett am Fußende des Bettes ab. Dabei schwappt Tee auf die Teller.

Dan setzt sich auf, stellt die Kissen in seinem Rücken hochkant und legt die Zeitschriften und Weingummitüten auf den Boden. Ich reiche ihm sein Frühstück.

»Danke. Du bist gestern aber spät nach Hause gekommen. Wie lief es mit Lexie?« Er beißt in sein Sandwich. Fett läuft sein Kinn hinunter und er wischt es sich mit dem Handrücken ab.

»Sie bekommt einen Untermieter. Ich habe ihr geholfen, Charlies Zimmer auszuräumen, und dann haben wir noch etwas getrunken. Sie hat mir von Paul erzählt.«

»Von Paul?«

»Charlies Dad.«

»Oha. Ich hätte nie gedacht, dass sie dir jemals von ihm erzählt oder auch nur weiß, wer er ist. Sie ist ja schon ein Flittchen.«

»War sie aber nicht immer. Er war ihr Erster und sie war wirklich in ihn verliebt.«

»Lexie und verliebt? Na, wer hätte das gedacht. Was ist passiert?«

Ich reibe mir die Augen. »Ich bin mir nicht sicher. Erst hat sie erzählt, dass er nichts von ihrer Schwangerschaft wusste, doch dann hat sie ihre Geschichte geändert und behauptet, er wäre weggelaufen, als sie ihn darüber informiert hat. Sie ist meinen Fragen ziemlich ausgewichen. Aber trotzdem, jetzt können wir ihn finden, oder?«

»Bist du sicher, dass du das möchtest?«

»Ja. Wir wissen nicht, wo Charlie hingegangen ist, als sie verschwunden ist. Wenn sie ihn getroffen hat, weiß er möglicherweise, was sie so Schreckliches getan hat.«

»Vielleicht erfährst du es aber auch nie. Das ist alles reine

Spekulation. Und wenn du es herausfindest, gefällt dir die Wahrheit womöglich gar nicht.« Dan kaut sein Sandwich.

»Das werde ich nie wissen, wenn ich es nicht versuche. Bitte, Dan.« Ich würde Paul Lawson auch ohne Dan finden, doch mit seiner Unterstützung wäre es leichter.

»Du hast in letzter Zeit viel durchgemacht, Grace. Ich möchte nicht, dass du dich noch mehr belastest.«

»Dann hilf mir. Ich möchte das Ganze hinter mir lassen. Wirklich, Dan. Ich möchte, dass alles wieder beim Alten ist, soweit es eben möglich ist. Ich möchte *uns* zurück.«

Dan isst sein Sandwich auf und wischt sich die Hände an der Bettdecke ab. Nadelstichgroße Fettflecken saugen sich in die weiße Baumwolle und ich trinke schnell einen Schluck Tee, bevor ich meckern kann. Er streckt seine Hand aus und verschränkt seine Finger mit meinen.

»Ich auch. Also gut, ich helfe dir. Wo wohnt er?«

Ich seufze. Plötzlich scheint die uns bevorstehende Aufgabe enorm. »Ich bin mir nicht sicher.«

»Wie können wir ihm dann von Charlie erzählen?«

»Er heißt Paul Lawson und ist Folksänger. Ich dachte, du könntest ihn vielleicht über das Internet finden?«

»Weil ich ein Genie bin?«

»Weil wir tief in die Tasche gegriffen haben, um ein alle Wünsche erfüllendes MacBook zu kaufen, bei dem du den viel zu hohen Preis damit verteidigt hast, dass es einfach alles kann.«

»Beim Wunderverrichten stößt es wohl auch an seine Grenzen. Aber lass uns runtergehen, dann google ich ihn.«

Der Laptop liegt auf Dans Schoß und fährt mit leuchtendem Bildschirm hoch. Dan krümmt sich über die Tasten. Ich sitze so nah bei ihm wie möglich, wobei unsere Hüften gegeneinanderdrücken. So engen Körperkontakt hatten wir seit Monaten nicht mehr. Ich reiche ihm das Foto, das ich letzte Nacht bei

Lexie habe mitgehen lassen. Hoffentlich merkt sie nicht, dass es fehlt.

Dans Finger fliegen über die Tastatur. »Paul Lawson hast du gesagt? Folksänger?«

»Ja.«

»Okay, es gibt Verlinkungen zu den Stichworten ›Paul Lawson‹ oder ›Folksänger‹, aber nicht zu beiden zusammen.«

»Lass uns sie trotzdem durchgehen.«

Dan lacht auf. »Du hast echt keine Ahnung vom Internet, oder? Es gibt vierzig Millionen Einträge. Wenn du die alle durchgehen willst, bitte.«

Ich nehme den Laptop und sehe mir die Seiten nacheinander an. Meine Schultern werden immer verspannter und ich muss irgendwann aufstehen und mich strecken.

»Wir können es auf Websites versuchen, die auf das Auffinden von Personen spezialisiert sind.«

Der Nachmittag vergeht wie im Flug, während wir Seite um Seite durchstöbern: die Heilsarmee, Vermisste Personen; scheinbar gibt es kaum jemanden, der nicht nach jemandem sucht. Ich lese Geschichten über weggelaufene Kinder, Ehemänner, die nie vom Einkaufen zurückkamen, verschwundene Mütter.

Das Baconsandwich, das eben noch so gut geschmeckt hat, liegt mir nun schwer im Magen. Das Fett kommt mir fast wieder hoch.

»Okay.« Dan kratzt sich an der Nase. »Niemand wird uns helfen, Paul zu finden, da wir nicht mit ihm verwandt sind, richtig? Aber Lexie würden sie helfen, wenn sie wüssten, worum es geht. Wäre es möglich, dass …«

»Nein.«

»Dann bleiben uns wohl nur die sozialen Medien.«

»Aber da haben wir doch schon geschaut.«

»Wir haben in den sozialen Medien gesucht, aber wir können auch in ein paar Gruppen posten. Es gibt jede Menge, die sich auf Musik beziehen. Irgendjemand muss ihn kennen.«

Optimismus steigt in mir auf und ich nicke.

»Hol die Karte vom Chinesen, Frau, und lass mich meine magische Arbeit verrichten.« Dan wedelt mit seinen Fingern, als wäre er der Bösewicht aus einem Cartoon, der sich einen hinterhältigen Plan ausdenkt. Ich hole die Menükarte, um unser Essen auszuwählen, und dann bestellen wir wie jedes Mal die hausgemachten Chow Mein und den frittierten Reis mit Ei.

Auf dem Tisch liegen die Reste unseres chinesischen Essens. Meine noch halb gefüllte Styroporverpackung steckt in Dans leerer. Mittens schlägt nach einer Nudel, die von meinem Tellerrand baumelt. Mit ihren Augen folgt sie der schwingenden Nudel von links nach rechts und wieder zurück, als verfolgte sie ein Tennismatch in Wimbledon.

»Wir posten das Foto, das du aus Lexies Haus mitgenommen hast. Was willst du dazuschreiben?«

Ich schiebe mir den nächsten Krabbenchip zwischen die Zähne. »Wie wäre es mit: *Du bist Paul Lawson oder kennst ihn? Dann melde dich dringend, denn wir haben wichtige Neuigkeiten für dich?*«

»Ich weiß nicht. Das klingt, als hätte er zufällig irgendetwas gewonnen. Wir wollen ja nicht, dass sich jeder Spinner bei uns meldet und als Paul ausgibt.«

»Okay, wie wäre es mit: *Wir suchen Paul Lawson aufgrund einer Angelegenheit, die nichts mit Geld zu tun hat. Schreib uns, wenn du ihn kennst.*«

»Jetzt klingt es so, als hätte er etwas verbrochen. Darauf würde ich nicht antworten.«

»Weil du zu misstrauisch bist.«

»Muss ich ja wohl, wenn du so gutgläubig bist.«

»Versuch es mit: *Ich bin ein alter Bekannter von Paul Lawson. Wir kennen uns aus der Musikbranche und ich würde gerne wissen, welche Stücke er gerade auf seiner Gitarre zaubert. Kennt ihn jemand?*«

»Besser. Es klingt freundlich und sollte seine Neugierde wecken. Ich lege einen E-Mail-Account dafür an, irgendetwas Musikrelevantes und Anonymes.«

Ich lehne mich zurück und beobachte Dans Gesicht, das vom Bildschirm erhellt wird. Er ist in sein Tun versunken. Mein Technikfreak. Ich war lange nicht mehr so zufrieden.

»Fertig.« Dan zeigt mir sein Ergebnis, bevor er den Laptop zuklappt und unter den Tisch legt.

Ich greife nach meinem Weinglas. Die Distanz zwischen uns ist verflogen und ich frage mich, ob er es auch bemerkt. Ich hole tief Luft und will gerade vorschlagen, ins Bett zu gehen, als Dans Handy klingelt. Er holt es aus der Tasche und schaut mit finsterem Blick auf das Display.

»Ich wünschte, die Arbeit würde mich an einem Sonntag in Ruhe lassen.«

»Dann schalte es doch aus.«

»Geht nicht. Laut dem Gutachten gibt es ein Problem mit dem Haus in der Easton Road, das ich zu verkaufen versuche. Die Käufer wollen abspringen. Ich muss dringend telefonieren. In der Zwischenzeit laufe ich kurz zum Laden an der Ecke und besorge neuen Wein.«

»In der Flasche ist noch genug drin. Und außerdem haben wir unter der Woche.«

Doch das Handy hängt bereits an seinem Ohr und er hört mich nicht mehr.

Ohne Dan ist es ruhiger im Haus. Leerer. Nach einer Weile gehe ich zum Fenster und ziehe die Vorhänge etwas zurück. Es sind weder mysteriöse Autos noch Gestalten zu sehen, aber ich hoffe dennoch, dass Dan die Haustür abgeschlossen hat. Ich gehe und sehe nach. Als ich meine Hand nach der Klinke ausstrecke, höre ich ein Geräusch und erstarre. Auf der Veranda raschelt es. Schritte? Ich drücke mein Ohr an die Tür und meine, einen Atem zu hören, auch wenn ich weiß, dass mein Herzschlag jedes Geräusch übertönt. *Klirren.* Etwas, ich glaube der Regenschirmständer, wurde umgeworfen. Ich rede mir ein, dass es nur ein Fuchs ist, doch dann höre ich eine Stimme: »Scheiße.« Durch das Flüstern kann ich nicht ausmachen, ob es ein Mann oder eine Frau gesagt hat.

»Wer ist da?« Meine Stimme klingt schrill und ich kann mich vor Angst kaum bewegen. Doch ich strecke die Hand aus und schalte die Außenbeleuchtung an. Dann lege ich das Ohr wieder an die Tür. Stille. Ich stelle mir vor, wie jemand auf der anderen Seite der Tür dasselbe tut. Eine Hand, die durch den Türschlitz nach mir greift. Eine Faust, die das Dekoglas in der Tür zerschlägt. Ich kann mich nicht entscheiden, ob ich mein Handy aus dem Wohnzimmer oder ein Messer aus der Küche holen soll, als ich das Rattern von Dans Auto höre. Seine Schritte auf dem Weg. Die Haustür schwingt knarzend auf, dann reiße ich Dan die Weinflasche förmlich aus der Hand und blicke über seine Schulter hinweg in die Dunkelheit. Doch ich sehe nichts.

ELF
HEUTE

Die Woche vergeht schnell und es ist bereits Freitag. Den ganzen Tag über muss ich daran denken, dass ich für heute Abend nichts zum Anziehen habe. Doch als ich nach Hause komme, liegt auf der Fußmatte eine Benachrichtigung der Royal Mail über ein für mich bei Mrs Jones abgegebenes Paket. Ich klopfe an die glänzend grüne Tür meiner Nachbarin, stecke die Hände tief in die Hosentaschen und trete eine gefühlte Ewigkeit von einem Fuß auf den anderen, um mich warmzuhalten. Dann gehe ich in die Hocke, werfe einen Blick durch den Briefkastenschlitz und sehe Mrs Jones mit grauen Haaren und gesenktem Kopf den Flur entlangschlurfen. Als die Tür aufgeht, richte ich mich auf.

»Hallo Grace, wie schön, Sie zu sehen.«

»Danke, Mrs Jones. Wie geht es Ihnen?«

»Ich kann mich nicht beschweren, Schätzchen. Alles funktioniert und sitzt noch.«

»Haben Sie ein Paket für mich angenommen?«

»Ja, es steht hier auf dem Telefontisch. Ich finde ihn immer noch so schön, Liebes. Die Farbe ist wunderbar. Die hübsche

Kirstie Allsopp hatte in ihrer Sendung gestern Abend auch so einen.«

»Es war mir ein Vergnügen, ich habe ihn gerne restauriert. Freut mich, dass er Ihnen gefällt.«

Mrs Jones zerdrückt mein Päckchen und schaut mich erwartungsvoll an. »Es ist weich.«

»Das ist ein Kleid, von eBay.«

»Gehen Sie aus, meine Liebe?«

»Meine Arbeitskollegin Hannah feiert ihren Junggesellinnenabschied. Wir gehen im Pizza Express essen.«

»Wie schön. Ihr Junggesellinnenabschied müsste doch auch bald sein, oder nicht?«

Ich lächle verlegen. »Erst muss er mir einen Antrag machen.«

»So ein liebenswertes junges Mädchen wie Sie? Ich kann dem jungen Herrn ja mal einen Schubs geben, soll ich das machen? Bevor sich jemand anderes Sie wegschnappt.«

Ich lächle der alten Frau zu, die ich so lieb gewonnen habe.

»Und, geht es ihm wieder besser?«, fuhr sie fort.

»Wem?«

»Dan. Ich habe gesehen, wie er am Montag zur Arbeit gegangen und eine knappe Stunde später wieder nach Hause gekommen ist. Da dachte ich mir, ihm geht es wohl nicht so gut. Es wäre ja schon ungewöhnlich, wenn ihr an unterschiedlichen Tagen freihättet. Er hat sich den Anzug ausgezogen und ist wieder weg. Zum Arzt, hab ich recht?«

Ich zögere. Wenn ich zugebe, nicht gewusst zu haben, dass Dan nicht bei der Arbeit war, geschweige denn warum, dann weiß es zur Mittagszeit das ganze Dorf. An der Anzahl Telefonate, die Mrs Jones führt, verdient sich die British Telecom sicherlich eine goldene Nase. Immer wieder dieses »Haben Sie schon gehört?« und »Sie erraten nie, was ...«. Sie meint es aber nicht böse. Sie ist einfach nur einsam.

»Es ist der Stress, stimmt's? Den haben heutzutage wohl alle jungen Leute. Zu meiner Zeit gab es das nicht. Ich habe gehört, wie er jemanden über dieses kabellose Telefon angeschrien hat. Ihr solltet es wie meine Enkelin machen.«

»Was macht sie denn?«

»Sie chillt.«

Mein Lachen klingt selbst in meinen Ohren gezwungen. »Das probieren wir auf jeden Fall mal aus.«

Ich nehme mein Päckchen und steige über den Palisadenzaun, der unsere Grundstücke voneinander trennt. Im Vergleich zu den ganzen Fragen, die ich Dan stellen möchte, fühlt sich das Päckchen leicht an.

Das hellblaue Etuikleid passt perfekt und ich bin überglücklich – was für ein Schnäppchen! Kleidung von Coast kann ich mir eigentlich nicht leisten, und dieses Kleid sieht kaum getragen aus. Ich streiche den Stoff über meiner Hüfte glatt und drehe mich von einer Seite zur anderen, während ich mich im Spiegel betrachte: Bauch rein, Brust raus. Ella Fitzgerald singt »Someone to Watch Over Me«. Mrs Jones hat Dan offensichtlich beobachtet. Ich übe, meine rosa bemalten Lippen zu einem Lächeln zu formen.

Die Haustür knallt zu. Schlüssel fallen klimpernd in die Schale auf dem Telefontisch und Schuhe prallen beim Ausziehen gegen die Wand.

Dan steht mit hochgekrempelten Ärmeln und loser Krawatte in der Küche. Wie festgenagelt starrt er von der Spüle aus in den Garten. Kondenswasser tropft von der eiskalten Bierdose in seiner Hand.

»Alles in Ordnung bei dir? Ich dachte, du fährst mich nachher in die Stadt?«

»Ich trinke nur das eine. Ich hatte einen Scheißtag.«

»Magst du darüber reden?« Ich lege meine Hand auf seine Schulter und spüre, wie sich seine Muskeln unter dem T-Shirt straffen. Er schüttelt mich ab.

»Da gibt es nichts zu reden.«

»Mrs Jones meint, du wärst in letzter Zeit sehr gestresst.«

»Sprich mit den beknackten Nachbarn nicht über mich, Grace.« Er zerdrückt die Dose in seinen Fingern.

»Tue ich auch nicht. Sie hat erzählt, dass sie gehört hat, wie du jemanden am Handy angeschrien hast. Mit wem hast du da gesprochen?«

»Mit einem Kunden, verdammt.« Dan wirft seine Dose auf das Abtropfbrett. Das Bier verteilt sich sprudelnd und schäumend auf die glänzende Oberfläche. »Kann ein Mann nicht einmal ein Feierabendbier genießen, ohne sich gleich einem Verhör unterziehen zu müssen?«

Ich drücke mich an die Kühlschranktür, als Dan sich an mir vorbeischiebt. Noch lange, nachdem die Haustür ins Schloss gefallen ist, stehe ich reglos da. Erst als sich mein Puls wieder beruhigt hat, rufe ich mit zittrigen Händen ein Taxi.

Die Jalapeños auf meiner pikanten Fleischpizza sind extrem scharf und ich versuche das Brennen im Mund mit Wein zu löschen. Lyn füllt mein Glas mit Pinot Grigio auf und ich schaue erneut auf mein Handy. Nichts Neues von Dan.

»Ich kann nicht glauben, dass Charlie ihren Dad finden wollte. Es ist so traurig«, sagt Lyn.

»In der *Take a Break* habe ich diese Woche eine Geschichte über eine Mutter gelesen, die ihren Sohn zur Adoption freigegeben hatte.« Hannah greift über den Tisch nach einem Stück Knoblauchbrot. Ihr glitzernder Ärmel streift die Pizza und ich tupfe den Käse mit meiner Serviette ab. Es ist komisch, sie so herausgeputzt zu sehen, statt wie sonst in ihrem ›Little Acorns‹-

T-Shirt und den Leggings. »Ihr ganzes Leben hat sie darauf gewartet, dass er bei ihr an die Tür klopft. Stell dir vor, er wartet genauso auf Charlie, und glaubt, sie eines Tages kennenzulernen. Und vielleicht sogar Opa zu sein.«

»Ich weiß. Deshalb will ich ihn finden. Ich muss ihm die Wahrheit sagen.« *Und die Wahrheit herausfinden*, denke ich, spreche es jedoch nicht laut aus.

»Meinst du, Lexie hat dir den richtigen Namen genannt?«, fragt Lyn.

»Paul Lawson? Ja, sie wirkte erleichtert, über ihn reden zu können. Sie hat weder Freundinnen noch Familie und die Sache vermutlich jahrelang in sich hineingefressen. Allerdings ist sie meinen Fragen ausgewichen, als ich mehr darüber wissen wollte, ob er von Charlie wusste.«

»Weiß sie, dass du nach ihm suchst?«, fragt Hannah.

»Nein. Sie nimmt es ihm übel, dass er sie während der Schwangerschaft sitzengelassen hat. Ihr ist es wahrscheinlich gar nicht in den Sinn gekommen, ihn über den Tod seiner Tochter zu informieren.«

»Das kann ich ihr nicht verübeln. Klingt schon ein wenig so, als wäre er ein Arsch gewesen«, gibt Lyn zu.

»Wir kennen seine Seite der Geschichte noch nicht.«

»Was ist der nächste Schritt? Vielleicht ist er nicht so internetaffin. Das ist in dem Alter kaum jemand.«

»Keine Ahnung. Aber ich werde ihn finden, so oder so.«

Ich winke dem Kellner mit unserer leeren Flasche zu.

»Übernimm dich nicht, Grace.« Lyn legt ihre Hand auf meine. »Ich mache mir Sorgen um dich.«

»Um mich brauchst du dir keine Sorgen zu machen.« Ich schüttele ihre Hand ab und erhebe mein Glas.

»Und du trinkst so viel. Ich wusste gar nicht, dass du das mit den Tabletten, die du nimmst, überhaupt darfst. Oder nimmst du die nicht mehr?«

»Nur noch ganz selten«, antworte ich und verschweige den Blister, den ich immer in meiner Handtasche dabeihabe. Oder dass ich die Tabletten in Viertel zerbreche und eines davon schlucke, wenn mir das Leben wieder über den Kopf wächst. Zu wenig, als dass ich davon einschlafen würde, aber genug, um den warmen Schleier zu erzeugen, von dem ich so abhängig geworden bin. Ich höre ja damit auf, aber noch nicht jetzt.

Ich wechsle das Thema. »Auf Hannah!«, rufe ich und erhebe mein Glas. »Und auf die ewige Liebe!«

»Ich kann mir Liebe nicht anders vorstellen«, sagt Hannah.

Ab dann dreht sich die Unterhaltung um die Hochzeit, und es ist nach elf Uhr, als wir die Rechnung zahlen und in die pechschwarze Dunkelheit taumeln. Nach dem beheizten Restaurant verschlägt mir die kalte Luft kurz den Atem. Ich knöpfe meinen Mantel zu und schlüpfe in die Handschuhe.

»Sollen wir noch tanzen gehen?«, fragt Hannah.

»Wenn die zukünftige Braut das möchte«, sagt Lyn. »Wo denn?«

»Keine Ahnung. In welchem Club habt ihr denn den Stripper gebucht?«

»Dafür hättest du uns umgebracht.« Hannah hat nur Augen für Andy.

»Ich bin nur froh, dass ich keinen Bauchladen oder einen aufblasbaren Schniedel tragen muss. Gehen wir ins Rumours. Da spielen sie viele Hits aus den Achtzigern und Neunzigern.«

Wir haken uns beieinander ein und schlendern über den Bürgersteig. Vor Kurzem gab es das erste Gehalt nach Weihnachten und die Menschen strömen in Scharen ins Nachtleben: Männer mit Dreitagebart und junge Frauen, die aussehen, als dürften sie noch gar nicht trinken. Kurze Röcke, Sonnenbankbräune, nackte Haut. Ich komme mir alt vor, weil mir trotz mehrerer Lagen Klamotten kalt ist. Die Schlange vor dem Clubeingang ist lang und wir stehen uns in der Kälte die Füße platt.

Türsteher mit schwarzer Krawatte begutachten uns, bevor sie in Richtung Tür nicken. Wir zahlen unseren Eintritt bei einer Frau mit wasserstoffblonden Haaren und tasten uns eine dunkle Treppe hinunter. Auf Absätzen ist das gar nicht so einfach, insbesondere, wenn man sie wie ich so selten trägt. Unter uns hämmert Bass und bringt die Treppe zum Beben. Meine Zehen fangen an zu kribbeln. Ich blinzle, während sich meine Augen an das grelle Neonlicht gewöhnen. Das Cocktail-schild blinkt und glänzend schwarze Tische reflektieren das wechselnde Stroboskoplicht.

»Sex on the Beach?«, schreit Hannah. Zum Glück ist ihre Hochzeit erst in ein paar Wochen, denn morgen werden wir einen ziemlichen Kater haben.

Ich drücke mich an die klebrige Bar und warte ewig darauf, bedient zu werden, obwohl ich bereits mit einem Zwanzig-pfundschein in der Hand wedele.

»Was darf ich dir mixen?« Der junge Barkeeper stützt seine Unterarme auf die Theke und starrt mir in die Augen. Sein strahlend weißes Hemd ist zu weit aufgeknöpft und gibt den Blick frei auf eine braun gebrannte und rasierte Brust.

»Drei Cocktails, bitte. Sex on the Beach.« Zum Glück ist es dunkel im Club, denn ich spüre, wie ich rot werde.

Ich schlängele mich durch die Menge zurück zu Lyn und Hannah, die auf Barhockern in der Nähe der Tanzfläche sitzen. Dort leeren wir unsere Gläser und bewegen dabei den Ober-körper im Takt der Musik. Die Cocktails sind mild und süß.

»Komm, wir tanzen.« Hannah bahnt sich den Weg bis zum DJ.

Drei Lieder später bin ich bereits am Keuchen und deute auf unsere Plätze.

»Noch nicht«, schreit Hannah mir ins Ohr und greift nach meinem Arm. »Das Lied ist so toll!«

Madonnas raue Stimme fordert uns auf zu posen, und die Körper der anderen auf der Tanzfläche bewegen sich zum Takt von ›Vogue‹, während meiner sich versteift. Das Gewummer im Club wird langsamer und leiser. Ich brauche meine Augen nicht zu schließen, um Charlies Gesicht vor mir zu sehen. Fast schon kann ich Grandma hören, wie sie die Treppe hochruft, dass wir mehr Krach machen als eine Elefantenhorde, während wir vor dem Spiegel Posen übten.

Ich spüre eine Hand heiß auf meinem Arm und sehe Lyns besorgtes Gesicht. Da fällt mir wieder ein, dass wir zum Spaß hier sind, und ich zwinge mich zu einem Lächeln. »Ich geh mal pinkeln«, sage ich mit stummen Mundbewegungen und deute auf die hintere Wand.

Ich kämpfe mich durch zu den Toiletten und stelle mich an der Schlange aufgetakelter Tussen in viel zu kurzen schwarzen Kleidchen an. In der Kabine lehne ich meine Stirn gegen die kühle Tür. An meinem Absatz klebt etwas Toilettenpapier und ich trete es mit dem anderen Fuß ab. Einerseits will ich nach Hause, andererseits Hannah nicht den Abend ruinieren. Jemand hämmert an meine Tür und fordert mich auf, schneller zu machen. Es dauert noch eine Weile, bis ich mich bereit fühle, die Kabine wieder zu verlassen. Ich lasse eiskaltes Wasser über meine Hände laufen und trage den Lippenstift neu auf. Die Tür zum Club ist schwer, und während ich ziehe, drückt jemand von der anderen Seite dagegen. Wir stoßen zusammen und roter Wein spritzt auf mein neues Kleid.

Ich winke die Entschuldigung der anderen Toilettengängerin ab und trete wieder in den Mief des Clubs. Mit dem purpurroten Fleck auf der Brust meines blauen Kleides sehe ich vermutlich schrecklich aus. Mein Puls schlägt im Rhythmus der Musik, während ich mich durch die Menschenmenge drängle. Weder Lyn noch Hannah sind zu sehen.

Ich öffne meine Handtasche, um ein Taschentuch herauszuholen und den gröbsten Wein von meinem Kleid abzutupfen, doch dann bemerke ich das Blinken meines Handys. Dan hat mir geschrieben:

Wir haben Charlies Dad gefunden.

Lyn und Hannah wollen noch nicht gehen, doch ich kann es nicht erwarten, mit Dan zu sprechen. Also begründe ich meinen vorzeitigen Abgang mit Müdigkeit. Die beiden wissen, dass ich nicht gut schlafen kann, und ihre Augen drücken Mitleid aus. Die frische Nachtluft kühlt meine heißen Wangen. Der Geruch nach Röstzwiebeln vom Burger-Food-Truck hängt fettig und süß in der Luft. Ungeduldig presse ich meine Handtasche an die Hüfte und halte Ausschau nach einem Taxi. Die Clubs haben noch lange geöffnet und es ist kein einziges Taxi zu sehen. Der Taxistand ist nicht allzu weit entfernt, und so beschließe ich, zu Fuß dorthin zu gehen.

Die Straßen sind wie leergefegt. Alle Leute feiern noch. Ich verlasse die Hauptstraße. Das Hämmern des Basses wird immer leiser, und als es schließlich ganz verschwunden ist, höre ich Schritte hinter mir. Ich bleibe stehen. Fummele an meiner Handtasche herum und werfe einen Blick über die Schulter. Es ist niemand zu sehen, doch die Ladeneingänge werfen Schatten und ich frage mich, wen oder was sie verbergen. Ich gehe weiter. Meine Absätze klack-klack-klackern auf dem Bürgersteig, und dann höre ich es erneut. Das Geräusch von Schuhen auf dem Asphalt.

Ich werde schneller. Die Schritte ebenfalls. Der Alkohol schwappt in meinem Magen und ich überlege, wie ich am schnellsten zurück zur Hauptstraße komme. Volle Pulle rennen. Ich schnaufe und mein Mund steht offen, als würde ich schreien, ohne einen Ton herauszukriegen. Kämpfen oder fliehen: in meinem Fall wohl definitiv Letzteres. Meine Stöckelschuhe bremsen mich aus und ich überlege, ob ich genug Zeit habe, um sie auszuziehen. Es ist schon schwer genug, in ihnen zu gehen, darin zu rennen mag ich mir gar nicht erst ausmalen. Doch die Schritte kommen näher und ich wage es nicht, stehen zu bleiben. Heißer Atem trifft auf meinen Nacken. Etwas streift meine Schulter. Ich schüttele es ab, taumele um die Ecke und stoße gegen etwas Festes. Ein Polizist. Ich klammere mich an seinen Arm, weine vor Erleichterung und drehe mich herum, deute auf – doch da ist niemand.

ZWÖLF

DAMALS

Auf der Schultoilette roch es immer nach Zigaretten und billigem Parfüm. Ich versuchte, nicht zu tief einzuatmen, während ich mein weites T-Shirt in die Tasche packte, ein enger geschnittenes Top überzog und den Bund meines Rocks so weit aufrollte, bis der Saum weit über meinen Knien endete. Ich wollte unbedingt älter aussehen als fünfzehn.

Dann stellte ich mich zu Charlie vor den Spiegel und griff nach ihrer Mascara von Boots Seventeen.

»Wald oder Pocket-Park?«, fragte ich. Wir genossen die milden Abende, so gut es ging.

»Park. Dort treffen wir uns mit Esmée und Siobhan.«

Ich seufzte laut und schwer. »Mir wurden meine Geschichtshausaufgaben aus der Schultasche gestohlen. Das war bestimmt Siobhan. Die kann mich echt nicht leiden.«

Siobhan lud Charlie und Esmée ständig zu sich nach Hause ein und schloss mich mit der Begründung aus, ihre Mutter sei so streng und würde immer nur zwei Freunde gleichzeitig erlauben. »Tut mir leid, Grace«, sagte sie dann, »hättest du auch eine Mom, würdest du es verstehen.« Am liebsten hätte ich ihr eine gewischt. Aber so richtig.

»Na ja, Esmée und ich mögen dich. Und Siobhan wird sich an dich gewöhnen.«

»Charlie, ich wohne inzwischen seit sechs Jahren hier!«

»Ja, sie braucht halt immer etwas länger«, erwiderte Charlie grinsend.

»Ich habe gehört, wie sie gesagt hat, dass ich langweilig wäre. Findest du mich langweilig?« Ich konnte noch nie nachvollziehen, warum Charlie mit mir befreundet blieb. Wir waren der totale Gegensatz voneinander.

»Du bist nicht langweilig, du bist beruhigend. Meine Mom sagt, wenn ich dich nicht hätte, wäre ich schon längst durchgedreht. Hör auf, alles zu analysieren, Grace. Ich mag dich und Siobhan hat keine Ahnung, wovon sie redet. Außerdem sind heute Abend auch Dan und Ben dabei.«

Meine Gefühle gegenüber Dan veränderten sich. Immer, wenn ich ihn sah, bekam ich ein Kribbeln im Bauch. Charlie wusste es noch nicht. Ich behielt meine Gefühle für mich und genoss die Aufregung des Unbekannten. Einerseits hoffte ich, dass er mich auch mochte, andererseits beängstigte mich der Gedanke. Abends lag ich in meine Decke gekuschelt im Bett und träumte von dem Tag, an dem ich am Ende der Rutsche in seinen Armen landete. Also, sofern ich mit meinem breiten Hintern nicht auf halber Strecke steckenblieb. »Ich komme jeden Tag nur deinetwegen hierher«, murmelte er dann und gab mir die erste Kostprobe eines Kusses.

Charlie hat bereits den halben Jahrgang geküsst. »Wie ist das so?«, hatte ich sie neugierig und angewidert zugleich gefragt.

»Ganz okay, bis sie dir ihre Zunge in den Hals stecken und damit herumstochern. Ethan hat eine Zunge wie ein Aal. Damit wischte er um meine Zähne und holte dabei sogar noch die letzten Chips-Reste raus.«

»Charlie!«

»Du hast gefragt. Die meisten schmecken allerdings nach Zigaretten. Du solltest es mal ausprobieren.«

Ich hatte das Küssen an meiner Hand geübt, doch die schmeckte nach gar nichts. Ich wartete auf den Richtigen. Ich wartete auf Dan. Wenn Charlie wüsste, dass ich auf ihn stand, würde sie versuchen, uns zu verkuppeln. Doch dazu war ich noch nicht bereit. Vermutlich hatte ich zu viel Angst, einen Korb zu bekommen.

Pass gut auf dein Herz auf, hatte Grandma mir geraten. *Du hast nur eins, und das ist wertvoll.*

Wenn du schon nicht anständig sein kannst, sei wenigstens vorsichtig, hatte Lexie im Gegensatz dazu zu Charlie gesagt und ihr Kondome in die Hand gedrückt. Die Kondome sind eines nach dem anderen gerissen, als wir sie über eine Banane gezogen haben. Danach musste ich mir die Hände dreimal waschen. Der Geruch nach Latex hielt stundenlang an.

»Dan hat mich um ein Date gebeten«, sagte Charlie nun, während sie sich Lipgloss auftrug. Ich rutschte mit der Mascara ab und holte mir etwas Toilettenpapier aus einer Kabine. *Charlie Fisher ist eine Nutte* stand auf der Rückseite der Tür. Letzte Woche erst hatte ich ein ähnliches Statement übermalt. Dieses Mal ließ ich es stehen. Tränen schossen mir in die Augen, während ich mir mit dem Toilettenpapier so lange über die Wange rieb, bis meine Haut genauso schmerzte wie meine Seele.

Dann putzte ich mir die Nase. »Was hast du geantwortet?«, fragte ich und kam aus der Kabine.

»Vielleicht.«

»Du magst ihn?«

Charlie zuckte mit den Schultern. »So habe ich ihn noch nie betrachtet. Er ist halt Dan. Dan, der Ketchup-Typ, oder? Aber ich will es tun.«

»Was tun?«

»Sex. Mann, manchmal bist du echt naiv. Ich weiß nur

nicht, ob ich es mit Dan tun will. Ich glaube, Siobhan steht auf ihn.«

»Wirklich?« Bei dem Gedanken drehte sich mir der Magen um.

»Ja, vielleicht überlasse ich ihn ihr und finde einen anderen. Es wird Zeit, dass wir das hinter uns bringen.«

Wenn du deine Unschuld einmal verloren hast, bekommst du sie nie wieder. Entscheide weise, an wen du sie verlierst, hatte Grandma zu mir gesagt.

Pass auf, dass du nicht schwanger wirst, hatte Lexie Charlie geraten.

»Ich gehe raus, hier stinkt's«, sagte ich und nickte in Richtung der Kabine. »Da hat dich jemand als Nutte bezeichnet.« Ich sah noch, wie Charlie die Kinnlade herunterklappte, bevor ich die Tür hinter mir zuknallte.

Dan und Ben waren bereits im Park. Dan stand auf der Rutsche und winkte mit einer Wodkaflasche, als wäre sie die Olympische Fackel. Charlie, so wenig nachtragend wie immer, drehte sich zu mir um und zog ihren Rock grinsend noch ein Stückchen höher. Ihre nackten Beine waren gebräunt. Obwohl wir bereits Juni hatten, war meine Haut so weiß wie im Januar.

»Gut gemacht, Dannylein«, rief Charlie zu ihm hoch. »Komm, wir machen die Flasche auf.« Dan rutschte herunter und landete vor uns. »Irgendetwas stinkt hier«, sagte Charlie und rümpfte die Nase.

»Das ist Old Spice.« Dan grinste. »Das riecht sexy.«

»Wer findet das denn sexy? Du riechst wie ein alter Mann!« Charlie bedeckte ihre Nase mit dem Ärmel und trank einen großen Schluck Wodka, bevor sie mir die Flasche weiterreichte. Der Schnaps brannte in meinem Hals und ich schluckte schwer, um nicht würgen zu müssen.

»Seht mal.« Ich deutete zur Lücke in der Hecke. Siobhan

schlüpfte hindurch, gefolgt von Abby, die den Gang ihrer großen Schwester kopierte, indem sie ihre Hüften schwang und ihre nicht vorhandenen Brüste herausstreckte. Sie hatten fünf ältere Jugendliche im Schlepptau. Ich hatte sie schon ein paar Mal gesehen, allerdings gingen sie auf eine andere Schule. Sie trugen immer nur schwarze Klamotten, ihre Haut war blass und ihre Haare waren bunt gefärbt. Wir nannten sie The Walking Dead. Grandma wechselte immer die Straßenseite, wenn wir ihnen auf der Hauptstraße entgegenkamen. Was hatte Siobhan mit denen zu tun?

Ich trank noch einen Schluck Wodka, damit Siobhan mein Grinsen nicht bemerkte, als sie mit ihren Absätzen im Gras versank und sich die Knöchel verdrehte.

»Habt ihr Bargeld?« Siobhan stemmte die Hände in die Hüfte und wurde von ihrer Miniversion Abby kopiert. Sie bekam kein Taschengeld. Ihre Eltern überwiesen jeden Penny, den sie überhatten, auf ein Sparbuch, damit Siobhan später studieren konnte. Sie wollte Anwältin werden. Für Grandma waren alle Anwälte ›Blutsauger‹. Siobhan passte perfekt ins Bild.

»Nein, ich bin pleite.« Charlie hatte nie Geld. »Du, Grace?«

»Ein bisschen. Wieso?«

»Die haben Gras.« Siobhan deutete mit dem Kopf auf The Walking Dead, die kaum sichtbar neben der dunklen Hecke standen.

»Ich kaufe keine Drogen!«

»Musst du nicht, ich mach das.«

»Nein.«

»Du bist echt langweilig, Grace. Leb doch mal.«

»Genau, leb doch mal«, wiederholte Abby.

»Tue ich, danke.« Ich trank noch einen Schluck der klaren Flüssigkeit. Sie brannte in meiner Kehle und ich musste husten, bis meine Augen tränten.

Siobhan schnaubte verächtlich. »Loser.«

»Immerhin bin ich kein Möchtegernjunkie.«

»Immerhin habe ich niemanden auf dem Gewissen.«

Mit gekrallten Händen stürzte ich mich auf sie und zerkratzte ihr mit den Fingernägeln das Gesicht. »Nimm das zurück!«

Dan legte seine Arme um meine Taille und zog mich zurück. Keuchend lehnte mich gegen seinen muskulösen Körper und wollte am liebsten wieder nach vorne hechten.

»Sei nicht so zickig, Siobhan«, fauchte er. »Grace hat uns von ihrer Vergangenheit erzählt, weil wir ihre Freunde sind.«

»Und du weißt, dass es nicht so gewesen ist.« Charlies Stimme klingt so tief, als würde sie Siobhan anknurren. »Halt die Fresse oder verpiss dich.«

»Entschuldigung«, murmelte Siobhan mit gesenktem Kopf.

Den ganzen Abend über sprach ich kein weiteres Wort, doch ich beobachtete Dan, wie er Charlie beobachtete und wie Siobhan Dan beobachtete. Ich trank so viel Wodka, bis ich nichts mehr sehen konnte, doch Siobhans Worte klangen noch immer in meinen Ohren. Hatte ich ihn wirklich umgebracht? War es das, was alle dachten?

DREIZEHN

HEUTE

Es ist einer dieser seltenen Februartage, an denen man meint, wir hätten April: blauer Himmel und Wolken wie Wattebällchen. Die Sonne scheint aprikosenfarben durch das Fenster des Cafés und lässt es wärmer erscheinen, als es tatsächlich ist. Ich ziehe meine Jacke aus und finde einen leeren Tisch am Fenster. Das Café ist gefüllt mit Sonntagsvätern, die mit hochgekrempelten Ärmeln weinende Kinder aus dem Kinderwagen heben. Pärchen blicken sich tief in die Augen und blenden die Welt um sich herum aus. Zwei Teenagerinnen diskutieren darüber, auf wen Nick wirklich steht.

Die Sahne in meiner heißen Schokolade schmilzt, während ich einen Muffin zerlege. Mein Magen spielt vor Aufregung verrückt. Der Duft nach frisch gebrühtem Kaffee liegt in der Luft. Ich kann nicht glauben, dass wir Paul Lawson, oder besser gesagt, jemanden, der ihn kennt, gefunden haben. Annas E-Mail war kurz und knapp, aber sie hat einem Treffen zugestimmt, bei dem wir uns gegenseitig mit Fragen löchern können. Ich werde ihre so gut es geht beantworten.

Mein Handy klingelt. Eine unbekannte Nummer ruft an.

Hoffentlich sagt Anna mir nicht ab. Ich gehe ran und höre Atemgeräusche, ein Rauschen, und dann Stille.

Die Tür des Cafés öffnet sich mit einem Klingeln. Ich fahre herum, doch es ist ein Mann und ich versuche, mir die Enttäuschung nicht anmerken zu lassen. Bisher ist sie erst fünf Minuten zu spät. Doch um zwanzig nach zwölf ist mein Kakao kalt und ich habe meinen Muffin so sehr zerbröselt, dass Hänsel und Gretel genug Krümel für bis nach Nimmerland hätten.

Mein Handy vibriert und rutscht über den Holztisch. Eine weitere besorgte Nachricht von Dan. Er wollte nicht, dass ich allein herkomme. Genervt formuliere ich eine Antwort: *Mir geht es gut, sie ist noch nicht da.* Mit dem Abschicken der Nachricht legt sich ein Schatten über mein Display.

»Grace?« Die Stimme klingt sanft. Ein leichter Akzent schwingt mit. Aus dem Norden, glaube ich, bin mir aber nicht ganz sicher.

Ich nicke.

»Dachte ich's mir, du bist der einzige Rotschopf hier.«

»Anna.« Meine Stimme ist schwach und schrill. Ich wische die Hand an meiner Jeans ab, bevor ich Anna mit einem Händeschütteln begrüße. Ihre langen Finger legen sich um meine. »Danke, dass du gekommen bist. Hoffentlich hattest du es nicht allzu weit?«

»Nein.« Anna zieht ihre babyrosafarbene Lederjacke aus, um die ich sie augenblicklich beneide, und hängt sie über die Stuhllehne. Sie glättet ihren Rock über der schmalen Hüfte und ich beschließe, am Montag wieder auf Diät zu gehen.

»Möchtest du noch etwas?« Sie deutet mit dem Kopf auf meine Tasse. Ich schüttele den Kopf, greife nach meiner Handtasche und will aufstehen.

»Schon in Ordnung.« Sie bedeutet mir, wieder Platz zu nehmen, und stellt sich ans Ende der Schlange. Ihre glänzend blonden Haare fallen über ihre Schulterblätter.

Ich zerpflücke den Stapel Servietten auf dem Tisch,

während ich mir Anna genauer ansehe. Ich hatte jemand Älteres erwartet, jemanden in Pauls Alter, nicht in meinem. *Wer ist sie?* Ich siebe durch die Servietten, als läge die Antwort in deren Mitte.

»Das hat ja ewig gedauert.« Anna stellt ihren Americano auf dem Tisch ab. Ihre Tasse schwankt dabei auf dem Unterteller, doch es geht nichts daneben. Sie hat sich keinen Kuchen bestellt. Vermutlich isst sie nie Kalorien, geschweige denn überhaupt irgendetwas. Sie trägt maximal Größe sechsunddreißig. Ich wische meinen Neid zusammen mit den Muffinkrümeln auf den Boden.

»Hier sollte man nicht herkommen, wenn man es eilig hat, aber man weiß, was man bekommt.«

»Überteuertes Zeug?«

»Ich wollte eigentlich guten Kuchen sagen, aber ja, das auch. Ich hab hier mal zu meiner Schulzeit gejobbt.« Die Worte sprudeln nur so aus mir heraus. »Viel Auswahl haben wir hier im Dorf ja nicht.«

Der Begriff ›Dorf‹ ist ein bisschen übertrieben. In den letzten fünfzehn Jahren, seitdem ich hier wohne, ist der Ort enorm gewachsen. Mittlerweile ist es eine Kleinstadt mit einer guten Auswahl an Geschäften, aber dennoch hängen wir an unseren ländlichen Wurzeln.

Wir schweigen. Anna rührt ihr Getränk um. Das Geräusch des Löffels, der gegen das Porzellan stößt, nervt mich. Ich suche nach den Worten und starre dabei abwechselnd aus dem Fenster und auf den Boden, als stünden sie irgendwo geschrieben.

»Also«, sagt Anna, stützt ihre Ellbogen auf den Tisch und legt ihr Kinn auf die Hände. »Woher kennst du meinen Dad?«

Ich lehne mich so plötzlich in meinem Stuhl zurück, dass ich mit dem Kopf gegen die Wand hinter mir knalle. Wenn es wehtut, merke ich zumindest nichts davon.

»Paul ist dein Dad?«

»War. Er ist gestorben, als ich acht war.«

»Entschuldige mich kurz.« Ich schiebe meinen Stuhl zurück und eile zu den Toiletten.

Ich lehne mich gegen das Waschbecken, stütze mich auf die Keramik und atme langsam ein und aus. Mein banges Gesicht starrt mich aus dem verschmierten Spiegel an. Charlies Dad ist tot. Anna ist Charlies Halbschwester. Wie soll ich ihr beibringen, dass sie noch eine weitere Angehörige verloren hat? Ich drehe den Hahn auf und schaufle mir Wasser in den Mund. Es tropft mein Kinn herunter und ich wische es mit meinem Ärmel ab.

»Alles gut?« Anna ist gekommen, um nach mir zu sehen.

»Ja«, antworte ich ihrem Spiegelbild. In einigen Punkten sieht sie Charlie ähnlich. Ich weiß nicht, wieso es mir nicht vorher schon aufgefallen ist. Ihre Haare sind dunkler und sie ist etwas kleiner, aber ihre Augen sind ebenso grün.

»Also, wer bist du?«

Ich drehe das Wasser ab, trockne meine Hände an einem Papierhandtuch und überlege, ob ich lügen sollte. Allerdings bin ich keine allzu gute Lügnerin.

»Paul, dein Dad, war auch der Vater meiner besten Freundin, Charlie.«

»Verstehe ich nicht.«

»Charlie ist – war – deine Halbschwester.«

»War?«

»Wir sollten uns setzen.«

Es dauert eine Weile, bis ich Anna von Charlie und Lexie erzählt habe. Zu Beginn rede ich langsam und berichte, wie sich Paul und Lexie kennengelernt haben. Anna stellt abstruse Fragen, doch ansonsten verhält sie sich ruhig: Ihr Gesicht ist blass, die Augenbrauen hochgezogen. Ich erkläre, wie Charlie aufgewachsen ist, ohne ihren Vater zu kennen, und immer wieder spürte, dass ihr etwas fehlte. Anna putzt sich die Nase und wischt sich die Augen ab.

»Hat sie versucht, ihn zu finden?«

»Das wollte sie. Aber Lexie hatte was dagegen.«

»Sie wollte nicht helfen?«

»Nein.«

»Was für eine blöde Kuh.«

»Sie wird ihre Gründe gehabt haben. Sie dachte wohl, es wäre das Beste für Charlie.«

»Welchen guten Grund kann es bitte geben, die eigene Familie voneinander fernzuhalten?«

»Ich weiß es nicht.« Unwohl verlagere ich mein Gewicht. »Vermutlich wusste sie nicht, dass es dich gibt.«

Sie runzelt die Stirn. »Egal, erzähl mir von ihr, von meiner Schwester.«

Ich versuche es. Anfangs zögerlich, denn Worte wie »schön«, »lustig«, oder »wunderbar« sind zu allgemein und können Charlies Wesen nicht adäquat beschreiben.

Ich erzähle Anna von unserer Schulzeit, dem Geschichtsprojekt zu starken und inspirierenden Frauen. Charlie hatte Grandmas Marmeladentrichter eingepackt und daraus einen Kegel-BH gebastelt, den sie am nächsten Tag mit zur Schule brachte und verkündete, dass Madonna die einflussreichste Frau der Welt sei. Ich höre nicht auf zu reden, bis mein Kiefer schmerzt und mein Hals rau ist.

Der Kellner räumt unsere Tassen und Gläser ab und kommt mit einem Lappen wieder, um den Tisch abzuwischen. Er sammelt den Müll zusammen und steckt ihn in die Schürzentasche. »Wir schließen jetzt.«

Ich schaue auf die Uhr. »Es ist halb fünf. Unglaublich, dass wir uns so lange unterhalten haben.«

»Wie ist der Pub die Straße hinunter? Hast du Lust auf ein

frühes Abendessen und etwas zu trinken? Ich würde echt gerne noch mehr über Charlie erfahren.«

»Das klingt gut. Ich habe dort noch nie gegessen, normalerweise bin ich immer im The Hawley Arms beim Park, aber es wird schon nicht so schlecht sein. Ich schreibe nur kurz meinem Freund und gebe ihm Bescheid.«

»Ach, lass ihn warten.« Anna hakt sich bei mir ein und wir gehen zur Tür. Während wir durch das Dorf schlendern, redet Anna und ich bin froh, nicht allein zu sein. Die Angst, als ich letzte Nacht verfolgt wurde, steckt mir noch immer in den Knochen, jederzeit bereit, meinen Puls in die Höhe zu treiben und mein Herz schneller schlagen zu lassen. Ich weiß nicht, wer es war, und versuche, die Möglichkeit zu verdrängen, dass es noch mal passieren könnte. Doch der Gedanke lässt mich nicht los.

Im Pub ist nicht viel los. Unsere Schuhe bleiben immer wieder am ausgeblichenen, gestreiften Teppich kleben, als wir auf einen abgenutzten Holztisch in der Ecke zugehen. Er wackelt, als ich meine Tasche darauflege, also stecke ich ein paar Bierdeckel unter ein Tischbein, um ihn zu stabilisieren. Die Karte hängt an einer Kreidetafel über der Theke und ich versuche, sie zu entziffern.

»Wisst ihr schon, was ihr wollt?« Mit gezücktem Notizblock und abgekautem Kugelschreiber in der Hand erscheint die Kellnerin an unserem Tisch. An ihrem Mundwinkel ist ein schwarzer Tintenfleck und ihre schmutzige, einst weiße Bluse spannt an den Knöpfen.

»Ich hätte gerne die Lasagne mit Pommes.«

»Den Hähnchensalat für mich«, fügt Anna hinzu.

Mein Blick fällt auf meine dicken Oberschenkel und ich lege mir verschämt eine Papierserviette auf den Schoß.

»Und was zu trinken?«

»Ein Glas Wein?«, frage ich Anna.

»Hey, heute haben wir uns eine ganze Flasche verdient. Weißen?«

»Perfekt.«

»Ich hüpfe schnell aufs Klo.«

Ich nutze die Gelegenheit, um auf mein Handy zu schauen. Unzählige Nachrichten von Dan, die sich immer eindringlicher lesen. Ich versichere ihm, dass es mir gut geht und dass Anna nett und keine axtschwingende Mörderin ist.

Die Kellnerin knallt eine Flasche lauwarmen weißen Hauswein sowie zwei Gläser auf den Tisch. Ich schenke uns ein, doch bevor ich an meinem Glas nippen kann, klingelt mein Handy. Es ist wieder eine unbekannte Nummer. Als ich mich melde, ertönt das Freizeichen. Ich blicke mich um, stelle mein Handy leise und stecke es wieder in die Tasche.

»Wie ist der Wein?« Anna setzt sich wieder auf ihren Platz.

Ich trinke einen kleinen Schluck und verziehe das Gesicht. »Sollte es keinen Essig zu meinen Pommes geben, kann ich den Wein nehmen.«

»Doch so gut, huh?« Anna lacht.

»Was ist mit deinem Dad passiert? Wenn es zu schmerzhaft ist, darüber zu reden, ist das in Ordnung.«

»Geht schon, es ist lange her.« Anna schwenkt ihr Weinglas. »Wir waren gerade auf dem Weg in den Urlaub. Ich war so aufgeregt, ans Meer zu fahren. Mom hatte eine Packung Gummibärchen für die Fahrt gekauft. Die orangefarbenen mochte ich am liebsten. Zuerst habe ich ihnen den Kopf abgebissen und mich dann nach unten vorgearbeitet. Natürlich habe ich zu viele gegessen und bekam Bauchschmerzen. Mom gab mir den Rat, etwas frische Luft reinzulassen. Wie ein Hund habe ich den Kopf aus dem Fenster gehalten, bis es mir besser ging, doch dann hörte ich ein Brummen. Ich dachte, mir wäre eine Biene direkt ins Ohr geflogen. Also habe ich heftig den Kopf geschüttelt und geschrien. Dad hat sich umgedreht, um nachzusehen, was mit mir los war, und das ist das Letzte, woran ich mich erinnern kann. Er ist wohl von der Spur abgekommen und wir sind in ein entgegenkommendes Auto geknallt. Mom und Dad waren sofort tot.« Anna senkt ihren Blick und ich greife über den Tisch, um ihre Hand zu halten. »Ich war erst neun. Und habe mir die Schuld dafür gegeben: Hätte ich nicht so viele Gummibärchen gegessen, hätte ich nicht das Fenster geöffnet, hätte ich nur nicht geschrien. Ich wünschte, ich hätte die Biene einfach zustechen lassen.«

»Du hast deine Eltern beide auf einmal verloren?«

»Ja. Das kleine Waisenkind Anna, das bin ich. Jetzt brauche ich nur noch so rote Haare wie du, und dann könnte ich darüber singen, wie die Sonne morgen wieder aufgeht.« Sie streichelt meine Hand und schenkt mir ein schiefes Lächeln.

Die Kellnerin pfeffert zwei Teller vor uns auf den Tisch. Gelbes Fett quillt aus der Lasagne. Anna steckt sich eine Gabel mit Salat in den Mund, während ich die Pommes auf meinem Teller hin- und herschiebe.

»Wo hast du danach gelebt?«

»Lass uns über etwas Fröhlicheres sprechen, ok? Diese tragische Geschichte heben wir uns für ein andermal auf.«

Ich schütte meinen Wein herunter und bin jetzt ganz dankbar dafür, dass er so sauer ist, denn so lenkt der Geschmack meine Aufmerksamkeit weg von der stechenden Traurigkeit, die mich einzunehmen droht.

»Was machst du so?«, fragt Anna.

»Ich arbeite in einem Kindergarten. Mein absoluter Traumjob. Magst du Kinder?«

»Nein.« Anna füllt mein Glas auf. »Aber du hast Glück, einen Job zu haben, der dir Spaß macht. Ich bin Sekretärin und hasse alles daran.«

»Wieso?«

Anna verzieht ihr Gesicht. »Sagen wir mal so: Ich nenne meinen Chef ›den Oktopus‹, und zwar aus gutem Grund.«

»Das ist ja furchtbar. Kannst du ihn nicht melden?«

»Es ist nur ein kleines Unternehmen. Ich werde schon einen anderen Job finden. Sekretärin zu sein, ist sowieso nicht meine Berufung. Ich bin nicht mit dem Wunsch aufgewachsen, Notizen für einen Mann mittleren Alters zu machen, während er sabbernd meine Bluse betrachtet.«

»Was wolltest du mal werden?«

»Krankenschwester vielleicht. Es wäre toll, Leuten zu helfen, die einen Unfall hatten, weißt du?«

Ich nicke. »Was hat dich davon abgehalten?«

»Vermutlich das Geld. Ich muss mich seit meinem sechzehnten Geburtstag selbst versorgen.«

Während wir uns weiter unterhalten, denke ich darüber nach, dass mein Leben auch hätte ganz anders verlaufen können. Nachdem die Kellnerin unseren Tisch abgeräumt hat und ich gerade nach Annas Hand greife, knallt sie die Dessertkarte zwischen uns.

»Also?«

»Ich nehme einen schwarzen Kaffee«, sagt Anna.

Mit Rücksicht auf meine Oberschenkel verzichte ich darauf, klebrigen Toffee-Pudding zu bestellen.

»Gibt es heiße Schokolade?«

Die Kellnerin seufzt. »Nein.«

»Dann einen Tee, bitte.«

Wir schlürfen kaum warme Getränke aus abgenutzten Tassen und ich begleiche die Rechnung.

»Die nächste zahle ich«, verspricht Anna.

»Das wäre toll. Ich hoffe, es war nicht allzu schockierend für dich heute?«

»Es ist einiges zu verarbeiten. Eine Schwester zu verlieren, von der ich nicht einmal wusste, dass ich sie habe. Manchmal fühle ich mich einsam. Der Gedanke, eine Schwester zu haben oder sogar eine Familie ...« Anna zuckt mit den Schultern.

»Immerhin habe ich das Gefühl, heute eine Freundin gefunden zu haben.«

»Ich auch. Hast du Lust, nächste Woche zum Abendessen vorbeizukommen? Ich kann dir Fotos von Charlie zeigen und dich meinem Freund Dan vorstellen.«

»Ja, gerne, danke.« Wir umarmen uns zum Abschied, und als Anna davontänzelt, erinnert sie mich an ihre Halbschwester, die sie nie kennengelernt hat. Wie Dan sie wohl finden wird? Wird sie ihn auch an Charlie erinnern, und wenn ja, ist es zu riskant, sie zu uns nach Hause einzuladen?

Dunkelheit legt sich über das Dorf. Jede zweite Straßenlaterne ist aus. Es ist düster und so ausgestorben wie jeden Sonntag. Familien schmiegen sich vor dem Fernseher aneinander, essen Yorkshire-Pudding und denken bereits an Montagmorgen. Ich gehe zügig und bleibe stehen, als es in meiner Tasche vibriert. Es ist mein Handy. Dan wird wohl ungeduldig, weil ich seit Stunden weg bin. Die Nummer ist unterdrückt und ich melde mich. Am anderen Ende der Leitung sind Atemgeräusche zu hören. Jemand schluckt, schnieft. Ich lege auf und in demselben Moment leuchtet mein Handy mit einem weiteren eingehenden Anruf auf. Hinter mir dröhnt ein Motor. Jemand fährt sehr, sehr langsam, und ich ducke mich hinter die Kirchenmauer, halte beinahe den Atem an, während das Auto langsam vorbeirollt. Gefühlte Jahre später verstummt das Geräusch und ich komme wieder aus meinem Versteck hervor, stampfe mit meinen tauben Füßen auf den Boden. Als ich wieder stehe, meine ich ein rotes Licht um die Ecke biegen zu sehen, bin mir jedoch nicht sicher. Und dann laufe ich so schnell ich kann in die entgegengesetzte Richtung und bleibe erst stehen, als ich zu Hause bin.

Normalerweise reißt mich das Klingeln des Weckers aus meinem medikamenteninduzierten Schlaf. Nicht jedoch heute Morgen. Durch die Aufregung wache ich früh auf. Es ist Donnerstag und Anna kommt heute zum Abendessen vorbei.

»Bist du schon wach?«, flüstere ich.

»Jetzt schon.« Dan zieht sich das Kissen über den Kopf.

»Du bist heute auch pünktlich wieder zu Hause, okay?«

»Ja. Entspann dich. Es ist nur Charlies Schwester, nicht die Queen persönlich.«

Schwester. Ich lasse das Wort auf meiner Zunge zergehen. Es weckt in mir das gleiche Gefühl der Behaglichkeit wie Dans alter Fleecepulli, den ich immer zu Hause trage. Anna und ich haben uns die ganze Woche über geschrieben. Dan stößt jedes Mal, wenn ich nach meinem Handy greife, einen Seufzer aus, doch ich fühle mich bereits eng mit ihr verbunden. Natürlich kann sie Charlie nicht ersetzen, aber sie ist erfrischend und ein Neuanfang. Mit nahezu olympiareifer Geschwindigkeit schlüpfe ich aus dem Bett, dusche und ziehe mich an, hüpfe die Treppe hinunter und lande Pirouetten drehend im Wohnzimmer. »Was soll ich kochen?«, frage ich Charlie, die mich aus dem silbernen Bilderrahmen auf dem Klavier anlächelt.

Die Küche ist in einen narzissengelben Schein gehüllt. Die dünnen Vorhänge, die Grandma genäht hat, kommen nicht gegen den frühmorgendlichen Sonnenschein an. Ich ziehe sie auf. Draußen zwitschern die Vögel sich einen guten Morgen zu. Heute sind alle glücklich. Mittens schnurrt und reibt ihr Gesicht an meinen Beinen, während ich ihr Wasser auffülle und etwas Fleisch in ihren Napf gebe. Dann krümele ich noch ein paar Kekse darauf.

Ich blättere durch das Rezeptbuch und löffele gleichzeitig meinen Porridge. Süß legt sich der Honig auf meine Zunge. Dann schreibe ich eine Einkaufsliste und wusele durch das Cottage, rücke Kissen zurecht und falte die Decken neu. Es ist noch früh. Wenn ich mich beeile, kann ich auf dem Weg zur Arbeit noch den Einkauf bei Waitrose erledigen.

Ich beuge mich vor und drücke den Sicherheitsknopf mit meiner Nase. Meine Armmuskeln zittern unter dem Gewicht des Einkaufs. Die Trageriemen der Plastiktasche schneiden in meine Handflächen.

»Du meine Güte.« Lyn öffnet die Tür so weit es geht, woraufhin ich mich wie ein Cowboy seitwärts durch den Rahmen schiebe.

»Danke. Ich wollte nicht alles abstellen, um nach meinem Schlüssel zu suchen.« Ich wanke in den Mitarbeiterraum, stelle die Tüten auf dem Boden ab und massiere mir die Abdrücke an den Händen.

Lyn hebt eine Augenbraue, als sie den Berg an Essen und Wein sieht, der nun das Linoleum bedeckt. »Bist du dir sicher, dass du nichts vergessen hast?«

»Anna kommt zum Abendessen«, erkläre ich, als könnte sie es vergessen haben. Ich habe die ganze Woche über von nichts anderem geredet. »Ich wollte nicht alles im Auto lassen. Nachher vergifte ich sie noch.«

»Jedenfalls nicht bei eurem ersten Abendessen. Draußen ist es gerade vermutlich kälter als im Kühlschrank.« Lyn hebt eine Flasche Chardonnay auf, die über den Boden rollt. »Hoffentlich kommt die Behörde nicht ausgerechnet heute für die Stichprobenkontrolle vorbei. Wie viel Alkohol hast du gekauft?«

»Nur drei Flaschen. Ich brauchte einen roten, einen weißen und einen Roséwein. Außerdem Orangensaft, falls sie nichts trinken möchte, und Mineralwasser, sollte sie keinen Saft mögen. Dann habe ich noch Kaffeebohnen und Gewürztees gekauft und Minzbonbons für nach dem Abendessen, auch wenn sie die sehr wahrscheinlich nicht anrühren wird. Habe ich schon erzählt, wie schlank sie ist?«

»Nicht nur einmal.«

Ich knie mich vor den winzigen Mitarbeiterkühlschrank und Lyn reicht mir eine Tüte Salatblätter. Ich muss das Plastik durchstechen, bevor ich sie in den Kühlschrank stopfen kann.

»Rucola. Ziemlich nobel. Hör mal, Grace. Ich weiß, wie viel dir das Treffen heute Abend bedeutet, aber wenn sie auch nur ansatzweise so ist wie Charlie, dann will sie gar kein großes Heckmeck. Eine Tüte Chips und eine Dose Bier reichen völlig.«

Ich verlagere mein Gewicht auf die Fersen und greife nach der Packung silberner Kerzen.

»Dan sagt, ich führe mich auf, als käme die Queen zu Besuch.«

»Es ist verständlich, dass du von ihr gemocht werden und durch sie die Verbindung zu Charlie herstellen möchtest. Aber wir lieben dich alle so, wie du bist. Wenn du dich Anna gegenüber nicht verstellst, wird sie dich genauso mögen.« Lyn packt vier flache Glasschalen aus. »Welche Leckereien willst du hier reinfüllen?«

»Das sind Fingerschalen. Es gibt Knoblauchbrot.« Ich halte eine Zitrone hoch. »Zu viel des Guten?«

»Viel zu viel. Schneid dir die Zitrone in einen Gin und entspann dich ein bisschen.«

»Sollten wir nicht lieber bis zur Mittagspause warten oder trinken wir mit den Kindern?«

»Einige der Mütter hätten vermutlich nichts gegen einen Gin Tonic. Nur wahrscheinlich nicht um diese Zeit.« Lyn schaut auf ihre Uhr. »Wir müssen die Kinder reinlassen. Du räumst hier alles zu Ende auf, du Meisterköchin, und ich gehe die Tür aufschließen.«

Ich stelle eine Flasche Balsamicoessig in die Kühlschranktür und wünschte, ich hätte stattdessen ein Glas Hellman's Mayonnaise gekauft.

Für die Kinder male ich mir Tigerstreifen ins Gesicht und verbringe den Tag damit, um sie herumzuschleichen und sie dann von hinten anzuspringen. Als die letzte Mutter ihr Kind abholt, bin ich fix und fertig. Gerade werfe ich das Spielzeug zurück in die knallbunten Kisten, die an der Wand aufgereiht sind, als Lyn meinen ordentlich in Tüten gepackten Einkauf hereinbringt.

»Hey, Wildkätzchen. Ich mache das schon. Fahr du nach Hause, deine Servietten bügeln.«

»Das müsste der Butler bereits erledigt haben.« Ich ziehe mir die Jacke an und fische die Autoschlüssel aus der Tasche. »Danke, Lyn. Das weiß ich wirklich zu schätzen.«

»Ich drück dir die Daumen, dass es ein schöner Abend wird. Wenn nicht, hast du hier ja genug Wein, um deinen Kummer runterzuspülen.«

»Und einen Schokoriegel in Notfallgröße. Bis morgen!« Ich eile zum Auto, wobei die Trageriemen der Tüten schon wieder neue Furchen in meine Hände graben.

. . .

Alles ist vorbereitet. Die frisch angezündeten Kerzen knistern und flackern, bevor die Flammen größer und stärker werden. Das Wohnzimmerfenster wird von Lichterketten erleuchtet.

»Kannst du den Wein öffnen?«, frage ich Dan.

Der quietschende Korken löst sich mit einem Plopp.

Die Klingel ertönt und ich eile zur Tür, öffne sie mit einem breiten Lächeln. Doch da ist niemand. Ich gehe einen Schritt vor.

»Anna?«

Die Einfahrt ist dunkel. Still. Ich schaudere und schließe die Tür. Dann fülle ich mir ein Glas Wasser und schlucke eine halbe Tablette gegen die Nervosität. Wer wäre jetzt nicht nervös? Der Geruch von Knoblauch und Basilikum bringt meinen Magen zum Knurren. Normalerweise hätten wir um diese Zeit schon längst gegessen. Ich scrolle durch meinen iPod Classic und entscheide mich für ›Islands‹ von Einaudi. Ich summe zur Klaviermusik, während ich bereits glänzendes Besteck nachpoliere. Es klopft an der Tür und ich öffne sie, noch immer mit Geschirrtuch und Messer in der Hand.

»Wow, ist die Gegend hier so gefährlich?«

»Ich war gerade am ...«

»Ich mach nur Witze. Immerhin forderst du mich nicht auf, wieder abzuzischen.«

Anna betritt den Eingangsbereich, drückt mir eine Schachtel schokoladeüberzogener brasilianischer Nüsse in die Hand und klopft sich etwas Schnee von der Jacke. »Hier riecht es gut.«

»Spaghetti Bolo. Ich hoffe, du magst das.«

»Eines meiner Lieblingsgerichte.«

»Ich fürchte nur, ich habe mit dem Knoblauch etwas übertrieben.«

»Kein Problem. Immerhin bin ich kein Vampir.«

»Das erkenne ich schon daran, wie du unaufgefordert reingekommen bist.« Ich grinse. Unsere Freundschaft fühlt sich bereits an, als würden wir uns schon ewig kennen. »Ist dir auf dem Weg jemand begegnet?«

Paranoide Polly, würde Grandma jetzt sagen.

»Nein. Aber da stand ein Auto.«

Augenblicklich bin ich angespannt. »Was für eins?«

»Weiß nicht, ein rotes, glaube ich. Wieso, hast du ...« Anna spricht weiter; ich sehe, wie sich ihre Lippen bewegen, und höre, was sie sagt, doch ich höre ihr nicht zu. Da stand ein Auto. Ein rotes Auto. Es muss der Corsa von vor ein paar Tagen gewesen sein. *Mich verfolgt tatsächlich jemand.*

»Hallo?« Anna wedelt mit ihrer Hand vor meinen Augen. »Erde an Grace!«

»Entschuldigung.« Ich überspiele meine Angst mit einem Lächeln.

»Ich habe gerade gesagt, dass du ja hoffentlich kein Blind Date für mich organisiert hast?«

»Nein.« Mir fällt wieder ein, wie man sich als Gastgeberin benimmt. »Komm, ich stell dich Dan vor.« Ich führe sie ins Wohnzimmer. Dan wartet mit den Händen in den Hosentaschen und tritt von einem Fuß auf den anderen.

»Hallo, hübscher Mann.« Anna breitet ihre Arme aus und Dan umarmt sie mit einem Arm, so wie man es tut, wenn man sich unwohl fühlt. Er hat sich schick gemacht, aber unter seinen Achseln zeichnen sich Schweißflecken ab. Armer Dan. Er ist nicht der Typ für Gäste zum Abendessen.

»Schau mal, was Anna mitgebracht hat«, sage ich und schüttele die Schachtel.

»Du bist allergisch gegen Nüsse.« Dan legt die Stirn in Falten.

»Das tut mir leid, ich ...«

»Macht nichts, Anna. Der Gedanke zählt. Dan wird sie essen. Möchtest du etwas zu trinken? Ein Glas Wein?«

»Gerne.«

»Ich hole welchen.« Dan scheint erleichtert, etwas tun zu können. Small Talk ist nicht seine Stärke. Kurz darauf kehrt er mit zwei Gläsern Weißwein zurück und übergibt eins an Anna.

»Ist weißer ok?«, frage ich. »Wir hätten sonst auch noch roten und rosé.«

»Tut mir leid, ich habe nicht daran gedacht, vorher zu fragen«, murmelt Dan.

»Weißwein ist ok, den trinke ich am liebsten.« Sie nimmt einen Schluck. »Schmeckt besser als das Abbeizmittel aus dem Pub.«

»Na, schlimmer ist auch kaum möglich«, antworte ich und rümpfe die Nase.

»Ist es unhöflich zu fragen, warum du so orange im Gesicht bist?«

Ich berühre meine Wange. Obwohl ich mich schon mit dem Waschlappen geschrubbt habe, ist die Schminke nicht komplett abgegangen. »Ich war heute ein Tiger.«

Anna grinst verschmitzt. »Da kann sich Dan glücklich schätzen.«

Dan bekommt rote Flecken am Hals. Ich streiche ihm über den Unterarm und schaue ihn aufmunternd an. Wieso verhält er sich so seltsam? Ich will unbedingt, dass der heutige Abend ein Erfolg wird.

»Wie auch immer, fühl dich wie zu Hause.« Ich deute auf das Sofa, auf dessen Armlehne Mittens auf dem Pelzimitat schläft.

»Ihr habt eine Katze!«

»Mittens. Als ich sie bekommen habe, war sie noch ein Baby.«

»Nicht Tom oder Moppet?«

»Du magst Beatrix Potter?«

»Mein Vater hat mir früher ihre Geschichten vorgelesen.« Erinnerungen explodieren in psychedelischen Farben. Ich eile in die Küche und lehne mein heißes Gesicht gegen den Kühlschrank, in der Hoffnung, die Bilder fortzukühlen, in denen Dad und ich auf meinem Bett sitzen und uns durch die Geschichten der frechen Kätzchen kichern.

»Alles gut?« Dan steht im Türrahmen. »Das war eine doofe Idee. Ich sage ihr, dass sie wieder gehen soll.«

»Nein, mir geht es gut. Ich bin nur müde und übersensibel. Ich will alles perfekt haben.«

Ein Ausdruck, den ich nicht interpretieren kann, huscht über Dans Gesicht und ist so schnell wieder weg, wie er gekommen ist.

»Es ist alles gut, wirklich. Geh und setz dich zu Anna.«

»Ich bleibe hier und helfe dir.«

»Sie allein zu lassen, ist unhöflich.« Ich schiebe ihn fast schon aus der Tür. Es dauerte nicht lange, das Essen aufzutragen, und wir setzen uns um unseren Bistrotisch, der unter dem Gewicht der riesigen Schüsseln voller Nudeln, Knoblauchbrot und Soße knarzt. Wir essen gesittet und behalten die Ellbogen brav an unserer Seite.

»Du kannst aber gut kochen«, sagt Anna. »Die Soße schmeckt himmlisch. Welche Marke ist das?«

»Die ist nicht gekauft. Grace zieht ihre eigenen Gewürze«, antwortet Dan. »Der Garten ist ihr ganzer Stolz.«

»Sehr schlau. Ich lebe quasi von Salaten. Es lohnt sich nie, für nur eine Person zu kochen.«

»Das ist dann wohl der Grund für dein fabelhaftes Aussehen. Ich sage auch ständig, dass ich fünf Kilo abnehmen muss. Dan kann es schon nicht mehr hören, stimmt's, Dan?«

»Sicherlich steht er auf Kurven und nicht auf so Bohnenstangen wie mich. Was sagst du dazu, Dan?«

»Ich sage dazu, dass ich mal den Käse hole.« Mit schmalen Lippen steht er auf. Er hat sein Essen kaum angerührt.

»Sehr taktvoll«, sagt Anna.

»Er ist mit dem Alter sensibler geworden. Glaub mir, als wir uns kennenlernten, war er noch nicht so.«

Dan kehrt mit einer Schüssel Parmesan zurück.

»Wie lange kennt ihr euch schon?«, fragt Anna neugierig.

Ich drehe Spaghetti um die Gabelzinken. »Schon ewig. Wir haben uns in der Schule kennengelernt. Die erste Begegnung war nicht so positiv, weißt du noch Dan?«

»Wieso?«

Dan stöhnt. »Diese Geschichte willst du wirklich nicht hören.«

»Natürlich, das muss sie sogar. Charlie spielt auch eine Rolle darin.« Ich schildere die Details unserer ersten Begegnung. Annas Augen weiten sich, als sie hört, wie sich ihre Halbschwester für mich gerächt hat.

»Dan, Dan, der Ketchup-Junge«, spottet sie. »Das ist so witzig.«

Dan zuckt mit den Schultern. »Ich war zehn. Und ich habe meine Lektion sehr schnell gelernt: Leg dich nicht mit Mädchen an.«

»Nein, das solltest du wirklich nicht.« Anna schaut Dan über ihr Weinglas hinweg mit prüfendem Blick eingehend an.

»Schau mal.« Ich reiche Anna ein Foto von mir, Charlie, Dan, Esmée und Siobhan. Ben hat es vor der Schule von uns gemacht. »Damals waren wir im Pocket-Park und hielten es für eine gute Idee, unsere Schulkrawatten zu verbrennen. Wir hatten einen Stapel alter Zeitungen und Streichhölzer dabei. Dan hat das Streichholz angezündet und was von dem Whiskey, den er aus dem Vorrat seines Dads geklaut hatte, über die Flammen geschüttet, um das Feuer anzufachen. Es war ein so trockener Sommer, dass sich das Feuer schnell ausgebreitet hat. Die Flammen waren riesig. Am Ende mussten wir die Feuerwehr rufen.«

»Habt ihr viel Ärger gekriegt?«

»Und wie. Die Polizei ist zu uns nach Hause gekommen,

um mit unseren Eltern zu sprechen. Ich hatte solche Angst. Noch nie zuvor habe ich so etwas angestellt. Der Polizist war ganz schön streng. Wir konnten uns glücklich schätzen, dass wir nicht wegen Brandstiftung angeklagt wurden. Mit einem Eintrag im Führungszeugnis hätte mich der Kindergarten nicht eingestellt.«

»Habt ihr eure Krawatten wirklich verbrannt?«

»Nein. Danach hatten wir den Spaß daran verloren. Dan und ich haben unsere noch im Schrank hängen.«

Anna nimmt die silberne Kerze in die Hand und wedelt sie umher. Die Flammen zischen und Wachs tropft auf die Tischdecke. »Hol sie runter. Dann bringen wir zu Ende, was ihr angefangen habt.«

»Wir gönnen dem Rauchmelder lieber eine Pause. Der hatte schon genug zu tun, als ich vorhin das Knoblauchbrot im Ofen vergessen habe. Was ist mit dir, hast du eine wilde Seite?«

»Wenn es so wäre, dann würde ich meinem Boss etwas entsprechend Fieses antun.«

»Anna nennt ihn ›den Oktopus‹«, erzähle ich Dan.

»Ich habe die Nase voll davon, dass er ständig versucht, seine Hand unter meinen Rock zu schieben oder in meine Bluse zu spähen.« Anna schaut niedergeschlagen drein.

Ich habe Mitleid mit ihr. »Keine Ahnung, wie du das überhaupt aushältst.«

»Mir bleibt nichts anderes übrig, bis sich ein neuer Job findet.« Annas Augen füllen sich mit Tränen. »Du findest mich zu dünn, aber in Wirklichkeit bin ich die meiste Zeit zu verkrampft, um etwas zu essen. Ich liege abends im Bett und kann nicht schlafen, weil ich den Tag vor den Augen Revue passieren lasse, mit all den Anspielungen dieses Ekelpakets und der ganzen Momente, in denen er mich angetatscht hat. Die meiste Zeit über grübele ich, was als Nächstes kommt und wie weit er gehen wird. Ich bin permanent so angespannt, dass ich konstante Nackenschmerzen habe.«

Ich reiche ihr eine Packung Taschentücher.

Anna putzt sich die Nase. »Wie peinlich. Normalerweise bin ich nicht so.«

»Kannst du keinen anderen Job finden?«

»Das ist nicht so einfach. Ich arbeite lange und bekomme nicht frei, um zu Bewerbungsgesprächen zu fahren. Die Miete für mein möbliertes Zimmer ist enorm. Wenn ich ein paar Wochen ohne Gehalt auskommen würde, könnte ich etwas anderes finden. Es ist so schwer, wenn man keine Familie hat, die einen unterstützt.«

Ich drücke ihre Hand. »Jetzt hast du ja uns. Du bist Charlies Schwester, und wenn du Hilfe brauchst, musst du es einfach nur sagen. Nicht wahr, Dan?«

Dan grunzt, nimmt die leere Flasche vom Tisch und verlässt den Raum. Er kann mit Tränen nicht umgehen.

»Kann ich nicht bei euch bleiben? Ich ertrage den schrecklichen Mann echt nicht mehr. Nur für ein oder zwei Wochen, bis ich etwas anderes gefunden habe. Von hier aus ist es nicht so weit bis nach Oxford, und so wäre es einfacher, Bewerbungsgespräche wahrzunehmen. Außerdem möchte ich in deiner Nähe sein, mehr über Charlie erfahren. Es fühlt sich fast schon so an, als gehörst du zu meiner Familie.«

Dan scheppert in der Küche mit den Tellern.

»Natürlich«, antworte ich. »Das wird lustig. Freut mich, wenn ich helfen kann.« Doch das ist nicht der einzige Grund, weshalb ich sie einziehen lassen möchte. Das Gefühl, beobachtet zu werden, wird immer stärker, seit das rote Auto in der Auffahrt gestanden hatte. Doch ich kann nicht einmal mir selbst eingestehen, Angst zu haben, allein zu sein. Wenn Anna hier ist, während Dan unterwegs ist, bin ich nicht allein. Dann brauche ich keine Angst haben. Dann kann mir nichts passieren, oder?

FÜNFZEHN

DAMALS

Die Hitze des Feuers hielt uns zurück und wir sahen es aus einiger Entfernung spucken und knistern. Charlie wollte nicht zu nah heran. Sie hatte zu viel Angst, nachdem sie einmal in einem Feuer gefangen gewesen war, auch wenn Lexie behauptete, die Geschichte sei erfunden. Beim Anblick der Flammen war die Angst in ihren Augen deutlich erkennbar, und irgendwo musste sie ja herkommen. Guy Fawkes stürzte schicksalsergeben und mit seitlich hängendem Kopf, als plagten ihn die Schuldgefühle, mitten in die brennenden Holzscheite. Die Flammen loderten um seine Füße herum und die Menge tobte, als seine Hose Feuer fing.

»Hotdog?« Charlie zog an meinem Ärmel.

Ich nickte und wir drängten uns durch die Menschenmenge. Fast alle Dorfbewohner hatten sich zum jährlichen Feuerwerk versammelt. Wir stellten uns an der Schlange des Foodtrucks an. Zwiebeln bedeckten meine verbrannte Wurst und ich fügte Ketchup im Zickzackmuster hinzu.

»Cola?«

Doch Charlie schüttelte den Kopf. »Lass uns lieber zum Bierzelt gehen.«

»Mike wird uns keins ausschenken.« Der Besitzer des Dorf-
pubs kannte uns.

»Ich bin jetzt achtzehn.«

»Ich aber nicht.« Ich würde erst in zehn Tagen legal trinken
dürfen.

»Du bist so gut wie achtzehn. Ich hole uns das Bier,
während du draußen wartest. Es ist so viel los, das wird er gar
nicht merken. Danach suchen wir die anderen.«

»Okay.« Ich blieb dicht hinter ihr, während wir Kindern
auswichen, die mit Wunderkerzen ihre Namen in die Luft
schrieben. Ich wünschte, Siobhan wäre heute Abend nicht
dabei. Wann immer sie dabei war, rückte ich in den Hintergrund und verschwand hinter ihrem falschen Lachen und der
Art und Weise, wie sie jede Möglichkeit nutzte, ihr Haar nach
hinten zu werfen und dabei ihre Brüste unter Dans Nase zu
halten. Meine Brüste wurden größer, allerdings auch alles
andere an mir. Mittlerweile schrieb ich gefälschte Entschuldi-
gungsbriefe im Namen meiner Grandma, dass ich ein verletztes
Knie hatte und keinen Sportunterricht mitmachen konnte,
damit ich mich nicht vor Siobhans spöttischem Blick umziehen
musste. Sie war so schlank. Ihre Schwester war genauso eine
Tussi wie sie. Immer wenn ich Abby auf dem Schulflur begeg-
nete, blickte sie zu Boden und wollte nicht gesehen werden,
doch sobald sie mit Siobhan zusammen war, verlor sie ihre
Scheu.

Wir kamen am Bierzelt an, als ich den letzten Bissen
meines Hotdogs herunterschluckte, meine Finger abschleckte
und mir wieder die Handschuhe überzog.

Charlie boxte sich mit den Schultern zur Theke durch,
während ich am Eingang blieb und mir die Beine in den Bauch
trat. Es war kalt und ich konnte meinen Atem vor mir sehen.
Beim Warten beobachtete ich die drehenden Feuerräder, die
an den Zaun genagelt waren. Sie drehten sich immer schneller,
bis sie zu einer Mischung aus Blau und Gold verschwammen

und ihre Funken wie Sternschnuppen durch den Himmel schossen.

»Gracie-Grace!«

Ich zuckte zusammen, als sich zwei Arme um meine Hüfte legten und ich den übel riechenden Atem im Nacken spürte. »Lexie.«

»Das hier ist Ant. Ist er nicht ein hübscher Kerl?« Lexie kicherte und streichelte das errötete Gesicht des jungen Mannes neben ihr. Er arbeitete an der Kasse bei Co-op und konnte nicht viel älter sein als ich. Lexie legte ihren Arm um meine Schultern, wobei sie das Bier aus ihrem Plastikbecher auf meinen Schal verschüttete. Ich versuchte, es mit meinen Handschuhen aufzusaugen.

»Das ist Grace. Ist sie nicht hübsch? Und macht mir nie Schwierigkeiten.« Lexie wankte und ich verlagerte mein Gewicht, um uns beide aufrecht zu halten.

Ant zuckte mit den Schultern.

»Zuck verdammt noch mal nicht mit den Schultern.« Lexie versuchte, gerade zu stehen, schwankte jedoch wie ein Baum im Wind. »Sie ist so lieb, die Grace. Und so brav!«

»Und ich etwa nicht?« Charlie übergab mir einen Cider. Ich trat einen Schritt von Lexie zurück. Sie verlor das Gleichgewicht und plumpste auf das gefrorene Gras, den Becher fest in der Hand.

»Wohoo! Hab keinen Tropfen verloren.« Auf dem Rücken liegend, erhob sie ihr Bier und trat mit den Füßen in der Luft wie eine sterbende Fliege.

»Mom«, zischte Charlie. »Du ziehst alle Blicke auf dich.«

Lexie nahm Charlies ausgestreckte Hand und rappelte sich wieder auf die Füße. Ant murmelte etwas und verschwand.

»Genau, verpiss dich. Konnte dich eh nicht leiden. Du bist noch ein Junge, ich brauche einen Mann. Meldet sich jemand freiwillig?« Lexie hob ihren Becher und drehte sich die Menge absuchend im Kreis. Dabei fiel sie in die Zeltplane, wodurch die

Heringe aus der harten Erde gerissen wurden und die Abspannseile im Wind flatterten. Charlie und ich stellten unsere Becher ab, ergriffen je einen von Lexies Armen und stellten sie wieder auf ihre Füße.

»Ich muss sie nach Hause bringen.«

»Ich komme mit.«

Die Menge wurde übersichtlicher, als wir uns dem Ende der Wiese näherten. Die Silhouetten von Siobhan, Abby und Esmée wurden in der Ferne erkennbar. Als sie näherkamen, biss ich die Zähne zusammen.

»Ihr geht schon?«, fragte Esmée.

»Brauchst du Hilfe?«, bot Siobhan an.

»Nein, Grace und ich schaffen das schon.«

»Natürlich. Grace ist in der Hinsicht eine größere Hilfe, sie ist ja auch breiter als ich.«

»Sei nicht so gemein.« Esmée boxte Siobhan in die Rippen.

»Bin ich gar nicht. Ich habe nur gemeint, dass sie stärker ist. Na ja, wir lassen euch besser gehen.«

Wir schleppten uns ein paar Schritte mit Lexie vor.

»Ach ja, Grace?« Ich drehte mich mit dem Kopf zu ihr um. Siobhan lächelte drohend. »Ich grüße Dan von dir, okay?«

»Dumme Kuh«, murmelte ich.

»Ignorier sie«, sagte Charlie, während die anderen weggingen. »Ich kann sie kaum noch leiden. In dem Minirock friert sie sich doch den Arsch ab. Und Ben hat gesagt, dass Dan sie eh nicht attraktiv findet.«

»Echt?« Charlie und Ben waren mittlerweile ein Paar. Ich stellte mir immer wieder vor, wie sie mit Siobhan und Dan Doppeldates hatten, während ich zu Hause in meinem karierten Schlafanzug saß, mich mit Sour Cream Pringles vollstopfte und zum wiederholten Male *Bridget Jones* schaute.

Der fünfzehnminütige Weg zu Charlie dauerte fast eine halbe Stunde, weil Lexie immer wieder erst vor und anschließend nach hinten stolperte. Als wir bei Charlies Haus ankamen, brannten meine Arme von der Anstrengung, Lexie aufrecht zu halten.

Charlie ließ Lexie an die Haustür gelehnt nieder. »Hol den Schlüssel, Grace.«

Ich hob Brian den Gartenzwerg hoch. Vor einigen Jahren hatte Grandma Charlie mit zu einem Gartencenter genommen, um ein Geburtstagsgeschenk für Lexie auszusuchen. Lexie hatte keinen grünen Daumen – »Dieses ganze verdammte Pflegen und Hegen«, sagte sie stets – aber Charlie hatte sich in das kleine angelnde Figürchen verliebt. Lexie kreischte vor Lachen, als sie den Zwerg auspackte: »Der ist so was von hässlich, den würde nicht einmal jemand klauen.« Seitdem hütete er den Extraschlüssel für die Haustür.

Charlie ging die Treppen rückwärts hoch, hielt dabei Lexie mit beiden Händen, während ich ihr folgte und Lexie am Rücken stützte und vorwärtsschob.

»Es tut mir leid«, murmelte Lexie in ihr Kissen, während ich ihr die Schuhe auszog.

»Schon okay, Mom.« Charlie zog die Decke bis zu Lexies Kinn hoch.

»Mein Mädchen. Ich wünschte, du wärst noch nicht so erwachsen, sondern noch mein kleines Mädchen.« Mascara lief in kleinen Bächen ihre Wangen herunter.

»Schlaf ein bisschen, Mom.«

»Mein Leben ist das reinste Chaos.«

Ich kramte in meiner Tasche und fand neben einer halb leeren Packung Polos ein Taschentuch. Es war sauber, also faltete ich es auf und reichte es Lexie.

Sie putzte sich die Nase. »Ich wollte das gar nicht. Ich weiß nicht, wie ich es wiedergutmachen kann. Du weißt, wie sich das anfühlt, oder, Grace? Einen Fehler zu machen.«

»Morgen früh ist alles wieder in Ordnung.«

»Das wird es nicht, das geht gar nicht. Ich hätte nicht ...«

Lexies Mund hing offen. Ich tauschte einen besorgten Blick

mit Charlie aus, doch Lexies Kiefer zuckte, als sie zu Schnarchen begann.

»Gott sei Dank.« Charlie knipste das Licht aus und wir schlichen ins Erdgeschoss.

»Wollen wir wieder zurück zur Wiese gehen?«

»Nein, ich bleibe besser bei Mom. Wollen wir vom Vorgarten aus zuschauen?«

Ich nickte. Wir öffneten Stella-Dosenbier aus dem Kühlschrank, setzten uns nach draußen und ließen unsere Beine von der bröckelnden Backsteinmauer baumeln.

Und dann bestaunten wir die leuchtenden Lichtstreifen, die über den Himmel schossen und sich anschließend in Millionen goldener und silberner Partikel auflösten. Es sah aus, als hätte jemand eine Handvoll Glitzer in die Luft geworfen. Und wir erfreuten uns an den unzähligen Farben, die mit einem Knallen den Horizont erhellten und anschließend in der Dunkelheit verschwanden.

»Ich wünschte, ich wäre ein Feuerwerk«, sagte Charlie.

»Wieso?«

»Dann würde ich mich von hier wegfeuern.«

»Was ist denn los?« Ich leerte den letzten Rest meines Biers und zerdrückte die Dose.

»Es ist wegen Mom. Ich weiß nicht, was mit ihr los ist. Sie ist schon seit einem Monat so drauf.«

»Besoffen?«

»Fast rund um die Uhr.« Charlie trat mit den Füßen gegen die Mauer. Getrockneter Mörtel fiel zu Boden.

»Wieso hast du nichts gesagt?«

Charlie zuckte die Schultern. »War mir wohl zu peinlich. Sie verlässt das Haus nicht mehr und die Vorhänge sind ständig zugezogen. Am Montag hat sie sich vollgekotzt. Ich musste sie in der Dusche abwaschen. Das war voll eklig. Aber ich will nicht die ganze Zeit jammern. Du hast es auch nicht einfach, oder?«

»Nein, aber du darfst auch Probleme haben. Warum, glaubst du, ist sie so drauf?«

»Keine Ahnung. Sie hat so ihre Phasen.«

»Sie hat was gesagt, dass du schon achtzehn bist. Vielleicht befürchtet sie, dass du ausziehst. Grandma ist genauso. Sie glaubt, dass ich nach dem Abschluss zur Uni gehe und sie vergesse. Sie hat Angst, dass sie mich nie wiedersieht.«

»Vielleicht. Aber vielleicht wünscht sie sich, sie wäre noch mit meinem Dad zusammen. Wer auch immer er ist.« Charlie sprang von der Mauer. Ihre Turnschuhe knallten auf den Asphalt. »Wollen wir die Jungs suchen gehen?«

»Was ist mit deiner Mom?«

»Ach, soll sie doch verrecken. Mir egal«, antwortete Charlie. Doch ich wusste, dass sie sich Sorgen machte. Als die Feuerwerksgeräusche verstummten und von gequälten Schreien ersetzt wurden, rannte Charlie wie der Blitz nach oben zu ihrer Mom.

SECHZEHN
HEUTE

Es gibt nichts Schöneres, als zum Geruch von gebratenem Speck aufzuwachen. Frühstück im Bett ist immer etwas Besonderes. Ich setze mich auf, als ich das verräterische Geräusch der knarzenden Bodendiele am Treppenende und das Quietschen der sich öffnenden Schlafzimmertür höre, und reibe mir den Schlafsand aus den Augen. Dann stecke ich mir die Kissen hochkant hinter den Rücken, lehne mich dagegen und lasse die Hände in den Schoß fallen, als wäre ich eine Krankenhauspatientin und sie eine Besucherin.

»Guten Morgen!« Anna trägt meinen Morgenmantel. Das Geschirr klirrt, als sie mir das Tablett überreicht. »An meinem ersten Morgen hier wollte ich einen guten Eindruck hinterlassen.«

»Das hast du definitiv geschafft.« Ich kippe den Orangensaft herunter. Durch den beißenden Zitrusgeschmack bin ich hellwach.

»Der gebratene Speck ist knusprig«, sagt Anna, »das Brot leicht getoastet und es gibt Ketchup. Der Tee ist süß und mit Milch.«

»Genau wie ich es am liebsten mag.«

»Ich weiß. Ich habe Dan gefragt, bevor er zum Fußballtraining ist.«

Anna setzt sich auf die Bettkante, während ich in mein Sandwich beiße. Der salzige Geschmack des Bacons vermischt sich mit dem süßen Ketchup.

»Das ist so lecker, danke.«

»Es ist das Mindeste, was ich tun kann. Ich bin so froh, dass ich hierbleiben kann. Die letzten Monate kommen mir schon fast wie ein schlechter Traum vor.«

Ich esse, während Anna die Bücher auf meinem Nachttisch durchgeht. »*Little Women*. Sind sie alle klein?«

Ich muss lachen. »Hast du es nicht gelesen?«

»Nein. Das letzte Buch, das ich gelesen habe, war *Fifty Shades of Grey*.«

»Dieses hier ist ein bisschen anders. Es geht um eine Gruppe von Schwestern, von denen die älteste, nämlich Jo March, meine Heldin ist. Sie ist so stark.«

»Das bist du auch, Grace. Es kann nicht leicht gewesen sein, die beste Freundin zu verlieren.« Anna blättert durch die Seiten und legt dann das Buch auf den endlosen Stapel meiner noch ungelesenen Bücher. Der Turm schwankt, kippt und reißt meine Tabletten mit auf den Boden.

»Entschuldigung.« Sie hebt sie auf.

»Schlaftabletten«, erkläre ich ungefragt. »Seit Charlies Tod habe ich nicht eine Nacht vernünftig geschlafen.«

»Helfen sie?«

»Zu gut. Ohne Dan würde ich ständig meinen Wecker verschlafen. Der Arzt gibt sie mir allerdings nur sehr ungern und hätte lieber, dass ich Antidepressiva nehme.«

»Trauer ist aber keine Krankheit, oder?« Anna runzelt die Stirn. »Man wird nicht wieder gesund, wie wenn man an Windpocken erkrankt ist. Ich habe meine Eltern seit Jahren nicht mehr gesehen, und trotzdem will ich ihnen jedes Mal davon erzählen, wenn etwas passiert ist, ganz egal, ob es etwas Gutes oder Schlechtes ist. Ich vergesse, dass sie gar nicht da sind. Als du gesagt hast, dass ich hier einziehen kann, wollte ich Mom und Dad davon erzählen, wie herzlich du bist. Ganz schön bescheuert, oder?«

»Ich halte das eher für völlig natürlich. Es ist einfach schwer zu verarbeiten, dass wir manche Menschen nie wieder sehen. Wir wollen es nicht wahrhaben.«

»Ich erinnere mich, wenn ich träume.« Anna sitzt mit dem Kopf so weit nach vorne hängend, dass sie mit dem Kinn ihre Brust berührt. »Ich habe immer noch Albträume vom Unfall. Von der Beerdigung. Selbst heute noch.«

Ich schlucke den letzten Bissen meines Sandwiches herunter. Er bleibt mir im Hals stecken und ich muss ihn mit etwas Tee herunterspülen.

»Tut mir leid, aber ich muss aufstehen. Ich habe einen Termin.«

»Einen Termin?«

»Ja, tut mir leid. Hätte ich gewusst, dass du kommst und bleibst, hätte ich nichts ausgemacht. Aber nun habe ich Lexie versprochen, sie zu Charlies Grab zu begleiten.«

»Lexie? Charlies Mom?«

Ich nicke.

»Ich komme mit. Ich möchte sie kennenlernen.«

Ich zögere.

»Ich würde sie gerne kennenlernen. Sie ist die Mutter meiner Halbschwester. Und ich möchte sehen, wo Charlie begraben liegt.«

»Natürlich«, antworte ich, »und ich nehme dich gerne mit zum Friedhof, aber nicht heute. Lexie ist labil. Sie kommt kaum klar und weiß nicht einmal, dass du existierst.«

»Vielleicht heitert meine Existenz sie auf. Die Verbindung zu Charlie.«

»Möglich, aber ich muss zuerst mit ihr darüber sprechen.

Sie darauf vorbereiten. Ich kann nicht einfach mit dir bei ihr auftauchen.«

Anna zieht die Unterlippe zwischen ihre Zähne. Ein Schatten legt sich über ihr Gesicht.

Ich berühre ihren Arm. »Tut mir leid. Um zwölf Uhr bin ich zurück. Dann hole ich die Fotoalben heraus und wir machen uns einen schönen Nachmittag unter Mädels.«

»Okay.« Anna nimmt das Tablett. »Ich muss eh noch auspacken.«

Da mich meine Großeltern so gut es ging davor zu bewahren versucht haben, verbinde ich Friedhöfe eigentlich nicht direkt mit dem Tod. Doch jetzt, als ich vor dem Friedhofseingang stehe, wird mir beim Gedanken an die ganzen Leichen schwindelig. Hier sind Charlie, Esmée, Siobhan und ich früher herumgelaufen und auf Bäume geklettert, haben uns Höhlen gebaut. Nun schäme ich mich dafür, dass wir so respektlos gewesen waren; nicht den Toten, sondern den Trauernden gegenüber, die mit bestürztem Blick um die Grabsteine kauerten. Was müssen sie von den vier kreischenden Mädels gehalten haben, die zwischen den Hecken Verstecken gespielt haben?

Ich greife nach Lexies Arm und führe sie wie eine Blinde den gefrorenen Weg entlang. Um nicht den Schmerz der anderen Friedhofsbesucher sehen zu müssen, gehen wir mit gesenktem Blick über die moosbedeckten Steinplatten. Hinter den abbröckelnden Grabsteinen, deren Inschrift man kaum noch entziffern kann, erstreckt sich ein riesiges Rechteck mit glänzenden Gedenktafeln und verzierten Kreuzen. Es sind die Gedenkstätten an die erst kürzlich Verstorbenen. Ich habe nicht gewusst, dass Lexie christlich aufgewachsen ist, und war überrascht, als sie sich hier eine Beerdigung wünschte. Doch die Kirche konnte aufgrund von Platzmangel nur eine Urnenbeisetzung anbieten.

Lexie greift mit ihrer knochigen Hand meinen Arm und ich streichle sie. Ich würde ihr gerne sagen, dass der erste Besuch der schlimmste ist, doch ich kann nicht. Es stimmt nicht. In der schwarzen Plastikvase, die ich bei meinem letzten Besuch aufgefüllt habe, steht das Wasser und die einst scharlachroten Rosen darin sind nun verwelkt. Als ich die Vase hochhebe, fallen braune Blätter vor meine Füße. Sie sind erst eine Woche alt und ich behalte mir im Hinterkopf, keine Rosen mehr mitzubringen.

»Ich bin gleich zurück«, sage ich, bin mir jedoch nicht sicher, ob Lexie mich gehört hat. Sie scheint nicht zu bemerken, dass ich gehe. Hinter der Kirche steht eine gelbe Tonne für verwelkte Blumen. Der Deckel schließt nicht richtig und ich werfe die Rosen nur locker obendrauf, aus Sorge, mich beim Herunterdrücken an den Dornen zu verletzen. Gebückt spüle ich die Vase unter dem Außenwasserhahn aus und fülle sie mit frischem Wasser. Als ich mich wieder aufstelle, sehe ich am Ende des überwucherten Pfades eine Gestalt in einem schwarzen, gefütterten Mantel und einer Kapuze, die das Gesicht verdeckt.

Es gibt Hunderte von schwarzen Mänteln auf der Welt. Somit ist es unwahrscheinlich, dass dies dieselbe Person ist wie diejenige, die mich durch das Schaufenster des Cafés beobachtet hat. Und doch stehe ich wie angewurzelt da und weiß nicht, was ich tun soll. Die Gestalt bewegt sich nicht, und auch wenn ich das Gesicht nicht sehen kann, so fühlt es sich an, als würde ich direkt angestarrt. Sollte ich sie konfrontieren oder lieber fliehen? Dann bemerke ich, dass die Person einen Blumenstrauß in den Händen hält – nur ein Grabbesucher also.

Ein paar Sekunden später, die sich jedoch wie Minuten anfühlen, lässt die Gestalt die Blumen fallen und rennt den Weg zurück zum Friedhofseingang. Ich brauche einen Moment, um mich zu sammeln, und gehe dann zurück zu Lexie.

Sie steht noch genau da, wo ich sie zurückgelassen habe, und hält noch immer die rosa Nelken fest umklammert. Ich befreie die Blumen aus ihrem Griff und stecke sie so gut es geht in die viel zu schmale Vase.

»Jetzt sieht es gleich viel hübscher aus«, lüge ich. Die Dekoration fühlt sich genauso schwarz und leer an wie das Loch, das Charlie hinterlassen hat.

»Danke, dass du mich hergebracht hast, Grace.« Lexies Stimme klingt dünn und leise, und ich neige meinen Kopf, um sie besser verstehen zu können. »Eigentlich habe ich es nicht verdient, dass du so nett zu mir bist.«

»Natürlich hast du das.«

»Nein, ich war schrecklich zu dir. Ich war völlig durch den Wind.« Sie drückt ihre Fäuste auf die Augen, als könnte sie so das, was vor ihr liegt, verbergen. »Ich bin seit der Beerdigung nicht mehr hier gewesen. Schrecklich.«

Ich nicke. Das ist es. Die Plattitüden auf dem farblosen Grabstein trösten mich nicht. Wie könnten sie auch wirken, wenn Charlie nicht hier ist? Obwohl ich von der Logik her weiß, dass sie nicht zurückkommen wird, komme ich dennoch jede Woche hierher, aus Angst, dass Charlie sonst glaubt, ich hätte sie vergessen.

»Möchtest du nach Hause gehen?«

»Nein.« Tränen fließen Lexies bleiche Wangen herunter. »Können wir etwas trinken gehen?«

»Aber nur auf ein einziges Getränk«, stimme ich zu, doch aus einem werden zwei, drei, vier, und als ich sie zu Hause absetze, ist es bereits halb fünf.

Im Haus riecht es nach Behaglichkeit. Ich hebe den Topfdeckel an und atme den Duft der selbst gemachten Suppe ein.

»Ich habe das ganze Gemüse aus dem Kühlschrank aufgebraucht. Ich hoffe, das war okay?«

Ich erschrecke. Ich hatte nicht gehört, dass Anna in die Küche gekommen war.

»Ja, es riecht sehr gut. Ich dachte, du kannst nicht kochen?«

Annas blonde Haare sind hochgebunden und sie streicht sich eine lose Strähne hinters Ohr. »Können schon, ich mach es nur nie. Es tut gut, für jemanden zu kochen. Außerdem möchte ich etwas dafür tun, dass ich hier wohnen darf. Ich habe ein ganz schlechtes Gewissen, weil ich hier keine Miete zahle.«

»Nicht einmal im Traum würde ich Geld von dir verlangen. Du bist unser Gast. Und außerdem sind es ja nur ein paar Tage.«

»Wie ging es Lexie?«

»Nicht gut.« Ich schalte den Wasserkocher an und nehme Tassen aus dem Schrank. »Tut mir leid, dass ich so spät bin. Ich habe sie danach noch in einen Pub begleitet. Sie da wieder herauszubekommen, war nicht einfach.«

»Kommt das öfter vor?«

»Manchmal. Sie hat so ihre Phasen. Charlie hatte erzählt, dass Lexie einmal stundenlang auf dem Wohnzimmerboden lag. Charlie hat sie nicht wach gekriegt und wollte sie auch nicht allein lassen.«

»Das klingt nach einer schrecklichen Kindheit.«

»Das war nicht immer so. Lexie hatte zwar ihre Momente, aber wenn ich sie gesehen habe, sah sie für mich völlig okay aus. Bis zu unserem achtzehnten Geburtstag. Ich wäre sehr überrascht, wenn sie sich noch an irgendetwas aus dem Jahr erinnern kann.«

»Weißt du, warum?«

»Nein.« Ich versuche, meine Atmung zu beruhigen. Ich möchte nicht über jenes Jahr reden, geschweige denn daran denken, und das nicht nur wegen Lexie. »Sie hat sich zusammengerissen und war seitdem nüchtern. Na ja, fast. Bis Charlie ...«

»Gibt es keine Angehörigen, die hätten helfen können? Tanten? Onkel?«

»Nein. Lexie ist hierhergezogen, als Charlie noch klein war. Sie hat keine Familie.«

»Aber sie hat dich.«

»Ja, und meine Großeltern unterstützen sie auch. Du musst sie kennenlernen, sie haben Charlie geliebt.«

»Wie jeder andere anscheinend auch. Hunger?« Anna schöpft die dicke Suppe in meine Schüssel. Ein Spritzer landet auf meinem T-Shirt und ich wische ihn mit einer Serviette ab, in der Hoffnung, dass kein Fleck bleibt.

Am Tisch, dessen Oberfläche unter Hängelampe weich glänzt, nippen wir an der Suppe.

»Hast du Staub gewischt?«

»Ja. Ich wollte mich nützlich machen. Meine Sachen waren schnell ausgepackt. Wenn wir fertig gegessen haben, zeige ich dir, was ich im Garten geschafft habe. Am Klavier habe ich kein Reinigungsmittel verwendet. Das sieht so alt aus, und ich wollte es nicht beschädigen.«

»Es gehörte Dad. Er hat mir das Spielen beigebracht.«

»Bist du gut? Ich wünschte, ich wäre musikalisch.«

»Ich war mal gut, habe ewig nicht mehr gespielt. Dennoch kann ich mich nicht von dem Klavier trennen.« Immer, wenn ich den abgenutzten Lederstuhl sehe, kann ich fast fühlen, wie ich mich mit meinem kleinen Körper gegen Dads großen lehne. Kann fast sein Aramis-Aftershave riechen, seine Finger spüren, die meine zu den richtigen Tasten führen. Ganz egal, ob ich ›Funkel, funkel, kleiner Stern‹ oder später ›Ode to Joy‹ spielte, Dad applaudierte immer mit demselben Enthusiasmus.

Nachdem wir die Schüsseln ausgespült und den Mantel übergezogen haben, folge ich Anna durch die Terrassentür im Wohnzimmer hinaus in die Dämmerung. Über die Trittsteine gehen wir auf das Gewächshaus zu. Ich bleibe stehen.

Schnappe nach Luft. Drehe mich langsam um die eigene Achse und schlage die Hand vor den Mund.

»Meine Rabatten!«

»Die waren ganz schön hässlich, oder? Ich habe sie alle für dich herausgeholt.« Anna deutet auf die Sträucher und mehrjährigen Pflanzen, die sie aus dem Boden gerissen hat, die nun ihre nackten Wurzeln zeigen und deren Blätter bereits eingegangen sind.

»Anna, was hast du getan?!«

Ich falle auf die Knie und hebe die Pflanzen so vorsichtig auf, als wären sie verletzte Kinder.

»Die waren doch alle tot, oder?« Anna kniet sich neben mich. »Grace?«

»Sie waren nicht tot. Du hast fast alles rausgerissen. Es hat Jahre gedauert, bis sie so groß geworden sind.« Ich kämpfe mit den Tränen und rede mir ein, dass es nur Pflanzen sind. Dennoch kommt dieser Verlust zu meiner langen Liste der Verluste hinzu.

»Aber sie hatten weder Blüten noch Farbe. Und so haben sie wie Unkraut ausgesehen.«

»Wir haben Winter, da ist das normal.«

»Es tut mir so leid. Ich hatte nie einen Garten. Können wir sie wieder einpflanzen?«

»Wir können es versuchen. Aber die plötzliche Veränderung verkraften sie womöglich nicht. Wenn es nicht sowieso schon zu spät ist.«

Anna steht auf und klopft sich die Erde von den Knien. »Ich hole das Gartenwerkzeug.«

Der Boden ist hart, beginnt bereits zu gefrieren. Anna leuchtet mit der Taschenlampe, während ich die Spatengabel in die Erde steche und mich erst mit einem und dann mit beiden Füßen daraufstelle, um in die Erde zu gelangen. Mein Rücken pocht und ich schwitze trotz der kühlen Abendluft. Als ich Dan rufen höre, muss ich vor Erleichterung fast weinen. Er kommt auf uns zu, und ich überreiche ihm dankbar die Spatengabel. Nachdem er die Erde gelockert hat, grabe ich Löcher mit den Händen. Schnell sind die Pflanzen zurück in ihrem erdigen Heim, schlaff und welk.

Annas Entschuldigungen nehmen gar kein Ende mehr. Erst als wir im Schneidersitz auf dem Wohnzimmerboden vor dem knisternden Feuer sitzen und Cognacschwenker in der Hand halten, sage ich ihr, dass es schon in Ordnung ist, und ich meine es auch so.

»Du wolltest nur helfen. Eines Tages lachen wir darüber.«

Ich erzähle ihr von dem Tag, an dem Charlie mir einen Kuchen backen wollte. Sie hatte die Zutaten sorgfältig gewogen und in die Küchenmaschine gefüllt, diese jedoch ohne Deckel eingeschaltet. Die Schokoladenteigmischung spritzte alles voll. Grandpa musste danach die Decke streichen und Grandmas Gardinen haben heute noch braune Flecken.

Anna und ich lachen, während Dan mit einem undefinierbaren Gesichtsausdruck etwas abseits sitzt und sich seinem Getränk widmet. Mich überkommt ein Frösteln, doch ich weiß nicht, weshalb.

SIEBZEHN

DAMALS

Schlagartig öffnete ich die Augen. Heute war der Tag, von dem ich dachte, dass er nie kommen würde. *Ich bin achtzehn!* Ich sprang aus dem Bett und hüpfte fröhlich wie Tigger die Treppe hinunter.

»Guten Morgen!«

»Herzlichen Glückwunsch zum Geburtstag, Gracie.« Grandma und Grandpa standen in der Küche und begrüßten mich mit nach Kaffee riechenden Küssen. Auf dem Tisch lagen bunte Briefumschläge, die ich öffnete, während Grandma Frühstück kochte. Nachdem ich die Karten gelesen hatte, gab ich sie Grandpa. Er legte sie sorgsam zwischen das Wedgwood-Porzellan auf dem Regal.

»Greif zu.« Grandma stellte einen mit gebratenem Speck, Würstchen, Eiern, Pilzen, Tomaten und Bohnen gefüllten Teller vor mich.

»Danke.« Ich griff nach dem Besteck und wusste gar nicht, was ich als Erstes essen sollte.

Als ich den letzten Pilz in meinen Mund stopfte und den Teller von mir wegschob, schmerzte mein Kiefer vor lauter

Kauen. »Bei den Portionen ist es kein Wunder, dass ich nicht mehr in meine Klamotten passe«, stöhnte ich und lehnte mich auf dem Stuhl zurück. »Zum Glück kaufe ich für heute Abend noch ein neues Kleid.«

»Die Frauen heutzutage sind viel zu dünn«, erwidert Grandma. »Du siehst genau so aus, wie eine Frau aussehen sollte.«

»In den 1950ern vielleicht.«

»Männer mögen Kurven.«

War das wirklich so? Mein Liebesleben war trostlos. Ich war viel zu sehr auf Dan fokussiert, als dass ich auch nur daran denken könnte, mit jemand anderem auszugehen. Manchmal fragte ich mich, ob er noch etwas von Charlie wollte, doch sie hatte gemeint, er hätte nur das eine Mal mit ihr ausgehen wollen. Zum Glück schien er nicht an Siobhan interessiert zu sein, obwohl sie sich ihm bei jeder Gelegenheit präsentierte: Wann immer sie sprach, lehnte sie sich vor, sodass er ihr in den Ausschnitt schauen konnte, ständig berührte sie seinen Arm und lachte über seine Worte, selbst wenn sie nicht witzig waren. Charlie gab ihr mittlerweile den Spitznamen ›Jessica Rabbit‘s böser Zwilling‹.

Charlie platzte durch die Hintertür herein. »Sagt bloß, ich habe das Frühstück verpasst?« Ihr Gesicht war gerötet und sie keuchte. Bei sich trug sie ein riesiges, in gepunktetes Papier verpacktes Geschenk.

»Ich habe dir etwas gebratenen Speck übrig gelassen«, antwortete Grandma. »Du musst mehr Fleisch auf die Rippen kriegen. Von der Seite betrachtet könnte man dich glatt übersehen.« Charlie schien jeden Tag größer und dünner zu werden.

Grandma strich Butter auf eine dicke Scheibe Weißbrot und tränkte den Bacon im Ketchup, genau wie Charlie es mochte. »Setz dich. Wir öffnen gleich die Geschenke.«

Charlie hievte ihr Geschenk auf den Tisch und schob es zu

mir herüber. Dann nahm sie ihr Sandwich, biss hinein und leckte sich die Finger ab.

Vorsichtig entfernte ich die Schleifen und Bänder und zog das Klebeband langsam ab, um das Geschenkpapier nicht zu zerreißen. Ich wollte das Papier und die Schleifen von jedem Geschenk später in mein Erinnerungsalbum kleben und beschriften, von wem ich was geschenkt bekommen habe. Mir war es wichtig, meine Erinnerungen aufzubewahren. Dad hatte so viel Zeug, von dem ich nie wusste, woher es kam oder was für einen Wert es für ihn hatte. Es schien auch nicht wichtig, solange er noch da war. Doch im Nachhinein saß der Schmerz tief, so wenig über den Mann gewusst zu haben, von dem ich dachte, ihn gut zu kennen.

»Bei dem Tempo bist du neunzehn, bevor das Geschenk ausgepackt ist.«

Die Kiste enthielt mehrere Schallplatten von Billie Holiday, Etta James und Bessie Smith. Das war die Musik, mit der ich aufgewachsen war, die Charlie jedoch nicht nachvollziehen konnte. Mit einem Kopfschütteln löste ich den Kloß in meinem Hals und stand auf, um sie zu umarmen. Sie drückte mich mit ihren Oberarmen, während sie ihre fettigen Finger zur Seite ausstreckte.

»Wo hast du die alle gefunden?«

»Garagenflohmärkte, eBay, Amazon. Das letzte Jahr über habe ich das Geld vom Babysitten gespart und die Platten gesammelt.«

Grandpa nahm die Alben mit ins Esszimmer, und nachdem er Etta James aufgelegt hatte, kam er leichten Schrittes und mit ausgestreckten Händen zurück.

»Ginger?« Er zog mich auf die Füße und ich kicherte, als er mich in seinem Nadelstreifenschlafanzug wie Fred Astaire durch die Küche führte und um mich selbst drehte.

»Das hier ist von Grandpa und mir«, sagte Grandma, als wir

außer Atem wieder auf unsere Stühle sanken. Sie überreichte mir ein in silberfarbenes Papier verpacktes Geschenk.

Ich betrachtete es von allen Seiten und suchte die beste Stelle, um es zu öffnen.

»Und es geht schon wieder los«, sagte Charlie. »Du weißt schon, dass die Geschäfte um halb sechs schließen?«

»Sehr witzig.« Ich riss das Papier vom Geschenk. Diamantenbesetzte Ohrstecker.

»Sie gehörten meiner Mom«, sagte Grandma. »Ich habe sie dir reinigen lassen.«

Ich neigte die Schachtel, und die Ohrringe meiner Urgroßmutter funkelten im Licht, das durch das Fenster fiel. Mir fiel es schwer, etwas so Schönes mit der fragilen alten Frau zu verbinden, die stets nach Bonbons roch, wenn ich sie als kleines Kind besucht hatte.

»Dein Urgroßvater hat sie ihr damals zur Hochzeit geschenkt.«

»Sie sind wunderschön. Danke!«

»Und kauf dir etwas Schönes zum Anziehen für heute Abend, wenn du in die Stadt gehst«, ergänzte Grandpa und drückte mir ein paar Scheine in die Hand.

Plötzlich übermannten mich die Gefühle. »Ich hab euch alle so lieb.« Meine Stimme versagte.

»Wir haben dich auch lieb.« Grandma umarmte mich und scheuchte mich dann aus der Küche. »Jetzt geh und zieh dir was an, oder willst du im Schlafanzug shoppen gehen?«

Ich sammelte noch schnell das Geschenkpapier ein, bevor Grandpa es für etwas anderes nutzen konnte, dann rannte ich hoch und zog mich an.

Das Sofa war schwer. Charlie drückte, während ich zog. Gemeinsam zwängten wir es in die Zimmerecke und schoben den Tisch vor die Wand. Die Anrichte war leergeräumt und, nachdem ich eine Tischdecke darübergelegt hatte, bereit für das Buffet.

»Und du bist sicher, dass es deiner Mom nichts ausmacht, wenn ich hier feiere?«

»Nein, sie freut sich. Sie musste mir nur versprechen, mich nicht zu blamieren.«

Während ich Erdnussflips in Schüsseln füllte, bereitete Charlie in einer riesigen Glasschüssel, die ich von Grandma geliehen hatte, eine Bowle zu. Mit dem Einrühren des Saftes färbte sich die Flüssigkeit orange.

»Probier mal.« Sie hielt mir einen Teelöffel vor den Mund und ich schlürfte ihn leer.

»Verdammt, ist die stark. Was ist da drin?« Mir tränten die Augen.

»Alles.« Charlie grinste und öffnete den Deckel einer halb leeren Flasche Gin, die sie ganz hinten im Regal gefunden hatte.

»Zum Glück kommen meine Großeltern nicht«, sagte ich.

Ich hatte sie zwar eingeladen, doch sie wollten uns ›junge Leut‹ lieber unter uns lassen.

Um neun Uhr war ich wackelig auf den Beinen und mein Kopf dröhnte. Die halbe Oberstufe belagerte Charlies kleines Haus, dessen Wände mit dem Bumm-Bumm-Bumm des Basses vibrierten. Diskolichter blitzten in den unterschiedlichsten Farben und ich entglitt ein wenig der Realität, während ich den Körpern auf unserer provisorischen Tanzfläche zusah, die sich im Rhythmus zur von Charlie erstellten Playlist bewegten. Dan tanzte zu ›Sex on Fire‹ und wedelte mit der Bierdose in der Luft, während Siobhan ihre Arme in die Höhe streckte und ihren Kopf von einer Seite zur anderen warf. Dabei wackelten ihre Brüste. Unter ihrem Spaghettiträger-Top trug sie keinen BH. *Schlampe*. Ich klaute mir ein Cocktailwürstchen, biss es in zwei Hälften und wünschte, ich könnte Siobhan mit dem Stäbchen erstechen. Es war mein Geburtstag, Dan sollte ihn mit mir verbringen.

Neben mir schöpfte sich Lexie Bowle in ein Bierglas. »Schnapp ihn dir, Mädchen«, nuschelte sie und deutete mit dem Kopf auf Dan. »Du bist nur einmal jung. Mach bloß nicht denselben Fehler wie ich, Grace. Verkack es nicht.«

»Was hast du denn gemacht?«

Doch die ersten Klänge vom ›Mamma Mia‹ ertönten und Charlie zog an meinem Arm.

»Lass uns tanzen.«

Ich kippte den Rest meines Getränks herunter und kämpfte mich zur Mitte der Tanzfläche durch. Esmée hielt meine linke und Charlie meine rechte Hand. Ich verlor Siobhan aus den Augen, während wir uns drehten und drehten, flogen und fielen. Kichernd landeten wir in einem verknoteten Haufen auf dem Boden. Dann wurde mir schlecht.

Die Schlange vor der Toilette reichte bis zum Ende der Treppe hinunter, sodass ich stattdessen in Lexies dunkles Schlafzimmer flüchtete. Auf dem Bett lag ein Stapel Jacken, also setzte ich mich im Schneidersitz davor, drückte die Handflächen auf den Boden und wünschte, das Zimmer würde endlich aufhören, sich zu drehen.

Die Tür flog auf und ich wurde in das rechteckige Licht gehüllt, das vom Flur hereinfiel. Charlie torkelte zu mir.

»Alles in Ordnung?«

»Ja. Wahrscheinlich nur zu viel Bowle.« Ich rieb mir die Augen. »Sehe ich sehr schlimm aus?«

Charlie knipste die Nachttischlampe an. »Ein bisschen.« Sie kramte in Lexies Schublade herum und brachte eine Handvoll Rimmel-Make-up hervor. »Vermisst du deinen Dad, Charlie?« Der Alkohol ließ mich emotional werden. »Ich vermisse meinen.«

»Gegen dein Gesicht kann ich was machen«, antwortete sie, »aber was deinen Dad betrifft ...«

»Ich weiß«, seufzte ich. »Mir geht es gut, meistens, aber an Tagen wie heute ... Wie schaffst du das?«

Charlie zuckte mit den Schultern. »Ich kann nichts vermissen, das ich nie hatte.«

»Aber was, wenn du ihn finden könntest? Vielleicht hast du eine ganz neue Familie.«

»Das wäre schön. Mom ist schon wieder genervt.«

»Hab ich gemerkt.«

»Zieh deine Wangen ein.« Charlie tupfte einen Pinsel in das Rouge.

»Wir könnten ihn finden.«

»Wie?«

»Keine Ahnung, aber wir sind jetzt achtzehn. Du kannst dir eine Kopie deiner Geburtsurkunde besorgen, wenn deine Mutter sie dir noch immer nicht geben will. Es gibt Organisationen, die dabei helfen, Personen zu finden. Und Google.«

»Weiß nicht. Wir sollten uns auf unseren Abschluss konzentrieren. Es ist unser letztes Schuljahr. Mit Mom und Ben und so ...«

»Ich mach's. Es ist ja nicht so, als würde mich mein Liebesleben auf Trab halten.« Aufregung machte sich in mir breit. Ich könnte etwas bewirken. Ich könnte etwas in Ordnung bringen. »Mir würde es guttun, mich auf etwas konzentrieren zu können.«

Aus dem Bett ertönte ein Ächzen. Charlie hob mehrere schwarze Mäntel hoch.

»Das ist Mom. Mal wieder nicht zu gebrauchen. Lass uns runtergehen.«

Mittlerweile waren die ersten Gäste schon wieder gegangen. Charlie verschwand im Wohnzimmer. Ich ging zur Küche, in der jemand Minibrezeln auf dem Boden verteilt hatte, und schenkte mir ein Glas Wasser ein.

Ich erschrak, als ich Dans Reflexion im Küchenfenster sah. Er stellte sich hinter mich.

»Da.« Er legte einen Arm um meine Hüfte und deutete auf den Nachthimmel. »Das ist Orion.«

Ich verengte die Augen und betrachtete die Sterne. Sie sahen alle gleich aus. »Wo?«

»Siehst du den Sternenhaufen, der heller ist als die anderen? Da?«

»Ja.«

»Das ist Orion.«

»Wirklich?«

»Ich bin mir nicht sicher. Ich habe zwar ein Teleskop zum Geburtstag bekommen, es aber noch nicht benutzt. Aber du warst beeindruckt, nicht wahr? Gib's zu.«

Ich stieß ihm meinen Ellbogen in die Rippen, doch er ließ mich nicht los. Dann lehnte ich mich an ihn, überlegte, was ich Interessantes sagen könnte, und wünschte, ich hätte nicht so viel getrunken. Lag es am Alkohol oder an der leisen Vorahnung, dass sich alles um mich herum zu drehen begann?

»Wie ist die Arbeit? Ich hab dich ja ewig nicht mehr gesehen.« *Arbeit?* Ich trat mir gedanklich in den Hintern. Kein Wunder, dass Siobhan die Jungs abbekam. Wie lernte man zu flirten?

»Ganz okay. Ich führe Leute durch Häuser, die sie meist eigentlich gar nicht kaufen möchten. Ich vermisse die Schule und der Spaß, den wir hatten. Ich vermisse dich.«

Ich betrachtete sein Spiegelbild im Fenster, konnte seinen Gesichtsausdruck jedoch nicht erkennen. »Wir vermissen dich auch.«

»Ich meine, ich vermisse *dich*. Sehr.«

Mein Körper fühlte sich schwerelos an, als würde er fortwehen, würde Dan mich nicht festhalten.

»Charlie auch?«, fragte ich mit schriller Stimme.

»Ja, aber anders. Hör mal, Grace, ich muss immerzu an dich denken. Du warst immer da, und das habe ich für selbstverständlich gehalten. Aber jetzt ist es anders. Ich vermisse unsere Unterhaltungen. Charlie war mein Schwarm, jemand zum Flirten und Spaßhaben. Aber was ich für dich fühle, ist anders. Echt. Natürlich. Ich möchte mit dir zusammen sein. Willst du mit mir gehen?«

Er drehte mich zu sich herum und blickte mit seinen sanften Augen in meine. Ich brachte meine nervöse Zunge dazu, ihm zu antworten.

»Ja«, flüsterte ich.

Dan strich mir eine Strähne aus dem Gesicht und glitt dann mit dem Finger meine Wange entlang.

»Alles Gute zum Geburtstag, Grace.« Seine Lippen legten sich federzart auf meine.

»Nein!«

Wir sprangen auseinander. Hinter uns stand Siobhan, die Hände in der Hüfte. »Siobhan«, setzte ich an, »es tut mir ...«

»Das war's mit unserer Freundschaft, Grace Matthews.« Sie drehte sich um und stürmte den Flur entlang zur Haustür. »Das wirst du bereuen«, rief sie über die Schulter.

Schuldgefühle überkamen mich. Ich wusste, dass sie auf Dan stand. »Ich gehe ihr besser nach.«

Als ich draußen ankam, schwang das Gartentor bereits wieder zu. Siobhan war nirgends zu sehen. Ich legte meine Hand auf die Steinmauer, um mich zu stabilisieren, und atmete die eiskalte Luft ein. Der Mond wurde immer unschärfer und wie ein Tornado bäumte sich Übelkeit in mir auf. Der Boden war hart und feucht, als ich auf die Knie fiel und Charlies Bowle in die Hortensie erbrach.

Hinter mir hörte ich das Klacken von Absätzen auf mich zukommen und ich nahm an, dass Siobhan zurückgekommen war, um sich über mich zu lustig zu machen.

Hände legten sich um mein Haar, hielten es zurück, während ich mich erneut übergab. Kühle Fingerspitzen strichen über meine Stirn.

»Grandma hat mir verraten, dass ich dich hier finde, Grace.«

Ich blickte auf und schnappte nach Luft. Es war nicht Siobhan. Es war Mom.

»Wo warst du gestern Abend?« Der Frühstückstisch wiegt schwer unter den Brotaufstrichen und Vorwürfen. Dan öffnet ein Marmeladenglas und versenkt sein Messer darin. Ich zwinge mich, nichts Abfälliges zu sagen, als die Butter in die Orangenmarmelade tropft. Ich tunke einen sauberen Löffel in die Erdbeerkonfitüre und löffele den Aufstrich auf meinen Tellerrand.

»Ich war nur kurz mit den Jungs was trinken.«

»Bis Mitternacht?« Ich will keinen Krach vor der Arbeit, aber mein Kopf dröhnt und meine Augen sind noch schlaftrunken. Ich hatte angespannt im Bett wach gelegen, bis ich Dans Schlüssel im Schloss und seine ungleichmäßigen Schritte, mit denen er die Treppe hinauf gestolpert ist, hörte. Danach zog er sich übertrieben langsam aus, und als er ins Bett fiel, drehte ich mich von ihm weg, um seinen Alkoholausdünstungen sowie einem Streit mitten in der Nacht zu entgehen. Immerhin schlief Anna nebenan.

»Ich habe mir nur Sorgen gemacht. Und hätte mich über eine kurze Nachricht gefreut.«

»Die hättest du doch eh nicht bemerkt.«

»Was soll das denn heißen?«

»Du bist doch dauernd mit Anna beschäftigt, schaust dir Fotos mit ihr an. Wenn sie nur halb so viel Zeit damit verbringen würde, nach einem neuen Job zu suchen, wie sie darauf verwendet, dich nach Charlie auszufragen, dann wäre sie schon lange nicht mehr hier.«

»Du willst, dass ich sie rausschmeiße?«

»Ein paar Tage waren abgemacht. Inzwischen sind es drei Wochen. Wir haben fast März.«

»Ich weiß.« Ich schenke mir Tee ein. Er hat zu lange gezogen und ist nun dunkel und unappetitlich.

»Ich dachte, wir wollten uns auf uns konzentrieren.«

»Ich rede mit ihr.«

»Nein.« Dan kippt seinen Tee herunter und verzieht das Gesicht. »Ich mache das. Du hattest schon genug Stress.«

»Guten Morgen!«

Wir beide schrecken hoch. Normalerweise steht Anna erst auf, wenn wir bereits arbeiten sind. Wie viel von unserer Unterhaltung sie wohl mitbekommen hat? Ich senke den Kopf, sodass meine Haare mein rotes Gesicht verdecken, und starre auf den Tisch, als wäre er das Interessanteste, das ich je gesehen habe.

Dan schiebt seinen Stuhl zurück, schließt den obersten Knopf seines Hemds und zieht die Krawatte zurecht. »Bis später.«

»Grace, kann ich mir deinen Laptop ausleihen?«, fragt Anna. »Ich würde gerne noch ein paar Bewerbungen versenden und nach Mietwohnungen suchen. Ich möchte meinen Aufenthalt hier nicht übermäßig in die Länge ziehen.«

»Klar, nimm ihn dir. Und du darfst so lange hierbleiben, wie du möchtest.« Ich entschuldige mich gedanklich bei Dan, während ich die Toastkrümel zusammen mit Schuldgefühlen in meine gewölbte Hand wische.

. . .

Nach der Arbeit findet eine Mitarbeiterversammlung statt, doch ich kann mich nicht darauf konzentrieren. Auf der einen Seite möchte ich nicht, dass Anna auszieht, doch auf der anderen Seite brauchen Dan und ich Zeit zu zweit. Vielleicht sollten wir für ein Wochenende wegfahren. Unser Sexleben liegt immer noch brach. Zu groß ist die Gefahr, dass Anna unser knarzendes Kopfteil oder die quietschenden Bettfedern hören könnte.

Angespannt fahre ich nach Hause. Regen peitscht auf die Windschutzscheibe, und obwohl sich die Scheibenwischer bereits in doppelter Geschwindigkeit bewegen, ist die Straße kaum zu erkennen. Ich fahre vorsichtig. Am Straßenrand bilden sich Pfützen und dicke Regentropfen springen von der Motorhaube. Ich halte meine Hand vor die Lüftung, doch die hereinströmende Luft ist noch kalt und ich friere. Ich sehne mich nach einem heißen Bad und möchte mir die Farbreste von den Fingern sowie den Glitzer aus den Haaren auswaschen. Zum Abendessen wird es etwas vom Chinesen geben, dann können wir es uns auf dem Sofa gemütlich machen und nach Landhotels schauen. Anna würde sich sicherlich über etwas Zeit für sich freuen und könnte Mittens versorgen.

Grellweißes Licht durchbricht meine Gedanken und ich blinzele durch die Windschutzscheibe. Die Straßenführung ist kaum noch zu erkennen. Ich gebe dem entgegenkommenden Fahrer ein Lichtsignal. *Blend doch ab, verdammter Idiot.* Im Rückspiegel sehe ich, dass das Auto abrupt anhält und dann eine Kehrtwende macht. Ich drehe das Radio leiser. Konzentriere mich auf die kurvige Straße vor mir. Ein Motor jault. Scheinwerfer blitzen auf. Das Auto hat mich eingeholt. Es fährt so dicht auf, dass es fast meine Stoßstange berührt.

Meine Hände schwitzen. Nacheinander wische ich sie mir an der Hose ab. Dann trete ich noch fester auf das Gaspedal. Ich fege über die mir vertraute Landstraße, kann das Auto hinter mir jedoch nicht abhängen. Es hupt. Scheinwerfer blitzen auf. Ich habe Angst, unfassbar viel Angst. Ich fahre nicht gern so schnell. Ich fahre auch nicht gern im Dunkeln, und schon gar nicht bei so einem schlechten Wetter. Der Tacho steht jetzt auf achtzig. Viel zu schnell für die nassen Straßen, scharfen Kurven und Schlaglöcher. Doch ich kann nicht vom Gas gehen. Mit rutschenden und quietschenden Reifen fahren wir um die nächste Kurve. Mir kommt ein Film in den Sinn, bei dem ein Serienmörder einen Fahrer verfolgt, und ich lehne mich nach vorne, als würde ich dadurch noch schneller fahren. Als ich eine Querstraße erreiche, steige ich auf die Bremse und komme nach einer scharfen Rechtskurve zum Stehen. Die Reifen verlieren den Halt und mein Auto rutscht seitwärts. Das andere Auto bleibt am Anfang der Querstraße stehen und lässt den Motor laufen. Der orangefarbene Schein der Straßenlaterne erleuchtet die Motorhaube. Sie ist rot und ich bin mir sicher, dass es sich am Steuer um die Person handelt, die mich nun schon länger verfolgt.

Meine linke Hand umklammert das Lenkrad, während die rechte auf dem Türgriff liegt. *Komm schon, komm schon, komm schon.* Ich könnte aussteigen und fragen, was die Person verdammt noch mal von mir will. Meine Finger zucken und mein Rücken zwickt, als ich mich auf dem Sitz umdrehe. Dann höre ich ein Geräusch. Der Innenraum des roten Autos wird mit dem Öffnen der Tür ausgeleuchtet. Der Schatten einer Gestalt bewegt sich, doch durch den schüttenden Regen lässt sich nichts Genaueres erkennen. Ich sollte nach Hause fahren, bin aber wie versteinert. Die Schlange und ihr Beschwörer.

Es hupt. Hinter dem Auto kommt ein Bus zum Stehen, in dem der Busfahrer weiter ungeduldig auf die Hupe drückt. Die Autotür wird geschlossen und der Innenraum wieder dunkel. Während das Auto anfährt, habe ich das Gefühl, etwas entkommen zu sein, auch wenn ich nicht weiß, was. Für einen Moment lege ich den Kopf auf das Lenkrad. Dann zwinge ich meine zitternden Beine dazu, sich zu bewegen, drücke den Fuß auf das Gaspedal und fahre schnell nach Hause.

»Dan!«

Der Geruch von Roastbeef steigt mir in die Nase, als ich die Haustür öffne. Im Wohnzimmer brennen Kerzen und der Tisch ist für zwei gedeckt. Eine große Vase mit hellrosa Rosen steht auf dem Tisch.

»Du bist spät dran.« Anna eilt auf mich zu und wischt sich dabei die Hände an meiner Schürze ab.

»Ich hatte noch eine Mitarbeiterversammlung. Wo ist Dan?«, keuche ich.

»Er ist ausgegangen. Wir sind unter uns.«

»Hat er gesagt, wo er hingeht?«

»Nein. Nur dass wir nicht auf ihn warten sollen. Geht es dir gut? Du siehst blass aus.«

Ich will ihr erzählen, was passiert ist, doch dann fällt mir auf, wie bescheuert es klingt: *Ich habe Angst bekommen, weil auf der Straße ein anderes Auto fuhr. Ich glaube, mich verfolgt jemand.* Zu viel Fantasie, würde Grandma jetzt sagen.

»Ich brauche was zu trinken.« Auf dem Tisch steht eine Flasche Shiraz. Nicht mein Lieblingswein, aber er tut es auch. Ich öffne die Flasche, schenke mir etwas in ein großes Weinglas und trinke es in einem Zug leer. Der Alkohol brennt in meiner Kehle und mein Kopf beginnt zu schwimmen.

»Grace, ist alles in Ordnung?«

»Passt schon.« Ich gieße mir ein zweites Glas ein. »Schau mal bitte aus dem Fenster.«

»Wonach halte ich Ausschau?« Sie geht zum Fenster und zieht die Vorhänge auseinander.

»Nach einem Auto.«

Sie blickt erst nach links und dann nach rechts. »Da steht nur dein Auto.« Als sie zurücktritt, fallen die Vorhänge wie

Magneten wieder zusammen. Dennoch dringt ein leichter Lichtstrahl hindurch und ich drücke mich gegen die Wand, aus Angst, jemand könne in das Cottage schauen.

»Was ist los, Grace?«

»Egal. Ich zieh mir eben etwas anderes an.« Auf dem Weg zur Treppe bleibe ich kurz vor der Haustür stehen und stelle sicher, dass sie verriegelt ist. Drei Treppenstufen später gehe ich zurück und lege zusätzlich die Kette vor. *Du bist sicher – du bist sicher – du bist sicher.*

Ein Blick aufs Handy ergibt keine verpassten Anrufe oder Nachrichten von Dan. So viel zum Thema Kommunikation. Ich schlucke den Bruchteil einer Tablette herunter, ziehe die Arbeitsuniform aus, schmeiße sie in den Wäschesammler und hüpfe unter die Dusche. Unter dem Wasser fallen der kalte Schweiß und die Angst, die ich auf dem Heimweg hatte, von mir ab. Als ich wieder trocken und angezogen bin, umhüllt mich die gewohnt wohlige Wärme und der Schrecken hat sich gelegt.

Anna hält mir ein Glas Wein hin, das ich dankbar entgegennehme. Mir ist leicht schummrig, aber immerhin ist Freitag. Da darf man doch wohl trinken, oder?

»Wie war dein Tag?«, frage ich.

»Produktiv. Ich habe mich auf ein paar Jobs beworben. Und es gibt einige hübsche Wohnungen auf dem Markt. Allerdings erwarten sie eine saftige Kaution und die erste Monatsmiete im Voraus.«

»Vielleicht kann ich dir etwas leihen.«

»Quatsch, ich bin es gewohnt, für mich selbst zu sorgen. Aber jetzt habe ich erst einmal eine Überraschung für dich. Ein kleines Dankeschön für alles, was du für mich getan hast.«

Anna überreicht mir einen Umschlag.

»Was ist das?«

»Mach ihn auf.«

Mit dem Finger unter der Klebekante reiße ich den

Umschlag auf. Darin liegt ein Geschenkgutschein für einen Wellnesstag.

»Er ist für morgen. Ich hoffe, du hast noch nichts vor? Dan hat gesagt, dass er dann beim Fußball ist.«

»Morgen habe ich Zeit. Das muss ja ein Vermögen gekostet haben.«

»Nicht ganz. Ich habe ihn über Groupon gekauft. Praktisch umsonst.«

»Danke.« Ich freue mich wirklich. Während Anna das Essen verteilt, lese ich die Liste der angebotenen Anwendungen laut vor. »Schoko-Körperpackung, Orangenschalen-Gesichtsbehandlung ...« Mir läuft das Wasser im Mund zusammen. »Klingt sehr lecker.«

»Probier lieber das hier.« Das Roastbeef ist rosa, die Gänseschmalz-Kartoffeln knusprig, und als mein Teller leer ist, habe ich kaum noch Platz für Nachtisch. Doch dann wird mir Tiramisu mit Sahne und Schokoladenstückchen serviert, und es schmeckt genauso köstlich, wie es aussieht.

»Dan verpasst was.« Meine Jeans wird zu eng und ich rutsche im Stuhl etwas herunter, um den obersten Knopf zu öffnen.

»Nein. Er ist ein Idiot.« In Annas Stimme schwingt ein bitterer Unterton mit, den ich zuvor noch nie bei ihr gehört habe. »Grace, ich weiß nicht, wie ich es sagen soll, deshalb sage ich es einfach frei heraus.«

Ich setze mich aufrecht.

»Ich habe gehört, wie Dan mit jemandem telefoniert hat, bevor er gegangen ist. Er hat ein Treffen vereinbart.«

Ich versteinere, sammele mich dann aber wieder. *Geh nicht immer gleich vom Schlimmsten aus, Grace.* Ich schaue Anna selbstbewusst in die Augen. »Das war vermutlich Harry.«

»Nennt er Harry immer Babe?«

Plötzlich ist mir kalt und ich ziehe den Cardigan etwas

enger. »Bist du dir absolut *sicher*, dass du das richtig gehört hast?«

»Ja. Ich wollte es dir nicht erzählen, aber dann habe ich mich gefragt, was Charlie tun würde.«

Der Brandy und die Sahne liefern sich ein Duell in meinem Magen und mir wird schlecht. Wieso muss ich mich auch immer überfressen?

»Vielleicht habe ich mich verhört. Der Fernseher lief. Es tut mir leid, ich hätte nichts sagen sollen.« Anna springt auf und beginnt, Teller zu stapeln und das Besteck einzusammeln. Ich schließe die Augen, und als ich sie wieder öffne, ist Anna in der Küche verschwunden. Die Kerzenflamme flackert und zischt, kämpft im schwindenden Wachs gegen das Erlöschen. Schwarze Schatten huschen auf den Wänden umher. Es sind die Fremden aus meinen Albträumen, die Monster unter meinem Bett. Ein Schauder läuft mir über den Rücken. Ich puste die Kerze aus und schalte das Licht an.

Anna lässt heißes Wasser in eine Schüssel laufen. Blasen schäumen und vermehren sich unkontrolliert, genau wie meine Gedanken.

Ich mache den Mülleimerdeckel auf und beginne, die Teller leer zu kratzen. Das Bratenfett und einzelne Erbsen landen auf einem Stück liniertes Papier. Ich erkenne Dans Handschrift darauf und fische es aus dem Eimer, schüttele die Kartoffelschale darauf ab.

Bin auf ein Bier zu Harry. Wir sehen uns später. Kuss

»Anna, hast du das weggeworfen?«

Sie liest den Zettel. »Nein.«

»Wieso sollte Dan mir einen Zettel schreiben und dann wegwerfen?«

»Vielleicht hatte er Angst, dass du bei Harry anrufst, um es zu überprüfen? Oder der Zettel ist einfach hineingeweht worden. Beim Kochen standen Hintertür und Mülleimer offen. Als ich meinte, im Garten jemanden gesehen zu haben, habe ich die Tür allerdings zugemacht.«

»Jemand war im Garten, und das erzählst du mir erst jetzt?« Ich schnappe nach Luft und knalle das Besteck in die Spüle, sodass das Schaumwasser gegen die Fliesen spritzt. Dann gehe ich zur Hintertür, rüttele am Griff und vergewissere mich, dass die Tür fest verschlossen ist. Durch den Fenstereinsatz schaue ich nach draußen in den Garten.

»Vielleicht habe ich es mir auch nur eingebildet, ich bin mir nicht sicher. Es war so dunkel.«

»Trotzdem. Du musst doch wissen, ob du jemanden gesehen hast oder nicht?«

»Oder etwas. Ich bin nicht oft auf dem Land, erschrecke mich schnell. Es könnte auch ein Dachs gewesen sein, der durch die Hecke gehuscht ist.«

Ich lasse die Jalousien der Hintertür herunter und ziehe die Küchenvorhänge zu. Schweigend machen wir die Küche sauber und gehen anschließend nach oben ins Bett. Ich lese noch etwas in meinem Buch und bin gerade an der Stelle, wo Mr Rochester Jane Eyre zum Weinen bringt, als ich es an der Haustür laut klopfen höre. Ich klappe das Buch zu und wiege es in der Hand, als würde ich prüfen, ob es sich als Waffe eignet. *Sie ist wieder da.* Die Gestalt, die Anna zuvor im Garten gesehen hatte. Ich hätte die Polizei informieren sollen.

Es klopft. Ein dumpfer Schlag gegen das Fenster. Eine Stimme. »Grace?«

Es ist Dan. Mir fällt ein, dass ich die Tür zusätzlich mit der Kette verschlossen habe, und laufe nach unten, um ihn hereinzulassen.

»Wieso ist die Kette vorgelegt?«

»Wo warst du?« Ich verschränke die Arme.

»Mit Harry aus. Ich habe dir einen Zettel geschrieben. Hast du ihn nicht gesehen?«

»Und du nennst Harry ›Babe‹, oder was?«

»Natürlich nicht. Wovon redest du?« Dan streift seine Turnschuhe ab. »Geht es dir gut? Deine Augen sind total rot.«

»Ich bin müde.« Nichts ergibt Sinn. »Anna hat gehört, wie du jemanden am Telefon ›Babe‹ genannt hast.«

»Hat sie das?« Dan schmeißt die Schuhe auf die Matte, doch sie fliegen gegen die Haustür. Matschbrocken tüpfeln den Teppich.

»Und ich nehme an, du erwartest, dass ich das wieder aufsauge?«

»*Erwarten* tue ich nur, dass du mir glaubst statt einer durchgeknallten Trulla, die du erst seit *fünf Minuten* kennst.«

»Schrei nicht so.«

»Wieso? Damit Anna uns nicht hören und Sachen verdrehen kann? Ich kann so viel schreien, wie ich möchte. Das ist immerhin mein Haus.«

»Unser Haus. Also, wo warst du?«

»Mit Harry im Pub. Frag Chloe, wenn du mir nicht glaubst. Sie war auch da. Denn es gibt noch Frauen, die in der Tat Zeit mit ihrem Freund verbringen möchten.«

»Vielleicht, weil deren Freunde nicht so doof sind und andere Frauen ›Babe‹ nennen.« Ich stampfe wieder nach oben, lege mich stinksauer ins Bett und lausche den dumpfen Geräuschen des Fernsehers, die durch den Boden nach oben dringen. Dan schaut sich einen Spätfilm an, in dem die Reifen quietschen und Pistolen im Sekundentakt feuern. Es dauert ewig, bis mich der Schlaf überkommt. Ich träume von zerrissenen Notizzetteln, roten Corsas und einer Gestalt in einem schwarzen Mantel, die sich im Gebüsch versteckt.

NEUNZEHN

HEUTE

Alles ist klinisch weiß: mein flauschiger Bademantel, die Latschen, die Wand- und Bodenfliesen. Wäre es nicht so warm, würde man denken, man wäre in der Arktis. Ich packe meine Sachen in einen Spind und lasse den Schlüssel in meine Canvas-Tasche fallen, in der sich bereits mein Handtuch und das Buch *Jane Eyre* befinden. Anna kommt aus der Umkleidekabine. Sie versinkt schier in ihrem Bademantel und ich ziehe meinen noch etwas enger.

»Fertig?«

»Fertig.«

»Zuerst in die Sauna?«

»Ich war noch nie in einer.«

»Noch nie? Dann wird es aber Zeit. Deine Kette solltest du aber hierlassen. Das Metall wird sehr heiß und verbrennt dir die Haut.«

Ich berühre die goldenen Herzen. »Die lege ich nie ab.«

»Hab ich gemerkt. Hat Dan sie dir geschenkt?«

»Nein, Charlie.«

»In deinem Spind ist sie sicher. Auch bei der Massage stört sie dich sonst.«

Vorsichtig lege ich die Kette ab, schließe den Verschluss und lege sie in meine Jackentasche.

»Los geht's.«

Wir hängen unsere Taschen und Bademäntel an die Haken vor der Sauna. Anna öffnet die Tür und der Schwall uns entgegenkommender heißer Luft raubt mir den Atem. Ich folge ihr in den abgedunkelten Raum und mache sie nach, als sie ihr Handtuch auf der Holzbank ausbreitet und ihre Latschen abstreift.

»Alles in Ordnung?«

»Ich hätte nicht gedacht, dass es hier drinnen so heiß ist.«

»Man gewöhnt sich recht schnell daran. Meinst du, Grace, wir könnten Lexie morgen treffen?«

»Tut mir leid, Anna, aber ich habe noch nicht mit ihr über dich gesprochen. Das werde ich noch, versprochen, aber bisher hat sich noch keine Gelegenheit dazu ergeben.«

»Wir könnten sie überraschen.«

»Das ist keine gute Idee. Sie ist sehr fragil.«

»Aber ich könnte sie aufmuntern.«

»Vielleicht. Ich rede mit ihr. Was hältst du davon, morgen mit zum Sonntagsessen bei meinen Großeltern zu kommen? Sie würden sich riesig freuen, dich kennenzulernen, und können dir jede Menge über Charlie erzählen.«

»Okay.« Anna lehnt sich zurück und schließt die Augen. Ich tue es ihr gleich. Schweiß rinnt meinen Körper herunter. Als Anna etwas später vorschlägt, ein paar Runden zu schwimmen, wird mir beim Aufstehen schwarz vor den Augen. Ich stütze mich auf der Bank ab und sammele mich, bevor ich losgehe. Die Dusche und der kalte Pool sind eine willkommene Abkühlung. Ich schwimme einige Bahnen, bis ich aus der Puste bin, drehe mich dann auf den Rücken und lasse mich treiben. Anna verlässt das Schwimmbecken als Erste. Auf ihren Oberschenkeln treten Narben hervor, die mir zuvor noch nie aufgefallen sind. Was ihr wohl passiert ist, nachdem ihre Eltern gestorben sind? Manchmal verhält sie sich so bedeckt.

Langsam gehe ich am Schwimmbecken entlang, um nicht auf den nassen Fliesen auszurutschen. Viele Besucher tragen Flip-Flops und ich nehme mir fest vor, ebenfalls welche mitzubringen, sollte ich jemals wieder hierherkommen. Weil es so warm ist, trockne ich mich gar nicht erst ab, sondern rubbele mit dem Handtuch nur ein wenig durch meine Haare, während ich mich auf den Rand von Annas Liege setze.

»Darf ich dich etwas Persönliches fragen, Anna?«

»Fragen darfst du, aber vielleicht antworte ich nicht.«

»Was ist mit dir passiert? Nachdem deine Eltern ...«

»Ich kam für eine Weile in eine Pflegefamilie. Aber das hat nicht funktioniert.«

»Wieso nicht?«

»Manche Kinder sind wohl schwer zu lieben. Ich war sehr wütend und wollte nur meine Mama. Hast du Hunger?« Anna steht auf und faltet ihr Handtuch zusammen. Ich bin traurig darüber, dass Anna nicht das Gefühl hat, mir vertrauen zu können.

Das Mittagessen besteht aus einem Buffet. Brav stelle ich mich an und fülle meinen Teller mit kalorienarmem, farbenfrohem Salat und kaltem Reis. Dem Nachtisch kann ich dennoch nicht widerstehen, esse zwei Stück Käsekuchen und rede mir ein, dass ich sie im Anschluss wieder wegschwimmen kann. Nachdem unsere Tassen geleert und die Minzbonbons im Anschluss an das Essen verputzt sind, bin ich allerdings viel zu voll, um mich bewegen zu können. Stattdessen lassen wir uns im Whirlpool nieder. Das Wasser reicht mir bis zum Kinn.

»Wie viele Pflegefamilien hattest du?«, hake ich neugierig nach.

»Auf jeden Fall weniger als die Anzahl Kalorien, die du gerade verputzt hast. Schau dir den Körper mal an.« Anna deutet mit einem Kopfnicken auf einen Kerl, der gerade sein Handtuch auf einer Liege ausbreitet.

»Sein Bizeps ist ja riesig.«

»Mit Blick auf seine Speedo-Badehose ist das nicht das Einzige an ihm, was riesig ist.«

Ich wende meinen Blick ab. »Er ist nicht mein Typ.«

»Mir geht es nicht um einen bestimmten Typ. Ich möchte jemanden, der mich zum Lachen bringt.«

»Dan ist witzig.« Ich erhasche ihre Reaktion. Sie schaut leicht höhnisch. »Nein, ehrlich. Normalerweise ist er lustig, oder zumindest war er das mal«, beharre ich, auch wenn ich nicht weiß, weshalb ich das Gefühl habe, ihn verteidigen zu müssen.

»Was meinst du damit, ›er war es mal‹? Was ist passiert?«

»Charlies Tod hat mich völlig aus der Bahn geworfen. Es war ein unfassbarer Schock. Ich habe mich sogar gefragt, ob ich verflucht bin. Ich konnte weder schlafen noch essen. Ständig habe ich Dan angepflaumt und ihn dafür gehasst, dass er nicht wusste, was er für mich tun konnte. Irgendwann ist er jeden Abend was trinken gegangen, um mir aus dem Weg zu gehen. Er hat noch nie gern über Gefühle gesprochen. Jedenfalls ist es in letzter Zeit wieder etwas besser geworden. Beziehungen sind harte Arbeit, und man muss das Leben wohl so nehmen, wie es kommt. Ich will, dass wir es schaffen. Wir beide wollen es.«

»Da bin ich mir sicher.«

»Seit wann bist du Single?«

Anna spielt mit ihren Haaren. »Noch nicht lange genug!«

»Eine schlimme Trennung?«

»Gibt es auch gute Trennungen? Ich weiß nicht, aber ich glaube nicht so richtig an ›glücklich und zufrieden bis ans Lebensende‹. Im wahren Leben läuft es einfach anders. Mit meinen Eltern war es recht idyllisch, aber vielleicht täuscht mich meine Erinnerung. Vielleicht sind sie auch einfach gestorben, bevor es schiefgehen konnte. Beziehungen halten nie lange. Oder kennst du ein Paar, das noch immer glücklich zusammen ist?« Gespannt schaut sie mich an.

»Meine Großeltern bekommen es ganz gut hin. Sie feiern dieses Jahr Goldene Hochzeit.«

»Dann gehören sie zu den Glücklichen, oder sie sind einfach toleranter als wir anderen. Mit der Schuld des Anderen leben, dessen Fehler akzeptieren und verzeihen – das ist wahre Liebe, oder nicht?«

»Vermutlich.« Ich überlege, ob man einen Kompromiss eingehen sollte, indem man die Person so akzeptiert, wie sie ist, oder ob man sich mit weniger zufrieden gibt, als man selbst eigentlich will. Ich weiß es nicht.

»Was ist mit deinen Eltern?«, fragt Anna.

Doch bevor ich antworten kann, tänzelt eine Frau in schwarzer Tunika und mit einem Klemmbrett in der Hand auf uns zu. Sie sieht aus, als hätte sie gerade erst die Schule beendet, und ich frage mich, wieso ihr dick aufgetragenes Make-up in der Hitze nicht verläuft. Ich schminke mich nur selten, und wenn, dann dauert es nicht lange, bis meine Nase glänzt, meine Mascara verschmiert oder der Lippenstift auf meinen Zähnen klebt. Zum Glück steht Dan auf den natürlicheren Style. Oder sagen Männer das einfach nur so? Denn die Frauen, die sie sich in Zeitschriften, Filmen und auf der Straße anschauen, sind glamourös und superdünn. Nicht wie ich. Nicht wie die meisten Frauen, die ich kenne.

»Grace Matthews?«

»Das bin ich.«

Sie lächelt und zeigt dabei ihre unnatürlich weißen Zähne. »Ich bin Caroline und heute für deine Aromatherapie-Massage zuständig. Wenn du bitte mit mir mitkommen würdest.«

Der Raum liegt im Halbdunkeln, nur die kerzenförmigen Wandleuchter werfen einen orangefarbenen Schein über die Massageliege. Panflöten erklingen aus der iPod-Dockingstation. Ich entkleide mich und lege mich dann bäuchlings auf das schokoladenbraune Kunstfell, das auf der Haut kitzelt. Caroline bedeckt mich mit einer weichen, flauschigen Decke. Ich atme die ätherischen Öle ein und bete, dass mein Hintern während der Massage nicht allzu sehr schwabbelt. Caroline erwärmt Lavendelöl zwischen ihren Handflächen und beginnt, die viel zu lange vernachlässigten Muskeln mit ihren Fingern zu entknoten. Als sie mit den Handballen links und rechts von meiner Wirbelsäule entlanggleitet, vergesse ich die Sorgen um meine Cellulite und schließe die Augen.

»Grace, du kannst dich wieder anziehen.« Die flüsternde Stimme und eine sanfte Hand auf meiner Schulter holen mich zurück in die Wirklichkeit. Ich setze mich blinzelnd und orientierungslos auf und fühle mich so, als wäre ich gerade aus dem Kinosaal in strahlendes Sonnenlicht getreten. Caroline reicht mir ein Glas Wasser und ich trinke einen Schluck.

»Das war himmlisch, danke.«

Wie auf einer Wolke schwebe ich zurück zum Poolbereich. »Du bist dran«, sage ich zu Anna.

Ich lasse mich auf einer Liege nieder. Jetzt schwimmen zu gehen, würde die ganzen Öle wieder abwaschen. Meine Haut fühlt sich so weich an. Ich schließe die Augen und döse, bis mich Anna sanft aufweckt.

»Zeit, nach Hause zu gehen, Schlafmütze.«

»Müssen wir?« Ich gähne und richte mich auf. »Hier könnte ich bis zum Lebensende glücklich verweilen.«

»Irgendwann würdest du dich langweilen.«

Obwohl ich ihr nicht zustimmen kann, folge ich ihr zu den Umkleiden. Ich krame den Schlüssel aus meiner Tasche und öffne meinen Spind, packe alle meine Sachen und suche eine freie Umkleide. Mit schweren Armen ziehe ich mich an. Ich kann mich nicht erinnern, wann ich mich das letzte Mal so entspannt gefühlt habe. Ich kämme mir die Haare und greife in meine Jackentasche, um die Kette herauszuholen. Doch die Tasche ist leer. Seit meinem fünfzehnten Geburtstag, an dem mir Charlie die Kette geschenkt hat, habe ich sie kaum abgenommen. Mir wird schwindelig. Dann greife ich erneut in die Jackentasche. Immer noch nichts. Alle Jackentaschen sind leer. Panik steigt in mir auf. Wo ist die Kette? Angst schnürt meinen Magen zu und ich reiße die Tür auf, suche den Boden ab und eile zurück zum Spind. Die Kette ist nicht da.

Ich beiße mir auf die Lippe. *Denk nach, Grace.* Ich durchwühle meine Handtasche. Ansonsten fehlt nichts.

»Alles in Ordnung bei dir?«

Anna steht hinter mir. Sie ist noch nass von der Dusche und tropft auf den Boden.

»Meine Kette ist weg.«

»Wie, sie ist weg?«

»Weg, verschwunden, nicht mehr da.« Ich beiße mir fest auf die Lippe, um nicht zu weinen.

»Sie kann doch nicht verschwunden sein.« Anna überprüft den Spind und meine Taschen. »Das verstehe ich nicht. Hat sie jemand mitgenommen?«

»Wie denn? Der Spind war noch abgeschlossen. Als ich bei der Massage war, hattest du meinen Schlüssel. Bist du an meinen Spind gegangen?« Ich verschränke die Arme.

»Nein. Natürlich nicht. Gehen wir noch mal alle Möglichkeiten durch. Hast du deinen Schlüssel irgendwann mal aus den Augen gelassen?«

»Nein.« Ich setze mich auf die Bank. »Na ja, nach der Massage bin ich eingeschlafen. Da lag meine Tasche auf dem Boden neben mir.«

»Könnte in der Zeit jemand den Schlüssel herausgenommen haben?«

»Um meine Kette zu stehlen, mein Handy und Portemonnaie aber dazulassen, und im Anschluss den Schlüssel zurück in die Tasche zu legen, bevor ich aufwache?«

»Das klingt sehr unwahrscheinlich. Lass uns mal bei der Rezeption nachfragen.«

Mit wippendem Fuß warte ich, während sich Anna

anzieht. Dann gehen wir zurück zum Eingang, durch den ich erst Stunden vorher überglücklich hereinkam.

»Setz dich«, sagt Anna. »Ich hole den Manager.«

Ich setze mich auf die Kante eines Stuhls mit hoher Rückenlehne und greife nach dem Tisch vor mir. Meine Knöchel sind kreideweiß. *Es tut mir so leid, Charlie.*

Anna murmelt leise mit einer Frau in einem schwarzen Bleistiftrock und einer weißen Bluse, die zu mir herüberblickt. Ihre Stirn glänzt und ist von Botox gestrafft. Ihre Augenbrauen sind steif und gewölbt, ihr Gesichtsausdruck unleserlich. Sie trabt zu mir herüber und hält mir ihre gebräunte Hand hin. »Ich bin Tina. Gehen wir zurück zur Umkleide.« Sie geht voran. »Welcher Spind war Ihrer?«

Ich deute auf den in der untersten Reihe.

»Sehen Sie mal, hier ist eine kleine Lücke zwischen der Tür und dem Boden. Wie dick ist Ihre Kette?«

»Relativ dünn.«

»Möglicherweise haben Sie sie nicht tief genug in die Tasche gesteckt und sie ist hier zwischengefallen, als Sie Ihre Jacke wieder herausgenommen haben.«

Als ich die Lücke untersuche, rutscht mir das Herz in die Hose. Ich gehe im Kopf noch einmal durch, wie ich meine Klamotten herausgeholt habe: zusammengeknüllt, in der Hoffnung, alles auf einmal tragen zu können. »Vermutlich.«

»Das ist wohl die logischste Erklärung. Hier ist es noch nie vorgekommen, dass etwas gestohlen wurde.«

»Wie kann ich die Kette dann zurückbekommen?«

»Ist sie wertvoll?«

»Sie ist von großem emotionalem Wert.«

»Dann bleibt uns nur übrig zu hoffen, dass wir sie finden, wenn wir das nächste Mal renovieren und die Spinde austauschen. Wenn Sie Ihren Namen und eine Telefonnummer hierlassen, würden wir Sie dann kontaktieren.«

»Und wann ist das?« Ich bin völlig verzweifelt.

»Ich kann kein genaues Datum sagen, aber wir sind permanent dabei, unser Etablissement zu verbessern. Deshalb kommen unsere Kundinnen und Kunden auch immer gerne wieder. Haben Sie schon unsere Mitgliederbroschüre erhalten?« Ich wende mich von ihrem blendenden Lächeln ab.

Anna streicht mir über den Arm. »Es tut mir so leid, Grace. Ich weiß, wie viel die Kette dir bedeutet. Wir kaufen dir eine neue.«

»Sie wird nicht dieselbe sein, und nicht von Charlie.«

»Nein, aber sie wird von mir sein.« Anna lächelt und ich bin dankbar, dass sie da ist. Ich wüsste nicht, was ich ohne sie tun würde.

ZWANZIG
DAMALS

In den frühen Morgenstunden verließen Mom und ich die Party zu meinem achtzehnten Geburtstag bei Lexie. Wir saßen an Grandmas Holztisch, während der Dampf von unseren Kaffeetassen aufstieg. Nach dem Duschen durchnässten meine Haare zwar meine Schultern, doch immerhin hatte der frische Apfelduft den Gestank nach Erbrochenem ersetzt. Ich fühlte mich unwohl in meinem Schlafanzug und zog mir den Bademantel bis über die Knie. Es war furchtbar kalt und ich hatte gerade die Heizung aufgedreht. Die warm werdenden Rohre gluckerten.

»Du solltest dir die Haare föhnen, sonst erkältest du dich noch.«

»Glaub ja nicht, dass du nach zehn Jahren zurückkommen und mir sagen kannst, was ich zu tun habe.«

»Nein.« Mom hob ihre Tasse an die Lippen und pustete. »Das tue ich auch nicht.«

»Wieso bist du hier?«

»Um zu reden.«

»Ich will nicht reden.«

Ich wollte mich jetzt nicht damit auseinandersetzen. Ich

schämte mich und wusste nicht, ob die zurückliegenden Ereignisse oder die jüngst geäußerten Worte schuld daran waren. Mit dem Kaffee versuchte ich, meine Verwirrung hinunterzuspülen. Dabei verbrannte ich mir die Zunge so sehr, dass mir die Augen tränten. Ich sprang auf und riss den Tiefkühlschrank auf, um mir einen Eiswürfel in den Mund zu legen und auf der Zunge zergehen zu lassen.

»Aber ich möchte reden, Liebling. Es tut mir so leid, dass ich gegangen bin, aber jetzt bist du alt genug, um es zu verstehen. Es war nicht so, als hätte ich dich nicht gewollt. Mir ging es nicht gut. Es war schwer, mit allem zurechtzukommen, was geschehen ist.«

Was geschehen ist. Ich war kurz vorm Ausrasten. Meine Lunge drückte gegen die Rippen und meine Haut spannte. Und dann wurde ich in die Vergangenheit katapultiert, zu dem Tag, den ich so sehr versucht hatte zu vergessen.

Ich erwachte, eingehüllt in den bienenwabenfarbenen Schein der Sonnenstrahlen, die meine dünnen gelben Vorhänge durchbrachen. Es war noch früh, doch bald war mein Geburtstag und ich konnte vor Aufregung kaum schlafen. Ich wechselte vom Schlafanzug in Jeans und Pullover, band meine Haare zu einem Pferdeschwanz zusammen und tappte barfuß nach unten. Mom war bereits in der Küche. Das Radio lief und sie rührte den Teig für unseren Yorkshire-Pudding, den es zum Mittag geben würde. »Guten Morgen!«, rief ich, als ich an der offenen Küchentür vorbei und in Richtung des klimpernden Klaviers im Wohnzimmer ging.

Dort setzte ich mich neben Dad auf den durchgesessenen braunen Klavierstuhl und legte meine Hand auf seine Schultern. »Können wir heute in den Park gehen, Dad?«

Er starrte mich mit einem Paddington-Bär-Blick über

seinen Brillenrand hinweg an. »Du solltest wirklich für deine Prüfung nächste Woche lernen, Grace.«

»Wir könnten nach dem Mittagessen lernen.«

»Na gut.« Er lächelte. »Frühstücke erst mal, und danach packst du dich gut ein. Draußen ist es kälter, als es aussieht.«

In der Küche mampfte ich meinen mit Marmite beschmierten Toast, während Mom Pastinaken fürs Abendessen schälte. Im Radio versprach ELO den ›Mr. Blue Sky‹. Dad brachte mir meine Jacke und die Stiefel. Wir waren bereit.

»Seid um eins zurück und esst nicht zu viel Eis«, rief Mom. »Sonst gibt es für euch keinen Pudding«, antworteten Dad und ich im Chor und vervollständigten damit ihren Satz. Mom gab Dad einen Abschiedskuss, dann drückte sie mir eine Tüte mit Brot in die Hand, das ich an die Enten verfüttern sollte.

Während wir durch das braune und orangefarbene Laub raschelten, hielt mein Dad meine kleine Hand mit seiner riesigen Hand ganz fest und wir dachten uns Geschichten aus. Die kalte Luft schlug mir ins nackte Gesicht, doch der Rest meines Körpers war gut in meiner rosa Steppjacke eingepackt. In Gummistiefeln gingen wir die Straße entlang auf Abenteuer und hüpften mutig in jeden Laubhaufen, der sich auf dem Gehweg angesammelt hatte. Jeder einzelne könnte einen Durchgang in eine andere Welt verbergen. Wir beschlossen, dass es ein Paralleluniversum gab, in dem Kopien unserer selbst aus Karbon lebten. »Allerdings ohne den Bauch hier«, sagte Dad und tätschelte seine Rundung.

Im Park gingen wir sogleich zum Ententeich und öffneten die Tüte mit dem altbackenen Brot.

»Für euch verzichte ich auf meinen Brot-Pudding«, sagte Dad zu den Enten. »Ich hoffe, ihr seid dankbar dafür.«

Ich versteckte mich zwischen seinen Beinen, als Gänse die Enten beiseitedrängten. Erst letzte Woche hatten sie nach meinem Finger geschnappt. Es dauerte nicht lange, bis das Brot leer war, und wir setzten uns auf die Bank, auf der wir jedes

Mal die Väter mit ihren Söhnen beobachteten, die ferngesteuerte Boote auf dem Wasser lenkten und dabei schaumige Schlangenlinien zurückließen.

Dad holte eine Packung Erdbeerbonbons heraus und wir saßen für eine Weile schweigend da, während wir unser Bonbon lutschten. Die Kirchenglocken läuteten ein Uhr und über dem Hügel sah ich etwas Gelbes aufblitzen.

»Eis!«

»Es gibt gleich Mittagessen.«

»Nur ein kleines. Bitte!«

Dad schob seine Brille die Nase hoch und nickte. Sofort rannte ich mit wedelnden Armen los und rutschte mit den Gummistiefeln auf dem feuchten Gras herum.

»Warte an der Straße auf mich«, rief Dad mir hinterher.

Als ich oben auf dem Hügel ankam, war ich außer Puste. Der Eiswagen parkte in zweiter Reihe und es bildete sich bereits eine Schlange. Ich schaute nach links und rechts und hechtete über die Straße. Bremsen quietschten. Silber blitzte auf. Meine Füße waren wie am Boden festgeklebt. Ich erinnere mich noch gut an das Gesicht des Fahrers mit seinem zu einem stummen Schrei geöffneten Mund, wie er sich zurück in den Sitz drückte und dabei das Lenkrad mit beiden Händen umklammerte. Mir war heiß und kalt zugleich. Dann flog und drehte ich mich und landete auf dem Asphalt. Dort lag ich, die Jeans zerrissen und die Hände aufgeschürft, und hinter mir mein Dad. Er hatte mich aus dem Weg geschubst, doch nun bewegte er sich nicht mehr. Unter seinem Kopf bildete sich eine Blutlache. Seine Brille lag zerbrochen neben ihm. Glassplitter glitzerten in der Sonne.

Eine Frau mit einem großen roten Hut rannte zu ihm. »Wir brauchen einen Rettungswagen!«, rief sie.

Um meinen Vater herum versammelten sich mehrere Leute. Einige ergriffen die Arme der Anderen, andere schlugen sich die Hand vor den Mund, konnten jedoch nicht wegschauen, und wiederum andere verdeckten sich die Augen und linsten wie bei einem Horrorfilm nur durch die Finger hindurch.

Es war still. Vollkommen still. Selbst der Wind hatte aufgehört, die Blätter fortzuwehen. Tauben kamen angeflogen und pickten die auf dem Boden verstreuten Bonbons auf, die Dad aus der Tasche gefallen waren. Ich krabbelte zu ihm.

»Wach auf«, flüsterte ich. Seine Augen waren genauso haselnussbraun wie meine, doch sein Blick war leer und es schien, als würde er mir eine letzte Nachricht überbringen wollen, die ich jedoch nicht entschlüsseln konnte. Und dann ertönten die Sirenen, gefolgt von wiederholtem »O mein Gott« und »Hast du das gesehen?« Ich wurde in eine kratzende, orangefarbene Decke gepackt und in einen Krankenwagen gesetzt.

Er lebte noch. Zumindest sein Körper. Sein Gehirn, so sagten sie, hätte nicht überlebt. Ich habe nie verstanden, wie er noch immer so aussehen und sich so anfühlen konnte wie immer, obwohl er selbst nicht mehr da war. Wie war das möglich?

Mom hatte den Ärzten zugestimmt, die Maschinen abzustellen, und war zu ihrer Schwester gezogen. Für mich fühlte es sich an, als hätte ich beide Eltern verloren.

»Es war meine Schuld«, schniefte ich. »Kein Wunder, dass du meinen Anblick danach nicht mehr ertragen konntest.«

»Mensch Grace, glaubst du das wirklich? Ich war krank. Ich war mit deinem Dad zusammen, seit wir sechzehn waren, und konnte mir ein Leben ohne ihn einfach nicht vorstellen.«

Mom reichte mir ein Taschentuch, und als sich dabei ihr Ärmel ein wenig hochzog, sah ich es. Ein heller Streifen zeichnete sich auf ihrem Handgelenk ab.

»Du hast versucht dich *umzubringen?*« Scharfer Zorn ergriff mich. »Du hattest ein *Kind!*«

»Ich hatte einen Nervenzusammenbruch. Grandpa hat mich ein paar Wochen nach unserem Einzug hier in der Badewanne gefunden und Grandma hat mich sofort in die Klinik gesteckt. Sie wollte mich nicht in deiner Nähe haben. Sie hatte den Zusammenbruch ihrer eigenen Mutter miterleben müssen. Wir wollten dich beschützen. Und nach meiner Entlassung bin ich zu Tante Jean gezogen. Ich habe dich immer wieder angerufen, doch genauso oft hast du einfach wieder aufgelegt. Ich hätte nicht aufgeben dürfen, Liebling, es tut mir leid.«

»Du hattest es mit den ›Nerven‹, hat Grandma gesagt. Ich dachte, sie meint damit, dass ich dir auf die Nerven gegangen bin.«

»Ich war nicht in der Lage, mich um dich zu kümmern.«

»Und später? Als es dir wieder besser ging?«

»Es hat sehr lange gedauert, bis ich bereit war, wieder deine Mom zu sein. Und als ich es dann war, hattest du dich hier bereits sehr gut eingelebt. Und in der Schule. Du hattest Charlie. Du warst glücklich. Wir hatten überlegt, ob ich wieder hierherziehe, doch ich weiß, wie Grandma ist. Sie hätte sich immer nur aufgeregt und sich in alles eingemischt, und so hätte ich mich vermutlich nie wie deine richtige Mutter gefühlt. Du wolltest nicht einmal mit mir telefonieren. Also bin ich zurück nach Devon gezogen. Dort habe ich mich näher bei Dad gefühlt.«

»Aber du warst weiter weg von mir! Er war nicht mehr da. *Mich* gab es noch.«

»Ich weiß. Es schien damals die richtige Lösung zu sein, für uns alle. Doch wenn ich könnte, würde ich mich heute anders entscheiden. Es gab nicht einen einzigen Tag, an dem ich nicht an dich gedacht habe. Grandma hat mir all deine Schulzeugnisse und Fotos und Videos von dir geschickt. Ich habe dir beim Großwerden zugesehen. Du wusstest es nur nicht.«

»Ich fass es nicht, dass Grandma mir nie erzählt hat, dass du mich zurückhaben wolltest.«

»Sie hat getan, was sie für richtig gehalten hat. Sie hat dabei zugesehen, wie ihre Mom jahrelang immer wieder in die Klinik eingewiesen wurde. Sie wollte nicht, dass du dasselbe durchmachen musst. Sie liebt dich. Wir alle lieben dich.«

Ich wollte etwas sagen, doch stattdessen musste ich schluchzen. Der über mehrere Jahre angestaute Kummer strömte nun sintflutartig aus mir heraus und ich dachte, ich würde nie mehr aufhören zu weinen. Mom stand neben meinem Stuhl, legte ihre Arme um mich, zog meinen Kopf an ihre Brust und strich mir immer wieder übers Haar. Sie roch genauso wie früher nach Opium-Parfüm und Elnett-Haarspray. Ich wollte sie nie wieder loslassen.

»Ich habe ihn umgebracht. Ich habe Dad umgebracht.«

»Das hast du nicht, Grace. Du darfst dir nicht die Schuld dafür geben, niemals.«

Doch wie sollte das gehen, wenn ich die Schuld schon immer bei mir gesehen hatte? So viele Leute hatten mir gesagt, dass es ein Unfall war. Grandma, Grandpa, meine Betreuerin Paula und sogar Charlie. Aber mein Herz? Mein Herz sah das anders. Schuld drang in jede einzelne Zelle und vermehrte sich, bis sie ein Teil von mir war, so wie Haut und Knochen zu mir gehörten.

»Wenn ...« Ich holte tief Luft. »Wenn ich nicht vor den Eiswagen gelaufen wäre. Wenn er mich nicht weggeschubst hätte, um mich zu retten, wäre ich jetzt tot. Nicht er.«

»Das würde er nicht wollen. Ich würde das nicht wollen. Niemand von uns würde das wollen.« Mom streckte ihre Hand über den Tisch aus, doch ich lehnte mich zurück.

»Aber ich habe ihn umgebracht.« Ich knallte die Kaffeetasse so heftig auf den Kiefertisch, dass der Inhalt überschwappte.

»Hast du nicht. Ich war diejenige, die dem Abschalten der Maschinen zugestimmt hat. Ich hoffe, du kannst mir das verzeihen.«

»Ich habe dich dafür gehasst.« Ich umklammerte den

Henkel meiner Tasse ziemlich fest, doch zu meiner Überraschung zerbrach er nicht.

»Es war die schwerste Entscheidung, die ich je getroffen habe.«

Schweigend saßen wir da. Ich tupfte den übergeschwappten Kaffee mit meiner Serviette auf. Grandma wäre arg wütend, wenn er ins Holz sickern würde. Man möchte meinen, dass es mitten in der Nacht leise wäre. Still. Doch der Kühlschrank summte, die Uhr tickte und die Welt drehte sich weiter. Meine Welt war vor langer Zeit zerbrochen, doch hier und jetzt hatte ich die Möglichkeit, sie wieder zusammenzuflicken.

»Tut mir leid, dass ich nicht mit dir sprechen wollte, als du mich angerufen hast. Ich habe mich gehasst, und nachdem du verschwunden bist, dachte ich, dass du mich auch hasst.«

Mom spielte mit ihrem goldenen Ehering am Finger. »Ich könnte dich niemals hassen, Grace, niemals.« Sie schob eine kleine Geschenktüte in die Mitte des Tisches. »Das ist für dich. Alles Gute zum Geburtstag.«

In der Tüte befand sich eine kleine Schachtel. Mit beiden Daumen hob ich den Deckel an. In rotem Samt lag etwas, das ich jahrelang nicht mehr gesehen hatte. »Dein Verlobungsring.« Ich fuhr mit dem Finger über den glänzenden Diamanten und musste weinen.

»Ich wollte dir etwas schenken, was mit Dad zu tun hat, Grace. Er wäre so stolz auf dich. Und ich bin es auch. Ist es zu spät, um noch mal neu anzufangen?« Erneut streckte sie ihre Hand über den Tisch aus.

»Wir können es versuchen.« Unsere Finger verschränkten sich und wir ließen erst wieder los, als wir unser Gespräch mit dem Sonnenaufgang beendeten.

Egal wie oft ich mir einrede, dass es nicht schlimm ist, die Kette, die Charlie und mich verbunden hat, verloren zu haben, weil ich ja noch meine Erinnerungen habe, werde ich das benommene Gefühl nicht los. Jeden Tag setze ich vor der Arbeit mein Lächeln auf, lache und spiele mit den Kindern. Doch es ist anstrengend, die Glückliche zu spielen, wenn man alles andere als glücklich ist. Wenn ich nach Hause komme, fallen mir die Augenlider vor Erschöpfung fast zu, obwohl es erst sechs Uhr ist.

Anna kocht jeden Abend und Dan bemüht sich, früher von der Arbeit nach Hause zu kommen. Doch die Stimmung zu Hause ist angespannt und ich weiß, dass es hauptsächlich meine Schuld ist. Dan ist Anna gegenüber forsch und ich bekomme mit, wie sie sich in der Ecke flüsternd, wütend und frustriert unterhalten, ihr Gespräch aber einstellen, sobald ich den Raum betrete. Vermutlich überlegen sie, wie sie meine Laune verbessern können, und ich bin dankbar für ihre Fürsorge.

Als ich gestern Abend mit Mom telefoniert habe, bin ich zusammengebrochen. Ich konnte gar nicht mehr aufhören zu schluchzen und bekam kaum noch Luft. Mom hat vorgeschlagen, dass ich sie in Devon besuchen komme. *An der Seeluft wird es dir gleich viel besser gehen*, hat sie gesagt. Und auch wenn ich mich nach dem Salz auf den Lippen, dem Wind in meinen Haaren und dem Sand in meinen Schuhen sehne, so kann ich Anna unmöglich allein lassen. Ich habe sie doch gerade erst gefunden.

Lexie ruft mich mittlerweile jeden Tag an. Manchmal ist sie bei klarem Verstand, doch oftmals schweift sie ab und redet dem Alkohol verschuldet sehr undeutlich und langsam. Ich bleibe dran und höre ihrem klagenden Schluchzen mit dem Wissen zu, dass sie sich zehn Minuten nach dem Gespräch nicht mehr daran erinnern kann und vermutlich noch mal anrufen wird.

Als ich vor dem Cottage parke und heilfroh über das bevorstehende Wochenende bin, klingelt mein Handy. Beim Gedanken daran, heute erneut mit Lexie zu sprechen, zucke ich zusammen und will das Klingeln fast schon ignorieren, gebe mir aber einen Ruck und greife doch nach dem Handy. Esmées Name leuchtet auf dem Display auf. Ich entspanne mich und freue mich über die Möglichkeit, in die Neuigkeiten einer anderen Person eintauchen zu können. Esmées Leben schien schon immer spannender als mein eigenes, auch bereits vor ihrem Umzug nach London.

Die Verbindung ist schlecht und ich stelle den Motor ab, um sie besser verstehen zu können. Esmée erzählt mir von ihrem jüngsten Ausflug in die Welt des Speed Datings und zum ersten Mal seit Tagen bringe ich ein authentisches Lächeln über die Lippen.

»Es ist schön, mit dir zu quatschen, aber ich rufe aus einem bestimmten Grund an«, sagt Esmée. »Es ist nichts Dramatisches, aber ich glaube, jemand hat deinen Hotmail-Account gehackt.«

»Gehackt?«

»Ich habe ein paar Links darüber geschickt bekommen.«

»Was für Links?«

»Pornos. Ziemlich hartes Zeug. Den ersten Link habe ich geöffnet, weil ich dachte, du hättest mir Schuhe oder so zeigen wollen. Mittlerweile habe ich die Mails gelöscht, aber du solltest dein Passwort ändern.«

Beim Gedanken an die Kontakte in meinem E-Mail-Konto schäme ich mich. Meine Großeltern, meine Mom. Haben sie alle diese Links erhalten?

»Es tut mir so leid, Esmée.«

»Das braucht es nicht, so was kommt häufiger vor. Erst letzte Woche ist es uns in der Galerie passiert: Zweihundert potenzielle Kunden öffneten eine E-Mail von uns und erwarteten die Einladung zu einer Ausstellung, lasen stattdessen jedoch von fünfzig Prozent Rabatt für eine Penisvergrößerung.«

Ich verspreche Esmée, sie bald besuchen zu kommen – auch wenn wir beide wissen, dass es nicht passieren wird –, und sitze dann frierend und ungemütlich im Auto, zu träge, um mich zu bewegen. Im Rückspiegel sehe ich Scheinwerfer näherkommen und ich warte, bis Dan den Motor abschaltet, seine Tür öffnet und eine Anzugstasche vom Rücksitz nimmt. Gemeinsam betreten wir das Cottage. Anna staubt gerade die Fotos im Flur ab. Ich kann mich gar nicht mehr daran erinnern, wann ich zuletzt habe putzen müssen.

»Neuer Anzug?«, frage ich Dan.

»Ne, ich hatte den alten in die Reinigung gegeben, für morgen.«

»Für morgen?« Ich grabe in meinen Erinnerungen.

»Das jährliche Essen der Immobilienmakler«, seufzt Dan. »Es steht im Kalender, und ich habe es letzte Woche noch mal angesprochen, Grace.«

»Ich habe kein Zeitgefühl mehr.«

Anna hebt die Augenbraue. »Wird das so spaßig, wie es klingt?«

»Es ist eine Veranstaltung in Abendgarderobe, die jedes Jahr am ersten Märzwochenende stattfindet. Dabei werden Preise für die besten Immobilienmakler des Bezirks verliehen und Reden gehalten. Lange Reden.« Ich massiere mir den Nasenrücken.

»Es ist wichtig. Dieses Jahr bin ich für einen Preis nominiert.«

Unbehagen steigt in mir auf, weil ich nichts davon wusste. Ich überspiele meine Scham mit falscher Begeisterung.

»Du hättest einen Preis verdient«, sage ich. »Nachdem du so hart gearbeitet hast.« Doch ich kann mich nicht daran erinnern, wann wir das letzte Mal einen Verkauf gefeiert haben. Läuft das Geschäft nicht oder erzählt er mir nicht mehr von seinem Tag? Habe ich aufgehört, ihm zuzuhören?

»Was ziehst du dir an, Grace?«

»Ich weiß nicht, ob mir danach ist. Wieso nimmst du nicht einfach Anna mit?« Mir graust es vor einer höflichen Unterhaltung, die sich über ein Drei-Gänge-Menü erstreckt.

Dan zieht die Augenbrauen zusammen. »Alle erwarten dich, Grace. Es wird lustig. Wir sitzen mit Harry und Chloe an einem Tisch.«

»Das Kleid von meinem Junggesellinnenabschied ist ruiniert, weil ich den Weinfleck nicht herausbekommen habe, und ich weiß nicht, ob mir noch eines der anderen Kleider passt.« Ich denke an die ganzen leeren Keksschachteln in meinem Handschuhfach, meiner Tasche und meiner Nachttischschublade. Die Kleider werden mir wohl nicht mehr passen.

»Ich komme gerne mit«, sagt Anna.

»Nein«, erwidert Dan kurz und knapp. »Du musst doch sicherlich noch Bewerbungen schreiben.«

»Dan!« Ich schäme mich für ihn.

Anna lächelt mir zu. »Schon in Ordnung. Was hältst du davon, wenn ich morgen mit dir shoppen gehe? Ich kenne ein paar fabelhafte Boutiquen und kann bei der Gelegenheit fragen, ob sie noch Personal einstellen. Ich *versuche* es doch, Dan.«

»Ja.« Dan stopft seinen Anzug zurück in die Tasche. »Das tust du.«

Das Licht in der Umkleidekabine ist gedimmt und goldfarben, doch es besänftigt nicht die Angst vor den vielen Spiegeln, die meinen Körper aus allen möglichen Winkeln zeigen, die ich sonst nicht zu sehen bekomme und auch gar nicht zu sehen bekommen möchte. Meine einst weiße Bridget-Jones-Unterwäsche scheint nun viel grauer als zu Hause. Ich lege die Arme um meinen Bauch, wobei die Finger im weichen Fleisch versinken, und wünschte, ich wäre nicht hier, halb nackt, während die Verkäuferin mich mustert.

»Hmm«, sagt Tamsin, die Stilberaterin. »Eine Birne. Kein Problem. Ich suche Kleider raus, die fabelhaft an Ihnen aussehen werden, okay?«

Mit dem Enthusiasmus eines Magiers öffnet sie den roten Samtvorhang. Ich lasse mich in einem vergoldeten Stuhl mit kastanienbraunem Samtpolster nieder und nippe an meinem Orangensaft. Meine Hand schwebt über dem Teller mit Pralinen, die man kostenlos zur Kundenbindung angeboten bekommt.

»Toll hier, oder? Ich fühle mich wie ein Promi.« Anna platzt mit kirschroter Seide und Taft an einem Bügel der Größe sechsunddreißig auf dem Arm herein. Ich ziehe meine Hand von den Pralinen weg.

Anna legt ihre Kleidung ab und schlüpft in die zarten Stoffe.

»Wie sehe ich aus?«

»Umwerfend.« Das tut sie wirklich. Ihr blondes Haar fällt glänzend auf ihre Schultern. Meine Augen füllen sich mit

Tränen, als ich an all die schönen Kleider denke, die Charlie nie tragen wird.

»Meinst du, hierzu brauche ich eine Kette? Ich schaue mal, was sie dahaben.«

Der Vorhang teilt sich, und während Anna herauseilt, tritt Tamsin mit drei Bügeln, die sie hoch über ihren Kopf hält, ein. Die Kleider sehen hübsch aus, modisch und sehr, sehr teuer. Es sind die Art Kleider, die man in Zeitschriften sieht, und nicht an einer Erzieherin.

»Welches zuerst, Grace? Sie sind alle umwerfend, finden Sie nicht?«

»Ich weiß nicht. Normalerweise trage ich so etwas nicht.«

»Wo gehen Sie normalerweise shoppen?«

»Hauptsächlich bei eBay.«

Tamsin verzieht das Gesicht, als hätte sie eine Raupe in ihrem Salat entdeckt. »Egal, jetzt sind Sie ja hier.« Sie nimmt ein bodenlanges olivgrünes Kleid vom gepolsterten Bügel. »Das ist aus der neuen Frühlingskollektion.« Sie hält es mir hin, sodass ich hineinschlüpfen kann. Als sie den Reißverschluss am Rücken zuzieht, strecke ich die Wirbelsäule durch. Das Kleid ist schwer und drückt leicht gegen meinen Brustkorb.

»Ich muss in dem Kleid noch essen können.« Ich drehe mich, um mich im Spiegel betrachten zu können. Bei meinem eigenen Anblick sind alle Gedanken an Essen umgehend wie weggefegt.

»Sieht toll aus, oder? Das habe ich gut ausgesucht.«

Marilyn Monroe ist nichts im Vergleich zu mir. Ich sehe aus wie eine altmodische Hollywoodschönheit: die Kurven betont und Speckröllchen versteckt.

»Es ist unglaublich.« Ich streiche über den Stoff. »Das hätte ich in hundert Jahren nicht ausgewählt. Mom trägt oft grün, aber ich hätte nicht gedacht, dass es mir auch steht.«

»Deshalb brauchen Sie mich«, sagt Tamsin. »eBay? Pft. Jetzt zu den Accessoires ...«

Eine goldene Choker-Kette wird mir um den Hals und ein passender Armreif um das Handgelenk gelegt.

Tritt selbstbewusst auf, hat Charlie mir immer geraten. *Fake it till you make it.* In diesem Kleid fühle ich mich selbstbewusst. Sogar sexy. Wer hätte gedacht, dass ein Kleid eine solche Wirkung haben kann? Ich mache ein Selfie und schicke es Esmée.

Der Vorhang schwingt auf. »Schau mal, Anna.« Ich drehe mich. »Was sagst du?«

»Ganz ehrlich?« Sie rümpft die Nase.

»Ganz ehrlich.« Meine Hände legen sich auf meinen Bauch, als könnte ich so das Selbstvertrauen festhalten und vor dem Verschwinden bewahren.

Sie betrachtet mich von oben bis unten. »Ich finde, kräftige Frauen sollten immer bei Schwarz bleiben. Das macht schlank.«

Ich schließe die Augen, um all meinen Spiegelbildern zu entkommen. Es war bescheuert von mir zu denken, ich könnte anders sein, als ich bin.

»Da muss ich widersprechen«, mischt Tamsin sich ein.

»Sie möchten ja auch etwas verkaufen. Ich spreche als ihre beste Freundin.«

»Meiner Meinung nach hat Grace eine tolle Figur. Viele unserer Kunden tragen Größe vierzig.«

»Es sind die inneren Werte, die zählen, und mit denen überzeugt Grace.«

»Kann mir bitte jemand den Reißverschluss aufmachen?«, frage ich gereizt. Mir ist heiß und ich fühle mich unwohl und unförmig und dellig wie ein übervolles Kissen.

»Ich probiere mal das schwarze, Tamsin.«

Im schwarzen Kleid fühle ich mich langweilig.

»Das sieht toll aus«, sagt Anna. »Es versteckt deine Rettungsringe sehr geschickt. An deiner Stelle würde ich mich für dieses Kleid entscheiden.«

Mein Handy summt. Esmée: »*Du siehst wunderschön aus.*«

»Esmée gefällt das grüne.«

»Esmée ist nicht hier«, antwortet Anna. »Auf einem Foto kann man das Kleid nicht von allen Seiten sehen. Aber es ist deine Entscheidung, ich versuche nur, dir zu helfen. Das schwarze wird dir jahrelang passen, es ist zeitlos, und du schaust darin nicht so pummelig aus wie in dem grünen.«

»Ich wähle keine Kleider aus, in denen man pummelig aussieht.« Tamsin wirft Anna einen vernichtenden Blick zu. »Dieses hier ist nicht so umwerfend wie das grüne«, fährt Tamsin fort, »aber dennoch absolut akzeptabel.«

»Mir hat das grüne gefallen.«

»Schön, wenn du das Selbstvertrauen hast, so was zu tragen«, sagt Anna. »Ehrlich, Grace. Dan wird stolz darauf sein, dich an seiner Seite zu haben, ganz egal, was du anhast.«

»Wenn Sie beide Kleider noch mal zu Hause anprobieren möchten, können Sie sie innerhalb der nächsten vierzehn Tage zurückgeben, solange sie ungetragen und die Schilder noch alle dran sind.«

»Dann nehme ich beide.«

An der Kasse werden die Kleider gefaltet, in parfümiertes Papier gewickelt und in einen Karton gepackt, auf dem silberne Sterne glänzen.

»Nehmen Sie das rote Seidenkleid?«, fragt Tamsin Anna.

»Ich kann es mir nicht leisten und wüsste auch nicht, wann ich es tragen sollte.«

»Es schadet nie, ein schönes Kleid zu haben, falls sich eine Gelegenheit ergibt. Es ist ein Einzelstück. Und ein sehr hübsches noch dazu.«

»Das ist es. Aber ich muss leider passen.«

»Ich kaufe es dir«, werfe ich ein.

»Das kann ich dich nicht zahlen lassen, du hast bereits so viel für mich getan.«

»Ich möchte aber. Als Dankeschön für all das, was du für

mich getan hast. Dich zu treffen hat mich bereits glücklich gemacht und unseren Wellnesstag habe ich ausgesprochen genossen. Und wer weiß, was ich heute Abend anziehen würde, wenn du mich nicht hierhergebracht hättest.«

»Danke, Grace.« Anna umarmt mich und eilt zurück, um ihr Kleid zu holen.

»Sie sind richtig gute Freundinnen, nicht wahr?«, fragt Tamsin.

»Ja, das sind wir«, antworte ich.

Die Tür der Boutique schwingt hinter uns zu und ich stehe blinzelnd im Sonnenschein, atme frische Luft ein und kann kaum glauben, dass ich gerade fast dreihundert Pfund ausgegeben habe. Hoffentlich kann ich die Kreditkartenrechnung abfangen, bevor Dan sie sieht.

»Lass uns einen Kaffee trinken gehen«, schlägt Anna vor. »Ich lad dich ein.«

»Okay, sollen wir ...« Ich breche ab. Auf der gegenüberliegenden Straßenseite steht eine Gestalt in schwarzem Mantel und starrt mich an. Ob es dieselbe Person ist, die ich schon vor dem Café und mit Lexie auf dem Friedhof gesehen habe? Der Fahrer des roten Autos?

Ich umklammere Annas Arm. »Sag mal schnell, erkennst du, ob die Person dort drüben ein Mann oder eine Frau ist?« Ich deute mit dem Finger in die Richtung.

Anna blinzelt und setzt sich die Sonnenbrille auf. »Ich kann nichts sehen, es blendet zu sehr. Warte kurz.« Sie flitzt über die Straße, doch als sie auf der anderen Seite ankommt, ist die Gestalt verschwunden und ich bin mir nicht sicher, ob sie jemals dort gestanden hat.

ZWEIUNDZWANZIG
DAMALS

Die leeren Bügel in meinem Kleiderschrank klimperten gegeneinander, als ich ein weiteres Kleid herauszog, an mich hielt und anschließend auf den Boden warf. Trotz meines Katers und des Schlafmangels, weil ich mit Mom die halbe Nacht auf gewesen war, wollte ich heute Abend möglichst hübsch aussehen. Wer hätte gedacht, dass ich in nur einer Nacht sowohl Dan gewinnen als auch die Beziehung zu Mom wiederherstellen kann?

Ich legte mir zwei Finger auf die Lippen. Wenn ich an den Kuss von letzter Nacht dachte, fingen sie an zu kribbeln, und in meinem Bauch stiegen Glücksgefühle empor, so wie Kohlensäure im Champagner. Charlie und ich würden mit Ben und Dan nur in den örtlichen Pub gehen, doch ich trug das Make-up sicherheitshalber doppelt so dick auf: dunklerer Eyeliner und noch glänzendere Lippen. Es mochte nur ein normaler Sonntagabend sein, doch er fühlte sich an wie ein besonderer Anlass – zudem durfte ich nun offiziell Alkohol trinken. Ich musste nicht mehr in der Ecke sitzend an meiner Cola nippen und heimlich Wodka aus der Halbliterflasche, die Charlie in ihrer Tasche versteckte, in mein Glas füllen, sobald der Pubbesitzer Mike nicht hinsah.

An meiner Tür klopfte es. »Herein.«

Mom setzte sich auf die Bettkante und tätschelte den Platz neben ihr. »Ich muss bald los, Liebling, bis nach Devon ist es ein gutes Stück zu fahren.«

»Ich wünschte, du könntest bleiben.« Ich setzte mich neben sie und legte meinen Kopf auf ihre Schulter.

»Ehe du dich versiehst, bin ich wieder da.« Sie umarmte mich. »Weihnachten zusammen mit meinem Mädchen. Ich wollte dir noch sagen, dass du jetzt, da du achtzehn bist, über einen Treuhandfonds verfügst. Daddy hat für den Fall der Fälle vorgesorgt.«

»Mom?«

»Ja?«

»Woher weiß ich, dass ich den Richtigen gefunden habe?«

»Erinnerst du dich daran, wie du während deiner Ballettzeit Dad die Schritte beigebracht hast?«

»Ja.« Ich lächelte bei der Erinnerung daran, wie wir in rosa Gardinen eingewickelt durch das Wohnzimmer getanzt sind.

»Da war dieser große, starke und zuverlässige Mann, den wir alle bewundert haben. Er verbrachte den ganzen Tag im Arztzimmer, diagnostizierte Krankheiten, rettete Leben und hatte immer ein offenes Ohr für die Einsamen und Kranken. Er hatte einen guten Ruf. Er sammelte Geld für das Dorf und den örtlichen Gemeinderat.« Mom drückte meine Hand. »Danach kam er nach Hause, zog sich ein rosa Röckchen an und tanzte zu *Schwanensee*, nur, um sein kleines Mädchen glücklich zu machen. Ihm war immer am wichtigsten, dass du glücklich bist, Grace. Wenn du jemanden kennenlernst, frag dich ›Würde er rosa Gardinen für mich tragen?‹, und wenn die Antwort ›Ja‹ ist, kannst du nicht so falschliegen. Hast du jemanden kennengelernt?«

»Ja, ich glaube schon.«

»Ich muss dir noch etwas sagen.« Ich hatte bereits eine Ahnung, was als Nächstes kam. »Ich habe auch jemanden kennengelernt. Oliver.«

Ich wartete darauf, dass der stechende Schmerz einsetzte. Die Tränen. Das Gefühl, betrogen worden zu sein. Doch stattdessen stellte ich mir vor, wie Dad im Wohnzimmer Pirouetten dreht.

»Dad wäre froh darüber.« Davon war ich überzeugt. Er wollte das Beste für uns. Für sie. Immer.

»Danke, Liebling. Ich würde mich freuen, wenn du ihn kennenlernst. Ich könnte ihn mitbringen, wenn ich nächsten Monat wieder vorbeikomme.«

»Das würde mich auch freuen.« Und ich stellte fest, dass ich es auch so meinte.

Nachdem Mom gegangen war, musste ich mein Make-up erneuern. Ich entfernte die verlaufene Mascara mit in Babylotion getränkten Wattepads. Was die Kleidung betraf, hatte ich mich für eine von Moms alten Tuniken aus den Sechzigern entschieden: Das Muster des aufgewirbelten Wassers sah aus, als würde es in einen Abfluss gesaugt werden. Ich drehte mich um mich selbst, prüfte mein Spiegelbild und hoffte, dass mein Hintern bedeckt war. Obwohl ich schwarze blickdichte Leggings und Lederstiefel trug, fühlte ich mich unsicher. Ich übte, mein Haar nach hinten zu werfen, um ein Selbstvertrauen auszustrahlen, das ich nicht wirklich fühlte. Meine Nägel waren sehr gewagt kirschrot. Ich pustete sie an und wartete darauf, dass der Nagellack trocknete, damit ich noch mal auf mein Handy schauen konnte. Von Dan kamen so viele Nachrichten, dass ich es sogar an den Strom hängen musste.

Charlie kam die Treppe hinaufgedonnert und in mein

Zimmer gestürmt. Unter dem Arm trug sie einen in silbernes Geschenkpapier eingepackten Karton.

»Das ist für dich. Es lag auf dem Treppenabsatz.«

»Oooh, ein verspätetes Geburtstagsgeschenk. Was es wohl ist?«

Mit Filzstift und in einer krakeligen Schrift, die ich nicht kannte, war *Grace* auf das Papier gekritzelt.

»Um das herauszufinden, könntest du, keine Ahnung, es öffnen.«

»Gleich. Meine Nägel sind noch nicht trocken.« Im Schneidersitz saß ich auf dem Bett und wedelte mit gespreizten Fingern. »Ich kann es kaum erwarten, Dan zu sehen. Wir schreiben uns schon den ganzen Tag.«

»Dann hattest du eine bessere Nacht als ich. Meine blöde Mom schon wieder. Sie war besoffener als wir alle zusammen.«

»Wie geht es ihr?«

»Sie verhält sich seltsam. Wollte nicht, dass ich heute zu dir komme. Aber jetzt ist sie ausgegangen. Soll ich das Geschenk für dich öffnen?«

»Nein.« Mit meinem Zeigefinger prüfte ich, wie sehr die Nägel noch klebten. Dann nahm ich das Geschenk in die Hand. »Es ist leicht.«

»Vielleicht ist es voller Küsse«, sagte Charlie grinsend.

Ein weißer Briefumschlag flatterte zu Boden, als ich den Schuhkarton vom Geschenkpapier befreite.

»Schuhe, sehr Cinderella-mäßig«, meinte Charlie. »Meinst du, Prince Charming hat sie vorbeigebracht?«

Ich legte den Karton aufs Bett, öffnete den Umschlag, und entfaltete das darin liegende linierte DIN-A4-Blatt.

»Ist es von Dan?«

Ich schlug mir die Handfläche vor die Brust.

»Von wem ist es, Grace?«

Vor lauter Schock hatte es mir die Stimme verschlagen, und ich reichte Charlie das Blatt.

»Was soll das denn?«

Während sie das Blatt untersuchte, kaute ich an meinen Nägeln. Im Gegensatz zu meinem Namen auf dem Geschenkpapier war das Blatt nicht handbeschrieben. Jemand hatte Buchstaben aus Zeitungen und Zeitschriften ausgeschnitten und zum Wort *SCHLAMPE* zusammengeklebt. Es sah aus wie ein Erpresserbrief. Wenn das ein Witz sein sollte, konnte ich nicht darüber lachen.

»Mach den Karton auf, Grace.«

»Ich kann nicht.«

Charlie griff nach dem Karton und öffnete den Deckel. Sie wich zurück, als der Geruch von Hundescheiße den Raum erfüllte. Sie schlug den Deckel wieder zu, jedoch nicht ganz passend, wodurch der Karton umkippte. Fäkalien purzelten auf meine Tagesdecke. Ich würgte. Charlie zog die Decke vom Bett, bündelte alles zusammen und flitzte nach unten. Ich riss ein Fenster auf und atmete die kalte Novemberluft tief ein. Feuchtigkeit sammelte sich in meiner Lunge und brachte mich zum Husten.

»Atme, Grace.« Ich war so in meinen Gedanken versunken gewesen, dass ich Charlie gar nicht hatte zurückkommen hören. Sie rieb mir den Rücken. Die Wärme ihrer Hand entspannte mich.

»Wo hast du es hingetan?«

»In den Müll. Soll ich es deinen Großeltern sagen?«

Ich schniefte. »Ich weiß nicht. Grandma wird merken, dass die Tagesdecke fehlt. Sie hat sie selbst gemacht.«

»Wer, meinst du, war das?«

»Keine Ahnung, wen ich verärgert haben könnte, außer ...«

»Siobhan.«

»Ja. Aber so etwas würde sie doch nicht tun. Ich weiß, dass sie auf Dan steht, aber ...«

»Sie hat seit Jahren ein Auge auf ihn geworfen. Und sie hat

euch beim Küssen erwischt. Das Blatt sah aus, als wäre es aus einem Schulheft gerissen worden.«

»Was soll ich tun?«

»Wir fragen sie. Vielleicht ist sie heute Abend mit Esmée im Pub.«

Wir schwiegen. Ich zitterte und schlug das Fenster zu.

»Komm schon. Das wird lustig.« Charlie griff nach meiner Hand und zog mich durch die schwere Holztür des Hawley Arms. Während wir zur Bar gingen, hielt ich meinen Blick auf den Boden gerichtet und atmete möglichst ruhig die abgestandene und muffige Publuft ein.

»Badger's Bottom?«, fragte Charlie, als sie mit hochgezogener Braue das Ausschankangebot studierte.

»Ich weiß ja nicht, ob du's wusstest, aber wir haben hier im Umkreis die beste Auswahl echter Ales.« Mike, der Pubbesitzer, polierte gerade Biergläser. Er hob eins gegen das Licht und entfernte einen Fettfleck mit seinem Tuch. »Tony hat erzählt, dass ihr kommen würdet.« Mike und Grandpa waren seit Jahren gute Freunde. »Heute Abend erwartet euch eine große Überraschung.«

»Wird der Badger's Bottom von einem echten Dachs serviert?«

Mike kratzte sich am Bart und begutachtete Charlie für einen Moment, bevor er sich wieder mir zuwandte. Als er sich vorlehnte, roch ich den abgestandenen Rauch in seinen Klamotten. »Nein. Karaoke.«

»Echt?«

»Ist der neue Trend in London. Man muss mit der Zeit gehen. Schau mal«, sagte er und deutete hinter sich. »Wir haben jetzt auch Krabbenchips und Pommes im Angebot. Ist heute neu reingekommen.«

»Sehr vorausschauend.«

Ich trat Charlie gegen den Knöchel. »Großartig. Dann hätten wir gerne zwei Tüten Krabbenchips und zwei Strongbows, Mike.«

Ich stopfte die Snacks in meine Tasche und nahm mein Getränk. Durch das Kondenswasser war das Glas sehr rutschig und so voll, dass ich erst einen Schluck abtrinken musste, bevor ich es zum Tisch vor dem Kaminfeuer tragen konnte.

Mit dem Alkohol in den Adern entspannten sich meine Muskeln. Charlie stieß mir in die Seite und ich verschüttete den Cider über meiner Hand. Ich leckte sie ab und folgte ihrem Blick Richtung Bar. Dan zog gerade Kleingeld aus seiner Tasche, um für sein und Bens Getränk zu bezahlen. Als er zu uns kam, tat ich so, als hätte ich ihn nicht gesehen, doch ich begann zu schwitzen.

»Ist hier noch Platz für zwei?«

»Für euch beide?« Meine Stimme klang schrill und hoch.

»Nein, ich dachte an die beiden bärtigen Männer an der Bar dort drüben.«

Dan quetschte sich zwischen Charlie und mich. Als sich unsere Hüften berührten, stellten sich meine Armhärchen auf. Obwohl wir uns den ganzen Tag über geschrieben hatten, fühlte ich mich durch unseren neuen Beziehungsstatus unwohl und wusste nicht, wie ich reagieren oder wer ich sein sollte.

Ich leerte mein Getränk und stand auf, um noch eines zu holen.

»Ich mach das schon.« Dan berührte mich am Arm.

Ich schob die leeren Gläser in der Tischmitte zusammen, um Platz für das Tablett mit den vollen Pints und Walkers-Chips zu machen, das Dan auf seiner Hand balancierte. Die Ärmel seines Hemdes waren hochgekrempelt und ließen dunkle Haare auf seinen Unterarmen erkennen, die mir zuvor nie aufgefallen waren.

Als um neun Uhr das Karaoke begann, fühlte ich mich wohl und entspannt. Siobhan war nicht aufgetaucht und ich drückte meine Hüfte gegen die von Dan, lachte zu laut über seine Witze. Charlie sprang auf, um ›Hit Me With Your Best Shot‹ zu singen. Wir pfiffen und feuerten sie an, während sie sich brüstete und auf die Bühne stieg. Anschließend saß sie auf Bens Schoß, ihre Münder aufeinander und ihre Hand in seinem Haar. Dan wandte sich mir zu. »Lass uns woanders hingehen, wo es ruhiger ist.«

Er nahm unsere Getränke und ich folgte ihm zu einem winzigen runden Tisch in der Ecke des Raumes.

»Erzähl mir etwas, das ich nicht weiß«, sagte er, nachdem wir uns gesetzt hatten.

»Du weißt schon alles. Immerhin kennen wir uns seit Jahren.«

»Aber nicht so.« Dan legte meine Hand in seine. Meine Finger kribbelten.

»Erzähl mir von deinem Dad, Grace.«

Kaum hatte ich angefangen zu reden, sprudelten die Worte unwillkürlich und unkontrolliert aus mir heraus. Als Mike vor der Sperrstunde die letzte Runde ausrief, wusste Dan fast alles über mich. Unsere Beziehung hatte sich verändert; ich wusste nur noch nicht, wo wir jetzt standen. Während er mit dem Daumen über meine Knöchel strich, verspürte ich ein Verlangen, das ich noch nie gefühlt hatte.

»Kann ich dich nach Hause begleiten?«

»Ja, gerne.«

»Was hältst du davon, wenn ich noch ein paar Flaschen für den Heimweg besorge? Wenn wir jetzt gehen, können wir vor Ladenschluss noch schnell zur Pommesbude.«

»Super.« Ich hatte einen Riesenhunger. Durch meine permanenten Tagträume über die Geschehnisse auf meiner Party hatte ich keinen Bissen des Abendessens heruntergebracht. Grandma hatte genörgelt, als ich die Röstkartoffeln nur auf meinem Teller hin- und hergeschoben hatte.

Ich gab Charlie Bescheid, dass wir gingen. Sie lächelte mit

ihrem Schmollmund. »Tu nichts, was ich nicht auch tun würde.«

»Das schließt ja nicht viel aus. Ich ruf dich morgen an.« Ich küsste sie zum Abschied. Mit Dans Hand auf meinem unteren Rücken verließ ich den Pub. Selbst durch meinen Wintermantel hindurch konnte ich seine Wärme spüren. Draußen hatte es gefroren. Ich hakte mich bei Dan ein und wir eilten über die Hauptstraße. Das Licht der Straßenlaternen verschmolz mit dem Flackern der Fernsehbildschirme, das durch die dünnen Gardinen der Natursteinhäuschen den Weg nach draußen fand. Der Duft von frittiertem Fisch schwebte uns entgegen und ich überlegte, was ich bestellen würde. Ich konnte mich nie zwischen Erbsenpüree und Currysoße entscheiden.

Obwohl die Tür sperrangelweit offenstand, war es in der Pommesbude warm. Ich zog meine Handschuhe aus, als wir uns an der Schlange anstellten.

»Was möchtest du?«, fragte ich.

»Dich«, antwortete Dan. Er hob mein Kinn an und legte seine Lippen auf meine.

»Pommes, Grace? Bist du nicht schon fett genug?«

Ich schnellte herum. Hinter mir stand Siobhan mit den Händen in der Hüfte und höhnisch verzogenen scharlachroten Lippen. Abby kicherte ein paar Schritte hinter ihr.

»Siobhan, ich ...«

»Grace ist nicht fett, und sie kann essen, was sie möchte.« Dan legte seinen Arm um meine Schultern.

»Natürlich kann sie das. Aber ich würde die Pommes nicht hier kaufen. Sie schmecken scheiße.« Damit stolzierte Siobhan aus der Tür.

Plötzlich sah ich den Karton mit den dunkelbraunen Exkrementen darin vor mir. Mein Magen verkrampfte sich und ich schnappte nach Luft.

»Nächster«, rief der Mann hinter dem Tresen. Ich stolperte

aus dem Laden, beugte mich vorüber und erbrach zwei Liter Cider auf den eisigen Bürgersteig.

»Du hättest dich nicht mit meiner Schwester anlegen sollen«, sagte Abby, während sie Siobhan die Straße hinterherstampfte. »Sei besser vorsichtig, Grace.«

DREIUNDZWANZIG

HEUTE

Die Gestalt steht wie versteinert da. Es mag zwar helllichter Tag sein, doch weder die Sonne noch die Menschen um mich herum geben mir ein Gefühl von Sicherheit. Ich zerre Anna ins nächste Café. Abends wird es zu einer Wein-Bar. Ich rutsche in eine Sitznische aus hellbraunem Leder, drücke unseren Einkauf an meine Brust und überlege, was ich tun soll, während Anna sich für etwas zu trinken anstellt.

»Das ging schnell.« Anna reicht mir eine Tasse heiße Schokolade.

»Hier machen sie noch richtigen Kakao, nicht so einen Pulvermüll.«

»Danke.«

»Tut mir leid, dass ich in der Boutique so harsch zu dir war, Grace. Du sahst toll aus im grünen Kleid, aber das schwarze gefiel mir einfach besser. Ich kann es kaum erwarten, meins zu tragen. So etwas Schönes habe ich noch nie besessen.«

»Schon in Ordnung. Ich bin eh gereizt, Anna. Ich glaube, ich werde verfolgt.« Endlich jemandem davon zu erzählen, ist eine große Erleichterung.

Annas Blick ist undurchschaubar. »Von wem? Wieso?«

»Ich weiß es nicht.«

Ich schlürfe den Schaum von meinem Heißgetränk. Die Schokolade schmeckt bitter und nicht so, wie Dad sie immer gemacht hat. Nichtsdestotrotz trinke ich sie, um nicht undankbar zu wirken. Dann erzähle ich Anna von der Person im schwarzen Mantel, dem roten Auto und der Verfolgung nach dem Clubbesuch.

»Du solltest zur Polizei gehen«, sagt Anna energisch.

»Um ihnen was zu erzählen?« Ich höre auf zu sprechen und berühre meine Lippen. Sie kribbeln. Ich fahre mit dem Finger darüber, doch sie sind taub. Meine Nase läuft, der Hals schwillt an. Ich kämpfe gegen die Panik an, als ich merke, wie mir geschieht.

»Anna.« Meine Zunge ist schwer und ich muss husten.

»Geht es dir gut?«

»Allergie«, keuche ich und bekomme kaum Luft.

»O mein Gott! Soll ich den Krankenwagen rufen?«

Ich kippe meine Handtasche aus. Sämtlicher Inhalt fällt heraus und zu Boden. Mein EpiPen rollt zur Seite und ich greife danach, ziehe den Deckel ab. Ich bekomme kaum mit, wie jemand an unserem Tisch vorbeiläuft und dabei auf meine Puderdose tritt.

»Wie kann ich dir helfen?«

Annas Stimme klingt wie durch einen Tunnel, und ich ignoriere sie. Ich umklammere den Stift mit meiner Faust und ramme ihn mir in den Oberschenkel. Mit einem Klick strömt das Epinephrin in meinen Körper. Mein Bein brennt, als ich die Nadel wieder herausziehe.

Schweißtropfen laufen mir von der Stirn. *Einatmen, ausatmen.*

»Kann ich dir helfen?«, fragt Anna.

»Wasser.« Ich schließe die Augen.

»Hier.« Kurz darauf reicht Anna mir ein kühles Glas.

»Geht's dir gut? Das war echt gruselig. Ich habe noch nie gesehen, wie jemand eine allergische Reaktion hat.«

Ich nicke und nippe an meinem Glas Wasser. Ich huste noch immer, mir ist kalt und ich bin zittrig. Aber das Schlimmste ist überstanden.

»Sollen wir ins Krankenhaus fahren?« Anna ist bleich und sieht besorgt aus.

»Eigentlich sollten wir das, aber es geht schon wieder. Ich habe noch einen zweiten Stift, sollte ich eine weitere Dosis brauchen.«

»Aber es ist sicherlich besser, dich untersuchen zu lassen, oder?«

»Ich möchte heute Abend nicht verpassen. Ehrlich, mir geht es wieder gut. Es ist nicht das erste Mal. Die Ärzte würden mich in ein paar Stunden sowieso mit einem Antihistamin nach Hause schicken. Davon habe ich selber noch was daheim.«

»Ist hier alles in Ordnung?«, fragt eine Kellnerin.

»Ja.« Ich halte ihr mein leeres Glas entgegen. Es fühlt sich schwerer an, als es sollte.

»Wir gehen jetzt.« Anna räumt meine Sachen wieder in die Tasche, nimmt unsere Einkäufe und stützt mich am Ellbogen, als ich aufstehe.

»Ich bin allergisch gegen Nüsse«, sage ich zur Kellnerin, »kann es sein, dass mein Getränk mit Nussmilch zubereitet wurde? Es schmeckte seltsam.«

»Die heiße Schokolade?«, fragte sie mit einem Stirnrunzeln. »Da war Haselnusssirup drinnen.«

»Dumme Kuh.« Anna drängt mich zur Tür. »Das Haselnusssirup sollte in meinen Kaffee. Hier kommen wir nicht mehr her.«

»Aber ...«, beginnt die Kellnerin, doch Anna hat mich bereits nach draußen gelenkt.

»Oha, Grace. Die hätten dich umbringen können. Wir könnten sie verklagen.«

»Mir geht es gut. Ich möchte einfach nur nach Hause und mich kurz hinlegen. Kannst du mein Auto fahren?« Mein Kopf brummt und ich kann die Augen kaum offenhalten.

»Klar.« Anna begutachtet meine Lippen. »Du siehst ein bisschen so aus wie Donald Duck. Wie schade, dass du heute Abend verpasst.«

»Mal sehen, wie es mir nach etwas Schlaf geht.«

»Natürlich. Ich drück die Daumen, dass es dir dann wieder gut geht.« Anna lächelt und streicht mir über den Arm. »Bringen wir dich nach Hause und ins Bett.«

Auf dem Weg zum Auto fühlen sich meine Beine fremd an. Hoffentlich mache ich bei meinem Torkeln nicht den Anschein, ich wäre betrunken. Auf dem Parkplatz steht direkt neben meinem Fiesta der rote Corsa.

»Anna! Das ist das Auto!«, rufe ich aus und deute mit dem Finger darauf.

»Halt mal kurz.« Anna drückt mir ihre Taschen vor die Brust und rennt zum Auto, doch bevor sie ankommt, heult der Motor auf und der Corsa rast mit quietschenden Reifen davon.

Ein Klopfen reißt mich aus dem Schlaf.

»Grace?« Anna öffnet die Schlafzimmertür. »Ich habe dir etwas Gemüsesuppe gemacht. Du hast das Mittagessen verschlafen.«

Ich gähne und greife nach meinem Handy. Es ist fünf Uhr.

»Danke.« Ich taste meine Lippen ab. »Wie sehe ich aus?«

»Wieder normal. Zum Glück.« Anna stellt das Tablett auf dem Nachttisch ab. »Iss ja auf, die Suppe habe ich extra für dich gemacht. Danach helfe ich dir, dich fertig zu machen.«

Mit dem letzten Bissen Suppe und Vollkornbrot kommt Dan nach Hause. Als ich ihm vom Vorfall im Café erzähle, explodiert er.

»Wie zur Hölle konnten sie das verwechseln?« Er sitzt auf dem Bett und umklammert meine Hand.

»Kann ja mal passieren. Fehler sind menschlich.«

»Aber du hast klar und deutlich gesagt, dass in nur eines der beiden Getränke Sirup rein soll?«

»Ich denke schon, Anna hat bestellt.«

»Anna?« Sein Nackenmuskel pocht. »Ich rede mit ihr.«

»Bitte nicht. Die Stimmung zwischen euch beiden ist eh schon so angespannt.« Ich streiche mit dem Daumen über seine Knöchel. »Ich weiß, dass es nicht leicht ist, unser Haus zu teilen, aber ich genieße ihre Anwesenheit. Außerdem ist ja noch mal alles gut gegangen: Mir geht es gut und mein Kleid ist wunderschön. Ich kann es kaum erwarten, dass du mich darin siehst.«

Unter der heißen Dusche rasiere ich meine Beine, bevor ich mich peele. Mit gereizter Haut und ins Handtuch gewickelt sitze ich anschließend an meinem Frisiertisch und lackiere mir die Nägel in meinem Lieblingskirschrot, während Anna mir die Haare trocknet und glättet. Wir unterhalten uns über Parfüm. Ich erzähle ihr, wie besessen Charlie von Lexies Impulse-Deodorant gewesen war und dass ich den Geruch nun nicht mehr ausstehen konnte. Doch dann verkrampft mein Bauch plötzlich ohne Vorwarnung und ich beuge mich vor. Nagellack läuft mir den Finger herunter und tropft vom Pinsel auf den Teppich. Ich richte mich wieder auf, doch mein Bauch sticht erneut und etwas regt sich in meinem Darm. Ich springe auf und renne zum Badezimmer, erreiche die Toilette in letzter Sekunde.

»Grace?« Anna klopft an die Tür.

»Mir geht es nicht gut.« Ich schwitze und zittere zugleich, greife zum Waschbecken und tränke ein Handtuch in kaltem Wasser, um es mir anschließend in den Nacken zu legen.

»Ich hole Dan.«

Ich stöhne, als mich eine weitere Schmerzenswelle ergreift.

Ich lehne mich vor und stütze meine Ellbogen auf die Oberschenkel, wobei ich darauf achte, nicht die Einstichstelle meines EpiPens zu treffen. Vermutlich schüttet mein Körper nun das überschüssige Adrenalin aus.

»Babe?«

»Mir ist schlecht, Dan.«

»Kann ich dir was Gutes tun? Wir müssen bald los.«

»Ich fürchte, ich gehe heute nirgendwo mehr hin. Tut mir leid.«

Ich lehne meinen Kopf gegen die kühlen Fliesen und denke an meine schönen Kleider. Ich hatte mich noch gar nicht entschieden, welches ich anziehen würde.

Dreißig Minuten später entspannt sich mein Bauch und ich fühle mich bereit, die Toilette zu verlassen. Meine Beine sind weich und ich stütze mich am Treppengeländer ab, als ich mich den lauten Stimmen nähere.

»Was ist los?«

»Grace.« Anna errötet. »Ich dachte, Dan würde sich heute Abend über Gesellschaft freuen und es gäbe mir die Möglichkeit, das Kleid zu tragen.«

»Ich habe Nein gesagt«, sagt Dan eisern. »Entweder ich gehe mit Grace oder alleine.«

»Das ist in Ordnung für mich. Du hast zwei Karten und Anna ist bereits fertig. Ich gehe gleich baden und dann früh ins Bett.«

»Danke, Grace.« Anna klemmt ihre Clutch unter den Arm. »Bereit, Dan?«

Dan öffnet seinen Mund und schließt ihn sogleich wieder, ohne auch nur ein Wort gesagt zu haben. Er schnappt sich seine Schlüssel und sein Portemonnaie und stiefelt zur Haustür.

Während sie wegfahren, winke ich von der Tür aus. *Ich bin allein.* Ich schließe die Tür ab und lege die Kette vor. Obwohl ich mich besser fühle, verkrampft mein Bauch erneut und hört nicht auf, bis die beiden zurück sind.

VIERUNDZWANZIG
DAMALS

Meine Spindtür schepperte beim Öffnen. Ich kramte durch die Papierstapel, Süßigkeitenverpackungen und Bücher, die sich das Halbjahr über angesammelt hatten. Vor dem Schulabschluss in ein paar Monaten werde ich wohl mit einem großen Plastiksack vorbeikommen müssen, um meinen Spind auszuleeren. Schließlich sprang mir das orangefarbene Englischbuch ins Auge und ich riss es heraus. Ich kam nicht gerne zu spät. Zwischen den Seiten fiel ein Umschlag heraus und zu Boden. Ich hob ihn auf und begann zu schwitzen, als ich die krakelige Handschrift darauf wiedererkannte.

Diesmal war die Nachricht etwas länger, doch die Buchstaben genauso ausgeschnitten wie beim ersten Brief: *WIR WOLLEN DICH NICHT HIER HABEN.* Ich zerknüllte den Zettel in meiner Hand und schaute mich um. Der Flur war menschenleer. Der Unterricht hatte bereits begonnen. Ich schlug meinen Spind zu und drehte den Schlüssel um. Während meine Füße auf das Parkett hämmerten, hallten meine Schritte im gesamten Flur wider. Ich riss die Tür zum Klassenzimmer auf und sank schwitzend und atemlos auf meinen Platz. *Stolz und Vorurteil* war eines meiner Lieblingsbücher, doch die Wörter verschmolzen miteinander und ich musste denselben Abschnitt drei Mal lesen. Meine Finger trommelten auf dem Tisch, während ich darauf wartete, dass sich die Zeiger der Uhr schneller drehten. Schließlich klingelte es zum Ende der Stunde. Ich schob meine Sachen in meine Schultertasche und ging zur Tür.

Esmée und Charlie saßen bereits im Gemeinschaftsraum. Charlie wedelte während des Redens so sehr mit ihrem Baguette, dass Tomaten und Gurken daraus zu Boden fielen.

»Sieh dir das an.« Ich warf den Zettel Charlie zu.

»Was ist das?«

Ich zeigte den Brief auch Esmée und erzählte ihr von der ersten Nachricht im Schuhkarton und dass ich dachte, dass es eine einmalige Sache gewesen wäre. Dass ich sie nicht einweihen müsste, um sie nicht auf die eine oder die andere Seite zu ziehen.

»Ich kann nicht glauben, dass Siobhan so etwas tun würde. Wir kennen uns, seit wir fünf Jahre alt waren.«

»Seit Grace und Dan zusammen sind, verhält sie sich wie eine Furie«, warf Charlie ein.

»Sie konnte mich noch nie leiden«, ergänzte ich traurig.

»Ja, aber ...«

Esmée verstummte und starrte an meinem Ohr vorbei. Ich drehte mich um. Siobhan stand im Türrahmen.

»Ich habe Chips mitgebracht.« Siobhan ging an mir vorbei und hielt Esmée und Charlie zwei Tüten Walkers-Chips hin. »Cheese & Onion oder Chicken?«

»Von dir nehme ich gar nichts.« Charlie stand auf.

Esmée biss sich auf die Lippe und blickte zu Boden, wollte sich nicht einmischen.

»Was hast du denn für ein Problem?« Siobhan drückte ihre Wirbelsäule durch, doch Charlie war noch immer größer als sie.

»Du bist mein Problem. Du und der Scheiß, den du Grace

schickst.« Charlie drückte den Zettel so fest gegen Siobhans Brust, dass diese nach hinten taumelte.

Siobhan funkelte mich böse an und öffnete den Brief. »Das habe ich nicht geschrieben.«

»Ich nehme an, du hast am Abend nach Grace' Party auch keinen Karton Scheiße an sie geschickt?«

Siobhans Augen weiteten sich. »Nein! Und ich fasse es nicht, dass du mir so etwas zutraust. Wir sind schon ewig befreundet, schon länger, als sie überhaupt hier ist.«

Charlie verzog ihr Gesicht zu einer Grimasse. »Jetzt sind wir aber keine Freundinnen mehr. Verpiss dich, Siobhan.«

Siobhan wollte etwas erwidern, schloss ihren Mund aber wieder. Esmée wich einen Schritt zurück.

»Esmée?«

Esmées Augen füllten sich mit Tränen und sie zuckte mit den Schultern.

Siobhan drehte sich zu mir herum. Als sie die nächsten Worte sprach, konnte ich ihren Hass fast schon mit ausgestreckter Hand anfassen. »Willst du mich wirklich zu deiner Feindin machen, Grace?«

Natürlich wollte ich das nicht, doch es war zu spät. Die zerbrechliche Freundschaft, die wir aufgebaut hatten, konnte nicht mehr repariert werden, und ich fürchtete mich vor dem, was sie als Nächstes tun würde.

FÜNFUNDZWANZIG
HEUTE

»Grace, könntest du heute bitte in der U3-Gruppe aushelfen? Hannah hat sich krankgemeldet«, sagt Lyn.

Ich husche in den blauen Raum, bevor sie es sich anders überlegen kann. Sosehr ich die drei- und vierjährigen Kinder liebe, die ich normalerweise betreue, ich freue mich darauf, den Tag mit den jüngeren zu verbringen. Sarah kommt als Erste zur Tür herein. Sie hat Emilys Schwester Lily auf dem Arm, für die es heute der erste Tag ist.

»Grace, ich bin so froh, dass Sie hier sind, auch wenn Emily Sie schrecklich vermissen wird. Sie redet ständig von Ihnen, dabei ist es noch gar nicht so lange her, seit sie selber so klein war«, sagt sie mit Blick auf Lily.

»Ich weiß, die Zeit vergeht wie im Flug. Soll ich sie Ihnen abnehmen?«

Während Sarah mir das in eine cremefarbene Fleecedecke mit Winnie-Puuh-und-Ferkel-Motiv eingewickelte, schlafende Bündel überreicht, laufen ihr Tränen über die Wange. Lily ist schwerer, als sie aussieht.

»Ihr wird es hier gut gehen«, versichere ich ihr.

»Ich weiß. Es ist nur so, eigentlich wollte ich sie gar nicht so früh abgeben, aber ich habe ein gut bezahltes Ghostwriting-Angebot bekommen, und mit ihr zu Hause kann ich mich nicht darauf konzentrieren. Es ist nicht leicht, alleinerziehend zu sein.«

»Sie werden sie schneller wieder abholen müssen, als Ihnen lieb ist.«

Wir treten einen Schritt zur Seite, als eine Gruppe Mütter an uns vorbeizieht. Sarah überreicht mir eine Tasche mit Lilys Wechselsachen und eine übermäßig lange Liste mit Anweisungen, dann gibt sie ihrer Tochter einen Kuss und geht.

Mit langsamen und astronautenähnlichen Schritten trage ich meine wertvolle Fracht zu den Sitzsäcken und lasse mich Stück für Stück nieder, um sie nicht aufzuwecken. Meine Muskeln zittern vor Anstrengung und erinnern mich daran, dass ich wirklich wieder mit dem Yoga anfangen sollte. Dunkle Wimpern zieren Lilys Porzellanhaut. Als ich ihre Decke ein wenig herunterziehe, kommen zehn perfekt geformte Finger mit papierdünnen Nägeln zum Vorschein. »Was wirst du mit diesen Händen erreichen?«, frage ich mich laut.

Lily schnarcht leise, während ich sie an meiner Brust wiege und ihren Duft einatme. Ich kann nicht widerstehen, an ihrem Kopf zu schnuppern. Sie riecht so gut und ist wunderschön. Mom deutet immer wieder an, dass sie Großmutter werden möchte, doch ich bin noch nicht so weit. Und Dan auch nicht.

Lilys Körper versteift sich, als sie sich auf fast das Doppelte ihrer Länge streckt und mit offenem, zahnlosem Mund gähnt. Mit noch immer fest verschlossenen Augen fängt sie an zu nörgeln. Ich murmele ihr besänftigende Plattitüden zu, während ich sie in die winzige Küche trage, um ihre Flasche zu wärmen. Ich schüttele die Flasche und kippe einen Tropfen auf mein Handgelenk, um die Temperatur zu kontrollieren. »Perfekt«, sage ich zu ihr. Nachdem wir uns hingesetzt haben, reibe ich den Nuckel über ihre Unterlippe, bis ihr Weinen verstummt. Fest umschließt sie meinen Finger, während sich ihre Lippen eng um den Sauger legen, sie geräuschvoll daran zu nuckeln beginnt und die Milch leert, als hätte sie seit Tagen nichts mehr zu essen bekommen. Als die Flasche leer ist, stelle ich sie auf den Boden. »Das muss bis zum Mittagessen reichen.« Ich streiche ihr sanft über den Rücken, bis sie laut rülpst. »Lily! Deine Schwester hättest du damit ganz schön beeindruckt«, lobe ich sie. Als ihr etwas Milch aus dem Mund läuft, wische ich sie mit dem Peppa-Wutz-Lätzchen ab.

Die nächste Stunde verbringen wir damit, auf grelle Plastikspielzeuge mit blinkenden Lichtern und viel zu lauten Geräuschen zu hauen, und ich lese ihr Geschichten vor, die sie noch gar nicht verstehen kann. Ich gebe mein Bestes, um ein Zahnfleischlächeln aus ihr herauszulocken.

»Grace, könntest du Lily ins Bett legen und rausgehen? Das Wetter ist warm genug, sodass die Kinder vor dem Mittagessen draußen spielen können«, sagt Lyn. »Cara wird hier die halbe Stunde alleine zurechtkommen.«

Ich lege Lily auf die gelbkarierte Wickelunterlage. »Mit frischer Windel schläft es sich besser.«

Als ich den Druckknopf an ihrer Latzhose öffne, dreht und windet sie sich. Ihre Beine sind steif, die Knie zusammengepresst. »Komm schon Lily, ich sollte schon längst draußen sein.« Ich schneide Grimassen, bis sich ihre Muskeln entspannen und ich ihr die volle Windel wechseln kann. »Lily, ich kann nicht fassen, wie sehr du stinkst.« Ich mache sie sauber, lege ihr eine neue Windel an und pruste ihr den speckigen Bauch. Sie kichert, und ich pruste noch einmal, bevor ich ihr Hemd und Latzhose wieder anziehe. Sie legt ihren Kopf auf meine Schulter und verschließt ihre Faust um eine meiner Haarsträhnen, während ich sie zu den Betten trage. Sie riecht nach Babypuder und Babyshampoo. Dann ziehe ich die Sonne-Mond-und-Sterne-Spieluhr auf und der melodische Klang von ›Funkel, funkel, kleiner Stern‹ erfüllt den Raum. Ich sehe dabei zu, wie ihre Augenlider immer schwerer werden. Schrille Schreie von draußen reißen Lily aus dem Halbschlaf und über ihr purpurrotes Gesicht laufen heiße und schnelle Tränen.

Für einen kurzen Moment zögere ich, doch dann laufe ich nach draußen. Um die Schaukeln herum stehen weinende Kinder. Nachdem ich mir einen Weg nach vorne gebahnt habe, sehe ich Emily auf dem Kunstrasen liegen. Ihr Arm liegt in einem unnatürlichen Winkel. Mir steigen Tränen in die Augen. Emily verwandelt sich in meinen vor so vielen Jahren auf der Straße liegenden Dad. Ich schwanke und sinke auf die Knie.

»Grace?«

Ich schaue zum Kind neben mir hoch und begreife, dass ich die verantwortliche Erwachsene bin.

»Schon in Ordnung. Was ist passiert?«

»Sie stand auf der Schaukel und ist runtergefallen«, klärt mich William auf. »Lyn ruft gerade den Krankenwagen.«

Emilys Stirn ist klamm und ich streiche ihr den Pony aus den verweinten Augen. Sie ist bleich wie die Wand. »Alles gut, Emily, der Krankenwagen ist schon unterwegs. Nicht bewegen. Es wird alles wieder gut.«

Emily hört auf zu weinen. Stattdessen wimmert sie nun, was es irgendwie schlimmer macht. Ich bin mir nicht sicher, ob sie mich überhaupt wahrnimmt. Sie muss höllische Schmerzen haben und ich fühle mich absolut hilflos.

Lyn kommt mit einer Decke. Über unseren jungen Schützling hinweg schauen wir uns in die Augen.

»Wo warst du?«, flüstert sie.

»Ich musste noch Lilys Windel wechseln«, antworte ich und blicke zu Boden, damit Lyn die Schuld in meinen Augen nicht sieht. Ich versuche, Emily mit unangebrachten Worten zu trösten, halte ihre unverletzte Hand in meiner und streiche ihr darüber. Trotz der warmen Luft ist sie kühl.

Meine Stirn und meine Arme kribbeln von dem Adrenalin,

das durch meinen Körper fließt. Meine Hände und Füße sind taub. »Sarah ist auf dem Weg«, verkündet Lyn. »Zum Glück wohnen sie direkt um die Ecke. Ich warte vor dem Gebäude auf Sarah und den Krankenwagen.«

Die Sirenen ertönen laut und der Schweiß läuft mir den Körper herunter, doch er wäscht weder die Reue noch die aufgekommenen Erinnerungen fort. Mein Brustkorb zieht sich zusammen und ich schnappe nach Luft. Noch nie zuvor hatte ich eine Panikattacke auf der Arbeit und ich zwinge mich, vor den bereits angeschlagenen Kindern ruhig zu bleiben.

Eine Hand klopft mir auf die Schulter. »Wer ist die Patientin?« Ein Sanitäter mit ausgesprochen hoher Stirn kniet sich neben mich und öffnet seinen Koffer.

»Das ist Emily«, antworte ich, während sein Gesicht immer wieder vor meinen Augen verschwimmt.

»Sie ist von der Schaukel gefallen.«

»Hi Emily, ich bin David. Ich kümmere mich jetzt um dich.«

»Emily, Emily!« Die Angst in Sarahs Schreien ist unüberhörbar, als sie zu ihrer Tochter eilt. Ich kann sie nicht ansehen. Während ich mich um die eine Tochter gekümmert habe, vernachlässigte ich die andere. Ich scheuche die anderen Kinder nach drinnen. Einige von ihnen weinen noch immer. Durch das Fenster schauen wir zu, wie Emily auf eine Trage gelegt und zum bereitstehenden Krankenwagen geschoben wird.

»Muss sie sterben?«, werde ich gefragt. »Müssen sie sie wiederbeleben?«

»Emily geht es gut, sie hat sich nur den Arm verletzt.« Ich versuche, möglichst zuversichtlich zu klingen. »Kommt, wir gehen zusammen in die Leseecke und suchen uns ein Buch aus.« Auf wackeligen Beinen schaffe ich es zu den Sitzsäcken und lasse mich in einen fallen. Die Kinder suchen sich erneut *Der Grüffelo* aus. Meine Stimme ist zittrig, doch ich gebe alles und imitiere einen Fuchs, eine Schlange und eine Eule. Mich verstellen kann ich gut.

Nachdem die Kinder wieder zu Hause sind, räume ich das Bücherregal auf und wische über klebrige Oberflächen, bis Lyn mich in ihr Büro bestellt. »Sarah hat aus dem Krankenhaus angerufen. Emily hat sich den Arm gebrochen. Sie behalten sie über Nacht da, weil sie sich den Kopf gestoßen hat, aber das wird wieder. Greg ist auch da. Emily freut sich wahrscheinlich riesig, ihre beiden Eltern wieder in ein und demselben Zimmer zu haben.«

»Gott sei Dank.« Ich setze mich, weil mich meine Beine nicht länger tragen können.

»Wir müssen einen Unfallbericht ausfüllen. Sarah muss ihn unterschreiben, und dann können wir Kopien davon an die Kindergartenaufsichtsbehörde und den örtlichen Kinderschutzdienst schicken.«

Ich kann ihr kaum in die Augen sehen. »Und was dann?«

»Dort wird der Fall untersucht. Wenn die Behörde zu dem Schluss kommt, dass wir Schuld an dem Vorfall haben, veröffentlichen sie den Hergang auf ihrer Website mitsamt ihren durchgeführten Schritten und den Maßnahmen, die wir ergreifen müssen, um den behördlichen Auflagen nachzukommen.«

»Es tut mir so leid, Lyn. Ich hätte direkt nach draußen gehen und aufpassen sollen, statt Lily noch die Windel zu wechseln.«

»Es war ein Unfall, Grace. Der genauso gut hätte passieren können, wenn du draußen gewesen wärst. Ich weiß, wie gut du zu den Kindern bist.«

»Aber die Behörde weiß das nicht.«

»Emily wird wieder gesund, und das ist die Hauptsache. Hoffentlich wird uns keine Schuld zugesprochen. Hier bei

Little Acorns hat es noch nie einen solchen Vorfall gegeben, und ich kann mir vorstellen kann, dass die Eltern ihre Kinder hier scharenweise abmelden, sollte die Behörde ihn öffentlich machen.«

»Es tut mir so leid«, ist alles, was ich herausbringe.

Lyn schaut auf die Uhr. »Geh doch nach Hause. Bevor wir den Bericht schreiben können, müssen wir mit den Kindern und den anderen Mitarbeiterinnen sprechen. Außerdem haben wir vierzehn Tage Zeit, bis wir ihn abgeben müssen.«

»Geh du nach Hause, Lyn. Du siehst völlig fertig aus. Ich räume noch auf und schließe dann ab.« Meistens bin ich die Letzte, die geht.

»Nein, ich mach das«, erwidert Lyn hartnäckig.

Gern würde ich sie fragen, ob sie mir noch vertraut, doch ich fürchte mich vor der Antwort. Ich sammele meine Tasche und meinen Mantel ein und schlüpfe aus der Tür. Im Gras sind noch immer die Reifenspuren des Krankenwagens zu sehen, die Grasnarbe ist aufgerissen. Sobald sich der Rasen erholt hat, wird nichts mehr an das heute erlebte Trauma erinnern. Ich frage mich, ob dies auch bei Emily der Fall sein wird. Meine Narben mögen zwar nicht mehr zu sehen sein, dennoch trage ich sie noch immer mit mir herum.

Wie auf Autopilot fahre ich nach Hause. Am Cottage angekommen, kann ich mich nicht daran erinnern, wie ich bis hierhin gekommen bin. Meine Hand zittert so sehr, dass ich drei Anläufe brauche, um den Schlüssel ins Schloss zu stecken. Ich lasse meine Tasche auf den Boden knallen, trete die Schuhe auf der Matte ab, tapse in die Küche und schenke mir ein Glas Chardonnay ein. Mit einer Hand an der Flasche stehe ich vor der Spüle, trinke den Wein und beobachte die Vögel am Futterspender. Ich beneide sie. Gern wäre ich genauso frei, fortzufliegen und anderswo neu zu beginnen. Wie soll ich Lyn jemals wieder unter die Augen treten? Ich habe Emily enttäuscht. Und mich selber auch.

Ich leere mein Glas und fülle es wieder auf. Auf dem Handy ruft mich schon wieder die unbekannte Nummer an. Ich ignoriere den Anruf. Ich bin es leid, ranzugehen und niemanden am anderen Ende der Leitung zu haben. Die Haustür fällt laut zu, und als Dan ins Wohnzimmer tritt, lasse ich endlich die Tränen fließen.

»Grace. Was ist los?«

Mir fehlen die Worte. Ergriffen führt er mich ins Wohnzimmer, setzt mich auf die Couch und kniet sich vor mich.

»Grace?« Sein Gesicht ist kreidebleich.

»Die Arbeit.«

Er stößt die Luft aus. »Das ist alles?«

»Alles?« Ich wische mir mit dem Ärmel über das Gesicht.

»So habe ich das nicht gemeint. Ich bin nur froh, dass es nichts Ernsteres ist, dass es deinen Großeltern gut geht. Was ist passiert?«

Ein Schatten legt sich über mich, als Anna sich vor mich stellt. Ich habe sie gar nicht reinkommen hören. »Grace.« Sie setzt sich neben mich und legt ihren Arm um meine Schultern. Meine Muskeln sind so angespannt, dass mir die Berührung unangenehm ist und sie abschüttele.

Ich erzähle von meinem schrecklichen Tag.

»Es ist nicht deine Schuld«, sagt Dan und tätschelt mein Knie.

»Na ja, eigentlich schon«, wirft Anna ein. »Ich weiß, dass du niemanden absichtlich verletzen würdest, aber wenn du eigentlich draußen hättest aufpassen sollen ...«

»Anna«, fährt Dan sie harsch an. »Unfälle passieren. Manchmal gibt es dafür keine Schuldigen.«

»Sie hat recht, ich hätte draußen sein sollen.« Ich wische mir über die Augen.

»Selbst wenn du draußen gewesen wärest, hätte sich Emily

auf die Schaukel gestellt und wäre vermutlich trotzdem runtergefallen.«

»Vielleicht.«

»Sehr wahrscheinlich.«

»Ich weiß nicht, wie ich morgen allen begegnen soll.«

»Mit erhobenem Kopf. Ehrlich, Grace, du musst dich für
nichts schämen.«

»Darüber wird die Behörde entscheiden.« Ich zerrupfe das
durchnässte Taschentuch in meinen Händen und sehe dabei
zu, wie es in kleinen Stücken auf den Boden fällt. Konfetti,
ohne dass es etwas zu feiern gibt.

»Wirst du suspendiert?«, fragt Anna.

»Solange uns nichts vorgeworfen werden kann, gelangt der
Vorfall zum Glück nicht an die Öffentlichkeit. Ich könnte nicht
damit leben, Lyns Geschäft ruiniert zu haben.«

»Aber die Eltern werden informiert?«

»Die Kinder haben sicherlich bereits erzählt, dass der Krankenwagen bei uns war. Wenn wir gefragt werden, sagen wir
ihnen also, dass es einen Unfall gab. Aber ansonsten ... weiß ich
es nicht. Das hängt davon ab, wie Lyn damit umgeht. Hoffentlich erfahren die Eltern nichts davon. Sie vertrauen mir.«

»Daran wird sich auch nichts ändern«, versichert mir Dan.
»Du gehst super mit den Kindern um. Sie lieben dich.«

»Danke.« Ich lehne mich nach vorne, bis sich unsere Köpfe
berühren. »Ich liebe dich, Dan.«

»Ich liebe dich auch. Steig doch eben in die Badewanne,
während ich uns Abendessen mache.«

»Du?«

»Ja, ich. Falls du es nicht wusstest, ich kann kochen. Wäre
nicht das erste Mal, dass ich das tue. Kabeljau und Pommes für
drei?«

· · ·

Der Wecker läutet einen nagelneuen Tag ein und reißt mich aus meinem unruhigen Schlaf. Ich blinzele durch meine schweren Lider. Mein Mund ist trocken und hat einen abgestandenen Geschmack; ich bereue den fettigen Fisch mit Pommes und Wein zum gestrigen Abendessen. Ich taumele ins Bad, greife nach meiner Zahnbürste und muss würgen, als ich meine Backenzähne putze. Mein eigenes Spiegelbild mit rot unterlaufenen Augen und leichenblassem Gesicht kann ich kaum ertragen. Für einen Moment überlege ich, mich krankzumelden, doch ich dusche, ziehe mich an und gebe Dan einen Abschiedskuss. Annas Zimmertür ist verschlossen und ich bin froh, dass sie noch nicht wach ist. Sie hat mich mit ihrer Reaktion gestern Abend verletzt, auch wenn sie eigentlich nur meine Gedanken ausgesprochen hat, auch wenn ich tatsächlich schuldig sein sollte.

Im Erdgeschoss ziehe ich die Wohnzimmergardinen auf und schrecke vor dem Tageslicht zurück. Mittens schläft zusammengekauert auf dem Sofa neben den Fish&Chips-Verpackungen. Auf dem Boden stehen zwei leere Weinflaschen. Habe ich die beide getrunken? Dans leere Bierflaschen liegen auf der Seite. Unsere Altglaskiste wird wieder überlaufen. Hoffentlich urteilen die Müllmänner nicht genau so über uns, wie ich es manchmal tue.

Die Strecke zur Arbeit ist zu schnell zurückgelegt. Als ich ankomme, bin ich nachdenklich und erwarte schon fast eine Reihe verärgerter Eltern, die sich mit ›Gerechtigkeit für Emily‹-Plakaten vor dem Kindergarten versammelt haben. Aber natürlich ist es ein ganz gewöhnlicher neuer Tag. Bis auf Lyns Auto ist der Parkplatz leer. Ich gehe durch die Haupteingangstür und bin erleichtert, dass meine Schlüssel noch passen. Ich wurde nicht verbannt.

»Komm her«, sagt Lyn mit offenen Armen. »Du siehst schrecklich aus. Mach dir bitte keine Sorgen. Es war ein Unfall. Heute ist ein neuer Tag.« Ihr Lächeln lässt meine Sorgen in sich zusammen und zu Boden fallen. Reumütig trete ich über sie hinweg und falle Lyn in die weit ausgebreiteten Arme.

Abgesehen davon, dass Emily nicht da ist, verläuft der Vormittag wie jeder andere auch. Die Kinder sprechen weder den Unfall noch den Krankenwagen an. Es ist ein ganz gewöhnlicher Tag. Am Mittag schauen Lyn und ich über den Unfallbericht und teilen uns dabei Lyns Eiersandwich. Ich war heute Morgen so neben der Spur, dass ich vollkommen vergessen habe, mir etwas zu essen einzupacken.

»Ich finde, es ist ziemlich eindeutig. Unser Betreuungsschlüssel ist gut, und alle bisherigen Berichte über uns sind hervorragend. Die Spielgeräte sind nicht fehlerhaft. Die Situation ist durchaus unglücklich, aber ich glaube nicht, dass sie den Vorfall weiter untersuchen werden.«

»Hoffentlich nicht.«

»Emily geht es gut, das ist die Hauptsache. Und wenn sie die Sache nicht weiter untersuchen oder öffentlich machen, wird unser Ruf nicht darunter leiden und alles ist wie immer. Jetzt geh und mach mir einen Kaffee.«

Ich koche Lyn einen Kaffee und spüle zwei Paracetamol mit einem großen Glas Wasser herunter. Den Nachmittag verbringen wir größtenteils damit, Pappherzen auszuschneiden und mit Glitzer, Seidenpapier und Farbe zu dekorieren. Dann hänge ich sie zum Trocknen an die Leine. Meine Arme tun weh. Ich war den ganzen Tag über besonders aufmerksam und fühle mich nun völlig erschöpft. Die Türen abzuschließen und aufzuräumen, ist eine wahre Erleichterung.

»Ich bin dann mal weg«, sage ich mit einem Blick in Lyns Büro. Sie sieht blass und zerknirscht aus.

»Ist alles in Ordnung?«

»Setz dich bitte mal.« Meinem Blick ausweichend deutet sie auf den Stuhl.

Ich setze mich. Das Band meiner Armbanduhr franst aus.

Nervös zupfe ich an den Baumwollfäden, ziehe sie ab und sehe dabei zu, wie sie zu Boden fallen.

»Sieh dir das hier mal an.« Lyn überreicht mir ihr iPad. Die Twitter-App ist geöffnet.

Nachlässige Kindergärtnerin bricht Kind den Arm @littleacorns
*   #schmeißtgraceraus*

»Ist das …«

»Scroll runter. Es gibt noch mehr.«

Gebt eure Kinder nicht dort ab, es ist gefährlich.
*   #littleacorns #schmeißtgraceraus*

Wieso wurde Grace nicht entlassen?
*   #littleacorns #schmeißtgraceraus*

Grace gehört ins Gefängnis.
*   #littleacorns #schmeißtgraceraus*

Ein Tweet nach dem anderen schreit nach Blut. Nach meinem Blut. Die örtliche Zeitung hat die Tweets retweetet und es gibt einige ziemlich unangenehme Kommentare von Leuten, deren Namen ich noch nie gehört habe. Mir wird schlecht. Das iPad verschwimmt immer wieder vor meinen Augen.

»Wer war das?«

»Ich weiß es nicht. Sie sind von unterschiedlichen Konten. Es gibt weder persönliche Angaben noch Fotos.«

»Könnte es ein und dieselbe Person sein?«

»Ich weiß es nicht.« Mit ihrem Stift trommelt Lyn einen Rhythmus auf ihrer Schreibtischkante. »Vielleicht war es Greg.«

»Möglich. Er meinte, es würde mir noch leidtun. Wir wissen, wie aufbrausend er ist. Und er ist Emilys Vater. Was sollen wir tun?«

»Wir können es nicht verschweigen. Heute Nachmittag gab es mehrere Anrufe. Viele Eltern haben von der Sache erfahren und machen sich Sorgen.«

Ich warte darauf, dass sie fortfährt.

Lyn lehnt sich zurück und seufzt. »Die örtliche Zeitung hat angerufen. Sie berichten morgen darüber und wollten eine Stellungnahme von uns.«

»Was hast du gesagt?« Selbst in meinen Ohren ist meine Stimme kaum hörbar.

»Dass niemand für schuldig befunden wurde, die Untersuchung noch andauert, du aber bis zur Entscheidung der Behörde suspendiert bist.«

Meine Augen füllen sich mit Tränen.

»Es tut mir so leid, Grace. Aber ich kann nicht riskieren, dass die Eltern ihre Kinder abmelden. Ich muss im Sinne des Kindergartens handeln.«

»Ich weiß, tut mir leid.« Schon wieder diese Phrase, doch mir kommt nichts anderes über die Lippen.

»Sobald die Behörde zu einem Ergebnis gekommen ist, wird sich alles wieder normalisieren. Bald redet keiner mehr darüber.«

Ich krame in meiner Tasche und hole meinen Schlüssel heraus. »Hier.« Ich reiche ihn Lyn.

»Behalte ihn. Du wirst ihn brauchen, wenn du zurückkommst. Und du wirst zurückkommen, Grace.«

Ich hieve meinen Körper aus dem Stuhl. Er fühlt sich schwer an. Schuld wiegt schwer. Ich gehe durch das Spielzimmer, betrachte dabei die Reihe Papierherzen, und spüre, wie meins zerreißt.

Zwischen den Weihnachtskarten fiel an diesem Morgen noch ein anderer Brief auf die Matte. Ich hatte ihn in die Schultasche gestopft, um ihn Esmée und Charlie beim Mittagessen zu zeigen. Ich war die Erste auf dem Flur. Wieso roch es hier immer nach gekochtem Kohl? Dabei gab es nie Gemüse. Trotz des ganzen Geredes über gesundes Mittagessen waren Hotdogs und Pommes das einzige erkennbare Essen, das die mürrischen Frauen in rosa Overalls und Haarnetzen servierten. Dabei sahen die Kantinenmitarbeiterinnen aus, als wollten sie überall sein, außer hier. Ich überlegte mir eine billige Ausrede, um einen Salat aus dem Kühlschrank zu bekommen. Eisbergsalat, Tomaten und Gurken mit etwas Thunfisch obendrauf würden mich zwar nicht sättigen, aber bis Weihnachten wollte ich noch drei Kilo abnehmen. Denn ich wusste, dass ich dann die Menge meines Körpergewichts an Nestle's Quality-Street-Schokolade und Mince Pie verputzen würde.

In der Schlange an der Kasse konnte ich dennoch nicht widerstehen, eine heiße Schokolade zu bestellen. Bei den Kalorien, die ich mit dem Salat einsparte, hatte ich sie mir verdient.

Als ich zu dem Tisch kam, an dem wir immer saßen, waren Esmée und Charlie bereits da.

»Hast du das über Siobhan gehört?« Charlie rutschte auf ihrem Stuhl hin und her.

»Nein.«

»Sie wurde von der Schule geworfen.«

»Was? Wieso?« Siobhan war von uns allen die Schlauste.

»Sie hat einen der Laptops gestohlen.«

»Du machst doch Witze. Warum sollte sie das tun, sie hat einen Laptop!«

»Sie ist auf der Videoüberwachung zu sehen. Heute Morgen war ein Polizeiwagen hier.«

»Und was ist dann mit ihrem Studium?«

»Das kann sie knicken. Sie kann ihren Abschluss nicht machen.«

»Oha.« Ich war fassungslos.

»Das fass ich nicht.« Esmée kaute auf ihrer Lippe herum. »Mir kommt es vor, als hätte ich sie nie richtig gekannt.«

»Geht uns allen so«, sagte Charlie. »Überleg nur, was sie Grace angetan hat.«

»Noch immer tut. Ich habe heute einen neuen Brief erhalten.«

»Arschkuh«, sagte Charlie.

»Das kannst du laut sagen«, stimmte ich ihr zu. Doch als ich zu Abby blickte, die weinend in der Ecke saß und von besorgten ›Freunden‹ flankiert wurde, die Informationen über ihre unberechenbare große Schwester herausfinden wollten, tat sie mir leid.

Ich war erleichtert, Siobhan nicht mehr täglich sehen zu müssen. Gerüchte machten die Runde. Sie war Teil einer Gruppe organisierter Kriminalität. Ihr Vater war Mitglied der Mafia. Stephen Brown aus meiner Klasse erzählte, dass sie ihm einen Laptop für hundert Pfund verkaufen wollte. Er konnte sich keinen neuen leisten, wusste aber nicht, dass sie den Laptop gestohlen hatte. Das glaubte ich. Siobhan ging nicht wie wir anderen arbeiten. Ich jobbte samstags im Café, Charlie als Babysitter und Esmée half ihrer Mutter dabei, Bücher des Avon-Verlags auszuliefern. Siobhans Eltern wollten, dass sich Siobhan auf die Schule konzentrierte. Wofür brauchte sie das Geld?

Vermutlich für Schreibwaren. Fast täglich erreichten mich Briefe, und meine Laune wurde immer schlechter. Charlie wollte endlich nach ihrem Dad suchen, doch ich hinkte mit meinen Schularbeiten hinterher, weil ich mich nicht konzentrieren konnte. Wir hatten versucht, Lexie gegenüber Andeutungen zu machen, so getan, als hätten wir eine Folge der Talkshow *Jeremy Kyle* gesehen, in der ein Mädchen Informationen zu ihrem biologischen Vater von ihrer Mutter verlangte, dachten uns eine Geschichte über ein Mädchen unserer Schule aus, das gerade ihren Dad gefunden hatte. Aber Lexie hatte sich nur eine weitere Zigarette angezündet, sich noch etwas zu trinken eingeschenkt und uns ignoriert.

Am Freitag gingen wir auf dem Heimweg von der Schule am Park entlang. Eine einsame Gestalt saß auf der Schaukel. Blonde Korkenzieherlocken fielen aus der hellgelben Pudelmütze. Siobhan.

»Lass uns woanders langgehen«, sagte ich und zog an Charlies Arm.

»Nur wegen ihr gehe ich nicht woanders lang.« Charlie stolzierte geräuschvoll und mit deutlich sichtbaren Atemwolken über die gefrorene Wiese. »Hey, Diebin.«

Angespannt wartete ich darauf, dass Siobhan explodierte. Doch als sie sich umdrehte, erschrak ich und musste von der eisigen Kälte husten. Siobhans Augen waren mit roten Äderchen durchlaufen, ihr Gesicht blass und pickelig.

»Ich habe nichts gestohlen.«

Charlie starrte Siobhan lange an. »Ich glaube dir.«

»Danke.« Siobhan streckte eine Hand aus, doch Charlie schlug sie zur Seite.

»Ich glaube dir genau so, wie ich dir glaube, dass du Grace keine Briefe schickst.«

»Ich …«

»Spar dir die Worte. Du bist auf den Videos der Überwachungskameras zu sehen. Brauchtest wohl das Geld für Briefmarken? Du bist so erbärmlich. Dan liebt Grace. Eine Schlampe wie dich würde er nicht einmal mit der Kneifzange anfassen.«

Siobhan schniefte und strich sich mit ihrem Handschuh über die Nase. »Bitte. Wir waren doch mal Freunde.«

»Selber schuld.« Charlie griff nach meinem Handgelenk. »Komm Grace, wir gehen zu den anderen.«

»Lasst mich mitkommen.« Siobhan schlug ihre Hände zusammen, als würde sie beten. »Meine Eltern hassen mich. Sogar Abby redet nicht mehr mit mir.«

»Scher dich zum Teufel, Siobhan.« Charlies Stimme war eiskalt, doch als wir gingen, konnte ich Tränen in ihren Augen erkennen.

SIEBENUNDZWANZIG

HEUTE

Ich kann nicht fassen, dass ich nach Hause fahren und Dan erzählen muss, höchstwahrscheinlich meinen Job verloren zu haben. Mein Fiesta steht auf dem Mitarbeiterparkplatz. Mit gesenktem Kopf und dem Schlüssel in der Hand schleiche ich zur Fahrertür und schließe auf. Ich schmeiße meine Tasche auf den Beifahrersitz, schwinge die Beine ins Auto und verriegle die Türen von innen. Ich fühle mich unbehaglich, denn offensichtlich hasst mich jemand. Ist es Greg? Ist er auch derjenige, der mich die ganze Zeit verfolgt?

Es ist nicht das erste Mal, dass ich einen Feind habe. Ich erinnere mich an damals, als ich achtzehn war. Denke daran, wie die Sache ausgegangen ist und möchte heulen. Ich rufe Mom an. Vielleicht fühle ich mich besser, wenn ich es einmal ausgesprochen habe, und es wird einfacher, Dan davon zu erzählen. Es klingelt und klingelt und ich erwarte schon den Anrufbeantworter, als Mom schließlich rangeht.

»Hi, Grace.« Ihr Atem kratzt in der knisternden Leitung. »Alles klar bei dir?«

»Dasselbe könnte ich dich fragen. Du klingst, als wärst du gerannt.«

»Olivers Tochter ist mit ihren Kindern da und wir spielen Verstecken. Wieso rufst du denn an?«

Neid überkommt mich. Mit mir hat sie früher nie gespielt, aber jetzt verbringt sie Zeit mit Olivers Enkelkindern. Auch wenn ich verstehe, weshalb das so ist, tut es weh.

»Ist nicht wichtig.« Ich schlucke, damit meine Stimme nicht bricht. »Geh zurück zu den Kindern, ich ruf dich nächste Woche an.«

Ich beiße die Zähne zusammen, starte den Motor und schrecke hoch, als Lärm das Auto erfüllt. Heute Morgen hatte ich die Lautstärke hochgedreht, weil das Lokalradio die Hits aus den Achtzigern in Dauerschleife spielte. ›Mr. Blue Sky‹ von ELO ertönt, doch ich schalte das Radio aus und lehne meine Stirn gegen das Lenkrad. In meinem Kopf höre ich Dad trällernd mitsingen. Die Stille wird nur durch meinen ungleichmäßigen Atem durchbrochen und ich wünschte, ich könnte für immer eingeschlossen in meinem Auto sitzen bleiben.

Lyn klopft an die Scheibe. Ich hebe den Kopf, nicke und versuche ein ›Mir geht's gut‹-Lächeln. Dann fahre ich rückwärts aus meiner Parklücke. Während des Fahrens nehme ich die anderen Autos auf der Straße nicht wahr. Die Reifen drehen und drehen sich, bringen mich vorwärts, und es dauert nicht lange, bis ich zu Hause bin.

Laute Stimmen begrüßen mich noch bevor ich gänzlich durch die Tür getreten bin. Ich lege meinen Schlüssel in die Krimskramsschüssel auf dem Telefontischchen und rufe laut: »Hallo!«

Im Wohnzimmer läuft der Fernseher; Motoren röhren, während Formel-1-Wagen über den Bildschirm rasen.

Dan sitzt mit gesenktem Kopf und dem PlayStation-Controller in der Hand auf der Sofaecke. Anna ragt mit geballten Fäusten in der Hüfte über ihm.

»Was geht hier vor?«

»Dan ist ein schlechter Verlierer. Er spielt nicht gern, nicht wahr, Dan?«

»Zumindest nicht deine Spiele.« Seine Augen sind dunkel, die Stimme tief.

»Ja, weil ...«

»Seid ruhig, alle beide. Das ist das Letzte, was ich jetzt noch brauche.« Ich suche die Fernbedienung und stelle den Fernseher stumm. »Ich wurde suspendiert.« Ich setze mich neben Dan und lege meinen Kopf auf seine Schulter. Mittens springt auf meinen Schoß und ich kraule ihren Nacken, bin dankbar für die Ablenkung.

»Was? Wieso?«

Ich erzähle von meinem Tag. »Aber Lyn ist total lieb. Sie hat mir gesagt, ich soll meinen Schlüssel behalten, weil ich zurückkommen werde. Es ist nur eine Frage der Zeit. Aber ich weiß nicht ... Es liegt an der Behörde, das zu entscheiden.«

»Wie schrecklich«, sagt Anna. »Jemand hat es wirklich auf dich abgesehen. Hast du eine Idee, wer das sein könnte?«

»Jemand, der kein eigenes Leben hat«, antwortet Dan.

»Lyn meint, es könnte Greg sein, Emilys Dad. Vor ein paar Wochen hat es eine Auseinandersetzung zwischen uns gegeben.«

»Aber du glaubst, es war jemand anderes?«

»Keine Ahnung. Ich habe schon eine ganze Weile das Gefühl, verfolgt zu werden.«

Dan schaut mich zweifelnd an. »Bist du sicher? Ich weiß, wie ... misstrauisch du sein kannst.«

»Es stimmt, ich habe es gesehen«, sagt Anna. »Und bin sogar hingerannt.«

»Wieso zur Hölle hast du mir nichts davon erzählt?«, fragt Dan wütend.

»Ich wollte nicht, dass du dir Sorgen machst.«

»Wenn ich denjenigen kriege, muss er sich erst einmal mit mir anlegen.«

»Hältst du dich für einen Ritter in glänzender Rüstung?«, höhnt Anna.

»Anna?«

»Ja, Dan?«

»Halt einfach die Klappe.«

»Könnt ihr beiden endlich *aufhören*!« Die nun eintretende Stille war noch ungemütlicher und bedrückender als die Schreierei. »Ich will ein heißes Bad und einen friedlichen Abend.«

»Ich bin gleich weg. Fußballtraining.«

»Ich gehe auch aus«, sagt Anna mit rebellischem Blick.

»Was hast du vor?«, frage ich sie.

»Ich habe ein Date.«

Dan steht auf. Seine Halsmuskeln zucken. »Zu schade, dass es kein Bewerbungsgespräch ist. Wir sehen uns später.« Er gibt mir einen Kuss auf die Stirn. Ich will nach seiner Hand greifen, fasse jedoch ins Leere, weil er bereits aus der Tür verschwindet.

»Tut mir leid, dass du zu so was nach Hause kommen musstest, Grace. Ich will einfach zu gern gewinnen.«

»Genau wie Dan.« Ich hole tief Luft. »Und ich glaube, ihm fällt es schwer, unser Zuhause teilen zu müssen. Ich habe dich liebend gern hier, wir beide, aber es wäre schön zu wissen, was du vorhast.«

»Natürlich. Tut mir leid. Ich weiß, dass ich nicht für ewig hierbleiben kann. Bald hab ich alles geregelt, versprochen. Es war so schön, dich kennengelernt zu haben und über Charlie zu sprechen. Ich wünschte nur, ich könnte Lexie treffen. Geschichten aus der Kindheit hören und Fotos anschauen. Na ja, ich lasse dir eben ein Bad ein. Ich habe richtig tolles Öl, das dich entspannen wird.«

»Danke, Anna.«

Während sie nach oben stampft, löst sich die dicke Luft auf. Ich schließe die Augen und streichle Mittens. Ihr sanftes

Schnurren beruhigt mich. »Was würde ich nur ohne dich machen? Dir ist egal, was die Menschen sagen, oder?« Mit ihrer Pfote streicht sie mir über die Hand.

»Die Wanne ist voll!«, ruft Anna.

Mein Handy summt. Eine Nachricht von Dan.

Sie muss gehen.

Ich kann es kaum erwarten, diesen Tag von mir abzuwaschen.

Anna hat eine Packung Teelichter zu Tage gebracht, die nun im Badezimmer flackern und leuchten. Ein weiches weißes Handtuch hängt über dem Handtuchtrockner und mein Bademantel hinter der Tür. Ein kühles Glas Weißwein steht auf der Fensterbank neben meinem iPod mit den Kopfhörern.

»Hier«, sagt Anna und reicht mir *Jane Eyre*. »Brauchst du noch etwas?«

»Du hast an alles gedacht. Fantastisch, ich komme mir vor wie in einer Romantikkomödie.«

»Wir alle brauchen von Zeit zu Zeit jemanden, der sich um uns kümmert.«

»Danke.«

»Gerne. Soll ich dir noch etwas zu Essen besorgen, bevor ich gehe?«

»Nein, danke. Sollte ich Hunger bekommen, liegt noch eine Pizza im Gefrierschrank. Wer ist dein Date?«

»Nur ein Typ, den ich online kennengelernt habe. Wir gehen was bei Beefeater essen.«

»Viel Spaß. Und tu nichts, was ich nicht auch tun würde.«

»Wo wäre dabei denn der Spaß?« Sie lächelt und lässt mich dann mit meinem Bad und meinen Gedanken allein. Das

Wasser wirkt beruhigend, und endlich kann ich die Augen schließen und entspannen.

Ich liege in der Badewanne, bis das Wasser kalt ist und meine Finger schrumpelig werden. Seelisch ausgelaugt lasse ich das Abendessen ausfallen und gehe sogleich ins Bett. Ich schlafe, ohne zu träumen, und höre weder Anna noch Dan nach Hause kommen.

Dan lässt sein Handtuch zu Boden fallen und zieht ein Hemd vom Bügel. Ich kann nicht einmal mehr sagen, wann ich ihn zuletzt nackt gesehen habe. Normalerweise gehe ich vor ihm zur Arbeit und am Wochenende zieht er sich meistens im Bad um, weil er früh zum Fußballtraining geht. Er spürt, dass ich ihn anschaue, und dreht sich um.

»Ich habe gestern mit Anna geredet«, flüstere ich, auch wenn sie mich vermutlich nicht hören kann. »Sie geht bald, dann können wir ...«

»Wir können jetzt schon.« Dan tritt ans Bett. Seine Hände liegen auf meiner Schulter, drücken mich zurück ins Kissen. Er küsst meinen Nacken, während sich seine Hand unter mein Top schlängelt.

»Was ist mit Anna?«

»Was ist mit uns? Es ist schon viel zu lange her.«

Er zieht mir die Schlafhose aus, während ich meine Nägel in seinen Rücken kralle und mir in die Wange beiße, um nicht aufzuschreien. Ich schlucke dunkles und salziges Blut. Der Akt ist in wenigen Minuten vorbei, doch ich freue mich riesig und bin erleichtert, dass er mich noch immer will. Dass ich ihn noch immer will.

Dan setzt sich auf und streicht mir die Haare von den Augen. »Das habe ich vermisst.«

»Ich auch. Ich liebe dich.«

»Ich liebe dich auch.« Dan streicht mit dem Daumen über meine Lippen. »Wir könnten das später noch mal machen.«

»Das könnten wir.«

»Wir sollten wegfahren. Für ein verlängertes Wochenende zu deiner Mom. Ich habe ein paar Überstunden. Fish & Chips an der Küste?«

»Was ist mit dem ganzen Theater im Kindergarten?«

»Zurzeit können wir nichts tun. Zumindest wäre der Empfang bei deiner Mom so schlecht, dass du nicht ständig bei Twitter nach neuen Tweets schauen könntest.«

»Ich ruf sie nachher an und kläre alles ab.«

Wir küssen uns zum Abschied. Es ist ein richtig langer Kuss und kein flüchtiger wie sonst in letzter Zeit. Bei allem, was derzeit vor sich geht, ist es fast vermessen, so glücklich zu sein. Doch es geht mir tatsächlich besser. Wir sind wieder so etwas wie ein Team. Egal was passiert, Dan und ich stehen es gemeinsam durch.

Ich habe den ganzen Tag vor mir und beschließe, den Frühjahrsputz anzugehen. Bessie Smith singt gefühlvoll ›Downhearted Blues‹, während ich mitsumme und das Sofa anhebe, um darunter zu saugen. Dort liegen genug Fellbüschel, um eine neue Katze daraus zu stricken. Mein Herz rutscht mir in die Hose, als mir plötzlich jemand auf die Schulter tippt.

Ich drehe mich um. Anna macht den Staubsauger an der Wand aus und ich nehme meine Kopfhörer raus. Hinter ihr stehen zwei Polizisten.

Der Raum dreht sich und ich fühle mich zurück in die Vergangenheit katapultiert. »Ist mit Dan alles in Ordnung?«

»Grace Matthews? Ich bin PC Dunne und das ist PC White.« Sie zeigen mir ihre Polizeimarken. Ich nicke stumm, die Hände an meinen Wangen.

»Wir möchten gern wissen, wo Sie letzte Nacht waren.«

»Letzte Nacht?« Meine Stimme versagt. Ich befeuchte

meine trockenen Lippen mit der Zunge und versuche es noch einmal. »Letzte Nacht? Ich war hier.«

»Waren Sie allein?«

»Ja. Wieso?«

»Bin ich richtig informiert, dass Sie bei Little Acorns arbeiten?«

Ich nicke.

»Letzte Nacht hat jemand den Kindergarten vorsätzlich zerstört.«

»Was? Wer?«

»Deswegen sind wir hier. Es gab keine Anzeichen auf einen Einbruch. Wer auch immer es war, muss einen Schlüssel gehabt haben. Verfügen Sie über einen Schlüssel, Miss Matthews?«

»Ja.« Meine Stimme ist nicht mehr als ein Quietschen.

»Könnten Sie bitte einmal nachsehen, ob Sie noch im Besitz des Schlüssels sind?«

Die Polizisten folgen mir in den Flur. Ich nehme meine Schlüssel und zeige den, der zu Little Acorns gehört.

»Hier.«

»Wir würden Sie bitten, mit auf die Wache zu kommen und eine Aussage zu machen. Bitte ziehen Sie sich Schuhe an.«

Anna bringt mir meine Turnschuhe. Ich brauche zwei Anläufe, bis ich drinnen bin, doch meine Hände zittern so sehr, dass ich mir die Schuhe nicht binden kann.

»Ich helfe dir.« Anna kniet sich hin und schnürt mir die Schuhe. »Soll ich jemanden anrufen?«

Ich starre stur geradeaus. »Keine Ahnung.«

»Miss Matthews.« PC White öffnet die Haustür. Ich gehe zum Streifenwagen, vorbei an Narzissen und Glockenblumen, die über den Randstein hinausragen.

Mrs Jones steht vor ihrem Haus. »Ist alles in Ordnung, Grace?«

Ich antworte nicht.

Ich klettere auf den Rücksitz und kann nicht glauben, dass

ich schon wieder in einem Polizeiwagen sitze. Erinnerungen ziehen vorbei, genau wie der Ausblick über die Landschaft, den ich normalerweise so besänftigend finde. Doch heute ist er kalt und fremd. Ich schließe die Augen und die Tweets auf Twitter flattern in meinem Geiste vorbei. *Grace gehört ins Gefängnis.*

ACHTUNDZWANZIG

DAMALS

Mit den Händen in den Handschuhen wischte ich den leichten Schnee von der Windschutzscheibe. Meine Großeltern hatten mir zu Weihnachten einen gebrauchten Fiesta geschenkt, und ich liebte ihn. Das Auto war mausgrau und Dan machte sich darüber lustig, dass »kaum eine Maus reinpasst«.

Unter dem Scheibenwischer klemmte ein Brief. Mein Körper begann zu kribbeln und ich schaute mich behutsam um, bevor ich den Umschlag in meine Tasche stopfte. Nach dem Schuhkarton hatte es keine weiteren ›Geschenke‹ gegeben, doch Briefe kamen immer mehr, jeder noch bösartiger als der vorherige. Mir fiel es schwer, die Sache nicht persönlich zu nehmen. Ich wusste nicht, weshalb Siobhan damit weitermachte, aber immerhin musste ich sie nicht mehr täglich in der Schule sehen.

Die Wohnzimmervorhänge bewegten sich und ich sah Grandmas Gesicht zwischen den Stoffbahnen. Ich zwang mich zu einem Lächeln und winkte. Ich hatte ihr noch nicht von den Briefen erzählt, denn sie machte sich ohnehin schon genug Sorgen, seitdem ich Auto fuhr, und ich wollte verhindern, dass Mom davon erfuhr. Es war schön gewesen, Weihnachten mit Mom zu verbringen, doch unsere Beziehung ist noch immer nicht vollends intakt. Zerbrechlich. Ich wollte nichts riskieren, aus Angst, sie wieder zu verlieren. Also lächelte ich freundlich über ihre Witze und beschränkte unsere Unterhaltungen auf seichte Themen.

Meine Rückenmuskeln waren so steif wie ein Brett, als ich das Lenkrad fest umklammernd durch das Dorf tuckerte. Dan fand es amüsant, dass ich mich immer genau an die Geschwindigkeitsbegrenzung hielt, doch er fuhr auch schon länger als ich. *Auch die Schildkröte erreicht das Ziel*, sagte Grandma. Obwohl die Straßen wie leergefegt waren, blinkte ich, als ich in Charlies Straße abbog.

Der Motor klapperte, während ich einen prüfenden Blick in den Spiegel warf und sicherstellte, dass mir niemand gefolgt war. Dann stieg ich aus und eilte den Weg zum Haus entlang. Die ganze Zeit über war ich unruhig und erschrak vor jeder Kleinigkeit, ganz egal, ob es der Baum im Vorgarten war, der Schatten in mein Zimmer warf, oder ob ein Hund bellte. Ich versuchte mir einzureden, dass die Briefe mir nichts anhaben konnten, doch permanente Angst hatte sich mittlerweile in mir eingenistet und ich aß kaum noch etwas. Immerhin verlor ich so etwas Gewicht.

Schneekristalle fielen auf den Holzboden, als ich meine Stiefel abklopfte. »Ich bin's!«, rief ich auf dem Weg zur Küche. Lexie konnte es sich nicht leisten, »die verdammte ganze Zeit« über das gesamte Haus zu heizen, doch in der Küche stand ein Heizlüfter, der sich ständig ein- und wieder ausschaltete, um die Temperatur zu halten.

»Ich habe noch einen bekommen«, verkündete ich und legte den Briefumschlag auf den Tisch. Dann ließ ich mich auf einen Holzstuhl fallen, der genauso unbequem war, wie er aussah.

»Was steht drin?« Charlie nahm ihn in die Hand. »Du hast

noch gar nicht reingeschaut?« Sie öffnete den Umschlag, zog ein DIN-A4-Blatt heraus und strich es glatt.

VERSCHWINDE ODER DU WIRST ES BEREUEN.

Wie zuvor waren auch diese Buchstaben aus einer Zeitschrift ausgeschnitten.

»Scheiß Siobhan.« Charlie schmiss den Umschlag auf den Tisch.

»Sie sagt, dass sie es nicht ist.«

»Wer würde das nicht behaupten? Wer soll es denn sonst sein?«

»Für dich.« Lexie stellte einen alten Becher mit Tee mit Milch darin auf den Tisch, den sie halb verschüttete. Ich drückte meine Wirbelsäule durch und drehte den Kopf weg, um ihren Atem zu meiden, der nach Alkohol roch. Dann schob sie mir eine Packung Kekse herüber, und bei ihrer zittrigen Hand war es ein Wunder, dass die Kekse mehr als nur Krümel waren.

»Das muss furchtbar sein. Ich weiß gar nicht, wie du dich so auf deine Prüfungen konzentrieren kannst.«

»Kann ich auch nicht«, erwiderte ich gähnend.

Lexie griff nach dem Brief. »Wieso tust du es eigentlich nicht?«

»Was tun?«

»Verschwinden. Ich meine, nicht für immer, aber du könntest eine Weile bei deiner Mom in Devon unterkommen und dieser Siobhan die Möglichkeit geben, wieder runterzukommen.«

»Nein.« Es kam überhaupt nicht infrage, so weit von Dan entfernt zu sein. »Es sind nur Worte. Stock und Stein brechen mein Gebein, doch Worte bringen keine Pein.«

»Außerdem will sie nicht weg von Dan. Ich habe sie in den letzten Wochen kaum mehr zu sehen bekommen«, sagte Charlie, und sie hatte recht. »Du wirst noch eines dieser Mädchen, die ihre Freundinnen vergessen, weil sie plötzlich einen Typen haben.«

»Nein, es ist nur ...«

»Du siehst ziemlich fertig aus, Grace.«

»Das bin ich auch. Aber die Prüfungen dieses Jahr sind wichtig für meinen Abschluss. Mit den paar Briefen komme ich schon klar.«

»Außerdem hat sie mir versprochen, mit etwas Wichtigem zu helfen.« Charlies Stimme wurde sanft. »Mom, ich bräuchte ...«

»Scheiße!«, rief Lexie, als ihre Tasse auf den Boden schepperte. Sie holte einen grauen Lappen, der mal weiß gewesen sein mochte, kniete sich hin und wischte den Kaffee auf. Dann stand sie auf, um den Lappen auszuwringen. Schlammfarbene Flüssigkeit spritzte über die mit eingetrocknetem Ketchup verzierten Teller in der Spüle.

»Wir gehen besser.« Charlie schob ihren Stuhl zurück. »Wir haben noch einen Termin.«

»Haben wir das?«, fragte ich.

»Ja. Willst du dein Auto hier stehen lassen? Bei den ganzen Schlussverkäufen wird die Stadt sehr voll sein und deine Parkkünste lassen zu wünschen übrig.«

»Danke für das Kompliment. Ja, lass uns mit dem Bus fahren.«

Ich kauerte mich auf eine Bank in der Hauptstraße und stampfte mit den Füßen auf den Boden, um mich warm zu halten. Charlie war in letzter Sekunde noch mal aus dem Bus gesprungen, weil sie ihre Handtasche vergessen hatte. Ich hoffte, dass sie es geschafft hatte, heimzulaufen, ihre Tasche zu finden und wieder zurück zur Bushaltestelle zu rennen, bis der nächste Bus kam, den ich bereits näherkommen sah. Als der

Bus in die Haltebucht fuhr, war ich erleichtert, Charlie aus dem Fenster winken zu sehen. In der Stadt war es proppenvoll. Massen von Menschen eilten auf der Suche nach dem besten Silvesteroutfit von einem Geschäft in das nächste, suchten das Es-lässt-mich-nicht-so-aussehen-als-hätte-ich-eine-Million-Mince-Pies-gegessen-Kleid. Klamotten, die um fünfzig Prozent reduziert waren, wurden vom Ständer gerissen und zur Kasse geschleppt.

Charlie führte uns schlängelnd durch die Menge. Ich fokussierte mich auf ihren grünen Hut und versuchte, mitzuhalten. Trotz meiner Nachfragen hatte ich keine Ahnung, wohin wir gingen.

Vor einer pfaublauen Tür blieb sie stehen. Ein neonpinkfarbenes Schild leuchtete hell: Tattoo Studio.

»Das ist nicht dein Ernst, oder?«

»Ich dachte, wir könnten uns Partner-Tattoos stechen lassen.«

»Genau, und danach lassen wir uns einen Bart wachsen.«

»Nichts Maskulines. Schau mal, das hier habe ich gemalt.« Charlie zog ein Blatt Papier aus ihrer Tasche und öffnete es. Es war ein Schmetterling. »Wir könnten es uns auf eine diskrete Stelle stechen lassen. Vielleicht an der Schulter?«

»Meinst du das ernst?« Wenn ich eins wusste, dann dass ich mir nie ein Tattoo stechen lassen würde.

»Ja. Neues Jahr, neues Glück.«

»Was wird deine Mom dazu sagen? Oder Ben?«

»Mit Ben habe ich Schluss gemacht.«

»Was! Wieso?!« Es mochte zwar egoistisch sein, aber ich war enttäuscht, dass wir keine Doppeldates mehr haben konnten.

»Ich habe einen anderen Schwarm.«

»Wen? Ben ist superlieb ...«

»Aber langweilig.« Charlie lächelte kurz und öffnete dann die Tür zum Studio. Der Empfangsbereich war weiß und klinisch sauber. Aus einem Roberts-Radio ertönten Weihnachtslieder.

»Charlie Fisher?« Ich konnte meinen Blick nicht von der Frau hinter dem Tresen lösen. Tattoos rankten sich ihren nackten Arm entlang und schlängelten sich bis um ihren Nacken.

»Das bin ich.«

»Hi, ich bin Nancy. Ein Termin für zwei kleine Tattoos, richtig?«

»Es ist nur ein Tattoo.« Mit verschränkten Armen setzte ich mich auf die Bank.

»Charlie hat bereits gesagt, dass du vermutlich einen Rückzieher machst.«

»Einen Rückzieher?«, wiederholte ich. »Das würde ja implizieren, dass ich je zugestimmt hätte.«

»Spielverderberin.« Charlie zeigte Nancy ihre Zeichnung.

»Das ist hübsch. Hast du das selbst gemalt?«

»Ja. Ich wollte etwas, das Freiheit symbolisiert.«

»Dann komm durch«, sagte Nancy. »Du kannst zuschauen, wenn du magst«, ergänzte sie an mich gewandt.

»Stichst du das Tattoo?« Ich war überrascht, denn irgendwie hatte ich einen Mann erwartet, mit schwarzem T-Shirt und zu vielen Piercings.

»Ja. Hast du wen anderes erwartet?«

Beschämt schüttelte ich den Kopf.

Das Hinterzimmer war nicht so schäbig und schmutzig, wie ich es mir vorgestellt hatte. An den grellweißen Wänden hingen in Stahlrahmen Poster von Frauen aus den Fünfzigern. Während sich Charlie mit dem Gesicht nach unten auf die schwarze Lederbank legte, zog sich Nancy Handschuhe über. Als die Nadel ihre Haut berührte, zuckte Charlie und atmete scharf ein.

»Tut es weh?«, fragte ich fasziniert.

»Ja. Lenk mich ab. Was hast du gestern Abend gemacht?«

»Ich war bei Dan.«

»Das weiß man auch, ohne Einstein zu sein.«

»Wir sind mit seinem Teleskop in den Wald gefahren. Es war eine ziemlich klare Nacht.«

»Das muss eiskalt gewesen sein.«

»Wir haben ein Feuer gemacht, Marshmallows geröstet und uns gegenseitig gewärmt.«

»Das glaub ich dir sofort! Ihr seid also wirklich glücklich miteinander?«

»Ja. Ich dachte, es wäre seltsam, wenn aus Freundschaft plötzlich mehr wird, aber das ist es gar nicht. Ich weiß, wir sind noch jung, aber ich glaube, er ist der Richtige, Charlie.«

»O Gott. Du bekommst gleich seinen Namen tätowiert.«

Eine Stunde später war Nancy fertig. Sie lehnte sich zurück, zog sich die Handschuhe aus und warf sie in den Mülleimer, während sie die Nachbehandlung erklärte. Charlie trank etwas Wasser und langsam kehrte die Farbe wieder in ihr Gesicht zurück.

»Wie schaut's aus?« Nancy sah mich an. »Bist du nun überzeugt?«

»Ich glaube, das passt einfach nicht zu mir. Aber es sieht sehr schön aus.«

»Breite deine Flügel aus und flieg los, Grace«, forderte Charlie mich auf.

»Vielleicht ein andermal«, meinte Nancy.

»Vielleicht.« Aber ich bezweifelte es. Ich stand gern mit beiden Füßen fest auf dem Boden.

Mit mehreren Einkaufstüten bepackt sprangen wir aus dem Bus. Von Moms Weihnachtsgeld hatte ich mir ein schulterfreies Kleid bei Topshop gekauft, das ich morgen zur Silvesterparty im Pub tragen würde. Ich konnte es kaum erwarten, dass Dan mich darin sah. Charlie hatte sich ein briefkastenrotes Lycra-Kleid und passenden Lippenstift gekauft.

»Kommst du noch mit zu mir?«, fragte ich.

»Gern. Ich sammele kurz meine Sachen zusammen und gebe Mom Bescheid.«

»Ich warte im Auto.«

Ich kramte die Schlüssel aus der Tasche, ging zur Fahrertür und erstarrte. In großen, ungleichmäßigen Buchstaben zierte das Wort SCHLAMPE die Seite meines Autos.

NEUNUNDZWANZIG

HEUTE

»Brauche ich einen Anwalt?«

Hoffentlich hat Anna Dan angerufen und ihm gesagt, wo ich bin. Möglicherweise ist einem ein Anruf von der Wache aus nur im Film gestattet. Das grelle Kunstlicht ist anstrengend und der Geruch nach Reinigungsmitteln ekelerregend. Die Luft in diesem fensterlosen Raum ist stickig und viel zu warm für einen Wintertag. Nicht einmal im Traum hätte ich daran gedacht, je noch mal in einem Vernehmungszimmer sitzen zu müssen. Ich warte darauf, dass jemand etwas sagt. Papier raschelt, dann heben sich die Köpfe und suchen meinen Blickkontakt.

»Miss Matthews, Sie sind nicht festgenommen. Zum jetzigen Zeitpunkt helfen Sie uns einfach nur bei den Ermittlungen.«

Zum jetzigen Zeitpunkt.

Ich greife nach dem Plastikbecher vor mir. Draußen knallt es, jemand schreit und ich werde bleich. Wasser schwappt auf den Tisch.

»Entschuldigung.« Die lauwarme Flüssigkeit tropft auf den grauen Linoleumboden.

»Fangen wir von vorne an. Bitte beantworten Sie die

Fragen wahrheitsgemäß, und wenn Sie etwas nicht verstanden haben, können Sie uns bitten, sie zu wiederholen. Verstanden?«

»Ja.« Ich muss die Wahrheit erzählen. Ich habe nichts zu verbergen. Ich saß schon einmal in einem solchen Raum und habe die Polizei angelogen. Danach lebte ich ständig in der Angst, aufzufliegen. Das stehe ich nicht noch mal durch.

»Wie lange arbeiten Sie schon bei Little Acorns?«

»Sieben Jahre.«

»Könnten Sie die Geschehnisse der letzten Tage beschreiben?«

Ich erzähle von Emily, dass ich nicht gleich rausgegangen bin, als Lyn mich darum gebeten hat, und wie Emily sich verletzt hat. Ich verschweige, dass ich Emily noch immer schreien höre und ihren blassen, verdrehten Körper auf dem Boden liegend vor mir sehe, wenn ich die Augen schließe.

»Und soweit ich informiert bin, gab es gewisse Vorwürfe gegen Sie?«

»Ja.«

»Wer könnte damit angefangen haben?«

»Vor ein paar Wochen gab es einen Vorfall mit Emilys Vater.« Ich erzähle ihnen davon.

»Gibt es noch jemanden, der es auf Sie abgesehen haben könnte?«

»Nein.« Am liebsten würde ich erzählen, dass ich verfolgt werde, fürchte jedoch, dass sie mir nicht glauben würden.

»Kennen Sie jemanden, der Grund haben könnte, in den Kindergarten einzubrechen?«

»Nein.«

»Und gestern Abend waren Sie allein zu Hause?«

»Ja.«

Wir gehen meine Aussage immer wieder durch, und dann darf ich endlich gehen. Ich ziehe ein Taschentuch aus meinem Ärmel, wische mir den Schweiß unter den Achseln ab und frage mich, ob ich beobachtet werde oder ob es die versteckten

Fenster und Einwegspiegel nur im Film gibt. Ich lege meine Hände flach auf den Tisch und schließe die Augen. Im Flur hallen Schritte und die Tür öffnet sich.

»Vielen Dank, Miss Matthews. Sie können vorerst gehen.«
Vorerst.

Mrs Jones Gardinen bewegen sich, als ich vor dem Cottage aus dem Polizeiwagen steige. Ich eile den Weg entlang und ärgere mich über mich selbst, mein Handy nicht mitgenommen zu haben. Die Tür ist verschlossen. Ich klingele und spähe durch den Briefkastenschlitz, doch Anna öffnet nicht. Meine Fäuste pochen, als ich meinen Frust an der Massivholztür auslasse. Dann sinke ich auf die kalte Steinstufe und friere in meinem dünnen Pullover. Was soll ich tun? Mrs Jones und ihren Fragen möchte ich jetzt lieber nicht begegnen, sollte sie herauskommen. Mich zu verstecken ist zwar armselig, aber ich laufe an der Hausseite entlang und schlüpfe durch das Tor auf der Hinterseite. Die Feuchtigkeit dringt durch meine Jogginghose. Nach kurzer Zeit ist mein Hintern taub.

Dan kommt als Erster nach Hause. Ich höre den Land Rover tuckern und renne zur Vorderseite des Cottages.

»Grace, warst du Laufen?«

Ich werfe mich in seine Arme.

»Grace? Du zitterst ja. Lass uns reingehen.«

Er führt mich zum Sofa. Erde fällt von meiner Hose auf den frisch gesaugten Teppich. Ich lasse sie liegen.

»Grace, es tut mir so leid.« Anna rauscht ins Haus, ohne Schuhe und Jacke abzulegen.

»Ich kam nicht wieder rein«, sage ich den Tränen nahe.

»Ich habe draußen nach Mittens gesucht.«

»Was?« Augenblicklich suche ich das Wohnzimmer nach dem allgegenwärtigen grauen Fellknäuel ab.

»Nachdem du gegangen bist, kam Mrs Jones und hat so

viele Fragen gestellt. Ich wollte sie nicht reinlassen, also standen wir in der offenen Tür. Dann ist Mittens an mir vorbeigelaufen und ich konnte sie nicht mehr einfangen.«

»Mittens verlässt nie das Haus.«

»Ich weiß. Sie muss einen Hasen oder so gesehen haben.«

»Was hast du getan, du verblödete Kuh?« Dan redet mit tiefer und leiser Stimme. Dann macht er einen Schritt vorwärts.

Anna geht Richtung Tür. »Unfälle passieren. Manchmal ist niemand dafür verantwortlich.« Ihre Schritte schlagen immer schneller im Flur, dann knallt die Haustür zu.

»Dan?«

Dan legt sein Kinn auf meinem Kopf ab. »Es tut mir so, so, so leid«, flüstert er in mein Haar.

Ich drücke ihn weg. »Was ist los? Wo ist Mittens?«

Er nimmt meine Hand, seine ist schweißnass. »Grace ...«

DREISSIG
DAMALS

Mein schönes neues Auto war ruiniert. Die Straße war vor meinen Augen verschwommen und Charlies Stimme klang dumpf in meinen Ohren, doch irgendwie schaffte ich es, sicher zu Hause anzukommen. Ich parkte den Fiesta so, dass die zerkratzte Seite vom Haus aus nicht zu sehen war, damit meine Großeltern den Schaden nicht bemerkten. Charlie und ich traten unsere Schuhe auf der Matte ab und huschten gerade leise nach oben, als die Wohnzimmertür knarzend geöffnet wurde.

»Möchtet ihr beiden eine Tasse Tee?«, fragte Grandpa.

Ich wollte etwas sagen, doch mir blieb ein Schluchzer im Hals stecken und ich bekam kein Wort heraus.

»Was ist passiert?«

Ich schüttelte den Kopf. Charlie nahm Grandpa an der Hand und führte ihn hinaus, während ich vom Wohnzimmerfenster aus dabei zusah, wie Grandpa mit dem Finger über die Buchstaben im Lack fuhr. Charlie gestikulierte wild, als sie Grandpa von den Briefen erzählte und dass Siobhan mich und Dan beim Küssen erwischt hatte. Ich schämte mich.

Als sie zurück ins Haus kamen, ging ich weg vom Fenster, ließ mich aufs Sofa fallen und vergrub mein Gesicht in den Händen.

»Komm mit«, forderte Grandpa mich auf. Ich spreizte die Finger und späte hindurch.

»Tut mir leid.«

»Wir statten Siobhan einen Besuch ab«, warf Charlie erklärend ein.

»Was?« Ich ließ die Hände herunter und legte sie auf meinem Schoß ab. »Wieso?«

»Weil sie zumindest für den Schaden aufkommen darf, deshalb.«

»Kann das nicht die Versicherung übernehmen?« Ich hasste mich dafür, jeglicher Konfrontation aus dem Weg gehen zu wollen, aber so war ich.

»Damit meine Prämie steigt?«

Ich schluckte schwer. Meine Großeltern hatten Prämienanleihen verkauft, um das Auto überhaupt finanzieren zu können. Es wäre nicht fair, von ihnen zu verlangen, die Rechnung für den Schaden zu übernehmen.

»Ich kann das zahlen. Ich hab doch jetzt das Geld von Dad.«

»Nichts wirst du zahlen, das Geld ist für deine Zukunft gedacht. Ich fahre.«

Manchmal ließ Grandpa einfach nicht mit sich diskutieren. Ich stand auf und legte ihm den Autoschlüssel in die aufgehaltene Hand.

Während der Fahrt durch das Dorf zu Siobhans neuem Haus schwiegen wir. Ich rutschte unbehaglich auf dem Sitz hin und her. Sie wohnte in einem großen Einfamilienhaus, das so nah an die Nachbarhäuser gebaut war, dass es auch als Reihenhaus hätte durchgehen können. Im Erkerfenster stand ein mit Lichterketten geschmückter Tannenbaum, deren Lämpchen blinkten, als sandten sie ein SOS in die Welt. Charlie drückte meine Hand, während Grandpa klingelte. Es ertönte ›Good King Wenceslas‹, woraufhin Charlie kichern musste.

Siobhans Mom öffnete die Tür. Ihre scharlachroten Lippen verzogen sich zu einem höhnischen Lächeln, als sie mich erblickte.

»Was wollt ihr?«

»Wir möchten über die Briefe sprechen, die Siobhan Grace schreibt, und über den Schaden an ihrem Auto«, erklärte Grandpa mit standhafter Stimme.

»Sie hat keine Briefe geschrieben.«

»Können wir bitte mit ihr sprechen?«

»Sie ist nicht da.«

»Das ist ja praktisch.«

»Sie hat mir von deinen Vorwürfen erzählt«, erwiderte Siobhans Mom und erhob den Finger gegen mich. Ich wich zurück. »Wie du alle gegen sie aufgebracht hast! Sie war richtig sauer. Deinetwegen wurde sie der Schule verwiesen. Den Laptop zu klauen ... sie war nicht mehr sie selbst.«

»Das war nicht Grace' Schuld.« Charlie trat einen Schritt vor und stand nun direkt neben Grandpa.

»Wir möchten über das Auto sprechen«, sagte Grandpa entschlossen.

»Ich weiß nichts von einem Auto.«

»Es wurde heute vorsätzlich zerkratzt.«

»Heute?«, schnaubte Siobhans Mom.

»Ja.«

»Siobhan ist in Brighton und verbringt den Tag mit Jeremy.«

»Jeremy?«

»Ihr Freund. Auch wenn es euch nichts angeht.«

Ich zuckte zusammen, als die Tür vor unserer Nase zuge-knallt wurde.

Wieder im Auto beschäftigte sich Charlie mit ihrem Handy, während wir schweigend zurückfuhren.

»Heilige Scheiße!« Charlie zeigte mir ihr Handy. »Schau mal, wer Jeremy ist!« Heute Morgen hatte Siobhan ein Foto von sich und dem Anführer der Jugendlichen, die wir ›Walking Dead‹ nannten, auf Facebook hochgeladen. Darauf kuschelten sie auf der Seebrücke in Brighton. Sein türkisfarbenes Haar wehte im Wind, während ihr leerer Blick Richtung Horizont starrte. Keiner von beiden lächelte. »Wenn sie in Brighton ist, kann sie die Briefe nicht geschrieben haben.«

»Nein.« Ich erschauerte. *Wer dann?*

Auch wenn der Touche Éclat, den Mom mir zu Weihnachten geschenkt hat, sein Bestes gab, meine Augenringe abzudecken, sah ich aus, als hätte ich bereits die ganze Nacht gefeiert, dabei machte ich mich erst für die Silvesterparty im Pub fertig. Obwohl ich Siobhan nicht leiden konnte, verdiente sie eine Entschuldigung von mir, wenn sie die Briefe gar nicht geschrieben hatte. Doch es würde schwierig werden, Charlie davon zu überzeugen. Sie hasste Lügner; die vielen Jahre, in denen ihre Mutter nun schon log, hatten ihre Spuren hinterlassen, und auch wenn Siobhan die Briefe nicht geschrieben hatte, so war sie dennoch beim Stehlen erwischt worden.

Es klingelte und Dans tiefe Stimme ertönte die Treppe herauf. Ich ging noch ein letztes Mal mit dem Glätteisen durch meine Haare, auch wenn sie am Ende des Abends wieder ein gekräuseltes rotes Chaos sein würden. Dann sprühte ich mir etwas Vanille-Parfüm auf die Handgelenke und zog meinen Bauch vor dem Spiegel ein. Ich hätte das letzte Stück vom Weihnachtskuchen nicht essen dürfen. Aber für diese Erkenntnis war es nun zu spät. Ich war ausgehfertig.

Dan pfiff anerkennend, als ich nach unten kam, und ließ

mich erröten. Verlegen schaute ich zu Boden, während er Grandpa versicherte, dass er natürlich nicht selbst mit dem Auto nach Hause fahren würde, da er plante, etwas zu trinken. Auf dem Weg zum Pub holten wir Charlie ab, woraufhin Dan das Fenster herunterließ und die frische Luft einatmete, weil sie es mit dem Impulse-Deodorant wie jedes Mal übertrieben hatte.

Der Parkplatz war bereits sehr voll. Dan parkte unter einer Laterne. »Wir sehen uns morgen, Liebling.« Ich verdrehte die Augen, als er die Motorhaube tätschelte. Dann bahnten wir unseren Weg in den Pub. Es war so voll, dass wir uns gleich zwei Runden Getränke bestellten, um nicht wieder anstehen zu müssen. Doch dann tranken wir diese auch doppelt so schnell. Der Abend verging wie im Flug. Dan berichtete von einer Hausbesichtigung in der letzten Woche, in der er ein älteres Pärchen durch ein angeblich leerstehendes Haus führen wollte, allerdings den Eigentümer im Herrenzimmer beim Sex erwischte.

»Es wäre weniger tragisch gewesen, wenn es wenigstens seine eigene Frau gewesen wäre!«, sagte Dan und lachte.

»Es ist schön, dass wir alle beisammen sind«, sagte ich. »Also fast alle.« Esmée verbrachte Weihnachten immer in Frankreich und würde erst nächste Woche wiederkommen. »Meinst du, wir sollten Siobhan anrufen und uns bei ihr entschuldigen?«

»Nein«, sagte Charlie und stellte ihr Pint so energisch auf den Tisch, dass der Cider über ihre Hand schwappte, doch sie schien es gar nicht zu bemerken.

»Sie hat die Briefe nicht geschrieben.« Wir hatten sie für etwas beschuldigt, das sie gar nicht getan hatte. Und jetzt hasste sie jeder dafür. Auch wenn sie mich die Jahre zuvor nicht gut behandelt hatte, stiegen nun Schuldgefühle in mir auf. Es wurde immer schwerer, gegen sie anzukämpfen.

»Das können wir nicht mit Sicherheit sagen.«

»Wie kann sie die Briefe geschrieben haben, wenn sie in Brighton ist?«

»Abby ist nicht weg. Sie verehrt ihre Schwester wie eine Heldin. Sie hätte den Brief ohne Schwierigkeiten abgeben und dein Auto zerkratzen können.«

Ich dachte darüber nach. »Möglich, aber Siobhan hat gesagt, dass ihre Familie nicht mehr mit ihr redet, nicht einmal mehr Abby.«

»Selbst wenn es weder sie noch Abby waren, Siobhan ist und bleibt eine Lügnerin und Diebin. Hör auf, sie zu verteidigen«, warf Dan ein. »Du bist viel zu nett.«

»Nehmen wir an, sie war es nicht«, meinte Charlie, »wer war es dann?«

Die Vorstellung, dass es noch jemanden gab, der mich dermaßen hasste, war zermürbend. Irgendwie fiel es mir leichter, Siobhan dafür verantwortlich zu machen.

»Okay, lassen wir das Thema.« Ich lehnte mich zurück und seufzte. Es war eine Nacht zum Feiern, eine Möglichkeit für Neuanfänge.

»Ich geh pinkeln«, verkündete Charlie und stand auf. Ich sah ihr dabei zu, wie sie sich durch die Menge drängte. Die Hälfte der Leute hatte ich noch nie gesehen.

»Weißt du, wieso Charlie und Ben nicht mehr zusammen sind?«, fragte ich Dan.

»Nein. Allerdings ist Ben am Boden zerstört und wollte heute nicht kommen. Er will sie nie wieder sehen.«

»In einem Dorf wie diesem wird das aber schwierig.«

»Er will nach den Prüfungen nach Afrika gehen, um dort eine Schule aufzubauen. Gleich im Anschluss möchte er dann zur Uni.«

»Wie schade.« Ich mochte keine Veränderungen. Vermutlich hatte ich einfach zu viele davon erlebt. »Charlie hat erzählt, dass sie einen neuen Schwarm hat, wollte mir aber nicht verraten, wer es ist.«

Charlie kam schnell zurück. »Die verdammte Schlange war viel zu lang, also bin ich auf die Herrentoilette gegangen.« Sie plumpste auf ihren Stuhl und griff nach ihrem Bier.

Dann ertönte die Glocke. »Für den Countdown wird die Bar geschlossen«, rief Mike und legte Handtücher über die Zapfhähne. »Wir schenken nächstes Jahr wieder aus.«

»Nächstes Jahr?«, rief jemand.

»Genau. In etwa sechzig Sekunden.« Dann zielte Mike mit der Fernbedienung in Richtung des Flachbildfernsehers über der Bar und der überfüllte Trafalgar Square erschien auf dem Bildschirm. *Zehn ... neun ... acht ...*

»Ich habe niemanden, den ich küssen kann«, sagte Charlie, stellte sich auf den Stuhl und hielt Ausschau nach einem potenziellen Opfer. »Wir müssen Dan teilen.«

Sieben ... sechs ... fünf ... Dan legte meine Hände in seine.

Drei ... zwei ... eins ... Wir legten unsere Lippen aufeinander. In meinen Ohren dröhnten Pfiffe und Jubel, doch dann verstummten sie und ich hörte nur noch meinen Herzschlag. Als ich die Augen wieder öffnete, war Charlie verschwunden.

Mikes Frau Liz und ein Mann, den ich als unseren Postboten erkannte, dessen Namen mir aber nicht einfallen wollte, zogen mich auf die Beine. In meinem Kopf drehte sich alles und ich stolperte gegen unseren Tisch. Die scharfe Kante drückte sich in meine Hüfte und mein Getränk kippte um. Bevor ich das Glas wieder aufstellen konnte, wurden meine Arme überkreuzt und ich wurde zu ›Auld Lang Syne‹ durch die Kneipe gedrängt.

Ich verlor Dan aus den Augen. Er sang nicht gern und hatte sich vermutlich aus dem Staub gemacht. Ich grölte mit, obwohl ich nur die erste Strophe kannte, doch das schien niemanden zu stören. Die Stimmung war sehr ausgelassen und ich hatte noch nie etwas Derartiges erlebt. Normalerweise blieben wir bis Mitternacht wach und stießen auf das neue Jahr an: Grandma mit einem Sherry, Grandpa mit einem Portwein und ich mit einer heißen Schokolade. Danach gingen wir gleich ins Bett. Irgendwie war das Ereignis so immer ein bisschen enttäuschend gewesen. Wir beobachteten die Uhr und warteten darauf, dass die Zeiger tick-tack auf Mitternacht standen, nur um festzustellen, dass es zwar ein neues Jahr, sonst aber alles beim Alten geblieben war. Grandma spülte weiterhin die Tassen, bevor sie ins Bett ging, Grandpa machte ihr eine Wärmflasche fertig, und ich wurde wie jede Nacht daran erinnert, das Zähneputzen nicht zu vergessen. Neujahr war wie jeder andere Tag, nur mit der Ausnahme, dass es immer Lammbraten gab.

Aber das hier? Das war fantastisch. Ich fühlte mich schwerelos, unbesiegbar. Und wer hätte gedacht, dass ich singen konnte? ›Auld Lang Syne‹ war zu Ende und Mike legte eine zusammengestellte CD ein. Ich grölte zu Destiny's Childs ›I'm a survivor‹, stolperte durch die Kneipe, lachte und umarmte mit strahlenden Augen und breitem Grinsen Menschen, die ich nicht kannte. Doch wo waren Dan und Charlie?

Jemand packte mich am Arm und ich drehte mich voller Freude über die Aufmerksamkeit herum. Jeder wollte mit mir reden; jeder Tag sollte Silvester sein. Mit besorgtem Blick stand Abby vor mir.

»Kopf hoch!«, sagte ich zu ihr. In dieser Nacht hatte ich jeden gern. »Es ist Neujahr!« Ich stolperte rückwärts und lehnte mich stützend gegen die Wand. Der Boden schien sich zu bewegen.

»Hast du Siobhan gesehen?«

»Sie ist vermutlich bei Jeremy, dem verrückten Pfauenkopf«, kicherte ich. Ich konnte singen *und* ich war witzig. Meine neu entdeckten Talente würden dies das beste Jahr meines Lebens werden lassen.

»Grace.« Abby ergriff meine Schultern und schüttelte mich. Mein Mageninhalt schwappte und plötzlich fühlte ich mich gar nicht mehr gut. »Siobhan ist verschwunden. Könntest du ihr sagen, dass sie mich anrufen soll, wenn du sie siehst? Ich war richtig fies zu ihr und mache mir Sorgen.«

Abbys Gesicht wurde immer verschwommener, bis sie zwei Gesichter hatte. Mein Magen drehte sich so schnell wie die Feuerräder auf der Dorfwiese. Ich schlug mir die Hände vor den Mund und rannte zu den Toiletten.

Charlie und Dan standen im Flur. Er hatte seine Arme um sie gelegt. Immer, wenn er mich in seinen Armen hielt, legte ich meinen Kopf auf seine Schulter, doch Charlie war so groß, dass ihre Köpfe Stirn an Stirn lagen.

»Morgen sage ich es Grace«, hörte ich Dan versichern.

Ich schlich mich rückwärts Richtung Tür. Ich wollte nicht wissen, was er mir zu sagen hatte, wollte nicht wahrhaben, was ich gerade gesehen hatte. Dan und Charlie? *Was* will er mir morgen sagen?

Hände legten sich um meine Taille und lallende Stimmen verlangten Neujahrsküsse, während ich mich zum Ausgang durchkämpfte. Aus dem warmen Pub kommend war es draußen beißend kalt. Ich beugte mich vor, stützte meine Hände auf den Knien ab und war mir sicher, dass ich mich übergeben musste. Doch der Schwindel legte sich wieder, auch wenn ein stechender Schmerz mit jeder Kopfbewegung meine Schläfen durchfuhr. Ich würde nie wieder etwas trinken. Mein Körper war schwer und steif, und ich fühlte mich wie der Blechmann aus *Der Zauberer von Oz*, auch wenn er glücklicherweise kein Herz hatte und niemals den Schmerz empfinden würde, der mich in diesem Moment plagte.

Mein Freund und meine beste Freundin? Einerseits wollte ich sie damit konfrontieren, doch andererseits wollte ich nach Hause, mich unter der Decke verkriechen und niemals mehr wieder hervorkommen. Wieso verließen mich alle? Dad, Mom ... War Dan der Nächste? Charlie? Ich war am Boden zerstört. Kaum zu glauben, dass ich vor zehn Minuten noch die beste Zeit meines Lebens gehabt hatte.

Ich wankte die Hauptstraße entlang. Meine Absätze schienen höher als den ganzen Abend lang. Ich streckte meine Arme zur Seite, um das Gleichgewicht zu halten. Eine Seiltänzerin, auch wenn ich mit meinem krausen roten Haar wohl eher einem Clown glich. Es war zwar nicht weit zu laufen, doch es war spät. Dunkel. Und irgendjemand da draußen hasste mich und wollte, dass ich verschwand. Aber die meisten Taxifahrer waren noch in der Kneipe und es wäre nicht fair, Grandpa nach seinem Portwein mit Zitrone noch zu fragen, ob er mich abholen könnte. Ich schaffe das schon, redete ich mir ein. Schließlich ging ich nicht zum ersten Mal allein zu Fuß nach Hause.

Es krachte. Ein Schatten bewegte sich am Eingang zur Post. Ich erstarrte, dachte, ich würde gleich platzen: Meine Blase war voll und mein Herz raste. In der Dunkelheit leuchteten grüne Augen. Eine Katze sprang vom Türeingang über die Straße. Ich schüttelte den Kopf über meine eigene Dummheit, doch dann war da noch eine Bewegung. Ein Ächzen. Ein Räuspern. Ich zog meine Schuhe aus und rannte so schnell ich konnte, bog in die Green Road und lief mit nackten Füßen über den kalten Bürgersteig. Ich hatte die Glasscherbe nicht gesehen, fühlte jedoch, wie sie durch meine Haut schnitt, und fiel schreiend auf die Knie. Warmes Blut sickerte auf den Bürgersteig und ich wimmerte bei dem Versuch, wieder aufzustehen. Es klingelte in meinen Ohren und ich brauchte eine Weile, bis ich bemerkte, dass es mein Handy war. Hoffentlich war es Grandpa. Oder Dan. Irgendjemand, der mich nach Hause bringen würde. Ich wollte mich nur noch warm und sicher ins Bett einmummeln.

Es war Siobhan. Der Schmerz in meinem Fuß verstärkte meinen Zorn. Was wollte *die* denn jetzt? Dan und Charlie hatten mich für bescheuert erklärt, weil ich ihr vergeben wollte. Kein Wunder, dass die beiden nun zusammen waren. Es war alles ihre Schuld.

»Lass mich in Ruhe!«, schrie ich ins Telefon.

»Grace.« Siobhan weinte. »Leg bitte nicht auf. Hilf mir. Mir geht es nicht gut.«

»Das freut mich.« Ich legte auf und humpelte nach Hause, das Gewicht immer schön auf der Ferse, um den Ballen zu entlasten. Mein Handy klingelte immer wieder, doch ich ging nicht ran.

Dan hat versprochen, mir bei der Suche nach Mittens zu helfen. Wir sind seit Stunden draußen unterwegs. Der Himmel wechselt seine Farben von Blau zu Orange und Grau, bis er schließlich pechschwarz ist und die nicht ersichtlichen Wolken die Sterne verstecken.

»Lass uns nach Hause gehen, Grace. Es ist zu dunkel, um noch etwas zu erkennen, und außerdem arschkalt.«

Die Frühlingswärme ist mit der untergegangenen Sonne verschwunden und Dans Atem bauscht sich vor ihm auf.

»Ich will Mittens finden.«

»Ich weiß, aber du bist völlig fertig und hast den ganzen Tag über noch nichts gegessen. Lass uns etwas essen und früh ins Bett gehen. Morgen suchen wir dann weiter.«

»Wir?«

»Die Arbeit kann einen Tag auf mich verzichten. Du brauchst mich gerade mehr.«

Ich lege meine Hand in seine und drücke fest zu.

Zu meiner Erleichterung ist es im Cottage dunkel. Ich öffne Annas Tür. Ihr Zimmer ist aufgeräumt und das Bett gemacht. Ich reiße die Schubladen auf. Die Klamotten sind sauber gefaltet, die Socken sortiert. Ich weiß nicht, wonach ich suche, doch ich kann mir nicht vorstellen, dass Mittens einfach rausgelaufen ist. Aber wieso sollte Anna sie absichtlich rauslassen? Das ergibt keinen Sinn.

Unter der Dusche lasse ich dampfend heißes Wasser über mich laufen. Der Geruch der Polizeiwache scheint in jede meiner Zellen eingedrungen zu sein und ich schrubbe mich, bis meine Haut schweinchenrosa ist. Zitternd verlasse ich die Dusche, trockne mich ab und eile ins Erdgeschoss. Dan wärmt gerade Tomatensuppe auf und schneidet Brot. Vor lauter Nervosität bekomme ich nichts Festes herunter, aber ich bin dankbar für die Geste. Schweigend löffeln wir unsere dampfende Suppe. Dann schiebe ich meinen Teller von mir weg und schüttele den Kopf, als Dan mir noch eine Portion auftun möchte.

»Wo glaubst du ist Anna gerade?«

Dan tunkt Brot in seine Suppe, färbt Weiß in Orange. »Hoffentlich weit weg.«

»Glaubst du, dass Mittens einfach rausgelaufen ist?«

»Keine Ahnung. Es wäre seltsam.«

»Ich rufe sie an.«

Ich lege meine Hände auf die Tischkante und will gerade meinen Stuhl zurückschieben, als Dan seine Hände auf meine legt.

»Lass es gut sein, Grace. Wir sollten schlafen gehen und mit Sonnenaufgang weitersuchen. Sobald wir Mittens gefunden haben, können wir uns ausführlich über Anna unterhalten.«

»Okay.« Wahrscheinlich hat er recht. Ich weiß sowieso nicht, was ich ihr hätte sagen wollen. Ich weiß nicht mehr, was ich denken soll.

Als ich aufwache, ist es kalt und dunkel. Regen prasselt gegen die Fenster und ich stelle mir vor, wie Mittens nass und zitternd unter einem Busch hockt und sich fragt, wie sie wieder nach Hause kommt.

Ich strecke mich und suche mit eiskalten Füßen nach Dans Wärme, doch er ist nicht da. Ich tapse ins Erdgeschoss und finde Dan über seinen Laptop gekrümmt am Tisch, wobei der Bildschirm sein Gesicht erhellt.

»Was machst du?«

»Schau mal.« Er dreht den Laptop, sodass ich etwas sehen kann. Der Bildschirm zeigt ein Foto von Mittens, gekrönt mit dem Titel ›VERMISST‹. Unter dem Foto steht der Appell, dass die Leute nach ihr Ausschau halten sollen, und unsere Telefonnummer. »Das können wir im Dorf aufhängen und ich drucke noch kleinere Flugblätter aus, die wir in die Briefkästen stecken können.«

Ich koche Tee und trinke ihn so bedächtig, dass er kalt wird. Ablagerungen bilden sich auf der Oberfläche, während ich auf dem Sofa sitze und dem ratternden Drucker zuhöre, der ein Bild von Mittens' hübschem Gesicht nach dem anderen ausspuckt. Mit dem Sonnenaufgang hüpfe ich unter die Dusche, ziehe mich an und zwinge mich, etwas Toast herunterzubekommen, denn heute würde ich alle Energie benötigen, die ich aufbringen kann.

Mit leuchtenden Scheinwerfern tuckern die Autos über die Hauptstraße. Ungeduldig trommeln die Fahrer auf ihr Lenkrad, während der Müllwagen sie am Weiterfahren hindert. Wo auch immer ich hinschaue, entdecke ich Gefahren für eine Katze, die noch nie das Haus verlassen hat. Vor der Post warten meine Großeltern auf uns. Sie reiben ihre Finger in den Handschuhen gegeneinander und treten auf der Stelle. Grandma sieht in den zig Lagen, die sie angezogen hat, winzig aus. Wir umarmen uns zur Begrüßung und teilen die Flugblätter unter uns auf. Dann holt Dan eine Karte vom Dorf heraus.

»Ich dachte mir, ihr könntet die Straßen abgehen, die ich gelb markiert habe, Tony«, erklärt Dan.

Mit seinem Finger fährt Grandpa die markierten Straßen nach und nickt dann zustimmend. Grandma überreicht mir eine Tragetasche.

»Hier sind ein paar selbst gebackene Kekse. Falls ihr Zucker braucht.«

Die Poster werden an Schaufenster und Straßenlaternen geklebt, an die Schwarzen Bretter des Gemeindehauses und der Bücherei gepinnt.

Gegen Mittag kaufen Dan und ich Schinken-Salat-Sandwiches in der Bäckerei und gehen dann in den Pocket-Park.

Ich drehe ein Schaukelbrett um, um es von den Wassertropfen darauf zu befreien, und breite dann zum Schutz meiner Jeans die Tragetasche darauf aus. Als ich sitze, balanciere ich mein Mittagessen auf den Knien.

»Es ist Jahre her, seit wir das letzte Mal hier waren«, sage ich. »Erinnerst du dich an den Quatsch, mit dem du versucht hast, Charlie zu beeindrucken?«

»Was soll ich sagen? Ich war ein Idiot. Und bin es noch immer.« Dan streicht sich durchs Haar.

»Ich nehme dir nicht übel, dass du sie geliebt hast. Sie war leicht zu lieben. Ich vermisse sie.«

»Ich habe sie nicht geliebt. Sie war ein dummer, kindischer Schwarm. Du bist die Einzige für mich. Das weißt du doch, oder?« Er sammelt ein paar Krümel auf und wirft sie den Tauben zu seinen Füßen zu.

»Ich dachte, Anna wäre wie Charlie. Zumindest wollte ich, dass sie wie Charlie ist. Aber das ist sie nicht, oder?«

»Nein«, antwortet er harsch. »Komm.« Er steht auf und zerknüllt die Tüte seines Sandwiches in der Hand. »Lass uns weitermachen. Wir könnten an ein paar Haustüren klopfen.«

Um sechs Uhr haben wir sie noch immer nicht gefunden. Wir haben keine Poster mehr und so oft an Türen geklopft, dass unsere Knöchel schmerzen. Grandpa hat geschrieben, dass sie nach Hause gegangen sind und mich später anrufen. Es regnet wieder. Regentropfen fallen auf den Bordstein und fließen im Rinnsal zu den überfüllten Gullys.

»Lass uns für heute Schluss machen und auf dem Rückweg noch etwas essen. Wir machen morgen weiter.«

Beim Chinesen ist es warm und dunstig. Von den zischenden Woks strömen sinnträchtige Gerüche. Ich lege meinen Schal ab, öffne die Jacke, setze mich und blättere durch die Zeitungen, während Dan an der Theke Essen für uns bestellt. Ein Klingeln ertönt, als die Tür geöffnet wird. Durch den kalten Windstoß schaue ich auf. Es sind Harry und Chloe. Chloe lächelt und setzt sich mir gegenüber. Harry lehnt sich neben Dan gegen die Theke und verfolgt, genau wie Dan, Sky Sports auf dem riesigen Fernseher über der Kasse.

»Wie geht es dir?«, fragt Chloe.

Ich erzähle ihr, dass wir den ganzen Tag nach unserer Katze gesucht haben.

»Das ist ja schrecklich. Habt ihr ein Bild von ihr auf Facebook eingestellt?«

»Noch nicht.«

»Schick mir eins, dann teile ich es. Ich lade später auch die Fotos vom jährlichen Essen der Immobilienmakler hoch. Zu schade, dass du nicht dabei warst.«

»Mir ging es nicht gut.«

»Ich weiß, hat Anna erzählt. Ich war überrascht, sie dort mit Dan anzutreffen.«

»Du kennst sie?«

»Nur vom Verein.«

»Welchem Verein?«

»Dem Fußballverein. Da hat sie hinter der Theke gearbeitet. Ich dachte, daher kennt ihr euch?«

»Wann war das?«

»Sie hat letzten Herbst dort angefangen, als du nicht

kommen wolltest, nachdem ... Du weißt schon, Charlie. Aber jetzt arbeitet sie nicht mehr dort. Ich wusste gar nicht, dass Dan mit ihr in Kontakt geblieben ist.«

»Also kennt Dan sie seit Monaten?«

»Ja.«

Sie kannten sich bereits, als ich sie einander vorgestellt habe, und doch haben sie so getan, als wären sie sich noch nie begegnet.

Mir stockt der Atem. Ich springe auf, stolpere Richtung Tür und falle dabei fast über meinen Dr.-Who-Schal, der mir vom Schoß fällt.

Meine Füße stampfen durch die Pfützen, während meine Arme mit jedem Schritt mitschwingen. Die eiskalte Luft brennt in der Lunge, doch ich werde erst langsamer, als ich den Weg zu unserem Haus erreiche. Ich muss nach Hause und meine Gedanken sortieren, bevor ich Dan damit konfrontiere. Ich stoße das Tor auf und taste in meinen Taschen nach den Schlüsseln.

»Grace, meine Liebe.« Mrs Jones steht auf ihrem Treppenabsatz. Das Licht aus ihrem Flur erhellt den Weg. Sie humpelt vor und hält einen kleinen Pappkarton über den Palisadenzaun.

»Es tut mir so leid, meine Liebe. Der Postbote hat sie am Straßenrand gefunden.«

»Nein!« Ich drücke meine Handflächen wie bei einem Gebet zusammen.

»Ich dachte, Dan könnte sie vielleicht für Sie begraben.«

Am liebsten würde ich Dan begraben. Und Anna. Ich möchte in eine Höhle kriechen und sie nie, nie wieder verlassen. Schweigend nehme ich den Karton entgegen und trage die Katze, die mich geliebt und niemals irgendjemanden verletzt hat, ein letztes Mal ins Haus.

ZWEIUNDDREISSIG

DAMALS

So viel zum neuen Jahr und zum neuen Glück. Ich öffnete die Augen und setzte mich auf. Das Licht meiner Nachttischlampe schnitt mir wie Käsedraht durchs Gehirn. Ich muss vergessen haben, es auszuschalten. Schnell knipste ich es aus, damit es Grandma nicht bemerkt und sie es als Steilvorlage nutzt, um mir zu erzählen, dass es in Afrika ganze Dörfer ohne Strom gibt. Mein Handy lag unter dem Kissen und ich zog es hervor. Neun verpasste Anrufe. Ich überflog die ganzen »Frohes Neues Jahr!«-Nachrichten und suchte nach einer von Dan.

»*Es tut mir leid, bitte ruf mich an.*« Er hat mir ein und dieselbe Nachricht sechs Mal geschickt, und ich lösche sie alle. Charlie hatte geschrieben und gefragt, wohin ich verschwunden sei, doch es gab nichts Neues von Siobhan. Ich hatte ein schlechtes Gewissen, weil ich sie ignoriert und mein Versprechen an Abby gebrochen hatte. Ich hätte Abby erzählen sollen, dass ihre große Schwester mich angerufen hat. Ich schwor mir, beide später anzurufen. Dann antwortete ich auf Moms Nachricht und wünschte ihr und Oliver ein frohes neues Jahr, bevor ich mein Handy auf den Nachttisch warf. Meine Zunge klebte am Gaumen. Ich griff nach meinem Wasserglas, traf jedoch nicht und kippte es stattdessen auf den Boden. Widerwillig stand ich auf, um einen Lappen zu holen. Mein Fuß pochte und vor meinen Augen tanzten die Sterne. Hoffentlich hatte ich keine Glassplitter in meinem Fuß. Ich warf mir den Morgenmantel über und humpelte in die Küche.

Grandpa saß am Tisch, während Grandma mit der Pfanne hantierte. Beim Geruch nach gebratenem Speck drehte sich mir der Magen um. Gerade rechtzeitig erreichte ich die Spüle und erbrach, bis außer dem bitteren Gallengeschmack in meiner Kehle nichts mehr übrig war.

»Gracie?« Grandma hielt ihr Empire-State-Building-Geschirrtuch unter den Wasserhahn und strich mir mit dem kalten Tuch über die Brauen.

»Mir geht es nicht gut«, sprach ich das Offensichtliche aus. »Ich glaube, ich habe eine Lebensmittelvergiftung.«

»Du meinst wohl eher eine Alkoholvergiftung«, spottete Grandma. »Wir haben gehört, wie du versucht hast, den Schlüssel ins Schloss zu stecken. Geh wieder ins Bett.«

Ich zwang meine Muskeln, mich wieder nach oben zu schleppen, und ließ mich auf meine weiche Matratze fallen. Noch immer im Morgenmantel schloss ich die Augen und betete, dass die Welt aufhört, sich zu drehen.

Das Geräusch meiner sich öffnenden Zimmertür weckte mich aus einem unruhigen Schlaf.

»Bist du wach?«, fragte Grandma. »Ich habe dir Mittagessen gemacht.« Ich blickte auf die Uhr und war überrascht, dass es bereits halb zwei war.

Der Geruch der Heinz Tomatensuppe wehte von Grandmas Tablett zu mir herüber. Es roch nach Behaglichkeit. Ich unterdrückte die Tränen, die aufstiegen, weil mich doch noch jemand liebte, setzte mich auf und positionierte die Kissen hinter meinem Rücken. Mein schweißdurchnässter Schlafanzug klebte an mir und ich lockerte die Kordel meines Morgenmantels, um ihn abzulegen.

»Ich lasse dir ein Bad ein, während du isst. Hier drinnen riecht es wie in einer Brauerei«, sagte Grandma und riss ein Fenster auf.

Ich schaute auf mein Handy. Es gab einen Schwall neuer Nachrichten von Dan, aber nichts Neues von Charlie.

Die Suppe war brühend heiß und ich verbrannte mir die Zunge, doch der plötzliche Schmerz kam mir gelegen und lenkte mich von meinem Selbstmitleid ab.

»Die Wanne ist fertig«, rief Grandma. Ich stellte meinen noch halb vollen Suppenteller auf den Nachttisch und ging ins Bad.

Das Wasser war heiß. Der Dampf weckte die Übelkeit in mir erneut und ich wusch mich so schnell es ging und tupfte dabei das getrocknete Blut von meiner Fußsohle. Der Schnitt war nicht so schlimm wie befürchtet. Als ich die Badewanne verließ, wurde mir schwindelig. Ich stütze mich an der Handtuchstange ab, bis ich aufhörte zu schwanken.

Ich putzte mir die Zähne und versuchte nicht zu würgen, als die Bürste die hintersten Stellen reinigte. Dann klopfte Grandpa an die Tür. Das Geräusch durchdrang meine pochenden Schläfen und ich zuckte zusammen.

»Dan ist unten«, informierte mich Grandpa.

Ich taumelte ins Erdgeschoss und winkte Dan durch die Küche in den Hauswirtschaftsraum. Es war der einzige Ort, an dem wir uns unter vier Augen unterhalten konnten, denn Grandma erlaubte keine Jungs im Schlafzimmer.

»Du siehst aus, wie ich mich fühle«, begann er und fuhr sich mit den Händen durch sein zerzaustes Haar. »Grace, wegen gestern Abend ...«

»Also bist du derjenige?«, unterbrach ich ihn steif und ging einen Schritt zur Seite, sodass ich außerhalb seiner Reichweite war.

»Wer?«

»Derjenige, für den Charlie Ben verlassen hat.«

»Was? Nein!«

»Ich habe euch im Flur gesehen. Wie du sie umarmt hast.«

»O Gott! Grace, wieso denkst du so etwas? Ich liebe dich. Charlie ist deine beste Freundin. Ihr ging es nicht gut. Lexie ist völlig übergeschnappt. Es war eine freundschaftliche Umarmung, mehr nicht. Ich schwöre!«

Er streckte seine Hand nach mir aus, doch ich schlug sie weg. »Warum schickst du mir dann Nachrichten, in denen du dich entschuldigst?«

»Weil ich nicht wusste, wieso du gegangen bist. Und ich bin ein Mann. Ich dachte, ich hab's vermasselt, dich irgendwie verärgert. Ich habe mir wirklich Sorgen gemacht, also bin ich hergekommen. Dein Licht war an, also habe ich dich angerufen, aber du bist nicht rangegangen. Ich habe sogar einen Stein gegen dein Fenster geworfen.«

»Nur einen?«

»Ich wollte deine Grandma nicht aufwecken.«

Ich lehnte mich gegen den Trockner. Im Hauswirtschaftsraum war es stickig. Meine Haut war feucht und ich hätte mich nicht gewundert, wenn statt Schweiß Cider aus meinen Poren geflossen käme. Mein Magen drehte sich im Takt der Trocknertrommel und mein Kopf war zu matschig, als dass ich aus alledem einen Sinn entnehmen konnte. Ich erinnerte mich an das, was ich gehört hatte. Konnte ich es falsch verstanden haben?

»Du hast zu Charlie gesagt, dass du mir heute etwas sagen willst. Und was?«

Dan strich sich mit dem Ärmel über die Stirn und zog sich den Pullover aus. Sein T-Shirt rutschte dabei ebenfalls hoch und ich sehnte mich danach, seine nackte Haut zu berühren. Stattdessen drehte ich mich um und öffnete ein Fenster.

»Ich wollte es dir nicht zwischen Tür und Angel sagen. Viel

lieber hätte ich uns heute Mittag etwas Leckeres gekocht, wäre ein wenig romantisch gewesen. Hier im Dorf steht ein Cottage zum Verkauf. Es muss etwas renoviert werden, aber der Preis ist fair. Die Eigentümer ziehen in ein Altenheim und wollen es zeitnah verkaufen.«

»Und? Was hat das mit mir zu tun?«

»Ich habe Charlie gefragt, ob sie glaubt, dass du mit mir dort einziehen würdest.«

»Was?«

»Sie kennt dich besser als jede andere. Und nebenbei gesagt, fand sie die Idee super. Wir haben uns sogar darüber unterhalten, dass sie das zweite Schlafzimmer mieten könnte. Du, ich und Charlie könnten zusammenwohnen. Was sagst du dazu?«

Pure Scham überkam mich. Wie hatte ich denken können, dass die Person, die sich an meinem ersten Schultag für mich eingesetzt hat und meine beste Freundin war, mich betrügen würde? Tief im Herzen wusste ich, dass sie das nie tun würde.

»Aber wir können nicht einfach ein Cottage *kaufen*«, sagte ich.

»Doch. Ich habe lange darüber nachgedacht. Du weißt, wie selten hier Grundstücke verkauft werden, vor allem so traditionelle Häuser wie dieses. Ich habe es geschätzt und Fotos gemacht. Wenn wir ein bisschen Arbeit reinstecken, könnte es richtig schön werden.«

»Aber ich gehe noch zur Schule.«

»Ich weiß, aber im Mai bist du fertig. Dann kommen nur noch die Prüfungen, und danach hast du den Job im Kindergarten.«

»Bis dahin dauert es noch ewig. Jetzt arbeite ich nur halbtags im Café.«

»Mein Grundgehalt mag zwar nicht hoch sein, aber die Kommissionen kommen noch hinzu und ich bin gut in meinem Job. Charlie wird auch irgendwo anfangen zu arbeiten.«

»Würden wir eine Hypothek bekommen?«

»Wir sollten gar keine benötigen. Du hast die Lebensversicherung von deinem Dad, weil du nun achtzehn bist, und meine Eltern würden uns etwas Geld für die Renovierung leihen.«

»Du willst, dass ich das Geld ausgebe?« Instinktiv sträubte ich mich dagegen. Mir war klar, dass Dan über *unsere* Zukunft nachdachte, aber dieses Geld war heilig und ich wollte selber darüber entscheiden, wofür ich es ausgab.

»Nicht, wenn du nicht möchtest. Aber ich weiß, was ich will, Grace, und ich mache mir Sorgen um dich. Die ganzen Briefe, dein zerkratztes Auto, was kommt als Nächstes? Wenn wir zusammenleben, könnte ich besser auf dich aufpassen. Deine Großeltern würden sich sicherlich auch über etwas Zeit zu zweit freuen. Ich weiß, dass es meinen Eltern zumindest so geht.«

Würden sie das? Ich hatte nie das Gefühl gehabt, ihnen im Weg zu stehen, und allein der Gedanke daran war befremdlich.

»Ich müsste mit Mom darüber sprechen. Das ist das Mindeste, weil es Dads Geld ist.«

»Heißt das, du überlegst es dir?«

»Es schadet nicht, sich das Haus mal anzusehen.« Was nicht hieß, dass ich dem Kauf zustimmte.

»Wirklich?« Dan hob mich hoch und wirbelte mich herum. Ich umklammerte seine Schultern, vergrub meinen Kopf in seine Halsbeuge und hoffte, dass mir nicht schlecht werden würde.

»Du riechst wie ein Polo-Pfefferminzbonbon«, sagte ich.

»Ich habe die halbe Flasche Duschgel mit Minzgeruch aufgebraucht und mir drei Mal die Zähne geputzt. Ich habe vielleicht gestunken. Mann, ich habe mich heute Morgen echt elend gefühlt.«

»Ich mich auch. Tue ich noch immer.«

Er setzte mich wieder ab und klatschte mir auf den

Hintern. »Los, Frau, zieh dir ein Paar Schuhe an. Wir haben ein Cottage, das es zu besichtigen gilt.«

»Jetzt?«

»Die frische Luft wird dir gegen den Kater helfen. Was du heute kannst besorgen, das verschiebe nicht auf morgen. Die Söhne drängen auf einen zeitnahen Verkauf. Am besten gehen wir zu Fuß, ich habe wahrscheinlich immer noch zu viel Promille im Blut. Wenn wir den längeren Weg nehmen, können wir noch etwas ausnüchtern und den Schlüssel im Büro abholen. Willst du Charlie anrufen und fragen, ob sie uns dort treffen mag?«

Wir spazierten durch das Dorf. Grandma hatte mir den Fuß verarztet und eine Paracetamol-Tablette gegeben. Der Schmerz war verflogen. Unsere Gummistiefel hinterließen Abdrücke im frischen Schnee, während wir an skelettartigen Bäumen und kreischenden Kindern vorbeigingen, die Schlitten hinter sich herzogen. Ich konnte kaum glauben, dass wir auf dem Weg waren, uns ein Cottage anzuschauen, geschweige denn, dass wir ein gemeinsames Zuhause kaufen würden.

Charlie ging nicht an ihr Handy. Wo war sie? Vermutlich lag sie noch verkatert im Bett. Dan meinte, dass wir Charlie das Cottage morgen zeigen können, sollte es mir gefallen. Die frische Luft ließ meinen Kopf wieder klarer werden, und dann waren wir da. Wir standen vor zwei winzigen Cottages, die versteckt im Randgebiet des Dorfes lagen. Vom Dachvorsprung hingen Eiszapfen.

Dan drückte gegen das Tor, das sich quietschend öffnete. Der Vorgarten war weiß bedeckt, sodass ich nicht erkennen konnte, ob irgendwelche Beete angelegt waren, doch es gab einen Baum, der wie ein Apfelbaum aussah. Auf beiden Seiten der ausgeblichenen Tür hingen Spaliere.

»Sind das Rosen?«

»Vermutlich. Es wird auch das Rosencottage genannt.«

Ich klatschte fröhlich in die Hände und mein Kater war vergessen.

»Das fällt sowieso in deinen Bereich. Die Frau kümmert sich um den Garten, der Mann um das Hausinnere.«

Dan trommelte sich wie Tarzan auf die Brust, bevor er den Schlüssel knirschend im Schloss drehte. Ich trat mir den Schnee von den Schuhen ab und stieg über die Schwelle auf Steinfliesen. Der Flur war schmal und modrig, vergilbte Tapete blätterte von den nackten Wänden. An einigen Stellen der Tapete waren die noch nicht ausgeblichenen Rechtecke zu sehen, die durch Bilderrahmen geschützt gewesen waren. Ich stellte mir vor, wie der Flur wohl mit einer Reihe von Fotos pummeliger Babys ausgesehen hatte, die erst zu Kleinkindern und dann zu Männern herangewachsen waren, auf die man stolz sein konnte, die ihr Zeugnis umklammerten und ihren Doktorhut in die Luft warfen.

Vor mir öffnete sich eine Treppe nach oben, doch ich ging die dunkle Passage daneben entlang und bog dann in das Zimmer zu meiner Linken ab. Das Wohnzimmer war größer als erwartet und trotz der niedrigen Decke sehr hell. Die Wintersonne schien durch die Terrassentür und sammelte sich auf dem Rost eines echten Kamins. Im Sommer hell, im Winter gemütlich. Wie ein Kind hüpfte ich begeistert auf und ab, während ich mich umsah. Es gab Platz für einen Tisch mit Stühlen, ein Bücherregal und ein Sofa. Wenn wir ein Schlafsofa hätten, könnte Mom uns besuchen kommen und über Nacht bleiben. Ich malte mir aus, wie mein Schallplattenspieler auf einer altmodischen Anrichte stand. Es war perfekt. Der Garten war schmal, aber lang und hatte ganz hinten ein Gewächshaus.

»Meine Großeltern werden begeistert sein.«

»Irgendwo unter dem Schnee gibt es auch ein Gemüsebeet.«

Die Küche befand sich gegenüber dem Wohnzimmer und war etwas kleiner, da sie unter der Treppe lag. Über der Spüle gab es ein Fenster, von dem aus man auf eine gepflasterte Terrasse und ein Vogelhäuschen blickte.

»Du kannst beim Abwasch die Vögel beobachten«, grinste Dan und hob seine Hände, bevor ich ihm in die Rippen stoßen konnte. »War nur ein Scherz. Ich kaufe ein paar Ringelblumen.«

Im Obergeschoss befanden sich ein großes Schlafzimmer und ein kleineres, das Charlie bekommen würde. Außerdem gab es ein Bad mit einer freistehenden Badewanne und einer kleinen Glasdusche in der Ecke.

»Ich kann mir gar nicht vorstellen, dass uns das mal gehört. Ich fühl mich so erwachsen.«

»Du bist erwachsen.« Dan stellte sich hinter mich und glitt mit seiner Hand unter mein Top. »Gefällt es dir?«

»Das ist noch untertrieben.« Hier könnte ich leben. Hier könnte ich lieben.

»Das habe ich mir gedacht. Wenn du magst, machen wir ein Angebot.«

Ich schaute mich im leeren Schlafzimmer um und stellte mir vor, wie ich hier bis zum Lebensende jeden Sonntagmorgen mit Dan liegen, Zeitungen lesen und Sandwiches mit Speck essen würde. Ich war mir sicher, dass er der Richtige war, und erinnerte mich an Moms Worte.

»Dan, würdest du ein rosa Tutu für mich tragen?«

»Was? Wieso?«

Ich nahm seine Hand. »Es ist wichtig. Würdest du es tun? Wenn ich dich darum bitte?«

»Ich würde alles für dich tragen ... aber bitte nicht in der Öffentlichkeit.«

Ich grinste. »Wann können wir einziehen?«

»Es dauert ein paar Wochen. Aber wir könnten das Haus schon einmal einweihen.«

Und kurz darauf waren nicht nur die Wände nackt.

Ich gab Dan auf der Hauptstraße einen Abschiedskuss, denn er wollte noch ins Büro gehen, um die aktuellen Besitzer anzurufen. Hoffentlich würden sie unser Angebot annehmen. Ich war so aufgeregt! Meine Gummistiefel rutschten, während ich auf kürzestem Weg durch den Pocket-Park nach Hause lief. Bis ich dort ankam, war meine Haut an den Fersen vermutlich komplett aufgeschürft, aber das war mir egal. Ich wollte so schnell wie möglich heim, doch als ich um die Ecke bog, blieb ich ruckartig stehen. Am Parkeingang stand ein Polizist mit den Händen hinter seinem Rücken und gelbes Absperrband flatterte zwischen den Torpfosten.

In den Hauptstraßen wurde der Schnee immer breiiger. Mit jedem Schritt spritzte Matsch gegen meine Beine. Als ich in unsere Straße einbog, war meine Jeans klitschnass. Vor unserem Haus stand ein Streifenwagen. Trotz der kühlen Außentemperatur packte mich auf dem Weg zu unserer Haustür heiße Panik. Als ich ins Wohnzimmer stürzte, saßen Grandma und Grandpa auf dem Sofa, während zwei Polizisten vor dem Kamin standen. Ich wünschte, Grandma würde mit mir schimpfen, weil ich meine nassen Stiefel nicht ausgezogen hatte und nun die Teppiche dreckig machte, doch sie starrte nur auf die Hände in ihrem Schoß und es war Grandpa, der zuerst sprach.

»Setz dich, Grace, wir müssen dir etwas sagen.«

DREIUNDDREISSIG
HEUTE

Der Pappkarton auf dem Tisch bewegt sich nicht. Als Mittens damals in einem zu uns kam, brachte sie den Karton beim Strecken und Recken in Bewegung, wollte heraus und ihre neue Umgebung erkunden. Jetzt sind ihre Tage der Erkundungen vorüber. Tränen steigen mir in die Augen, doch ich unterdrücke sie. Ich werde nicht zusammenbrechen, zumindest noch nicht.

Ich renne die Treppe hoch in Annas Zimmer. Irgendwie fühlt es sich anders an, und als ich den Kleiderschrank aufreiße, finde ich nur leere Bügel. Ich ziehe leere Schubladen auf, in denen nur noch das Schrankpapier mit Rosenduft liegt, das ich extra für sie gekauft hatte. Mein Handy klingelt. Es ist Dan. Ich lehne den Anruf ab und wähle stattdessen Annas Nummer. Ihr Handy ist aus.

Das Tor knallt zu und ich renne ins Erdgeschoss. Ich setze mich aufs Sofa, und als Dan die Haustür aufschließt, wirke ich äußerlich äußerst entspannt. Doch innerlich möchte ich ihn umbringen.

»Grace? Alles in Ordnung? Chloe hat gesagt, du sahst nicht gut aus.«

Ich starre ihn an. »Mir geht es auch nicht gut. Mir ist schlecht von deinen ganzen Lügen.«

Dan stellt das Essen vom Chinesen auf den Tisch, neben den Karton mit Mittens. Fett sickert durch die Papiertüte und der Geruch des Chow Mein ist ekelerregend.

»Was ist los?«

»Erklär du es mir, Dan«, sage ich stark unterkühlt und vollkommen ruhig.

Er spielt mit seinen Schlüsseln, starrt auf den Teppich und schweigt.

Ich gebe ihm einen Tipp. »Chloe hat erzählt, dass Anna an der Bar des Fußballvereins gearbeitet hat.«

Dan lässt sich in den Sessel fallen, sinkt nach vorne und legt den Kopf in seine Hände.

»Dan, kanntest du sie, bevor sie hier eingezogen ist?«

»Ja.« Er spricht so leise, dass ich ihn kaum höre.

»Wie bitte? Ich habe dich nicht verstanden.«

»*Ja*, Grace. Ich ...«

»Ist sie wirklich Charlies Schwester oder ist das nur eine weitere Lüge?«

Dan murmelt etwas, doch ich kann ihn nicht verstehen.

»Wer ist sie, Dan?«, frage ich nun ausgesprochen wütend.

Dan zuckt mit den Schultern und verdeckt sein Gesicht mit den Händen. Ich reiße sie herunter, wobei meine Nägel Abdrücke auf seiner dünnen Haut am Handgelenk hinterlassen.

»Wer zur Hölle ist Anna?«

»Es tut mir leid, Grace.« Tränen fließen, doch es sind nicht meine. Ich weiche zurück. Kann es nicht fassen, aber auch nicht verstehen. Dan wischt sich mit dem Ärmel über die Nase. »Ich hole uns etwas zu trinken.«

Ich bin so fassungslos, dass ich nicht widerspreche. Er geht in die Küche, und als er mit zwei Gläsern und einer Flasche Merlot wiederkommt, könnte es ein ganz normaler gemütlicher

Abend sein – wenn man die tote Katze auf dem Tisch außer Acht lässt, versteht sich.

Wir sitzen uns auf dem Sofa gegenüber, jeder an einem Ende. Dan schenkt Wein in ein Glas, ich leere es in einem Zug und gebe es ihm sofort zurück, damit er es wieder füllen kann. Die Stille zwischen uns ist erstickend und ich ziehe mir meinen Pullover aus.

»Fang an zu reden.«

Dan zittert, als er nach der Weinflasche greift, um sein Glas zu füllen. Ich denke daran, wie mich diese Hand berührt hat. Hat er auch Anna angefasst? Am liebsten würde ich jetzt schreien.

»Es war nicht leicht für mich, verstehst du, wie du nach Charlies Tod zusammengebrochen bist.«

»*Armer* Kerl«, erwidere ich voller Sarkasmus.

»Grace, hör bitte zu. Ich musste für dich stark sein, aber ich hatte selber Schwierigkeiten damit, ihren Tod zu verarbeiten. Ich kannte sie genauso lange wie du, sogar noch etwas länger.«

»Also ist es meine Schuld, dass ich um meine beste Freundin trauere, oder ihre Schuld, weil sie gestorben ist?«

»Weder noch«, seufzt er. »Erinnerst du dich daran, wie es war, kurz nachdem sie gestorben ist?«

»Natürlich.«

»Erinnerst du dich *wirklich*? Denn du warst so vollgepumpt mit Medikamenten, dass ich mir nicht vorstellen kann, dass du dich wirklich erinnerst. Wochenlang lagst du im Bett. Wenn ich dir nähergekommen bin, hast du geschrien, und wenn ich dich allein gelassen habe, hast du geweint. Ich wusste nicht, was ich tun sollte. Du hast weder gekocht noch geputzt und wusstest nicht einmal mehr, wie man die Waschmaschine anstellt.«

Es klingt, als rede er über jemand anderen. Ist es wirklich so gewesen? Die Medikamente und der Schock haben sich verbündet und meine Erinnerungen sind so vage, wie wenn man im Nebel etwas zu erkennen versucht. Man weiß, da ist etwas, kann aber nicht mit Sicherheit sagen, was es ist.

»Ich gebe dir nicht die Schuld daran, Grace, wirklich nicht. Aber ich habe Charlie vermisst, sie war auch meine Freundin. Ich habe dich vermisst und mir fehlte jemand zum Reden.«

»Und dann hast du Anna kennengelernt?«

Dan nickt. »Sie hat an der Bar im Verein gearbeitet. Sie war echt freundlich und man konnte sich gut mit ihr unterhalten. Also blieb ich nach der Sperrstunde noch länger und sie hörte mir zu. Sie hörte mir aufmerksam zu.«

Ich knirsche mit den Zähnen, als ich mich an die Nächte erinnere, in denen ich im Bett wach gelegen und darauf gewartet habe, dass Dan nach Hause kommt.

»Also hattet ihr eine Affäre.« Ich rutsche auf meinem Platz hin und her, setze mich auf meine vor Wut zitternden Hände. Am liebsten würde ich ihm das Gesicht zerkratzen.

»Nein, so war es nicht«, sagt Dan und fährt sich durch die Haare. »Wir waren nur befreundet, doch dann begann sie, mit mir zu flirten und Andeutungen zu machen.«

»Und da konntest du nicht widerstehen? Du widerst mich an.«

»So war das nicht. Erinnerst du dich an den Tag, an dem wir das Spiel gewonnen haben und ich wollte, dass du in die Bar kommst?«

»Ja.« Es war der Tag, an dem ich die Erinnerungskiste ausgegraben habe, wie könnte ich den je vergessen.

»Ich tat mir selbst leid. Chloe und die anderen Freundinnen waren alle da. Vermutlich hatte ich zu viel getrunken. Ich kann mich nicht mehr erinnern, wirklich nicht. Ich weiß nur noch kleine Bruchstücke des Abends. Als mir klar wurde, was ich getan hatte, fühlte ich mich richtig scheiße.«

»So scheiße, dass du sie zu uns ins Haus geholt und mich in dem Glauben gelassen hast, sie wäre Charlies Schwester.« Inzwischen koche ich vor Wut.

»Ich wollte das nicht. Ich hasse sie. Sie hat mich erpresst! Sie hat gesagt, sie braucht für ein paar Tage ein Dach überm Kopf, bis sie in ihre neue Wohnung ziehen kann. Maximal eine Woche.«

»Ich glaub dir kein Wort.«

»Es stimmt aber. Erinnerst du dich daran, dass ich in der erwähnten Nacht mein Handy verloren habe? Sie hat es geklaut, uns beim Sex gefilmt und damit gedroht, das Video an jeden aus meiner Kontaktliste zu senden. Ich konnte nicht riskieren, dass du das siehst. Meine Eltern. Deine Großeltern. Deine Mom. Mein Chef. Darüber wären wir niemals hinweggekommen. Ich wollte nicht riskieren, dich zu verlieren, Grace. Alles zu verlieren. Ich hätte woanders hinziehen, mir einen neuen Job suchen müssen.«

Ich verschränke meine Finger, lege die Hände auf meinen Bauch und lehne mich vor. Ich fühle mich, als hätte er mir gerade eine reingehauen.

»Aber warum ... Charlie?«

»Ich wusste, dass du sie einziehen lassen würdest, wenn sie eine Verbindung zu Charlie hätte. Außerdem sieht sie ihr wirklich ein bisschen ähnlich. Ich wusste nicht, wie ich sie sonst hätte erklären sollen. Ich schäme mich so, Grace. Ich dachte, sie würde nach ein paar Tagen verschwinden, wir würden sie als verrückt abstempeln, und dann weiter nach Charlies richtiger Familie suchen. Ich konnte ja nicht ahnen, dass ihr euch so gut verstehen würdet. Ich hatte ihr von deinem Dad erzählt, als ich dachte, sie wäre eine Freundin. Niemals hätte ich gedacht, dass sie eine ähnliche Geschichte erfinden würde, nur damit du sie magst.«

»Ich kann nicht glauben, wie grausam du warst. Du hast einer komplett fremden Person sehr persönliche Sachen über mich erzählt. Und du wusstest, wie viel mir daran liegt, Charlies Vater zu finden.«

Dan sieht mich flehend an. »Ich weiß. Das kannst du immer noch. Wir können das immer noch.«

»Es gibt kein ›Wir‹. Nicht mehr.«

»Bitte, Grace. Ich hätte dich nicht anlügen sollen, aber ich bekam Panik. Ich habe es für dich getan, für uns.«

»Hast du auch an *uns* gedacht, als du sie gevögelt hast?«

Dans Wangen sind feucht. »Bitte. Es war eine einmalige Sache.«

»Das soll ich dir jetzt glauben? Ihr habt es vermutlich jedes Mal getrieben, wenn ich unterwegs war. In unserem zu Hause, IN UNSEREM BETT!«

»Nein, ich schwör's! Es war nur ein einziges Mal. Ein dummer Fehler. Ich kann mich nicht einmal daran erinnern. Wenn sie mir nicht das Video gezeigt hätte, würde ich es selbst nicht glauben. Das können wir durchstehen!«

»Nein«, sage ich mit fester Stimme. »Das hätten wir vielleicht, wenn du mir von Anfang an die Wahrheit gesagt hättest. Aber du hast mich angelogen, betrogen und manipuliert. Ich wette, ihr habt hinter meinem Rücken über mich gelacht.«

»Nein, ich fand es ganz furchtbar, dass sie hier war. Als ich gesehen habe, dass du sie immer mehr mochtest, habe ich versucht, sie loszuwerden. Aber sie wollte einfach nicht gehen. Es hat alles überhandgenommen und ich wusste nicht, was ich dagegen tun sollte.«

Dass Anna mit Dan geschlafen und ihn erpresst hat, ist nicht einmal das Schlimmste. Ihre Lügen verletzen mich viel mehr. Sie hat mich glauben lassen, jemanden gefunden zu haben, der nachvollziehen konnte, wie es ist, die Eltern im Alter von neun Jahren zu verlieren. Die ganze Trostlosigkeit und den Verlust. Die unangebrachte Schuld und Angst davor, verlassen zu werden. Diese Dinge hatte ich noch nie zuvor jemandem anvertraut, weil ich dachte, dass sie sowieso niemand verstehen würde. Und dann kam Anna. Ich dachte, wir hätten so viele Gemeinsamkeiten, doch das war alles nur gelogen.

Plötzlich fühlt sich mein Kopf so schwer an, dass ich ihn in meine Hände stütze.

»Wieso? Wieso wollte sie hier einziehen? Sie muss doch Familie oder Freunde haben.«

»Das hatte sie mir nicht verraten. Vielleicht war sie neidisch darauf, wie sehr ich dich liebe. Ich weiß es nicht. Sie ist durchgeknallt. Als ich den Verdacht bekam, dass sie Sachen macht, um dich zu verletzen ...«

»Was für Sachen?« Doch noch bevor ich die Frage ausgesprochen habe, kommen mir unzählige Situationen seit Annas Einzug in den Sinn, in denen mein Leben falschlief. Die gestohlene Kette, die gehackten E-Mails und die bösartigen Tweets. Ob sie auch mit meinem Schlüssel in den Kindergarten ist und ihn zerstört hat? Mir graut es allein vor dem Gedanken.

»Als sie Nusssirup für deine heiße Schokolade bestellt hat, hatte ich richtig Angst.«

»Sie hätte mich töten können, und trotzdem lässt du sie hier wohnen? O Gott, vermutlich hat sie auch meine Suppe vergiftet! Du bist so ein Feigling.«

»Ich weiß. Ich wusste nicht, wie ich sie loswerden sollte, wusste nicht, zu was sie noch alles in der Lage war.«

»Ich weiß es.«

Dan hebt seinen Kopf. Seine feuchten und geröteten Augen blicken zum ersten Mal in meine.

»Schau in den Karton, Dan.«

»Was ist da drin?«

»Sieh selbst«, sage ich eisern.

Er kniet sich vor den Tisch und öffnet den Karton.

Er würgt. »Grace ...«

»Verschwinde, Dan.«

»Aber wir ...«

»Verpiss dich!« Mit aller Wut schmeiße ich mein Weinglas auf ihn und verfehle seinen Kopf nur knapp. Der Merlot fließt in einem blutartigen Rinnsal die buttermilchfarbene Wand herunter. Glassplitter fallen auf den Teppich. Kurz fürchte ich, dass sich Mittens daran die Pfoten schneiden könnte, doch dann fällt mir ein, dass nichts und niemand sie mehr verletzen wird.

»Raus!« Speichel und Zorn treffen Dan ins Gesicht, als ich ihn anschreie.

Dan greift nach seinen Schlüsseln und geht mit hängendem Kopf zur Tür. Vom Fenster aus sehe ich ihm hinterher. Am liebsten würde ich ihm ein Messer in den Rücken rammen.

Mittens hat so viel Spielzeug: Mäuse, ausgestopfte Fische, Rasselbälle. Ich lege alles zusammen mit ihren Näpfen in einen Karton. Dann bedecke ich die Katze, die nie wieder Kälte spüren wird, mit ihrer Tatzenmuster-Fleecedecke. Als ich den Karton nach draußen trage, kommt es mir vor, als würde ich mich selbst aus der Vogelperspektive betrachten. Der Boden ist trotz des Regens steinhart und lässt sich kaum ausheben. Immer wieder steche ich die Gartengabel in die Erde, woraufhin Schockwellen meine Arme durchfahren und meine Wirbelsäure erschüttern lassen. Mir scheint, als hätte ich erst gestern Blasen vom Wiedereinpflanzen der Büsche an den Händen gehabt, nachdem Anna diese, wie ich nun weiß absichtlich, herausgerissen hatte. Auch der Schmerz in den Schultern, nachdem ich die Erinnerungskiste ausgegraben hatte, kommt mir noch nicht lange her vor. Nun vergrabe ich eine weitere Erinnerungskiste. Ich blinzele, um die Bilder zu vertreiben, in denen Mittens mich sanft mit ihrer Pfote im Gesicht streichelt oder schnurrt, während sie ihr Gesicht an meines reibt.

Immer wieder steche ich mit dem Spaten in den Boden und wünschte mir, statt des Bodens Anna zu bearbeiten, ihr den gleichen Schmerz zuzufügen, den sie mir zugefügt hat. Ich frage mich, wo sie ist, ob Dan sie wiedersehen wird, und dann, weshalb ich mir überhaupt Gedanken darüber mache. Ich sinke auf die Knie und schaufele die Erde mit meinen Händen zur Seite. Das Loch ist nun tief genug. Ich küsse den Karton und platziere ihn dann unter dem Birnenbaum.

»Mach's gut, Mittens.« Ich schütte das Loch wieder zu und stelle dann meinen Keramiktopf mit der keimenden Miniaturrose auf das Grab. Der Topf ist schwerer, als er aussieht, und die Pflanze wackelt vor und zurück, während ich sie bewege. Blätter fallen wie Tränen auf die Erde. Von der Anstrengung benommen setze ich mich im Schneidersitz auf den feuchten Boden. Diesmal lasse ich meine Tränen laufen.

Und dann höre ich es vorne an der Haustür laut klopfen.

Siobhan war tot. Sie wurde mit Einstichstellen im Arm im Park gefunden. Die Polizei wollte mit mir sprechen, weil ich die letzte Person war, die Siobhan angerufen hatte. Grandpa fuhr mich auf die Wache und ich informierte Dan, Charlie und Esmée über die unglaublichen Neuigkeiten. Dan bot an, vorbeizukommen, doch ich lehnte ab und versprach, ihn anzurufen, sobald ich wieder zu Hause war. Esmée war am Boden zerstört und saß hilflos in Frankreich fest. Als wir auf der Wache ankamen, hatte Charlie sich noch nicht zurückgemeldet.

Während Grandpa auf der harten Holzbank vor dem Empfang sitzen blieb, wurde ich in ein Vernehmungszimmer geführt. Ich hatte das schreckliche Gefühl, ihn nie wiederzusehen. Als ich im fensterlosen Raum saß und wünschte, die Zeit zurückdrehen zu können, konnte ich die Tränen kaum zurückhalten. *Hätte ich sie retten können?* Der Gedanke nistete sich in mir ein, als wäre er neben meinen Knochen, der Leber und meiner Lunge ein Teil von mir. Meine Haut würde Zellen und mein Kopf Haare verlieren, meine Leber sich selbst regenerieren. Mein Körper würde sich in den nächsten Jahren erholen, aber was war mit der Schuld? Sie würde bleiben, das war klar. Für immer ein Teil von mir sein.

Die Polizisten waren freundlich. Ich bekam Wasser und Taschentücher. Meine Trauer galt der Siobhan, die sie einmal gewesen war, und nicht der, die sie geworden ist. Der Freundin, die mich beim Himmel-und-Hölle-Wurfspiel geschlagen und die zusammen mit Esmée das Springseil geschwungen hatte, während Charlie und ich gesprungen sind. Anders war es mit den Tränen, die ich vergoss. Sie galten nicht nur Siobhan, sondern uns allen. Wir waren erwachsen geworden und hatten uns auseinandergelebt. Unsere kleine Vierergruppe hatte sich aufgelöst, war zerstreut und würde nie, nie mehr dieselbe sein. Die Tage, an denen wir »Freundschaft schließen, Freundschaft schließen, niemals uns bekriegen« riefen, während wir so fest unsere Hände schüttelten, dass die Schultern schmerzten, waren vorbei. Außerdem waren wir jetzt nur noch zu dritt.

Die Polizei ging davon aus, dass sie an einer unbeabsichtigten Überdosis gestorben war. Jeremy und der Rest der Walking Dead-Gruppe wurden ebenfalls verhört. Jeremy gab zu, Siobhan zum Stehlen des Laptops gedrängt zu haben, damit er ihn verkaufen und vom Erlös Drogen kaufen konnte. Einer der Gruppe sagte aus, dass Siobhan gar kein Heroin nehmen wollte, Jeremy ihr jedoch verbot, mit ihnen abzuhängen, wenn sie es nicht tat. Was für Freunde. Jeremy hatte mit seinem Gürtel die Vene an ihrem Arm abgeklemmt, doch als sie beim Einstechen der Nadel hysterisch wurde, waren sie alle weggerannt und hatten Siobhan im Park allein zurückgelassen. Sie waren zu einer Party gegangen, als existierte Siobhan gar nicht. Nun existierte sie wirklich nicht mehr.

Ich erzählte der Polizei, die Verbindung während Siobhans Anruf sei sehr schlecht gewesen und ich hätte nicht gewusst, dass sie in Gefahr war. Für diese Lüge sah ich mich bereits in der Hölle schmoren und ich hätte es vermutlich auch verdient.

Gefühlt Tage später wurde ich wieder zum Empfangsbereich gebracht, zu Grandpa. Er umarmte mich so fest, dass die Knöpfe seines karierten Hemds gegen meine Brust drückten, während ich schniefte. Er strich mir übers Haar und tröstete mich, obwohl ich so viel Zuneigung gar nicht verdient hatte. Er hatte Mom angerufen und ihr von den Geschehnissen erzählt, woraufhin sie angeboten hatte, vorbeizukommen. Doch ich schüttelte den Kopf, denn es gab nichts, was sie tun konnte.

Wir fuhren nach Hause, trotteten den Weg zum Haus entlang und öffneten die Haustür. Auf der Fußmatte aus braunem Sisal lag ein weißer Umschlag. Nicht noch einer, bitte nicht heute. Ich hob ihn auf und drehte ihn um. Er hatte eine andere Größe als sonst. Jemand anderes musste ihn geschickt haben. Auf der Vorderseite stand mein Name, und diesmal erkannte ich die Handschrift. Schnell zog ich das Papier aus dem Umschlag. Neun Wörter standen in Charlies geschwungener Schrift darauf:

Es tut mir so leid, Grace. Bitte verzeih mir.

Charlies Handy war ausgeschaltet. Ich rannte zu meinem Auto und riss die Tür auf. Der Motor ächzte und prustete, bevor er richtig lief, und ich fuhr fast schneller rückwärts aus der Einfahrt, als ich je vorwärtsgefahren bin. Mit quietschenden Reifen, die den Halt auf dem Asphalt suchten, raste ich durch das Dorf. *Es tut mir so leid, Grace. Bitte verzeih mir.* Was sollte ich ihr verzeihen?

Ich zerbrach mir den Kopf darüber, was Charlie angestellt haben konnte. Irgendetwas mit Dan schloss ich aus, das würde mir keiner der beiden antun. Sie hatte Siobhan nie schlechter behandelt als wir anderen auch und Charlie wäre die Erste, die die Ereignisse als einen tragischen Unfall betiteln würde. Was war es also dann?

Die Behelfsampel an der Kreuzung stand auf Rot und ich trommelte mit den Fingern ungeduldig auf dem Lenkrad herum. »Mach schon.« Die Straßen waren wie leergefegt und es schien, als schliefe das ganze Dorf seinen Neujahrskater aus. Ich trat das Gaspedal durch und fuhr mit quietschenden Reifen über Rot. Mein Blick wanderte zwischen der Straße und meinem Handy hin und her. Ich drückte die Wahlwiederholung. Als der Anrufbeantworter anging, warf ich das Handy auf den Beifahrersitz.

Vor Lexies Haus angekommen sprang ich aus dem Auto und rannte den gefrorenen Weg hoch bis zur Haustür. Ich wollte sie einfach aufdrücken, doch sie war verschlossen.

Also hämmerte ich mit den Knöcheln gegen die Tür und öffnete und schloss meine Faust anschließend, um den Schmerz zu mindern.

»Charlie!« Diesmal schlug ich mit der flachen Hand gegen die Tür. »Charlie!« Ich hüpfte ungeduldig auf und ab, während ich auf eine Reaktion wartete.

Lexie verließ so gut wie nie das Haus. Ich spähte durch den Briefkastenschlitz und konnte Licht in der Küche brennen sehen.

»Lexie!« Erneut nahm ich die Faust, um gegen die Tür zu hämmern. »Mach auf!«

Dann ging das Licht aus.

»Bitte. Ich weiß, dass du da bist, ich habe dich gesehen!«

Wie ein Zombie schlurfte Lexie zur Tür.

»Geht es dir gut?«, fragte ich, als sie die Tür öffnete.

Lexies Gesichtsausdruck war so glasig wie der von Opfern der jüngsten Naturkatastrophe in den Nachrichten. Sie war blass und sah irgendwie jünger aus, das sonst übliche Rot auf ihren Lippen fehlte.

»Was kümmert es dich?«, murmelte sie. Ich musste mich vorlehnen, um sie verstehen zu können.

»Wo ist Charlie?«

»Weg.«

»Wohin? Zu mir?«

»Reisen.«

»Wovon redest du?«, fragte ich aufgebracht und genervt von ihren einsilbigen Antworten.

Lexie zündete sich eine Zigarette an. »Hat ihren Rucksack gepackt und ist gegangen. Weg.«

»Sie kann nicht weg sein. Siobhan ist tot.«

»Na und?«

»Wie, na und? Weiß Charlie überhaupt davon? Ich habe ihr geschrieben, aber sie hat nicht geantwortet.«

»Spielt das eine Rolle?«

»Natürlich. Sie würde nicht einfach so gehen. Sie hat nie erwähnt, dass sie verreisen will.«

»Du weißt nicht alles.«

»Aber ich weiß, dass sie nie gehen würde, ohne es mir vorher zu sagen ...«

»Wieso? Weil du so verdammt wichtig bist? Tut mir leid, ich habe vergessen, dass sich die Welt immer nur um dich dreht, Grace.«

Die Tür fiel in meine Richtung und ich schob schnell einen Fuß davor.

»Sie hat mir eine Nachricht hinterlassen«, sagte ich. »Ich soll ihr verzeihen. Aber was? Ich verstehe das nicht. Erzähl mir, was passiert ist.«

»*Sie* ist nicht diejenige, die etwas falsch gemacht hat«, stieß Lexie höhnisch aus. »Und jetzt verpiss dich.« Lexie öffnete die Tür etwas mehr und knallte sie dann mit aller Kraft zu. Ich riss meinen Fuß zurück und sank auf dem Treppenabsatz zusammen. Charlie hatte mich verlassen, genau wie meine Mom, genau wie mein Dad. Siobhan war nicht mehr da. Während der Schnee vom waffengrauen Himmel fiel, saß ich regungslos da, bis mein Körper genauso taub war wie mein Inneres.

»Bitte.« Ich kniete mich hin und rief durch den Briefkastenschlitz. »Bitte, Lexie. Ich muss die Wahrheit wissen. Was hat Charlie getan?«

FÜNFUNDDREISSIG

HEUTE

Klopf-Klopf-Klopf. *Zieh Leine, Dan.* Wut bäumt sich in mir auf, während ich den Flur entlangstampfe und die Tür aufreiße.

Er ist es gar nicht. Eine Gestalt in einem schwarzen Mantel huscht den Weg entlang zu einem auf dem Pfad geparkten roten Corsa.

»Halt!« Angetrieben von der Wut, die ich weder an Dan noch an Anna auslassen kann, eile ich hinterher. Die Gestalt läuft weg. Die Feuchtigkeit des Bodens sickert durch meine Socken, und als die Person, die mich die ganze Zeit verfolgt hat, mit dem Tor hantiert, bin ich zum ersten Mal froh darüber, dass Dan es noch nicht repariert hat. Ich schnelle mit der Hand vor und bekomme den Mantel zu fassen, drücke meine Finger in die Schultern der anderen Person. Ein Schmerzensschrei ertönt und die Kapuze fällt herunter. Ein Haufen blonder Korkenzieherlocken kommt zum Vorschein. Augenblicklich ziehe ich meine Hand zurück und fasse mir ans Handgelenk, als hätte ich etwas Heißes berührt. Das kann nicht sein.

Sie dreht sich um. Natürlich ist es nicht Siobhan, wie denn auch? Doch die Ähnlichkeit ist so verblüffend, dass ich mich in der Zeit zurückversetzt fühle. Abby und ich starren uns gegenseitig an.

»Du hast mich verfolgt?«, frage ich, obwohl ich die Antwort bereits kenne.

»Ja.« Sie wendet ihren Blick ab und ich erinnere mich an das schüchterne Mädchen, das mit gesenktem Kopf und dem Rucksack auf einer Schulter hängend auf den Schulfluren an mir vorbeigeschlichen war. Ohne ihre große Schwester hat sie sich damals nicht getraut, den Mund aufzumachen, doch ich vermute, sie musste lernen, allein klarzukommen. Sie war drei Jahrgänge unter uns gewesen und dürfte nun zweiundzwanzig sein. Was will sie? Rache? Nur her damit, schlimmer als jetzt kann es aus meiner Sicht eh nicht mehr werden.

»Wolltest du mir Angst einjagen? Mich umbringen? Oder was?« Ich beuge mich mit dem Gesicht noch näher an ihres. »Tu dir keinen Zwang an.«

Sie zuckt zusammen. »Ich wollte mit dir reden.«

»Und du dachtest, das geht am besten, wenn du mich verfolgst, mich beobachtest und mich in dem Glauben lässt, dass ich verrückt werde?«, schreie ich sie mittlerweile an. Mir ist es egal, ob Mrs Jones etwas mitbekommt. Mit meinen Fingern an ihrer Brust schubste ich Abby so fest, dass sie rückwärts gegen das Tor fällt. Ich habe bis ans Lebensende genug von den Spielchen anderer Leute. »Verpiss dich, Abby.«

»Grace!«, ruft sie schrill. »Bitte, hilf mir.« Während sie die Worte ausspricht, die ihre Schwester sieben Jahre zuvor sagte, tritt sie einen Schritt nach vorne. Sosehr ich auch will, ich kann mich nicht von ihr abwenden. Wir stehen im Garten. Der Wind weht stürmisch gegen das Tor, wodurch es schließlich aufspringt und in Abbys Rücken rammt. Schwankend fällt sie zu Boden. Sie schaut auf. Regen läuft ihr Gesicht herunter und ihre Haare kleben am Kopf.

»Du kommst besser rein«, sage ich und gehe zurück zum Cottage.

Drinnen kauert sich Abby in Dans Sessel zusammen, der jetzt meiner ist. Sie weint, als wäre ihr Herz gebrochen worden. Ich beschäftige mich in der Küche, um mir Zeit zum Denken zu verschaffen. Ich bin wütend, doch ich kann nicht sagen, wie viel Wut sich gegen Abby und wie viel sich gegen Dan und Anna richtet. Es ist eine Mischung aus allem, doch Abby ist diejenige, die heulend in meinem Wohnzimmer sitzt. Sie ist diejenige, die eine Schwester verloren hat, und es wäre unfair, den ganzen Ärger an ihr auszulassen. Ich kann mir zumindest anhören, was sie zu sagen hat. Ich setze Wasser auf, hole Tassen aus dem Schrank und versuche, die Geräusche ihres Kummers auszublenden.

Im Wohnzimmer stelle ich das Tablett mit dem Tee auf den Tisch und räuspere mich. Abby schnieft in ihren Ärmel.

»Tut mir leid, Grace.« Ich weiß nicht, ob sie sich dafür entschuldigt, mich zu Tode erschreckt zu haben, oder weil sie weint. Also antworte ich nicht darauf und schenke uns stattdessen noch nicht fertig gezogenen Tee ein. Dann gebe ich etwas Milch hinzu und reiche ihr die Tasse sowie einen Löffel und das Zuckertöpfchen.

»Was machst du hier?«, frage ich.

»Wir sind zurück ins Dorf gezogen. Grandpa hat Alzheimer und Mom wollte näher bei ihm sein.«

»Ich meinte, warum du hier bei mir bist«, erläutere ich. »Was willst du von mir?«

»Mit dem Umzug hierher kamen so viele Erinnerungen hoch. Ich wollte über Siobhan reden.«

»Reden?«

»Ja.« Sie greift nach der Tasse, doch ihre Hände zittern so sehr, dass sie den Tee auf ihren Schoß verschüttet. Ich knalle eine Packung Kleenex auf den Tisch vor ihr.

»Warum hast du dann nicht einfach *geredet*, sondern dich wie eine Stalkerin verhalten?«

»Ich wusste nicht, was ich sagen sollte. In der Schule war

ich so gemein zu dir, und ich wusste, dass es dir nicht gut ging. Ich habe das von Charlie gehört. Es tut mir so leid.«

Ich nicke nur kurz.

»In meinem Kopf bin ich die Worte immer wieder durchgegangen. Aber jedes Mal, wenn ich dich angerufen und deine Stimme gehört habe, habe ich gekniffen. Ich dachte, hierherzukommen wäre einfacher, aber das ist es nicht. Ich habe mich nicht getraut zu klopfen. Vermutlich hatte ich zu viel Angst, dass du die Tür wieder vor meiner Nase zuknallst.«

»Du hast mich fast von der Straße gedrängt, Abby. Du hättest mich *umbringen* können!«

»Als ich an dir vorbeigefahren bin und dich erkannt habe, war ich festentschlossen, dich endlich zu fragen, ohne wieder den Schwanz einzuziehen. Ich habe mich da richtig reingesteigert. Es war dumm und ich bin wirklich froh, keinen Unfall verursacht zu haben. Ich wollte dich nie verletzen, Grace.« Ihr Gesicht ist voller roter Flecken und Tränen. Ich seufze.

»Gut, jetzt sind wir hier. Was wolltest du mich fragen?«

»Grace. Hat Siobhan irgendetwas über mich gesagt, als sie dich in jener Nacht angerufen hat?«

Es ist einer dieser Momente, in denen man weiß, egal wie man sich in der nächsten Sekunde entscheidet, es gibt kein Zurück mehr.

In Abbys großen Augen liegt Hoffnung. Was soll ich sagen? Dass ich ihrer Schwester nicht geholfen, sondern einfach aufgelegt habe? Dass ich mir seitdem Vorwürfe mache? Siobhan könnte noch leben, wenn ich ihr zugehört hätte. Ich könnte Abby erzählen, dass ich mich für ihren Tod verantwortlich fühle. Doch was würden meine Zugeständnisse noch bringen? Siobhan würde das nicht wieder lebendig machen.

Ich treffe meine Entscheidung. »Ja.«

Zählt eine Lüge auch als eine solche, wenn sie Trost spendet? Vermutlich schon, doch ich fahre fort, unsicher, ob die erfundene Geschichte Abby trösten oder meine eigene Schuld beschwichtigen soll. »Ich habe ihr gesagt, dass du sie suchst und es dir leidtut.«

Abby lehnt sich vor und verdreht das Taschentuch in ihren Händen. »Was hat sie gesagt?«

»Sie meinte, es wäre alles in Ordnung und sie hätte dich trotzdem lieb. Sie wollte kommen und dich suchen.«

Nichts als Lügen. Ich könnte eine ganze Mauer aus Lügen hochziehen. Abby sackt zusammen und ich umarme sie, während sie ihren Tränen freien Lauf lässt. Ich hole noch mehr Taschentücher und Tee, und dann tauschen wir Geschichten über die große Schwester aus, die sie einst vergötterte. Ich habe gar nicht gewusst, dass Siobhan als Kind Stepptanzunterricht hatte. Abby hingegen hat nicht gewusst, dass Siobhan die Erste aus unserer Stufe war, die einen Jungen geküsst hatte. Wir alle haben unterschiedliche Seiten. Dinge, die wir offenlegen und Dinge, die wir verstecken. Die guten und die schlechten. Die Lügen und die Wahrheiten.

Es ist bereits spät und ich werde müde. Ich biete Abby an, im Gästezimmer zu übernachten, doch sie möchte lieber wieder zu ihren Eltern fahren. Sie machen sich Sorgen, wenn Abby zu lange unterwegs ist, und ich kann es ihnen nicht verübeln. Die Welt da draußen ist gefährlich, doch immerhin weiß ich jetzt, dass mich keine Gestalten und auch keine roten Corsas mehr verfolgen werden. Ich habe mir das alles nicht eingebildet. Ganz egal, was Google über die Nebenwirkungen meiner Medikamente ausspuckt, ich kann die Realität doch noch besser begreifen, als ich angenommen habe. Dieses Wissen ist ungemein erleichternd.

»Wenn du noch mal wen zum Reden brauchst, ruf mich an«, biete ich Abby an, während sie sich den Mantel überzieht. »Und leg nicht direkt wieder auf!«

»Mach ich. Danke, Grace. Du weißt gar nicht, wie gut es tut zu wissen, dass Siobhan mir verziehen hat.«

Ich lehne mich an den Türrahmen, bis Abbys kleines rotes

Auto außer Sichtweite ist. Ich habe das Gefühl, etwas gar nicht mal so Verkehrtes getan zu haben. Die Wahrheit tut weh. Und auch wenn ich Dan noch lange nicht verzeihe, ich kann nachvollziehen, weshalb er gelogen hat. Beim Gedanken an Anna läuft mir ein Schauder über den Rücken. Ich schließe die Haustür ab und lege die Kette davor.

Mein Magen knurrt vor Hunger und ich nehme mir die Tüte vom Chinesen, die noch immer auf dem Wohnzimmertisch liegt. *Spare in der Zeit, dann hast du in der Not*, würde Grandma jetzt sagen. Ich fülle etwas vom Chow Mein um und stelle es in die Mikrowelle. Während sich der Teller dreht und das Essen erhitzt, zünde ich ein paar Kerzen an und lege eine Platte auf. Nat King Cole dreht sich und knistert ›Maybe It's Because I Love You Too Much‹, doch dann schmerzt der Liedtext so sehr wie ein Messerstich. Was Dan und Anna getan haben, ist noch zu frisch und tut zu sehr weh.

Die Mikrowelle piept und mein Abendessen dampft. Ich schiebe mir die Nudeln in den Mund, obwohl ich mittlerweile gar keinen Hunger mehr habe. Anschließend hebe ich die Nadel von der Platte, ziehe den Stecker aus der Wand, puste die Kerzen aus und wünsche mir etwas. Weder die Haustür noch die Hintertür geben nach, als ich die Klinken herunterdrücke. Doch ich prüfe mehrmals, ob beide Türen auch wirklich abgeschlossen sind, bevor ich dann die Treppe hinauftrotte und den Kopf in Annas Zimmer stecke, um sicherzugehen, dass sie wirklich weg ist. Ich kämpfe gegen den Schlaf an und unterdrücke das Gähnen, während ich unser Bett abziehe. Nun ist es mein Bett und ich möchte nicht mit dem Geruch von Dan schlafen. Ich spanne ein neues Bettlaken über die Matratze und wechsle den Bettbezug. Dann lege ich mich zwischen die kalten Baumwollschichten. Kauere mich zusammen. Meine Füße sind eiskalt und trotz allem wünschte ich, Dan wäre hier und würde sich an mich kuscheln.

· · ·

KRACH.

Ich reiße meine Augen auf, blicke von rechts nach links und suche in der Dunkelheit nach Schatten. Die Vorhänge sind nicht ganz zugezogen und lassen etwas Mondlicht herein, das in jede Ecke Schatten wirft. Ein Schatten zeichnet sich undeutlich ab und es läuft mir eiskalt den Rücken hinunter, doch es ist nur der Spiegel meines Schminktisches. Ich habe noch nie allein gewohnt und mein Herz klopft-klopft-klopft gegen meine Rippen, während ich die Decke zurückschlage und mich aus dem Bett schwinge. Bis zum Fenster sind es nur wenige kurze Schritte, doch sie genügen, um mir eine Einbrecherbande vorzustellen, die gerade mein Hab und Gut in einer Menschenkette aus dem Cottage entwendet.

Ich spähe aus dem Fenster. Die Einfahrt ist dunkel und ruhig, mein Auto das einzige weit und breit. Eine Bewegung zieht meine Aufmerksamkeit auf sich und ich schrecke hoch, als der Wind das Tor auf- und wieder zuschlägt. Ich ärgere mich über meine eigene Schreckhaftigkeit und krieche wieder ins Bett. Mein Puls rast noch immer. Die Angst hat meine Müdigkeit vertrieben, also schalte ich die Nachttischlampe an und blinzele im orangefarbenen Lichtschein. Ich greife nach meinem Buch und nehme mir vor, wirklich nur zwei Kapitel zu lesen. Als ich die Stelle finde, an der ich zuletzt beim Lesen aufgehört habe, sinke ich mit jedem Wort tiefer in eine andere Zeit.

Mein Herz hat sich wieder beruhigt und mir fallen gerade die Augen zu, als ich es scheppern höre. Dieses Mal nicht am Tor, sondern an der Haustür. Ich erstarre und halte mein Buch so fest, dass die Seiten zerknittern. Das Licht geht aus und im Zimmer wird es vollkommen dunkel. Ich wimmere und halte mir beide Hände vor den Mund, um keinen Laut von mir zu geben. Mit weit aufgerissenen Augen lausche nach dem verräterischen Knarzen der Treppenstufen. Doch im Cottage ist es still. Starr vor Angst setze ich mich im Bett auf, traue mich kaum, mich zu bewegen, damit die quietschenden Bettlatten mich nicht verraten. Mein Rücken verkrampft sich und ich verlagere mein Gewicht, zucke zusammen, weil dabei die Dielen unter dem Bett knarzen. Ich halte die Luft an, frage mich, wer da ist und ob man mich gehört hat. Auf der Treppe sind keine Schritte zu hören. Alles, was ich höre, ist das Rauschen des Bluts in meinen Ohren. Ich frage mich, ob ich mir das alles nur eingebildet habe, doch plötzlich muss ich husten.

Rauch.

Die Zeit bleibt stehen. Ich kann nicht mehr logisch denken. Mir kommt es vor, als wäre ich endlos lange erstarrt, bevor ich die Hand ausstrecke und in der Dunkelheit nach dem Handy taste, es jedoch nicht finden kann. Kaltes Wasser durchnässt meinen Schlafanzug, als ich mein Glas umstoße und meine Füße treten auf den feuchten Teppich, als ich aus dem Bett aufstehe und Richtung Tür laufe. Ich stoße mir den Zeh am Bettgestell und schreie ich vor Schmerz auf, stolpere und lande schmerzhaft auf Händen und Knien. Ich rappele mich wieder auf, schalte das Licht ein und bete, dass nur die Birne meiner Nachttischlampe durchgebrannt ist. Doch es bleibt stockdunkel.

Mein Herzschlag dröhnt in meinen Ohren und meine Hände sind feucht, als ich die Tür erreiche. Ich zögere, bevor ich die Metallklinke anfasse, doch sie ist kalt. Für den Bruchteil einer Sekunde glaube ich, dass alles ganz normal ist, doch mit dem Öffnen der Tür kommt mir eine beißende Rauchwolke entgegen, reizt meinen Hals, die Nase und meine Brust. Meine Augen brennen und ich knalle die Tür wieder zu, lehne mich dagegen, als könnte ich so das Feuer aussperren. Das Husten schmerzt und ich gehe gekrümmt, doch ich treibe mich vorwärts, ziehe die Decke vom Bett, sinke auf die Knie und stopfe die Decke unter den Türspalt. Vor lauter Schweiß ist mein Schlafanzug klitschnass. Nah am Boden ist weniger

Rauch, und so robbe ich auf dem Bauch zum Fenster, klammere mich an die Heizung und hieve mich mit zittrigen Knien hoch. Das Schiebefenster klemmt. Es wurde seit dem Sommer nicht mehr geöffnet. Ich schreie vor Frust auf, während ich immer wieder versuche, es hochzuschieben. Endlich gibt es nach. Halb aus dem Fenster hängend schnappe ich nach Luft, hechele wie ein Hund an einem heißen Sommertag im Auto.

In der Einfahrt ist es dunkel und still. Die Einsamkeit, die ich sonst so genieße, scheint nun bedrohlich. Ich rufe nach Mrs Jones, auch wenn ich weiß, wie nutzlos es ist. Wenn sie nicht schläft, wird sie mich über ihren Fernseher hinweg nicht hören. *Ich sterbe.* In den Büschen raschelt es und ich meine, eine Gestalt in die Schatten verschwinden zu sehen. Ich reibe meine durch den Rauch gereizten Augen, und als ich erneut hinschaue, ist die Gestalt verschwunden. Jede Zelle meines Körpers sagt mir, nah am Fenster zu bleiben, aber ich muss mein Handy finden. Ich krieche zum Bett, taste an der Stelle über den Boden, an der ich das Wasser verschüttet habe, und bete, dass mein Handy nicht nass geworden ist. Mein Hals ist wund vom Husten, und als ich gerade denke, nicht mehr zu können, berühre ich etwas Kaltes und Hartes. Mein Handy. Ich drücke eine Taste, wodurch der Bildschirm aufleuchtet und ich vor lauter Erleichterung fast weine. Ich krieche zurück zum Fenster, allerdings langsamer als zuvor, und zwinge Sauerstoff in meine Lungen, die vor Anstrengung brennen.

Ich wähle die 999.

»Notruf, welchen Service wünschen Sie?«

Ich möchte etwas sagen, doch die Freude darüber, eine menschliche Stimme zu hören, verschnürt mir den Hals und ich bekomme nichts heraus.

»Welchen Service wünschen Sie? Feuerwehr, Polizei oder Krankenwagen?«

»Feuerwehr. Bitte. Schnell«, sage ich mit kratziger Stimme.

Ich werde nach meinem Namen und der Adresse gefragt.

Die Frau am anderen Ende der Leitung geht meine verstümmelten Sätze durch und bestätigt meine Angaben. Sie sagt, ihr Name sei Mia, versichert mir, dass Hilfe auf dem Weg ist. Ich beschreibe den Grundriss meines Hauses, sage ihr, in welchem Zimmer ich mich befinde. Mia spricht sanft und beruhigend, ihre Fragen sind sachte, doch ich muss ständig würgen und kann sie ihr nicht alle beantworten. Ich schwinge mein rechtes Bein über die Fensterbank und setze mich wie auf einen Pferdesattel. Ich starre in die Dunkelheit unter mir und sage Mia, dass ich springen werde. Sie versichert mir, dass die Einsatzkräfte gleich da sind, aber jede Zelle meines Körpers kämpft ums Überleben. Ich klemme das Handy zwischen Ohr und Schulter, halte mich an der Fensterbank fest und versuche, auch mein linkes Bein hochzuheben. Trotz meines rasenden Pulses bewege ich mich nur langsam. Es ist, als stecke ich in Treibsand fest.

Anfangs höre ich die Sirenen nur leise. Mein rauer Atem übertönt die Geräusche, aber ich sehe die Blaulichter am Ende der Einfahrt. Als ich mit wedelnden Armen nach Hilfe rufe, merke ich, wie ich rutsche. Schreiend stürzte ich in die Dunkelheit.

SECHSUNDDREISSIG

HEUTE

Mir ist so furchtbar heiß. Meine Haut pellt sich, das Fleisch schmilzt und tropft von meinen Knochen. Ich öffne meinen Mund so weit es geht, doch irgendetwas erstickt meine Schreie. Ich würge, umklammere meinen Hals, drehe und wende mich, versuche, den Druck in meiner Brust loszuwerden.

»Grace.« Warme Hände ergreifen meine und drücken sie sanft. »Grace, kannst du mich hören?«

Grandma? Meine Augen zu öffnen ist anstrengend, durch die glimmende Lichtleiste muss ich blinzeln. Alles ist grell und weiß. Die Bettdecke ist zu eng um mich gelegt, hart und steif.

»Es hat gebrannt. Dir geht es gut, aber wir dachten ...« Grandmas Stimme bricht ab. Ich will meine Hände freimachen, mich aufsetzen und den Schlauch aus meinem Hals ziehen.

»Nicht bewegen, Liebling«, sagt Grandpa und drückt mich sanft zurück in die Matratze. »Ich hole den Arzt. Deine Mom ist auf dem Weg.«

Der Arzt sieht viel zu jung aus, um qualifiziert zu sein. Ein kleiner Junge in einem viel zu großen Kittel und einer schildkrötenpanzerrunden Brille. Er studiert das Klemmbrett an meinem Bettende und räuspert sich, als hätte er Angst, seine Stimme könnte mitten im Satz versagen. »Grace, Sie hatten wirklich großes Glück.«

Ich kann ihm nicht antworten, bin mir aber auch nicht sicher, ob ich ihm zustimmen würde, wenn ich es könnte.

»Machen Sie sich keinen Kopf wegen des Schlauchs. Ihre Luftröhre ist durch den ganzen Rauch, den Sie eingeatmet haben, geschwollen, und wir möchten sie einfach nur offenhalten. In Ihrer Lunge gibt es keine überschüssige Flüssigkeit und keine Infektion. Sie sollten das Krankenhaus in achtundvierzig Stunden wieder verlassen können.«

Grandma streicht mir sanft über die Hand und ich versuche erfolglos, wach zu bleiben.

Immer wieder falle ich in einen unruhigen Schlaf, von beunruhigenden Träumen mit herumwirbelnden Flammen und schwindelerregendem Rauch heimgesucht. Grandma steckt ein Lavendelkissen unter mein Kopfkissen, aber egal, wie tief ich einatme, ich rieche nur Ruß. Ich werde keinen Moment allein gelassen. Neben meinem Krankenhausbett steht ein Sessel, und jedes Mal, wenn ich schweißgebadet und panisch erwache, sitzt jemand anderes darin: mal meine Großeltern, mal meine Mom, mal Lyn. In meinem Kopf gehe ich immer wieder die letzten Stunden im Cottage durch. Ich erinnere mich, die Kerzen angezündet, aber nicht, sie auch wieder ausgepustet zu haben. Meine Gedanken drehen sich so schnell wie ein Tornado, der mich im Nu bis nach Kansas katapultiert. Ich wünschte, ich könnte meine Hacken dreimal gegeneinanderschlagen und nach Hause gehen. *Ist es meine Schuld? Ist es immer meine Schuld?*

Der Schlauch wird entfernt und ich erbreche blutdurchsetzte Galle in eine Pappschale. Mein Magen ist sowohl innerlich als auch äußerlich sehr empfindlich. Zu meiner Erleichterung kann ich das kratzende Krankenhaushemd ausziehen und duschen. Ich stehe auf einem einst weiß gefliesten Boden, dessen Fugen nun taubengrau sind. Vorsichtig berühre ich die dunkelblauen Flecken auf meinem Bauch und meiner Brust. Während ich überlege, was passiert wäre, wenn die Feuerwehr etwas später gekommen wäre und mich nicht gerettet hätte, nachdem ich bewusstlos auf den Schlafzimmerboden gefallen war, breche ich in Tränen aus. Ich schüttele ein frisches Nachthemd aus, das Grandma mitgebracht hat, und halte es vor meine Nase, um meinen Geruchssinn zu testen. Es riecht ein wenig nach Weichspüler. Weil Grandma etwas kleiner ist als ich, geht mir das Nachthemd, das bei ihr bodenlang ist, nur knapp bis zu den Knien und sitzt etwas eng an der Brust. Ich weiß nicht, ob alle meine Sachen verbrannt sind, und traue mich nicht, nachzufragen.

Die ausgeliehenen rosa Pantoffeln rutschen mir von den Füßen, als ich zurück zur Station gehe. Ich komme mir vor, als wäre ich einen Marathon gelaufen, und erwarte fast schon, dass mir jemand mit einer Rettungsdecke entgegengelaufen kommt. Meine Lunge rasselt, mein Atem kratzt, und Schmerz durchfährt meine Brust.

Grandma zieht die Decke zurück, schüttelt mein Kissen auf und hilft mir ins Bett. Mom deckt mich so zu, wie sie es immer getan hat, als ich noch klein war.

»Ich weiß, dass du noch nicht richtig schlucken kannst, aber ehe du dich versiehst, wirst du wieder völlig gesund sein.« Grandma öffnet eine Tupperdose und zeigt mir dicke Stücke Zitronenkuchen.

Von dem Geruch muss ich husten und Grandma tupft mir die Augen ab, reicht mir ein Taschentuch, damit ich mir die Nase putzen kann. Das Taschentuch wird schwarz. Ich knülle es zu einem Ball zusammen und werfe es auf den Nachttisch.

»Kommst du für ein paar Stunden allein klar? Denise ist krank und kann den alten Herrschaften nicht ihr Essen ausliefern. Ich habe ihr angeboten zu helfen, und deine Mom wird mich unterstützen. Grandpa holt gerade das Auto.«

Auch wenn Grandma zweiundsiebzig ist, hilft sie den ›alten Herrschaften‹, wann immer sie kann.

Ich nicke.

»Wenn es dir lieber ist, kann ich auch hierbleiben«, bietet Mom an, aber ich schüttele den Kopf. Mein Hals tut so weh, dass ich nicht reden kann. Ich sehe ihnen hinterher, als sie die Station durch die schwingenden Türen verlassen, dann drehe ich mich auf die Seite und schließe die Augen. Meine Träume sind grell und lebhaft. Impulse-Deodorant kitzelt meine Nasenflügel und ich träume davon, wie Charlie und ich durch den Wald laufen. Blätter rascheln und Äste winden sich, um mir ihre Geheimnisse anzuvertrauen. Ich versuche, ihr Flüstern zu verstehen.

Als ich aufwache, ist mein Mund ausgetrocknet und ich setze mich auf, um nach meinem Wasserglas zu greifen. Auf meinem Schränkchen steht ein in goldglänzendes Papier verpacktes Geschenk. Auf einem Kärtchen steht mein Name in einer Handschrift, die mir bekannt vorkommt, die ich aber nicht zuordnen kann. Als ich den Karton schüttele, raschelt es darin. Ich schaue mich auf der Station um und prüfe, ob mich jemand beobachtet, dann löse ich das Klebeband von einem zum anderen Ende und öffne den Deckel. Ich hole das Geschenk heraus.

Ich lasse den Karton auf mein Bett fallen und weiche zurück, als wäre es eine Schlange, die mich beißen könnte. Ich drücke mich tiefer in mein Kissen und starre schockiert auf die Packung Nusspralinen. Es gibt nur eine Person, die mir Nüsse kaufen würde. Die mir schon einmal Nüsse gekauft hat. *Anna.*

· · ·

Obwohl es im Wohnzimmer mindestens fünfundzwanzig Grad warm ist, deckt Grandma meine Füße mit der lila-pink gehäkelten Decke zu. Diese Decke hat mich schon gewärmt, als ich Masern und eine Mandelentzündung hatte. Ich ziehe sie bis zum Kinn hoch. Als ich die Fernbedienung betätige, erwacht der Fernseher zum Leben. Grandpa muss ihn zuletzt genutzt haben und ich suche den richtigen Knopf, um die Lautstärke zu reduzieren.

Grandma holt den kleinsten der Mahagonitische hervor und platziert ihn neben das Sofa. Dann stellt sie ein Glas Saft und einen Teller mit Keksen darauf. Ich fühle mich wie sechs und bin dankbar, hier zu sein und letzte Nacht in meinem alten Zimmer geschlafen haben zu können, ohne permanent das Klappern von Rollwagen und das Flüstern des Pflegepersonals zu hören. Mom ist wieder zurück nach Devon gefahren, nachdem sie sich vergewissert hatte, dass ich zumindest körperlich keinen langfristigen Schaden davontragen werde.

Wie gebannt schaue ich *Jeremy Kyle*, bin gleichermaßen von dem Drama der Talkshow entsetzt und fasziniert, während ich an einem Keks lutsche und mir die süße rosa Glasur auf der Zunge zergehen lasse. Grandma tut so, als würde sie mich nicht beobachten, sondern nur stricken, doch ab und zu verstummt das Klicken der Stricknadeln und ich höre sie amüsiert schmunzeln.

Es klopft an der Tür und Grandma hievt sich aus ihrem Sessel. In den letzten Tagen scheint sie schneller gealtert zu sein. Sie schließt die Wohnzimmertür hinter sich, doch ich kann eine männliche Stimme durch den Flur hallen hören. Ich glätte mein Haar und wische Krümel von meinem Nachthemd in der Annahme, dass es sich um Dan handelt. Dann halte ich mir die Hand vor den Mund, hauche, rieche und versuche mich daran zu erinnern, ob ich mir heute die Zähne geputzt habe. Ich wünschte, ich hätte geduscht und mich angezogen.

Die Tür geht auf und ich setze mich anständig hin. Wie

erbärmlich, dass ich mir immer noch wünsche, dass Dan mich attraktiv findet.

»Grace ...« Grandma deutet auf zwei Männer hinter sich. Ich kenne keinen davon. »Ich hole Grandpa.«

»Grace, ich bin DS Harry Mills und leite die Ermittlungen. Wir untersuchen, wo das Feuer im Rosencottage ausgebrochen ist«, sagt der größere der beiden Männer. »Mein Kollege ist Brandermittler Mick Walker der Feuer- und Rettungswache von Oxfordshire. Er hat auch ein paar Fragen.«

Ich winde mich wie ein Kind vor einem Schuldirektor und ziehe die Decke noch etwas höher.

Grandpa stürmt ins Zimmer und trocknet sich die Hände an seiner dunklen Cordhose ab. »Bitte, nehmen Sie Platz, meine Herren.«

Die Männer setzen sich, lehnen sich jedoch nicht zurück. Sie strecken ihre langen Beine vor sich aus, wodurch das Zimmer klein und vollgestopft wirkt.

Porzellan klirrt, als Grandma Tassen und Untertassen verteilt und Tee aus der Royal-Doulton-Kanne ausschenkt, die nur für besondere Anlässe genutzt wird. Die rosa Kekse werden durch welche aus Vollkorn mit dunkler Schokolade ersetzt, die niemand anrührt. Ich drehe meine Finger durch die Häkellöcher in der Decke, während ich warte, dass die Befragung startet.

»Wann sind Sie in der Nacht des Feuers schlafen gegangen, Grace?«

Ich kann mich nicht genau erinnern und spüre, wie mich eine Hitzewelle durchfährt, als hätte ich etwas zu verbergen.

»Gegen elf, glaube ich«, krächze ich. Grandpa stellt den fertigen Tee noch näher zu mir heran und reicht mir ein Glas Wasser.

»War noch jemand außer Ihnen im Haus?«

»Nein.«

»Und als Sie das Wohnzimmer verlassen haben, war alles ausgeschaltet? Alles wie gewohnt?«

»Ihr wurde früh beigebracht, Strom zu sparen«, wirft Grandma ein.

Ich greife nach Grandpas Hand. »Ich dachte, ich hätte alles ausgemacht, die Kerzen ausgepustet …« Ich starre auf den Teppich. Grandpa drückt meine Hand etwas fester.

»Wo standen die Kerzen?«

»Auf dem Kaminsims.«

»Der Brandherd war der Papierkorb neben dem Tisch. Gab es in der Nähe Kerzen oder andere Zündquellen?«

»Nein.«

»Im Mülleimer lag ein Streichholz. Rauchen Sie, Grace?«

»Nein.« Ich schüttele den Kopf und versuche, die Verwirrung zu verdrängen. »Ich habe gar keine Streichhölzer im Haus, ich benutze nie welche.«

»Wussten Sie, dass der Rauchmelder im Flur keine Batterien hatte?«

»Nein …«

»Hatte er wohl«, wirft Grandpa ein. »Ich überprüfe alle Rauchmelder regelmäßig und habe erst vor ein paar Wochen neue eingesetzt. Sogar Duracell-Batterien. Für ein ruhiges Gewissen gebe ich auch gerne etwas mehr aus.«

»War alles abgeschlossen, als Sie ins Bett gegangen sind?«

»Ja, ich habe die Türen mehrmals überprüft.«

»Die Feuerwehr musste einbrechen.«

»Ich verstehe nicht ganz …«

Mick nimmt seine silbergerahmte Brille ab und schaut mir in die Augen. »Wir nehmen an, dass das Feuer absichtlich gelegt wurde. Weil alle Türen abgeschlossen waren, sowohl als Sie ins Bett gegangen sind als auch zu dem Zeitpunkt, als die Feuerwehr kam, lässt das vermuten, dass entweder jemand, der bereits im Haus war, oder jemand mit einem Zweitschlüssel das Feuer entzündet hat. Die Kette an der Haustür war noch immer vorgelegt, dadurch ist also niemand reingekommen. Wer hat noch alles einen Schlüssel zur Hintertür, Grace?«

Mein Nacken wird eiskalt und jedes einzelne meiner Armhärchen stellt sich auf.

»Anna«, flüstere ich. »Anna hat einen.«

Grandpa zieht das Taschentuch schwungvoll aus seiner Tasche und tupft Grandmas Augen damit ab. Sie reißt es ihm aus der Hand. »Danke, aber ich habe bereits genug Falten, du brauchst mir nicht auch noch welche ziehen.« Hinter ihrem Rücken verzieht Grandpa das Gesicht. Auch wenn es sich anfühlt, als hätte sich alles verändert, so ist es irgendwie beruhigend zu wissen, dass manche Dinge doch immer gleich bleiben.

Eine unverständliche Stimme verkündet die Einfahrt meines Zuges. Mein Koffer ist zwar klein, aber schwer, und ich habe Mühe, ihn hochzuheben. Ich klopfe meine Tasche ab, um mich zu vergewissern, dass sich meine Fahrkarte darin befindet.

»Du musst nicht gehen«, sagt Grandma. »Mir macht diese Anna keine Angst.«

»Das sollte sie aber.«

»Du könntest bei uns bleiben«, schlägt Grandpa vor.

»Besser nicht. Nicht solange die Polizei sie nicht gefasst hat.« Zum Abschied umarme ich beide mit meinem freien Arm. »Ich melde mich bei euch, wenn ich angekommen bin.«

Ich hebe mein Gepäck in den Zug, stelle mit einem Blick zurück sicher, dass mir niemand folgt, und halte dann vom

Eingang des Eisenbahnwaggons aus Ausschau nach glänzend blondem Haar. Nachdem ich davon überzeugt bin, dass Anna sich nicht im Zug befindet, nehme ich eine liegengelassene Zeitung vom Sitz, der trotz der Rauchverbotsschilder mit Brandlöchern übersät ist, und nehme Platz. Der Boden ist grau vor Schmutz. Ich lege meine Handtasche auf den Schoß und stelle meinen Koffer auf den Sitz neben mir. Die Türen schließen, wodurch die von Rauch, Parfüm und Körpergerüchen geschwängerte Luft eingeschlossen wird. Ich schaue durch das verschmierte Fenster und winke zum Abschied.

Als der Zug anfährt, ruckelt es, und beim Beschleunigen klappert es. Ich lege meine Hand auf die schmutzige Scheibe und beobachte, wie die Felder an uns vorbeirauschen. Bis wir am Bahnhof Kings Cross ankommen, versinke ich in meinen Gedanken, ohne auch nur das Buch aufzuschlagen, das ich mir für die Fahrt eingepackt habe. Als der Zug einfährt, stehe ich auf und nehme meine Sachen. Ich kneife die Pobacken zusammen, um nicht hinzufallen. Dann steige ich aus und halte meine Tasche im Gedränge noch fester umschlungen. Auf dem Bahnsteig ist es so voll, dass ich kaum sehe, wohin ich meinen Fuß setzen soll. Bei jeder Berührung zucke ich zusammen, aus Angst, es könnte Anna sein. Dann legt sich eine Hand auf meine Schulter. Schreiend drehe ich mich herum.

»Ich bin's.« Esmée nimmt mich in ihre dünnen Arme und drückt mich fest an sich. Sie ist stärker, als sie aussieht. *Jetzt sind wir nur noch zwei.* Obwohl ich sie seit Charlies Beerdigung nicht mehr gesehen habe, erwidere ich ihre Umarmung nicht. Ich bin fest entschlossen, meine Gefühle nicht auf einem überfüllten Bahnsteig freizulassen. Mein Kummer ist so groß, dass ich befürchte, die Gleise zu überfluten und jeden, der im Weg steht, mitzureißen, sobald ich ihn einmal rauslasse.

»Hier bist du sicher«, flüstert sie in mein Haar, und ich versuche, an etwas Fröhliches zu denken, um nicht weinen zu müssen.

»Jetzt bringen wir dich erst mal nach Hause.« Esmée nimmt meinen Koffer und ich bin froh darüber, nicht vorweggehen zu müssen. Nach der Fahrt bin ich völlig fertig. Vermutlich habe ich mich auch noch nicht gänzlich vom Feuer erholt.

Esmée navigiert uns so gekonnt durch das Labyrinth der U-Bahn, dass ich das schüchterne Mädchen von damals kaum wiedererkenne. Erschöpft lasse ich mich auf den Sitz fallen und studiere die Karte an der Wand. Rote, blaue und grüne Linien, so dünn wie Spaghetti, ziehen sich durch die Hauptstadt. Noch eine Sache, die ich nicht verstehe. Davon habe ich bereits eine ganze Liste. Ich schließe die Augen. Die Vibrationen der fahrenden U-Bahn besänftigen mich und ich muss gähnen.

»Die nächste Haltestelle müssen wir raus«, sagt Esmée und tätschelt mein Knie.

Ich stehe auf, schwanke vorwärts und greife nach Esmées Arm, um mein Gleichgewicht zu halten. Dann schaue ich mich um, doch niemand sieht zu mir. Anonymität ist etwas Tolles. Wir gehen durch vermüllte Straßen, wobei ich mich nah an Esmée halte und bei jedem Hupen zusammenzucke. Ich atme den Geruch von Abgasen und Fast Food ein und sehne mich nach frischer Landluft.

Schließlich wird Esmée langsamer und bleibt vor einer Reihe Geschäfte stehen.

»Home sweet home. Lass dich von der Außenfassade nicht abschrecken.« Links der Wäscherei befindet sich eine kanarienvogelgelbe Tür, deren Farbe bereits abblättert und mit Graffiti übermalt wurde. Esmée steckt den Schlüssel ins Schloss, dreht ihn und tritt mit dem Fuß gegen den unteren Teil der Tür. »Sie klemmt immer.«

Als wir die schmale Treppe hinaufgehen, rammt mein Koffer gegen die Wände. Trotz der nackten Glühbirne, die von der Decke hängt, ist es so düster, dass ich kaum sehe, wohin ich trete. Dann schließt Esmée eine massive graue Tür im obersten Stockwerk auf und wir sind da.

. . .

Die Wohnung ist kaum größer als eine Streichholzschachtel und geschmackvoll in einem sanften Beigeton eingerichtet. Esmée hat die mühelose Eleganz ihrer Pariser Mutter geerbt. Ein einziger Raum dient sowohl als Wohnzimmer, Esszimmer und Küche. In nur vier Schritten ist Esmée am Fenster und öffnet es. Warme Luft mischt sich mit noch wärmerer Luft.

»Du kannst froh sein, dass wir Frühling haben. Durch die Trockner unten ist es hier oben immer warm. Im Winter perfekt, aber im Sommer hält man es hier kaum aus. Allerdings bin ich tagsüber auch nicht oft da. Schau dich ruhig um, während ich uns eine Tasse Tee koche«, sagt Esmée und geht zur Küchennische. »Du kannst im Schlafzimmer schlafen, ich nehme die Schlafcouch.« Während sie mit der einen Hand meinen Protest abwinkt, nimmt sie mit der anderen schwarz-glänzende Tassen aus dem Schrank. Ich öffne eine der beiden Türen, die vom Wohnzimmer aus abgehen. Im Bad sind alle vier Wände weiß gefliest und der Boden ein Schachbrett. Die Tür lässt sich erst schließen, wenn man sich zwischen das Waschbecken und die Toilette gedrängt hat. Mit ausgestreckten Armen kann ich beide Seiten des Raums fast gleichzeitig berüh-ren. Die Duschkabine aus Glas glänzt. Beim Anblick der vielen Pflegeprodukte von Molton Brown darin fühle ich mich plötz-lich siffig von der Reise. Ich schaute mich weiter um.

Das Schlafzimmer hat eierschalenfarbene Wände, mit Spiegel versehene Möbel und Bettwaren aus türkisfarbener Seide. Das wird mein Kokon, und wer weiß, vielleicht verwan-dele ich mich in einen Schmetterling.

»Zum Glück habe ich ein separates Schlafzimmer, das ist nicht üblich.«

Als Esmée hinter mir auftaucht, erschrecke ich. Sie hält mir eine Tasse hin und ich nehme sie entgegen.

»Klar, daheim würde ich für denselben Preis eine Doppelhaushälfte mit drei Schlafzimmern bekommen, aber wer will schon an einem Ort festsitzen, der für ein Dorf zu groß und für eine Stadt zu klein ist, und wo das Spannendste, das je passiert, die kaputten Leitungen in der Schule waren, woraufhin wir eine Woche zu Hause bleiben durften?« Sie zuckt mit den Schultern. »Das hier ist London, Baby. Jedes Mal, wenn ich aus dem Haus gehe, sehe ich neue Gesichter. Und wenn ich niese, bringt mir niemand nach spätestens einer Stunde einen Auflauf vorbei oder verbreitet das Gerücht, ich hätte die Pest.«

»Das ist perfekt, Esmée. Ich bin dir wirklich sehr dankbar.« Und ich meine es so. »Aber vermisst du zu Hause denn gar nicht?« Mir gefällt es, alle nah um mich herum zu haben. Den Klatsch und den Skandal, als die Post beschloss, nur noch einmal am Tag die Briefkästen zu leeren. Wochenlang wurde über nichts anderes gesprochen. Manche würden es vielleicht langweilig finden, aber mir gab es Sicherheit. Zumindest war dem so, bis Anna kam.

»Manchmal schon, aber ich mag das Stadtleben lieber. Hier ist immer was los. Ohne Siobhan war das Dorf nicht mehr dasselbe. Und jetzt Charlie ... Da will ich nie wieder auf Dauer hin. Ich gehöre jetzt hierher.«

»Ich weiß nicht mehr, wo ich hingehöre.« Ich schlürfe den Tee und versuche, das Zittern in meiner Stimme herunterzuschlucken. »Kann ich kurz duschen?«

»Fühl dich wie zu Hause.«

Der Wasserstrahl aus dem Duschkopf ist so stark, dass ich nach Luft schnappe, während ich mir das Wasser aus den Augen reibe. Dann drehe ich das Wasser ein wenig zu. Esmées Shampoo riecht nach Ingwer, doch egal, wie oft ich meinen Kopf einschäume, ich werde den Geruch nach Rauch in meinem Haar nicht los.

Das Handtuch ist so weich wie ein Wattebällchen. Ich trockne mich im Schlafzimmer ab und begutachte den Inhalt meines Koffers, der nun verteilt auf Esmées Bett liegt. Ich erwäge, mich wieder anzuziehen, entscheide mich dann aber doch für den Schlafanzug. Auf dem Weg zum Wohnzimmer spüre ich den weichen Teppich unter meinen nackten Füßen.

Etwas später balancieren wir Teller mit Spinatlasagne auf unseren Knien, kichern während des Essens durch eine Wiederholung von *Friends* und wundern uns, wie wenig Jennifer Aniston gealtert ist. Die Normalität und der Anschein, als wäre ich nur auf einen Freundschaftsbesuch, tun mir gut. Trotz Esmées Einspruch stehe ich in der Küche neben ihr, trockne die Teller ab, die sie gerade gespült hat, und stapele sie dann auf der Arbeitsplatte.

»Also, wie geht es dir wirklich?« Esmée wischt sich die Hände ab, schenkt mir ein Glas Pinot ein und schiebt mich zum Sofa.

»Mir geht's gut.«

Esmée zieht eine Augenbraue hoch.

»Na gut«, seufze ich. »Mir ging es schon mal besser. Vor ein paar Monaten hatte ich einen tollen Job, eine Katze, ein schönes Haus und einen Freund, den ich geliebt habe. Und ich habe ihn wirklich geliebt.«

Esmée drückt meine Hand.

»Er hat bei meinen Großeltern geklingelt, weil er mich sehen wollte«, erzähle ich. »Grandpa musste Grandma davon abhalten, ihn mit dem Nudelholz zu erschlagen.«

»Er ist ein Arsch.«

»Ich weiß, aber er war mein Arsch. Er ruft mich immer noch ständig an.«

»Warum?«

»Ich gehe nicht ran.«

»Braves Mädchen.«

»Aber er schreibt mir auch, will sich treffen, um Sachen zu erklären.«

Esmée hebt erneut eine Augenbraue. »Für das, was er getan

hat, gibt es keine Erklärung. Er ist nicht der Dan, den ich dachte zu kennen.«

»Ich erkenne ihn auch nicht wieder«, sage ich und lehne meinen Kopf an Esmées Schulter. »Ich kann nicht glauben, was er getan hat, und ich verstehe nicht, wieso Anna mich so hasst.« Ich schaue mich um, als könnte sie jeden Moment hinter einem der Möbelstücke hervorspringen.

»Keine Ahnung. Vielleicht war sie eifersüchtig, weil sie in Dan verknallt ist?«

»Er hat darauf beharrt, dass es eine einmalige Sache war und nichts zu bedeuten hatte. Aber selbst wenn er die Wahrheit sagt, könnte sie Gefühle für ihn entwickelt haben.«

»Vielleicht kam sie nicht damit klar, zurückgewiesen worden zu sein?«

»Möglich. Ich bin nur heilfroh, dass ich sie Lexie nicht vorgestellt habe. Stell dir vor, was das bei Lexie hätte auslösen können: Erst wird ihr vorgegaukelt, es gäbe noch einen Teil von Charlie, und dann muss sie herausfinden, dass alles nur gelogen ist.«

»Anna hat sie nicht alle. Ihretwegen brauchst du dir keine Sorgen mehr zu machen.«

Doch wir wissen es beide besser.

»Du wirst schon sehen, Grace, sie kommt für viele Jahre hinter Gitter. Man kann nicht einfach frei rumlaufen und versuchen, Menschen zu ermorden.«

Mir läuft es eiskalt den Rücken herunter. »Es war wohl Brandstiftung mit der Absicht, Leben zu gefährden.«

»Das läuft auf dasselbe hinaus. Die Trulla ist völlig durchgeknallt.«

»Ich hoffe nur, die Polizei findet sie.«

Esmée schenkt die letzten Tropfen Wein in mein Glas, holt eine neue Flasche aus der Küche und füllt Kettle Chips in eine Schüssel.

»Was ist mit dem Cottage? Hast du alles verloren?«

»Zum Glück nicht. Das Feuer konnte unter Kontrolle gebracht werden. Der Teppich ist verbrannt und einige Möbel angesengt, doch das Meiste hat nur unter dem Rauch gelitten. Grandma hat meine Klamotten bereits dreimal gewaschen, aber ...« Meine Stimme bricht. »Es war einfach so viel Rauch.«

»Du hast echt Glück gehabt.«

»Das habe ich jetzt schon mehrfach gehört.«

»Was ist jetzt der Plan?«

»Das Cottage ist versiegelt. Alle meine Wertsachen sind in Grandpas Garage untergebracht. Die Polizei hat alles, was sie braucht, also liegt es nun an der Versicherung. Es wird etwa einen Monat dauern, bis alles geregelt ist.«

»Du kannst so lange hierbleiben, wie du möchtest.«

»Danke, das ist lieb. Zu Mom wollte ich nicht. Olivers Tochter ist mit ihren Kindern fast rund um die Uhr dort, und es gibt so schon kaum Platz. Sobald Anna gefasst ist, kann ich nach Hause und wieder zu meinen Großeltern. Die Polizei hat zwar zugesagt, auf eine Meldung von mir sofort zu reagieren, aber ich möchte nichts riskieren und möchte niemanden in Gefahr bringen.« Ich beiße auf einen Chip. Salz und Essig brennt in meinem geschwollenen Hals. »Hier wird Anna nicht nach mir suchen.«

»Natürlich nicht«, sagt Esmée. Schweigend trinken wir unseren Wein. Ich versuche, nicht zusammenzuzucken, als draußen die Alarmanlage eines Autos ertönt. Hier bin ich sicher, rede ich mir gut zu. Hier wird Anna mich nicht finden. Trotzdem frage ich mich, wo sie ist.

ACHTUNDDREISSIG

HEUTE

Als die Kaffeekanne dampft und blubbert, fülle ich brühend heiße Flüssigkeit in Esmées Thermobecher und reiche ihr eine Banane. Sie nimmt ihr Handy vom Ladekabel und lässt es in ihre Handtasche fallen.

»Was hast du heute vor? Hier drinnen wird es sehr ungemütlich. Sie haben eine kleine Hitzewelle vorhergesagt. So typisch! Im April ist es heiß, aber wenn ich im August freihabe, wird es wahrscheinlich wieder regnen.«

»Vielleicht gehe ich eine Runde raus«, lüge ich. Es ist unsere tägliche Routine geworden. Ich warte auf den Teil, an dem Esmée mir einen schönen Tag wünscht und ich breit lächle und antworte, dass ich diesen haben werde. Doch stattdessen legt sie mir eine Einkaufsliste auf die Arbeitsplatte.

»Könntest du dann ein paar Sachen besorgen?«

»Ich weiß nicht …«

»Grace, in London leben etwa zehn Millionen Menschen. Selbst wenn Anna wüsste, dass du hier bist, was sie aber nicht tut …«

»Das kannst du nicht mit Sicherheit sagen.«

»Du bist jetzt fast eine Woche hier. Wenn sie dich suchen würde, hätte sie dich mittlerweile bereits gefunden.«

»Du kennst sie nicht.«

»Im Grunde genommen kennst du sie auch nicht richtig. Was machst du, wenn die Polizei sie nie gefasst bekommt? Willst du für immer hier drinnen bleiben?«

Ich kaue an meinem Daumennagel herum. Esmée seufzt, greift nach dem Einkaufszettel und zerknüllt ihn.

»Entschuldigung, Grace. Ich möchte dich nicht drängen. Aber mir gefällt nicht, wie du dich abschottest.«

Ich lege meine Hand um ihre. »Lass die Liste hier. Ich versuche es.«

»Du musst aber nicht ...«

»Ich weiß. Jetzt beeil dich, sonst verpasst du noch deinen Zug.«

Ich neige meinen Kopf und glätte den zerknüllten Zettel, während sie nach Schlüssel und Kaffee greift.

»Hab einen schönen Tag, Grace. Wenn du magst, kannst du meinen Schrank nach etwas Sommerlichem durchsuchen.«

Ich unterdrücke die Tränen und grinse über beide Ohren. »Das werde ich.«

Esmées Absätze klackern auf der Holztreppe und ich schließe die Wohnungstür hinter ihr ab und lege die Kette vor. Als ich etwas Körnerbrot in den Toaster stecke, fallen Samen auf die Arbeitsplatte. Ich wische sie in meine Hand, werfe sie in die Spüle und gehe Esmées DVDs durch, während ich warte. *Shining, Poltergeist, Halloween – Die Nacht des Grauens*. Filme, die ich im besten Fall nur mit einem Kissen vor den Augen schauen würde. Ich schrecke hoch, als das Brot fertig ist. Mit Daumen und Zeigefinger angele ich es aus dem Toaster und beschmiere es dick mit Butter und Marmite. Ich esse im Stehen und halte mir dabei eine Hand unter das Kinn, um mögliche Krümel aufzufangen. Der Tag erstreckt sich lang und einsam vor mir. Ich schlucke den letzten Rest meines Frühstücks herunter und wasche mir die Hände. Mein Handy vibriert und rutscht über die Oberfläche. Es ist Dan. Mittlerweile ruft er nicht mehr so oft an, doch mindestens dreimal am Tag. Wie sonst auch gehe ich nicht ran. Das Handy verstummt, der Akku ist fast leer, obwohl ich es, seit ich hier bin, noch gar nicht genutzt habe. Ich habe mein Ladekabel vergessen und Esmées passt nicht auf meinen Stecker.

Die Fenster klappern im Takt des Presslufthammers auf der Straße. Ich reibe mir die Schläfen, um die aufkommenden Kopfschmerzen zu stoppen. Ich schaue mir die Karte an, die Esmée dagelassen hat, und fahre die U-Bahn-Linien mit dem Finger nach, um einen Überblick über die Verbindung zu bekommen, die ich nehmen müsste, wenn ich rausgehen würde. *Wenn.*

Ich rolle mich auf dem Sofa zusammen und wähle eine Nummer mit Esmées Festnetztelefon.

»Grace, wie geht es dir?«

»Mir geht es gut. Gibt es schon etwas Neues?« Grandpa ruft jeden Tag bei der Polizei an.

»Noch nicht, aber die kriegen sie. Mach dir keine Sorgen.« Er hustet, sodass ich mir den Hörer vom Ohr weghalten muss.

»Alles in Ordnung bei dir?«

»Ja. Wir beide sind etwas erkältet, aber nichts Schlimmes. Grandma ist gerade im gemeinnützigen Secondhandladen und sortiert Spenden. Mrs Jones ist gestürzt.«

»O nein, geht es ihr gut?«

»Sie braucht eine neue Hüfte. Zum Glück haben die Handwerker bei dir gehört, wie sie mit ihrem Gehstock gegen die Wand geschlagen hat. Sie liegt im St.-Anne-Krankenhaus. Ich mag sie mit meiner Erkältung nicht besuchen, nachher stecke ich sie noch an.«

»Ich besuche sie, wenn ich wieder da bin. Heute gehe ich vielleicht mal raus.« Ich warte darauf, dass er protestiert, weil es nicht sicher sei.

»Frische Luft wird dir guttun.« Grandpa war noch nie in London.

»Die Luft hier ...« Doch es piept in meinem Ohr und dann höre ich nichts mehr.

»Grandpa?« Ich bekomme keine Antwort, also lege ich auf und rufe noch mal an. Doch die Leitung bleibt still.

Als ich an der Haustür unten ein Klopfen höre, schrecke ich hoch. Das Telefon fällt auf das Sofa und ich sinke auf meine Knie, schlage die Hände vor den Mund. Diesmal ist das Klopfen lauter und ich krabbele zum Fenster. Ich stehe so weit auf, dass ich über die Fensterbank spähen kann. Unten steht jemand mit einer Kappe auf dem Kopf. Unter dem New-York-Yankees-Logo schauen ein paar blonde Haare heraus. Hitze durchfährt mich. Es klopft erneut und die Gestalt geht etwas zurück, schaut nach oben.

Ich ducke mich, doch nicht schnell genug, denn die Person hat mich gesehen, genau wie ich sie.

Ich laufe die Treppen hinunter und öffne die Tür einen Spaltbreit. Dann nicke ich, als der Arbeiter mir erklärt, dass er Kabel austauscht, wodurch zeitweise Probleme mit dem Telefon auftreten könnten.

Die Wohnungstür fällt hinter mir zu, und während ich sie abschließe, frage ich mich, wann ich so ängstlich geworden bin. Ob es nur wegen Anna ist oder ob der Grund viel tiefer liegt. Seit Dads Tod habe ich mich nicht mehr wirklich sicher gefühlt, bin seitdem immer irgendwie angespannt. Ich muss an Grandma denken, die trotz Anna und trotz ihrer Erkältung den Kopf hoch behält. Ich möchte, dass sie genauso stolz auf mich ist wie ich auf sie. Ein Quäntchen Mut steigt in mir auf. Das neue Leben, in das ich hineingeworfen wurde, mag ich mir zwar nicht ausgesucht haben, aber vielleicht, nur vielleicht, ist es das richtige für mich.

Ich schlüpfe in ein Maxikleid mit Blumenmuster, das Esmée gehört und mir passt, und ziehe passend dazu ihre

Sandalen an. Der U-Bahn-Plan lässt sich nicht mehr so gut zusammenfalten, also lege ich ihn bestmöglich zu einer Ziehharmonika zusammen und stecke ihn in meine Schultertasche. Dann nehme ich Schlüssel und meinen Mut zusammen und mache mich zum allerersten Mal allein auf den Weg durch London.

Die Ziegelwand drückt hart gegen meine Wirbelsäule, als ich mich gegen sie lehne, um dem Drang, wieder umzukehren, zu widerstehen. Noch nie zuvor habe ich so viele Menschen auf einmal gesehen. Niemand sucht den Blickkontakt, jeder hat es eilig, und ich bin noch nicht einmal im Zentrum angekommen. Langsam nähere ich mich der U-Bahn. Meine geflüsterten Entschuldigungen bleiben ungeachtet und es dauert ewig, bis ich an der Haltestelle ankomme.

Ich lasse zwei Bahnen abfahren, bevor ich mich dazu überwinde, selbst einzusteigen. Schnell husche ich aus dem Türbereich, bevor die Türen wieder schließen. Dann stelle ich mich mit hüftbreit gespreizten Beinen in die Mitte des Waggons und halte mich mit beiden Händen an der Haltestange fest. Als der Zug losfährt, schwanke ich kaum, sodass ich den ersten Erfolg des Tages feiere. *Kleine Schritte, Grace.* Eine dumpfe Stimme kündigt an, dass Charing Cross der nächste Halt ist, und ich folge der Menge spitzer Ellbogen und gegeneinanderschlagender Aktentaschen in Richtung Drehkreuz, bevor ich die Treppen hinauf ins Tageslicht steige. Draußen ist es hell und ich muss blinzeln, während ich, meine Tasche fest umklammernd, weiter vorwärts geschoben werde. *In London wimmelt es nur so von Taschendieben*, hat Grandma mich gewarnt.

Meine geliehenen Sandalen klatschen auf den Asphalt. Ich habe weder ein Ziel noch etwas zu tun. Das ist sowohl befreiend als auch verunsichernd. Die Straße entlang befindet sich eine Reihe verschiedener Läden. In der Luft liegt eine Geruchmischung aus Weihrauch, Hamburgern und Lush-Seifen. Auf der gegenüberliegenden Straßenseite entdecke ich einen Handyladen, drücke den Knopf an der Ampel und warte auf das grüne Männchen.

»Ich hätte gerne ein neues iPhone.«

»Sehr gerne, Madam. Möchten Sie Ihre bisherige Nummer behalten?«

»Auf keinen Fall.«

Allein die Menge an Menschen ist überwältigend, doch ich werde nach wie vor das Gefühl nicht los, verfolgt zu werden. Ich meine, aus den Augenwinkeln jemanden zu sehen. Meine Nackenhaare stellen sich auf. Ich bleibe abrupt stehen und drehe mich um, doch außer der Schar Menschen mit verwunderten Blicken, die an mir vorbeilaufen, ist da niemand. Ich muss wirklich meine Paranoia unter Kontrolle kriegen.

Während ich mich auf die Stufen des Trafalgar Square setze, picken Tauben um meine Füße herum. Ich werfe ihnen ein paar Pommes zu. Der Akku in meinem alten Handy reicht gerade noch, um meine gespeicherten Kontakte durchzugehen und diejenigen, die ich behalten möchte, auf mein neues Handy zu übertragen. Wenn ich damit fertig bin, schreibe ich ihnen eine Nachricht, damit sie meine neue Nummer haben. Als ich bei Dans Nummer ankomme, schmerzt es in meiner Brust, doch ich erinnere mich daran, weshalb ich eine neue Nummer haben wollte und widerstehe dem Wunsch, ihm zu schreiben. Ein Neustart. Die Rückseite von meinem alten Handy lässt sich leicht entfernen. Ich nehme die SIM-Karte heraus, stecke sie in die leere Pommesverpackung und werfe beides in die nächste Mülltonne. Ich konnte mir Zahlen noch nie merken, und selbst wenn es nicht allzu schwer sein würde, Dans Nummer noch mal herauszufinden, sollte ich sie wirklich benötigen, so fühlt es sich wie ein Schritt in die richtige Richtung an.

Dem Wetter ist nicht zu entnehmen, dass wir erst April haben. Es ist schwül und wird immer heißer. Meine Füße schwellen an und sind mittlerweile zu breit für die Sandalen.

Als ich die Stufen entlanggehe, passiere ich einen Mann mit zusammengeschnürtem Hab und Gut und einem Becher mit Kleingeld und Kaugummipapier darin.

»Können Sie hiermit etwas anfangen?«, frage ich und halte ihm mein altes Handy hin. »Es ist das neueste Modell von Samsung. Vielleicht können Sie es verkaufen? Das Ladekabel fehlt, aber ...«

Der Mann krallt sich das Handy und steckt es in seinen Rucksack.

Da ich direkt vor einem Café stehe, gehe ich hinein und setze mich an einen runden Tisch, der von einem blauweiß gestreiften Schirm beschattet wird. Während ich an einem Beeren-Smoothie nippe, spiele ich mit meinem neuen Handy. Es ist vorbei. Weder Dan noch Anna können mich kontaktieren oder finden.

»Schwül heute, oder?« Die Kellnerin tupft sich mit ihrer Schürze die Augenbraue ab. »Haben Sie alles, was Sie brauchen?«

»Ja«, antworte ich. »Ich glaube schon.«

Sosehr ich auch Big Ben, den Tower of London und all die Dinge, über die ich schon gelesen habe, sehen möchte, ich bin völlig erschöpft. Meine Füße sind warm und geschwollen, und ich habe die Sachen von Esmées Einkaufsliste noch nicht besorgt. Auf dem Weg zur U-Bahn entdecke ich ein blinkendes, neonpinkfarbenes Tattoo-Schild. Ich öffne die Tür. Es ist Zeit, meine Flügel zu auszubreiten.

»Kann ich auch ohne Termin ein Tattoo gestochen bekommen?« Ich drücke mir selbst die Daumen, auch wenn ich mir nicht sicher bin, welche Antwort ich hören möchte.

»Was möchtest du denn?«

»Einen kleinen Schmetterling, hierhin«, antworte ich und zeige auf mein Schulterblatt.

»Klar, kein Problem. Guck dir die Vorlagenbücher dort drüben an, ob etwas Passendes dabei ist. Ich trinke in der Zeit noch meinen Kaffee zu Ende.«

»Danke.« Ich blättere durch mehrere Seiten mit geschwungenen Designs, keltischen Armbändern und aufwendigen Buchstaben. Dann finde ich ein Tattoo, das dem von Charlie ähnlich sieht. »Das hier«, sage ich und deute mit dem Finger darauf.

»Hübsch und schlicht. Ich bin Rick. Komm mit.«

Im kleinen Nebenraum ziehe ich Esmées Kleid von meiner Schulter und lege mich auf den Bauch. In der Ecke summt ein Ventilator, der alle paar Sekunden warme Luft in meine Richtung bläst.

»Können wir loslegen?«, fragt Rick.

»Ja«, antworte ich entschlossen.

Als die Nadel in meine Haut sticht, zucke ich zusammen. Es tut weh, aber es ist erträglich. Ich entspanne meine Hände und atme tief durch die Nase ein.

Schau her Charlie, ich fliege.

Meine Schulter tut weh und ich kann nicht aufhören, über die Frischhaltefolie über meinem neuen Tattoo zu streichen. Es beweist, hauptsächlich mir selbst, wie mutig ich bin. Als ich meine Jungfräulichkeit verlor, dachte ich, man würde mir die Veränderung direkt ansehen. Genau so fühle ich mich jetzt auch, als ich am Gleis stehe und auf die U-Bahn warte. Verlegen, aber stolz. Quasi ein Erfolg. Ich schaue mich um und erwarte fast, dass mich jemand auf das Tattoo anspricht. Aber hier ist es anders als zu Hause, hier quatscht man nicht einfach fremde Leute an. Einem Pärchen neben mir schenke ich ein kleines Lächeln, sie haben beide Tattoos. *Seht her*, möchte ich sagen, *ich bin eine von euch.*

In dem Moment sehe ich sie. Neben dem Torbogen. Glänzend blondes Haar, die babyrosafarbene Lederjacke. Dann ist sie verschwunden. *Anna.*

Ich recke den Hals und stelle mich auf Zehenspitzen, doch durch die Angst bin ich benommen und stolpere rückwärts. Mit den Fingern tippe ich an meinen Oberschenkel. *Denk nach Grace, denk nach.* Ich schaue nach links und nach rechts, blicke wild umher. Im Fünfsekundentakt atme ich ein und langsam wieder aus. Ich versuche mir einzureden, dass ich keine Angst haben muss, schon gar nicht hier. Ich stehe inmitten anderer Menschen, die mir Sicherheit bieten. Erst wenn ich allein bin und jeder Schatten Gefahren birgt, ist meine Furcht berechtigt.

Ich kann sie nicht sehen, suche die Menschenmenge nach blonden Frauen ab. Niemand von ihnen trägt eine rosa Jacke. Niemand von ihnen ist Anna. Mein Herz beruhigt sich wieder. Vielleicht habe ich mich auch nur vertan. Sie kann es gar nicht gewesen sein. Doch dann sehe ich es wieder, das blonde, wehende Haar. Ein flüchtiger Blick auf etwas Rosafarbenes. Wut strömt durch meine Adern und vertreibt die Angst. Sie hat meine Katze umgebracht. Mein Zuhause zerstört. Meine Beziehung sabotiert. Was will sie noch? Ich ziehe meine Schultertasche vor den Bauch und dränge mich durch die Menge, wobei ich das Pochen in meiner Schulter ignoriere, wann immer jemand an mein Tattoo kommt wird. Die Verfolgte wird zur Verfolgerin.

Mit vor der Brust gekreuzten Armen wie eine ägyptische Mumie bahne ich mir den Weg durch die anderen Passagiere und überlege, was ich mache, wenn ich sie eingeholt habe. Doch dann schüttele ich diesen Gedanken schnell wieder ab. Ich habe sie verloren. Zu viele Menschen, die fluchen und mich böse anschauen, weil ich mich zwischen ihnen durch dränge. Das Adrenalin in meinem Blut verebbt. Ich bleibe stehen, und plötzlich wird mir klar, dass ich mit mir selbst geredet habe. Ich muss völlig durchgeknallt aussehen. Vielleicht bin ich es auch. Ich sollte gehen.

Es rattert und dröhnt. Ein Luftzug. Ich drehe mich zur U-Bahn, die auf mich zu donnert. Dann trete ich etwas näher an die Bahnsteigkante, kann es kaum erwarten, wieder in der Wohnung zu sein. Die Scheinwerfer der U-Bahn schießen aus der Dunkelheit und rechts an mir vorbei. Hände legen sich auf meine Schultern und drücken mich vorwärts. Instinktiv lehne ich mich dagegen und versuche, das Gleichgewicht zu halten, doch es ist zu spät. Ich werde nach vorne geschubst. Während ich falle, wedele ich mit den Armen. Die Schienen kommen immer näher und ich kneife die Augen zu.

NEUNUNDDREISSIG

HEUTE

Esmée geht auf dem Teppich auf und ab, während ich mich mit einer Tasse Tee auf der Couch ausstrecke und versuche, mich zu beruhigen.

»Du wurdest absichtlich geschubst?«

»Ja.«

»Es ist nicht einfach jemand gegen dich gelaufen? Ich weiß, wie voll es auf den Gleisen werden kann.«

»Ich dachte, ich hätte sie …«

»Grace, ich glaube dir, dass du meinst, sie gesehen zu haben. Aber realistisch betrachtet gibt es Tausende von blonden Frauen in London, wenn nicht sogar Millionen.«

Esmée dreht sich herum und sieht mich an. »Bist du dir sicher?«

»Mein Gefühl sagt Ja.«

»Grace.« Esmée geht vor mir in die Hocke, so wie ich es sonst bei den Kindergartenkindern tue. »Wenn du glaubst, dass sie es war, müssen wir die Polizei informieren.«

»Um ihnen was genau zu sagen? Jemand wollte mich umbringen, aber ich habe die Person nicht gesehen, es gibt keine Zeugen und mir geht es gut?«

»Was ist mit dem Typen, der dich gerettet hat?«

Wer hätte gedacht, dass ein Teenager mit Piercings, bei dem ich sonst die Straßenseite gewechselt hätte, um ihm aus dem Weg zu gehen, mir das Leben retten würde? Er hat meine Schultertasche gepackt und mich wie eine Marionette daran hochgezogen. Ich kann noch immer spüren, wie der Riemen in meine Haut einschnitt, als ich zurück auf das sichere Gleis gezogen wurde.

»Er ist in den Zug gestiegen, bevor ich ihm danken konnte.«

»Lass uns deinen Grandpa anrufen. Mal sehen, was er sagt.«

»Nein, ihm geht es nicht gut, genauso wenig wie meiner Grandma. Die beiden würden sich nur Sorgen machen.«

Esmée massiert sich die Schläfen. »Sie würden es erfahren wollen. Was ist mit deiner Mom?«

»Die ist zu beschäftigt mit Olivers Familie. Schau, mir geht es gut. Vermutlich wurde ich, wie du gesagt hast, in der Menge nur umgestoßen. Ich bin zurzeit ein bisschen schreckhaft.« Ich stelle die Tasse mit dem mittlerweile kalten und unansehnlichen Tee ab und setze ein Lächeln auf. »Es war ein Unfall. Anna weiß nicht, dass ich hier bin, woher denn auch?«

Doch als ich das Kissen hinter mir aufschüttele und mich wieder zurücklehne, kann ich die Hände noch deutlich an meiner Wirbelsäule spüren. Das Schubsen. Den Sturz. Die Angst.

Mein Steißbein hebt sich und ich senke den Kopf, während ich die Stellung des herabschauenden Hundes einnehme. Es ist viel zu lange her, dass ich das letzte Mal Yoga gemacht habe, und ich habe ganz vergessen, wie viel Spaß es macht. Ich atme aus und wechsle in die Kindhaltung. Meine Verspannungen lösen sich, mein Atem ist langsam und gleichmäßig. Aus der iPod-Dockingstation erklingen Wellengeräusche, während aus dem offenen Fenster eine sanfte Brise hereinweht. Ich atme ein und bereite mich auf die nächste Yoga-Position vor.

Als es an der Außentür klopft, durchfährt mich der Schreck. Ich konzentriere mich wieder auf die Atmung und versuche, meine innere Ruhe wiederzuerlangen. Ich schließe die Augen, höre den Wellen zu. Wer auch immer es ist, wird wieder gehen. Nach ein paar Sekunden klopft es erneut. Auf den Knien krabbele ich zum Fenster und hebe meine Arme, um es zu schließen. Es klopft noch einmal. Ich spähe hinunter. Als ich die Hand erkenne, die gegen die Tür klopft, erstarre ich. Meine Arme hängen reglos in der Luft.

»Dan«, platzt es aus mir heraus, bevor ich darüber nachdenke. Er schaut nach oben. Sein Gesicht ist bleich und unrasiert. »Woher weißt du, dass ich hier bin?«

»Ich habe Esmée angerufen.«

»Sie hat es dir gesagt?«

»Sie hat gesagt, dass sie dich nicht gesehen hat. Aber ihre knappen Antworten haben sie verraten.«

»Was willst du?«

»Kann ich reinkommen?«

»Nein. Ich habe dir nichts mehr zu sagen.«

»Dann hör mir einfach nur zu. Bitte, Grace.«

»Nein.«

»Ich liebe dich.«

Ich fange die Worte ein und zerknülle sie, bevor ich sie in ihrer neuen Form zurück nach unten werfe. »Ich hasse dich.«

»Das tust du nicht und ich werde erst gehen, wenn du mir zugehört hast.«

»Dann mach es dir gemütlich.« Am liebsten möchte ich das Schiebefenster runterknallen, doch es bleibt stecken und ich muss es Zentimeter um Zentimeter nach unten ruckeln. Mein Gesicht brennt, während Dan mich von der Straße aus anfleht. Mit dem geschlossenen Fenster wird seine Stimme leiser und ich ziehe die Vorhänge zu. Dann setze ich mich im Schneidersitz auf den Boden vor der Heizung. Einerseits möchte ich wissen, was er zu sagen hat, aber andererseits mache ich keine Anstalten, ihm die Tür zu öffnen.

Obwohl es erst vierzehn Uhr ist, wird es in der Wohnung dunkel und ein Blitz erhellt den Raum, dicht gefolgt von grollendem Donner. Regen peitscht gegen die Fenster und ich ziehe die Vorhänge auseinander, um auf die düstere Straße hinunterzublicken. Dan steht mit den Händen in den Taschen und von einem Fuß auf den anderen wechselnd auf der Straße. Seine Haare kleben ihm am Gesicht. Ein weißer Van zischt an ihm vorbei und durchtränkt ihn mit einer Wasserwelle. Er schüttelt sich und reibt sich die Augen.

»Bitte«, formt er mit seinen Lippen, als er mich am Fenster stehen sieht.

Ich zögere, nicke, ziehe mir einen Pullover über und kämme mir die Haare. Dann öffne ich die Tür.

Dan zieht sich sein T-Shirt aus und rubbelt sich mit einem Handtuch trocken. Ich beschäftige mich, indem ich den Kessel zur Spüle trage, auch wenn er bereits genug Wasser für den Tee enthält. Ich will Dans Brust nicht ansehen. Die Sommersprossen, die ich geküsst habe. Die Schultern, an denen ich mich ausgeweint habe. Ich stelle Tassen auf den Tisch und hocke mich auf das andere Ende des Sofas. Zwischen uns breitet sich Stille aus, füllt den Raum und entzieht ihm den Sauerstoff. Ich kaue auf meiner Wangeninnenseite herum. Ich werde kein Gespräch beginnen, sondern mir nur schweigend anhören, was Dan zu sagen hat. Wenn er danach geht, werde ich ihm erhaben hinterhersehen.

Dan leert seinen Tee und lehnt sich zurück. Er verschränkt die Finger und legt sie an den Hinterkopf, wodurch seine Ellbogen zur Seite abstehen. Er mag zwar entspannt aussehen, doch sein rechtes Knie wippt auf und ab, weshalb ich weiß, dass er innerlich alles andere als ruhig ist. Er räuspert sich.

»Für mein Verhalten gibt es keine Entschuldigung.«

»Welcher Teil davon? Mich im Glauben zu lassen, ich hätte Charlies Schwester gefunden, oder dass du deine Geliebte zu uns ins Haus geholt hast?«

»Sie war nie meine Geliebte, Grace. Es war eine einmalige Sache. Ein Fehler.«

»Ein Fehler, für den ich bezahlen musste. Du hast meine Katze getötet, unser Haus zerstört. Ich bin fast gestorben. Ist es das, was du wolltest? Mich loswerden?«

Dan sieht ausgesprochen zerknirscht aus. »Nein. Das wollte ich nicht. Ich will ...«

»Mir ist egal, was du willst.« Ich habe seine Entschuldigungen so satt.

»Ich mache dir keinen Vorwurf ...«

»Wie nett von dir.«

»Grace, bitte ...«

»Bitte was? Bitte verzeih mir, auch wenn ich ein lügendes und betrügendes Arschloch bin? Wieso ... bist ... du ... hier?« Mein Puls rast. Ich lehne mich vor. »Was zur Hölle willst du?« Durch meine Venen fließt flüssige Lava.

»Reden.« Seine Stimme ist tief und leise.

»Ich will dir aber nicht zuhören!« Einerseits habe ich Angst vor dem, was er zu sagen hat, andererseits bin ich neugierig und möchte es wissen. Ich weiß nicht, was ich tun soll.

»Warum hast du mich dann reingelassen? Ich weiß, dass ich ...« Doch seine Stimme bricht weg. Er holt tief Luft und setzt neu an. »Ich weiß, dass ich ein ziemlicher Arsch war.«

Ich nicke. Immerhin ist es die Wahrheit.

»Als Charlie gestorben ist, hast du dich so abgeschottet. Ich wusste nicht, wie ich an dich rankommen sollte.«

»Tut mir leid, dass meine beste Freundin gestorben ist und ...« Mein Tonfall trieft vor Sarkasmus.

»Sie war aber nicht nur *deine* Freundin, Grace. Doch anscheinend waren meine Gefühle nicht so wichtig. Es drehte sich alles nur um dich.«

Sprachlos lehne ich mich wieder etwas zurück.

»Ich meine nicht, dass es falsch war. Ich weiß, dass dich Charlies Tod auch an deinen Dad erinnert hat. Du musstest damit fertigwerden, aber ich auch.«

Ich zwirbele das Taschentuch zwischen meinen Fingern.

»Erinnere dich, Grace. Erinnere dich daran, wie es war. Du hast dich völlig von allem abgeschottet. Ich habe versucht, dich emotional zu unterstützen, das Haus sauber zu halten, und sogar für dich zu kochen, obwohl du weißt, wie schlecht ich darin bin. Aber ich musste zur Arbeit, weil dort Personal abgebaut wurde. Und ich war mir nicht sicher, ob du jemals wieder arbeiten gehen würdest, und dann wären wir auf mein Einkommen angewiesen. Das hat mich ganz schön gestresst.«

»Das hast du nie erwähnt«, murmele ich.

»Du hast nie gefragt, wie es mir geht. Nicht einmal.«

Ich hebe den Kopf und seine geröteten Augen schauen direkt in meine. Dieselben Augen, die mich erwachsen werden und trauern gesehen, die meinen nackten Körper bewundert haben.

»Es tut mir leid«, sage ich aufrichtig. »Aber ... Anna ...«

»Anna hat mir nichts bedeutet. Sie hat Bier serviert und mir zugehört. Es tat gut, mit jemandem über Charlie zu reden, und sie hat einen interessierten Eindruck gemacht ...«

»An dir interessiert.«

»So war das nicht. Ich wünschte, ich hätte nicht ...«

»Mit ihr gevögelt.«

»Ja.«

»Dan, wieso ist Charlie so plötzlich verschwunden, als wir achtzehn waren? Was wollte sie mir mit ihrer Nachricht sagen? Was sollte ich ihr verzeihen? Ich weiß, ich habe das schon mal gefragt, aber wenn du etwas weißt, solltest du sie mir jetzt sagen.«

Dan verzieht verwirrt sein Gesicht. »Ich weiß es nicht. Aber ...«

»Wieso hast du Anna zu uns ins Haus geholt?« Ich bombardiere ihn mit Fragen, ohne ihm Zeit zum Denken zu geben. Normalerweise legt er seine Hände wie bei einem Gebet zusammen, wenn er lügt, doch diesmal bleiben sie ruhig auf den Knien liegen.

»Ich wollte das nicht. Ich hatte einfach nur Angst, dass sie das Video an meine Kontakte versendet. Du warst gerade auf dem richtigen Weg, du bist wieder arbeiten gegangen und wir kamen uns wieder näher. Das wollte ich nicht vermasseln.«

»Sie muss doch Familie oder Freunde haben. Hat sie noch nie etwas von Hotels gehört?«

»Sie hat gesagt, dass sie niemanden hat. Ich hatte darüber nachgedacht, ihr ein B&B zu zahlen, doch das hättest du auf der Kreditkartenabrechnung gesehen und ich hätte es nicht erklären können.«

»Aber so zu tun, als wäre sie Charlies Schwester? Das war vorsätzlich und grausam.«

»Ich hatte Panik. Sie hat an dem Abend angerufen, an dem wir den Blog und so aufgesetzt haben. Ich wusste nicht, wie ich sie sonst hätte erklären sollen. Ich habe ihr gesagt, dass sie ihre Sachen bei uns lassen und im Gästezimmer schlafen kann, aber nicht, dass sie sich mit dir anfreunden soll.«

»Anfreunden? Sie hat mich fast umgebracht.«

»Was sie getan hat, ist unverzeihlich, aber ...«

»Was ihr beiden getan habt, ist unverzeihlich.«

»Ich weiß. Ich wollte dir nie wehtun. Ich dachte, sie würde nur ein paar Tage bleiben, bis sie alles organisiert hat, und dann wieder gehen. Du hättest nie von uns erfahren. Ich bin hier, um mich bei dir zu entschuldigen. Es tut mir wirklich leid.«

Dan schlägt die Hände vor das Gesicht und ich weiß, dass er weint. Doch ich kann ihn nicht trösten, es geht einfach nicht. Ich sammele die Tassen ein und stelle den Wasserkocher an.

Nachdem er sich beruhigt hat, gehe ich zurück zum Sofa.

»Dan, du musst jetzt gehen.«

»Komm mit mir nach Hause.«

»Ich kann nicht. Es ist nicht sicher. Wobei es das hier auch nicht ist.«

»Was meinst du?«

Während ich ihm von dem Vorfall an der U-Bahn-Station erzähle, legt er sein Gesicht in Falten.

»Mein Gott, Grace. Komm zurück, lass mich auf dich aufpassen. Bitte.«

Er streicht eine Haarsträhne hinter mein Ohr und fährt dann mit seinen Fingerspitzen meinen Wangenknochen entlang.

»Dan ...« Ich will zurückweichen, doch er legt seine Hände um mein Gesicht und seine Stirn an meine. Ich bewege mich nicht, ich kann mich nicht bewegen. Mein Atem wird schneller; der Raum verschwimmt, bis ich nur noch Dan sehe. Federzart berühren sich unsere Lippen. Er lässt mein Gesicht los, doch ich bewege mich noch immer nicht. Ich stöhne, als er mit seinem Daumen über meine Nippel kreist. Ich werde ganz feucht und bewege mein Becken. Klamotten werden vom Leib gerissen und auf den Boden geworfen, ich setze mich mit gespreizten Beinen auf ihn, er greift nach meiner Hüfte. Es geht schnell. Er stöhnt meinen Namen und zieht mich näher zu sich heran. Danach kann ich nicht fassen, was gerade passiert ist. Ich sammle meine Klamotten zusammen und halte sie wie ein Schutz-schild vor mich.

»Ich habe ganz vergessen, wie schön du bist«, sagt Dan. »Zieh dich noch nicht wieder an. Wo ist das Schlafzimmer? Da können wir weitermachen.«

Doch ich muss daran denken, wie er mit Anna in einem Schlafzimmer gewesen war. Daran, dass er mich angelogen hat. Unabhängig davon, was gerade zwischen uns passiert ist, er wollte die Sache mit Anna vertuschen, und das kann ich ihm nicht verzeihen.

»Ich kann das nicht.« Ich schlüpfe in Unterhose und BH. »Das war ein Fehler.«

»Aber es fühlte sich nicht wie einer an. Wir gehören zusammen.«

»Eine Beziehung besteht nicht nur aus gutem Sex ...«

»Sehr gutem Sex ...«

Ich ziehe den Reißverschluss meiner Kapuzenjacke hoch. »Zwischen uns lief es schon länger nicht mehr so gut, Dan. Es liegt nicht nur an Anna.«

»Ich weiß, da ist Charlie ...«, sagt Dan und zieht sich das T-Shirt über den Kopf.

»Es geht auch nicht um Charlie. Wir haben uns auseinandergelebt. Ich bleibe gerne zu Hause, du gehst lieber aus. Ich mag es gerne aufgeräumt, du glaubst, ich hätte eine Zwangsneurose. Ich war immer zu anhänglich und hatte Angst, alleine zu sein, dich so zu verlieren wie meinen Dad.«

»Du hast mich nicht verloren ...«

»Doch, das habe ich. Und weißt du was? Die Welt dreht sich weiter. Ich lebe noch und mir geht es trotz allem gut. Ich habe das Gefühl, jetzt für mich sein zu müssen. Um herauszufinden, was ich wirklich will. Sei mal ehrlich: Warst du glücklich, bevor das alles passiert ist? Bevor Charlie gestorben ist?«

Die Worte sprudeln nur so aus mir heraus und formen sich zu einem riesigen Fragezeichen vor Dan, verlangen eine Antwort.

Doch diesmal lässt sich Dan Zeit. »Nein, war ich nicht.«

Unser Atmen ist das einzige Geräusch im Raum. Herzen, die einmal im Einklang schlugen, haben nun ihren eigenen Rhythmus. Fremde werden zu Freunden, zu Geliebten, zum Ein und Alles – und dann zu Nichts. Ein geschlossener Kreis.

»Du solltest gehen.« Ich hatte das Gefühl, eine ganze Woche schlafen zu müssen.

Er steht auf. »Es tut mir leid, Grace. Alles.«

Ich nicke. »Ich weiß.«

»Aber in einem Punkt liegst du falsch.«

»In welchem?«

»Dein Leben lang hast du gedacht, dass du mich brauchst und nicht alleine klarkommen würdest, wenn ich dich verlasse, wie dein Dad es getan hat, wie Charlie es getan hat. Aber egal, wie viel Angst du hast, du machst weiter. Du gibst nie auf. Du warst nicht diejenige, dich mich gebraucht hat, Grace. Ich war derjenige, der dich gebraucht hat. Du bist die Starke von uns beiden. Du kannst alles erreichen. Du musst aufhören, dir immer die Schuld für alles zu geben. Nichts von alledem ist deine Schuld.«

Seine Worte treffen mich wie ein Schlag ins Gesicht und mir wird schwindelig, als er die Arme ausbreitet, die ich einst nie verlassen wollte. Ich lehne mich gegen ihn und atme seinen Geruch ein. Es ist vorbei. Wir beide wissen es. Erinnerungen an unsere Zweisamkeit werden verblassen, bis Dan nur noch jemand ist, den ich einmal kannte.

»Freunde?«, flüstert er in mein Ohr.

»Vielleicht.«

Tränen trüben meine Sicht, als ich Dan hinterherschaue, wie er die Straße entlangtrottet, bis er außer Sichtweite ist. Mein Handy vibriert und ich wünschte fast schon, dass er es ist, um zu fragen, ob er zurückkommen darf. Doch dann fällt mir ein, dass er meine neue Nummer gar nicht hat. Es ist eine Nachricht von Lexie. Ich öffne sie.

Dringend – bin im Krankenhaus – kannst kommen?

VIERZIG

HEUTE

Wir fahren durch die nächtliche Landschaft und könnten überall sein. Wenn ich aus dem Fenster schaue, sehe ich nicht mehr als mein bleiches und besorgtes Gesicht, das sich in der Scheibe spiegelt. Ich lege die Hände in meinem Schoß zusammen und versuche, mich zu entspannen.

Als ich Lexie anrief, klang sie sehr aufgewühlt und erzählte, sie sei die Treppe hinuntergestürzt. Es gehe ihr gut und sie warte darauf, aus dem Krankenhaus entlassen zu werden. Ihr Untermieter sei zwar nicht da gewesen, doch ihre Nachbarn haben sie schreien hören und einen Krankenwagen gerufen. Sie sagt, sie habe bereits genug von den »Scheiß-Krankenschwestern, die ständig um sie herumwirbeln«, dem »scheiß-kratzigen Krankenhaushemd«, und dass sie »nichts Beschissenes zu tun« hat. Sie möchte mir etwas Wichtiges erzählen, allerdings nur persönlich. Sie meint, es ginge um Charlie. Bis ich ankomme, sind die Besuchszeiten schon längst vorbei, und trotz meiner Überredenskünste hat sie am Telefon nicht verraten, worum es genau gehen könnte. Wir sehen uns morgen um zehn Uhr, hat sie gesagt.

Vom Zug aus rufe ich Grandpa an, um ihm zu sagen, dass

ich auf dem Heimweg bin, doch er geht nicht ran. Kurz darauf erhalte ich eine Nachricht.

Wir können nicht sprechen, unsere Stimmen sind weg. Wir liegen im Bett x

Ich antworte: *Braucht ihr irgendetwas? X*

Nein, wir trinken einen Hot Toddy und gehen bald schlafen x

Nacht xx

Ich entscheide, ihnen nicht zu sagen, dass ich nach Hause komme. Egal wie schlecht es Grandma auch gehen mag, sie würde aufstehen und das Bett für mich vorbereiten, vermutlich sogar einen Kuchen backen. Ich lasse sie in Ruhe und werde morgen bei ihnen vorbeischauen, dann wird es eine Überraschung werden. Das Cottage ist wohl sowieso wieder bewohnbar. Das Erdgeschoss ist bereits wiederhergestellt. Grandpa überwacht die Renovierungsarbeiten und scheucht die Männer beim Säubern und Streichen hin und her. Er bezeichnet sich selbst als Projektmanager. Jeden Morgen gibt Grandma ihm eine Tupperdose voll Scones und Haferriegel mit, um damit die Arbeiter zu besänftigen.

Ich lehne den Kopf zurück, schließe die Augen und spüre, wie mein Körper im Rhythmus des Zuges vibriert. Es ist nachvollziehbar, weshalb Kinder so schnell in sich bewegenden Fahrzeugen einschlafen. Gefühlte Sekunden später schrecke ich hoch, als hätte ich einen Stromschlag bekommen. Der Zug hat angehalten. Ich wische mir über den Mund, hoffe, dass ich nicht gesabbert habe, strecke mich und erkenne durch das Fenster das Schild des Bahnhofs, an dem wir gerade stehen.

»Scheiße.« Ich greife nach meiner Tasche und stolpere die Stufen nach draußen. Zu Hause. Ich ziehe den Reißverschluss an meiner Jacke hoch, hocke mich auf eine Bank und rufe ein Taxi.

In Esmées Wohnung ist es nie still; entweder hört man das Schwirren der Trockner im Erdgeschoss oder den Verkehr, der am Fenster vorbeizieht. Selbst mitten in der Nacht hört man Sirenen oder Männer auf dem Heimweg, die sich gegenseitig anbrüllen und leere Dosen über den Gehweg kicken. Im Dorf hingegen ist es mucksmäuschenstill, wie nach einer Zombieapokalypse, in der alle Bewohner geflohen sind. Die meisten Häuser liegen im Dunkeln.

Es ist spät, doch ich bin noch nicht müde und bitte den Taxifahrer, mich zu Lexie zu fahren. Wenn ihr Schlüssel noch immer an derselben Stelle versteckt liegt, kann ich ihr Nachthemd und Hygieneartikel sowie einige der kitschigen Zeitschriften, die sie so gern liest, mit ins Krankenhaus bringen. Im Schein meiner Handytaschenlampe steht Brian der Gartenzwerg, hässlich wie immer und mit abblätternder Farbe, wie er mit dem gewohnten Grinsen im Gesicht vor sich hin angelt. Um ihn herum ist Unkraut gewachsen und ich muss an ihm zerren, damit er sich vom Boden löst. Der silberne Haustürschlüssel liegt noch immer darunter versteckt. Ich drehe ihn zwischen meinen Fingern und öffne dann die Tür.

Als ich das Licht einschalte, tanzen die Staubkörner unter der schwachen Glühbirne, und ich gehe direkt nach oben. Charlies Zimmertür steht einen Spaltbreit offen und ich widerstehe der Versuchung, meinen Kopf hindurch zu stecken, schließlich gehört das Zimmer nun jemand anderem. Lexies Zimmer hat sich kaum verändert. Die Klamotten liegen noch immer auf dem Boden zerstreut, wie zu den Zeiten, als wir hier oben Verkleiden gespielt haben. Ich weiß noch, wie sich Charlie in einen Lycra-Minirock gequetscht und die Körbchen eines BH mit Toilettenpapier ausgestopft hat. *Sieh nur her, wie toll ich aussehe!* Ich erwarte, dass sich meine Augen mit Tränen füllen und sich der gewohnte Kloß im Hals bildet. Doch stattdessen bringt mich die Erinnerung zum Lächeln.

Unter Lexies Kissen liegt ein winziger schwarzer Spitzenslip aus Seide, doch ich öffne die Schubladen, um etwas fürs Krankenhaus Angemesseneres zu finden. Etwas, das zumindest ihren Hintern bedeckt. Die Klamotten im Schrank sind ordentlich zusammengefaltet und kaum getragen. Ich finde ein großes weißes T-Shirt, auf dem in riesigen schwarzen Buchstaben ›RELAX‹ geschrieben steht. Ich packe das T-Shirt in einen Jutebeutel, der auf dem Boden liegt. Außerdem stecke ich noch saubere Unterwäsche und Hygieneartikel, die letzte Ausgabe der *Cosmo* und, weil es Lexie ist, einen roten Lippenstift und die Haarbürste hinein. Ich will gerade gehen und die Haustür hinter mir schließen, da fallen mir noch Pantoffeln ein. An ihrem Bett habe ich keine gesehen und überlege, ob ich Lexie je mit Hausschuhen an den Füßen gesehen habe. Ich glaube nicht, doch Grandma hat ihr einmal Mokassins zu Weihnachten geschenkt. Ich wette, sie sind noch ungetragen.

Wieder im Obergeschoss öffne ich die Schranktüren und weiche sofort einen Schritt zurück, als mir eine Klamottenlawine entgegenfällt. Ich falte und stapele die Kleidungstücke ordentlich, dann knie ich mich hin und suche nach dem Schuhkarton mit den Mokassins. Im hinteren Teil des Schrankes befinden sich mehrere Kartons, die ich heraushole und öffne. Einige Schuhe sehen nagelneu aus: rotglänzende Plateau-High-Heels und goldene Gladiator-Sandalen. Ich öffne den Deckel des letzten Schuhkartons. Papiere rutschen aus dem Karton heraus und fallen auf den Boden. Ich sammele sie auf und will sie zurücklegen, als ich eine Geburtsurkunde entdecke. Ich falte sie auseinander.

Charlotte Elizabeth Fisher, geboren am 1. September 1990. Mutter – Alexandra Claire Fisher. Vater – Paul Michael Lawson.

Als ich das Papier wieder zusammenlege, achte ich darauf, dieselben Falten wie zuvor zu nutzen. Doch dann fällt mir noch ein identisch beigefarbenes Papier ins Auge. Das muss Lexies Geburtsurkunde sein, doch als ich sie lese, kann ich nicht glauben, was das steht.

Annabelle Laura Fisher, geboren am 1. September 1990. Mutter – Alexandra Claire Fisher. Vater – Paul Michael Lawson.

Es ist dasselbe Geburtsdatum wie Charlie. Annabelle. Belle. Sie gibt es wirklich. Charlies imaginäre Freundin. Belle. Annabelle. Belle. Charlies Schwester.
Anna.
Als ich den Schuhkarton umdrehe, fallen mehrere Briefe auf den abgenutzten Teppich. Ich greife nach dem, der mir am nächsten liegt, und reiße das Papier aus dem Umschlag.

Mom,
wieso antwortest du nicht auf meine Briefe? Was habe ich je falsch gemacht? Wieso hast du mich weggegeben?
Belle x

Ich lese noch einen.

Blöde Kuh,
ich weiß, dass du zu Hause warst, als ich da war. Wieso hast du mir nicht aufgemacht? Weißt du eigentlich, wie teuer die beschissene Zugfahrkarte war?
Ich hasse dich.
Belle

Ich fühle mich wie auf einer Achterbahn. Vor meinen Augen dreht sich alles und verschwimmt. Ich sinke auf den

Boden. Anna. Annabelle. Belle. Ich rufe Lexie an. Das kann nicht bis morgen warten, doch ihr Handy ist ausgeschaltet. Also rufe ich beim Krankenhaus an und sage, dass ich Lexie sehen oder zumindest sprechen muss, dass es ein Notfall ist. Doch als ich gefragt werde, wer ich bin, stottere ich und lege frustriert auf. Ich hätte mir eine Geschichte zurechtlegen sollen. Aber ich konnte noch nie gut lügen. Nicht wie Lexie. *Und nicht wie Anna.*

Die Küche riecht nach vergammeltem Essen, doch das interessiert mich nicht. Der Tisch ist voller Krimskrams und ich wische einen Stapel unbezahlter Rechnungen, Nagellacke und leere Zigarettenpackungen auf den Boden. Ein Aschenbecher zerbricht, als er auf den Boden fällt, sodass sich die Glassplitter wie Konfetti verteilen, doch ich lasse sie liegen.

Der Kühlschrank ist zwar leer, doch im Gefrierschrank finde ich Wodka. Ich spüle ein Glas aus und muss husten, als der eiskalte Alkohol durch meine Speiseröhre fließt. Erst nach anderthalb Gläsern setze ich mich hin, betrachte die Briefmarken auf den Umschlägen und sortiere sie nach dem Datum. Dann beginne ich mit dem frühesten.

Liebe Mom,

hoffentlich kannst du meine Handschrift lesen, denn ich zittere vor lauter Aufregung!!!

Endlich bin ich achtzehn!!!!! Ich wette, du hast genauso lange auf diesen Tag gewartet wie ich. Ich weiß, dass du mich nicht als Erste kontaktieren darfst, und ich vermute, dass du es kaum erwarten kannst, von mir zu hören. Die Wichser vom Jugendamt wollten mir deine Kontaktdaten nicht verraten, also habe ich mein ganzes Geld vom Babysitten gespart und einen Privatdetektiv beauftragt, wie im Film! Der hat deine Adresse sofort rausgekriegt. Das war richtig teuer, aber wenn wir erstmal zusammen sind, war es das Wert, oder?

Ich erinnere mich nicht mehr genau an dich, aber ich weiß noch, wie ich auf deinem Schoß saß und mich deine rosa Haare gekitzelt haben, während du mir vorgesungen hast.

Ich weiß nicht, ob meine Schwester adoptiert oder wie ich nur in Pflege gegeben wurde, aber vielleicht kann der Privatdetektiv, den ich beauftragt habe, auch sie finden, wenn du nicht weißt, wo sie ist. Dann können wir alle wieder zusammen sein.

Ich kann es gar nicht erwarten, endlich wieder eine Familie zu sein. Das habe ich mir immer schon gewünscht. Davon habe ich EWIG geträumt!!!!!

Schreib mir und sag Bescheid, wann ich kommen kann. Ich habe schon gepackt!!!

Ganz viele Grüße

deine Tochter

Belle xxxxxxxxxxx

Die Briefe sind alle unterschiedlich. Manche sind lieb, andere flehend, wieder andere voller Hass. Offensichtlich hat Lexie nie geantwortet.

Beim letzten Brief läuft es mir eiskalt den Rücken herunter.

Du glaubst, du kannst mich ignorieren? Falsch gedacht.

EINUNDVIERZIG
DAMALS

Noch immer im Bademantel schlurfte ich nach unten und hob die Post von der Matte auf. Mit dabei war eine Postkarte vom Trevibrunnen. Ich drehte sie um:

Wieder in Rom, bin nie lange an einem Ort! Hab dich ganz doll lieb, Charlie xxx

In der Küche hatte ich extra für die Postkarten, die Charlie in den vergangenen sechs Jahren seit ihrem Verschwinden geschickt hat, eine Pinnwand aufgehängt. Jedes Mal, wenn eine ankam, war ich einerseits froh, ein Lebenszeichen von ihr zu haben, doch andererseits war ich wütend darüber, dass sie nicht zurückkam. Die Karten hingen übereinander und die Pinnadeln hatten Schwierigkeiten, sie alle an Ort und Stelle zu fixieren. Nicht selten fand ich sie auf dem gesamten Küchenboden zerstreut.

Ich hatte Charlie nicht mehr gesehen, seit wir achtzehn gewesen waren. Ich habe nie herausfinden können, weshalb sie verschwunden ist oder was sie getan und wofür sie um Verzeihung gebeten hatte. Dennoch verfolgte ich ihre Reise, wie sie von Land zu Land zog, immer unterwegs, doch für mich nicht mehr ganz real. Es war ein schönes Gefühl, sich auf die Post zu freuen. Nachdem Charlie weg war, hatten auch die Drohbriefe aufgehört. Ich versuchte, nicht zu viel darüber nachzudenken, wollte keine voreiligen Schlüsse ziehen. *Halte dich an die Fakten*, würde meine ehemalige Betreuerin Paula sagen. Siobhans Eltern sind nach ihrer Beerdigung mit Abby weggezogen. Irgendwohin, wo sie Abby in Sicherheit wähnten. Gab es so einen Ort überhaupt?

Ich streute Haferflocken in einen Topf und gab Milch hinzu. Ein ausgewogenes Frühstück für die Herausforderung des heutigen Tages. Während das Porridge kochte, zog ich im Wohnzimmer die Vorhänge auf. Ich hob Dans leere Bierdosen und den Pizzakarton auf. Als das Porridge dampfte, gab ich noch Blaubeeren hinzu, schenkte mir ein Glas Orangensaft ein und nahm mein Frühstück mit nach draußen auf die Pergola. So verregnet der August gewesen war, so schön war der Spätsommer jetzt im September. Der Himmel trug dieselbe Farbe wie das Meer, die Wolken waren weiß und fluffig. Heute wehte eine sanfte Brise, für die ich später noch dankbar sein würde.

»Ich bin dann mal weg.«

Dan steckte seinen Kopf durch die Terrassentür.

»Ich dachte, du gehst heute nicht?«

»Ich spiele jeden Samstag.«

»Ich dachte, du kommst und feuerst mich an.«

»Ich hab für dich gespendet, reicht das nicht? Wie oft hast du dir in letzter Zeit ein Spiel von mir angeschaut?«

»Wenn ich dir nicht ständig alles hinterherräumen müsste, hätte ich vielleicht Zeit dazu.«

»Jetzt fang nicht schon wieder damit an«, sagte Dan und seufzte.

Ich ließ meinen Löffel klirrend in die Schüssel fallen und drückte mich an ihm vorbei. »Dann bis später.«

Er war schon aus der Tür, als ich zu weinen anfing.

Auf dem Weg die Treppe hinauf waren meine Beine schwer wie Blei. Die ganze Streiterei, die zwischen Dan und mir zur Gewohnheit geworden war, zerrte an meinen Nerven. Wäre es genauso gekommen, wenn Charlie nicht weggegangen wäre? Oder wäre sie aufgrund unserer Streitigkeiten erst recht gegangen? Selbst wenn sie geblieben wäre, würde sie wohl nicht mehr bei uns wohnen. Mittlerweile hätte sie sicherlich jemanden kennengelernt und wäre verheiratet. Ich konnte mir Charlie verheiratet kaum vorstellen. Allgemein war es schwer, mir Charlie anders vorzustellen als im Alter von achtzehn Jahren, wie sie im Pub auf dem Stuhl gestanden war, mit einer Flasche Cider herumgewedelt und zu Madonna gesungen hatte, während Mike ihr zurief, ihre dreckigen Schuhe vom Sitzpolster zu nehmen. Der Gedanke, dass Charlie ein Leben ohne mich führte, schmerzte sehr. Wahrscheinlich hatte sie inzwischen eine neue beste Freundin.

Es brauchte drei Anläufe, das Schiebefenster im Schlafzimmer zu öffnen. Als ich es endlich geschafft hatte, steckte ich den Kopf heraus und ließ die warme Brise durch mein Haar wehen. Es war der heißeste September seit Jahren. Ich erinnerte mich noch an den letzten. Wir hätten noch in der Schule sein sollen, doch stattdessen saßen Charlie, Esmée, Siobhan und ich im Wald, ließen unsere Füße im Bach taumeln, und auch wenn ich anschließend zwei Wochen Hausarrest von Grandma erhielt, hatte ich das Gefühl, mithilfe der Anderen alles erreichen zu können.

Nun war Siobhan tot, Charlie sonst wo unterwegs, Esmée lebte in London, und ich war auf mich allein gestellt plötzlich gar nicht mehr so mutig. Wie oft hatte ich daran gedacht, einfach den Rucksack zu packen. Die Orte auf Charlies Postkarten zu besuchen. Zu versuchen, sie zu finden. Aber ich wusste, dass ich es nicht tun würde. Ich hatte zu viel Angst, sie nicht zu finden. Dann wiederum zu viel Angst, sie doch zu finden. Außerdem war da noch Dan, und trotz des Gemeckers über die nicht zugedrehte Zahnpasta oder die oben gelassene Klobrille liebte ich ihn und hoffte, dass er mich auch liebte.

Nach einer kühlen Dusche trug ich eine Lotion mit Lavendelduft auf meine vom Sommer trockenen Beine auf und rasierte sie. Was ich nicht allzu häufig tat, aber heute würde sie jeder zu sehen bekommen. Das T-Shirt, das ich mir über die feuchten Haare zog, roch nach Weichspüler. Ich band mir ein Haargummi für später um das Handgelenk und machte mich auf den Weg zur Dorfwiese.

Grandma, Grandpa und Mom saßen bereits hinter einem wackeligen, aufgebockten Tisch und gaben Nummern an die Läufer in der Schlange aus. Ich freute mich, dass Mom da war. Oliver machte sie so glücklich, dass ich manchmal dachte, sie hätte Dad vergessen, doch als ich ihr von meinem Plan erzählte, war sie begeistert und sagte, dass sie es auf keinen Fall verpassen würde.

»Guten Morgen! Sieht bereits nach einer guten Beteiligung aus.« Mit der Hand schirmte ich die Sonne ab und blickte über die Wiese.

»Bisher sind fünfzig Läufer registriert. Wer hätte gedacht, dass die ersten Dorfspiele so viele Menschen anziehen würden? Das war eine fantastische Idee, Grace.«

»Danke. Ich glaube, es liegt am Bierzelt. Es freut mich, dass Lexie nachher singt.« Lexies Feindseligkeit hat über die Jahre etwas abgenommen, sodass wir nun locker befreundet waren. Ich wollte nicht noch jemanden verlieren.

»Das wird toll. Wo ist Dan?«

»Beim Fußball. Er kommt später nach«, log ich.

Die Rinde des Eichenbaums, an dem ich mich mit den Handflächen abstützte, um meine hinteren Oberschenkelmuskeln zu dehnen, war rau. Jemand tippte mir auf die Schulter und ich stellte mich auf beide Beine.

»Grace?« Die Stimme klang freundlich. Ich starrte den Baumstamm an. Adrenalin schoss durch meinen Körper. *Das kann nicht sein.* Ich traute mich nicht, mich umzudrehen.

»Grace?«

Langsam drehte ich mich um.

Charlies Mundwinkel hoben sich, doch ihre Augen lächelten nicht mit und ihr Gesicht bekam auch keine Lachfalten. Sie trug knappe Shorts, wobei ihre Hüftknochen unter ihrem Top hervortraten.

Ein dreckiger rosa Rucksack prallte dumpf auf den Boden. »Tadaa!«, sagte sie und wedelte mit den Händen. Sie hörte auf zu lächeln. »Sag was.«

Ich öffnete den Mund, schloss ihn aber sogleich wieder.

»Zumindest eine Umarmung?«, fragte sie und machte mit ausgebreiteten Armen einen Schritt nach vorne. Ich spürte, wie ihr Herz schlug und ihre Rippen gegen meine drückten. Sie zitterte. Mein T-Shirt war an der Schulter durchnässt. Ich drückte sie fester von mir weg als nötig.

»Wieso bist du weggegangen?«, fragte ich und drückte die Nägel in meine Handflächen. Ich versuchte, meine Stimme zu senken. »Nicht ein verdammter Anruf ...«

»Es ist kompliziert.«

»Ich höre«, erwiderte ich und verschränkte die Arme.

»Ich werde dir alles erklären, versprochen. Du hast mir gefehlt.«

»Du bist einfach ohne ein Wort verschwunden, einfach abgehauen, kaum dass Siobhan gestorben war.« Meine Hände zuckten und ich wusste nicht, ob ich Charlie lieber schlagen oder umarmen wollte.

»Ich wusste nicht, was ich hätte sagen sollen.«

»Dazu ist dir in den letzten sechs Jahren nichts eingefallen?«

»Je länger ich weg war, desto schwieriger wurde es.«

»Das erste Rennen, das Zweihundertmeterrennen, beginnt in fünf Minuten.«

Über die Lautsprecheranlage klang Grandpa wie einer der Daleks aus *Doctor Who*.

»Ich muss gehen. Hör zu«, begann ich und fuhr etwas sanfter fort, »bleibst du und schaust zu? Danach können wir uns in Ruhe unterhalten. Deine Mom singt später auch noch. Weiß sie, dass du ...«

»Nein.« Charlies Gesicht trübte sich. »Aber schau mal«, sagte sie und deutete auf die Menge. »Ein ganz schön großes Ereignis!?«

»Grandma und ich haben es organisiert. Wir hätten nicht gedacht, dass es solch einen Andrang findet.«

»Welchem Zweck kommt es zugute?«

»Einer Wohltätigkeitsorganisation, die sich mit Kopfverletzungen beschäftigt.«

»Dein Dad?«

Ich nickte. »Bald ist es fünfzehn Jahre her. Wie du weißt.«

»Ich laufe mit dir.«

»Bist du sicher? Du siehst ziemlich erschöpft aus.«

»Ja, ich bin mir sicher. Es sei denn, du fürchtest dich vor der Konkurrenz.« Charlie grinste und ich grinste zurück. Sie war unverkennbar sie selbst. Unverkennbar zurück. Nach dem Rennen würden wir alles klären.

»Los geht's!«, rief ich. »Ich zahl auch deine Startgebühr.«

An der Startlinie boxten Charlie und ich uns bis nach vorne durch. Ich kniete mich hin und band meine Schürsenkel zu einem Doppelknoten. »Das solltest du auch tun«, sagte ich mit einem Nicken zu ihren Schuhen. Sie schüttelte den Kopf und begann, auf der Stelle zu laufen.

»Bleibst du jetzt hier?«, fragte ich.

»Ich hoffe doch. Ich wollte nie gehen, aber ich hatte das Gefühl, dass ich es tun musste.« Sie biss sich auf die Lippe. »Ich habe etwas Schreckliches getan, Grace. Hoffentlich kannst du mir verzeihen.«

Der Startschuss kam aus der Pistole und ich bewegte meine Arme und Beine so schnell ich konnte, als würde ich ihren Worten hinterherrennen. Mein Pferdeschwanz schlug mir in den Nacken. Der Himmel war klar, die Luft schwül. Ich hörte, wie die Menge uns anfeuerte, doch ich schaute nicht hin. Ich ließ Charlie nicht aus den Augen, aus Angst, dass sie wieder verschwinden würde, bevor sie alles erklärt hatte. Was hatte sie getan? Sie lief vor mir. Trotz des Seitenstechens zwang ich mich, schneller zu laufen.

»Los, Grace!« Grandma rief meinen Namen und trieb mich an. Die Ziellinie kam näher. In einem Endspurt vergrößerte ich meine Schritte. Charlie und ich waren nun gleichauf. Noch einmal alles geben, und ich wäre vor ihr. Wir rissen beide unsere Arme nach vorne. Aus dem Augenwinkel sah ich sie hinfallen. Sie hätte sich die Schnürsenkel richtig binden sollen. Meine Hände zerrissen das gelbe Band. Ich überquerte die Ziellinie, versuchte nach hinten zu schauen und ließ mich dabei auf den Boden plumpsen. Ein stechender Schmerz in meinem linken Knöchel. Grandpa kam zu mir gejoggt, während ich wimmernd im Gras saß und mir die geschwollene Stelle massierte. Doch Grandpa lief an mir vorbei. Ich drehte mich um. Charlie lag reglos auf dem Boden.

»Ruft den Krankenwagen!«, schrie jemand, während ich wieder auf die Füße kam und zu Charlie humpelte. Vielleicht war auch ich diejenige, die schrie.

Charlie war still.

Zu still.

Lexie drückte sich an mir vorbei und kniete sich neben ihre Tochter. »Charlie? Was ist denn los?«

Steh auf. Steh auf. Steh auf.

Ein Arm legte sich um meine Schultern. Dan war also doch gekommen, um zuzusehen. Ich schüttelte ihn ab und hockte mich neben meine beste Freundin. Ich hatte alles aus dem Erste-Hilfe-Kurs vergessen, den ich für den Kindergarten besucht hatte. Doch als ich nach ihrem Puls suchte, erinnerte ich mich plötzlich wieder. Ich pustete ihr Luft in den Mund und drückte auf ihre Brust. *Eins, zwei, drei, vier, fünf.*

»Der Krankenwagen! Wo ist der verdammte Krankenwagen?« Ich hörte, wie Lexie schrie, doch ich hörte nicht auf zu zählen, während ich zwischen Charlies trockene Lippen atmete. *Eins, zwei, drei, vier, fünf.*

Charlie reagierte nicht. Ihre Haut war wachsartig und wurde trotz der Hitze immer kühler. Ich zählte, Lexie schluchzte. Ich zählte, Charlie bewegte sich nicht. Die Rettungssanitäter kamen und lösten mich ab, doch als sie schließlich aufhörten und die Köpfe schüttelten, zählte ich noch immer.

Es ist bereits zwei Uhr morgens, als ich die Tür zu Lexies Haus abschließe und den Schlüssel wieder unter dem Gartenzwerg verstecke. Ich husche durch das Dorf und erschrecke mich, als plötzlich eine Katze zwischen zwei parkenden Autos hervorschnellt. Überall sehe ich Anna: hinter den im Wind schaukelnden und flüsternden Ästen, in schattigen Büschen, versteckt in dunklen Hauseingängen. Ich verlasse das Dorfzentrum. Die Straßenbeleuchtung wird jetzt weniger, und als ich den Randbezirk erreiche, gibt es gar kein künstliches Licht mehr. Vor meiner Einfahrt bleibe ich stehen. Wie ein gähnender Mund erstreckt sie sich vor mir. Es ist bewölkt und ich kann mein Haus von hier aus nicht sehen. Meine Knie fangen an zu zittern, als ein Knall wie ein Pistolenschuss durch die Straße hallt. Ich will gerade weglaufen, als ich das Geräusch noch mal höre und feststelle, dass es das Gartentor ist. *Dieser bescheuerte Dan.* Meine herunterhängenden Hände öffnen und schließen sich zu Fäusten, während ich sprinte, über Schlaglöcher stolpere und die Schultertasche mit den ganzen Briefen gegen meine Oberschenkel prallt. An der Haustür kauere ich mich zusammen, steche den Schlüssel Richtung Schloss, einmal, zweimal, dreimal, und dann bin ich drinnen. Ich knalle die Tür hinter mir zu, lehne mich mit dem Rücken dagegen und warte, bis das Brennen in meiner Brust nachlässt.

Der Gestank von frischer Farbe steigt mir in die Nase. Ich stampfe ins Obergeschoss und reiße die Fenster im Schlafzimmer auf, denn es riecht nicht wie zu Hause. Grandma hat die Vorhänge abgenommen, um sie zu waschen. Meine Laura-Ashley-Tapete ist verrußt und blättert ab, die zitronengelben und cremefarbenen Blumen darauf sind kaum noch zu erkennen. Doch ich nehme all das kaum war, setze mich im Schneidersitz auf die nackte Matratze und lege die Decke ohne Bettbezug um meine Schultern. Dann gehe ich die Briefe noch einmal durch und versuche, sie zeitlich einzuordnen. Anna begann kurz nach ihrem achtzehnten Geburtstag, Lexie zu schreiben. Ich meine, mich zu erinnern, dass dies der Zeitpunkt war, an dem Lexie anfing sich zu verändern. Davor hat sie nur gelegentlich Alkohol getrunken, doch ab da war sie dauerbesoffen, gereizt und weinerlich. Zur selben Zeit bekam ich die ersten Drohbriefe. Kamen sie von Anna?

Anna schrieb Lexie sechs Monate lang und wollte ein Treffen vereinbaren, doch dann hörten die Briefe auf. Genauso wie die Drohbriefe an mich. Wieso? Hat Anna Lexie oder Charlie getroffen? Ist Charlie deshalb verschwunden? *Ich habe etwas Schreckliches getan, Grace. Hoffentlich kannst du mir verzeihen.* Die Worte verschwimmen, während ich versuche, mich trotz meiner geschwollenen Augen zu konzentrieren. Ich unterdrücke das zweite Gähnen innerhalb einer Minute, ziehe mir einen nach Grandmas Waschpulver riechenden Schlafanzug an, schlüpfe ins Bett und schalte das Licht aus.

Als ich noch klein war, hockte Dad sich immer neben mein schmales Bett und strich mir über die Haare, wenn ich nicht schlafen konnte. Sein Gesicht war dann von meinem Nachtlicht orange erleuchtet. »Denk an zehn schöne Dinge, die heute passiert sind«, sagte er und ich zählte eine Sache nach der anderen auf. Dabei habe ich mir nie anmerken lassen, dass es am allerschönsten war, wie wir beide als die gefühlt Einzigen auf der Welt noch wach waren und so sicher wie in einem Kokon in meinem sonnenblumengelben Schlafzimmer saßen.

Heute Nacht fühle ich mich gar nicht sicher. Trotz der Erschöpfung, die mir bis ins Knochenmark geht, und des ganzen Alkohols, den ich getrunken habe, kann ich nicht schlafen. Ich lehne mich aus dem Bett, taste nach meiner Handtasche, hole die Schlaftabletten heraus und drücke eine aus dem Blister. Dann denke ich an den vergangenen heutigen Tag und nehme noch eine zweite heraus. Als ich den Hinweis auf der Verpackung lese, zögere ich, weil ich heute mehr Wodka getrunken habe als üblich. Doch dann lege ich beide Tabletten auf meine Zunge und spüle sie mit dem warmen Rest Evian herunter, das ich am Bahnhof gekauft hatte. Ich kuschele mich ein, ziehe die Decke eng um meine Schultern und atme langsam, bis ich endlich einschlafe.

Als wir vierzehn waren, sind Charlie und ich mit meinen Großeltern zur Isle of Wight gefahren. Der Wind schlug gegen meine Wangen und wehte mein Haar in meinen Mund, während ich mit ausgebreiteten Armen auf dem Deck schwankte und Salzwasser von meinen Lippen leckte, auf die ich zuvor Lippenpflegestift mit Kirschgeschmack aufgetragen hatte. Ich weiß noch, wie verwirrt ich war: Unter meinen Füßen war fester Grund und wir schienen uns kaum zu bewegen, doch ich verlor trotzdem das Gleichgewicht. Mein Mund füllte sich mit Speichel und Charlie hielt mir die Haare zurück, während ich meinen Magen über dem schäumenden und schieferfarbenen Meer entleerte.

Einen Moment lang fühle ich mich zurück auf das Schiff versetzt. Wie damals habe ich das Gefühl, der Boden würde sich bewegen, und mir wird schwindelig und schlecht. Zarte Finger streichen über mein Haar und heißer Atem wärmt mein Ohr. Der Duft von Impulse-Deodorant steigt mir in die Nase.

»Grace«, beschwichtigt mich eine Stimme. *Charlie?* Ich weiß, dass ich träume, werde von einem schwarzen Strudel ergriffen und herumgewirbelt, und dann falle ich in einen tiefen Schlaf.

Licht fällt durch die Fenster herein und ich reibe mir die Augen, um die Benommenheit fortzutreiben. Es riecht nach Farbe; ich kann sie fast auf meiner Zunge schmecken. Mein Hals schmerzt und meine Schläfen pochen, doch dann nehme ich noch einen anderen Geruch im Zimmer wahr. Ich rede mir ein, dass ich ihn mir nur einbilde, und atme tief ein. Doch es ist unverkennbar gebratener Speck.

Ich hebe den Kopf vom Kissen, setze mich auf und winkele die Knie an, um meine Beine aus dem Bett zu schwingen. Doch irgendetwas liegt kühl und eng um meinen Knöchel, mindert meine Bewegungsfreiheit. Ich schlage die Decke zurück. Mein Mund wird ganz trocken, als ich auf eine eiserne Fessel um mein Fußgelenk blicke, deren Kette am Bettende herunterhängt. Sicherlich schlafe ich noch. Ich zwicke mir in den Bauch, werde jedoch nicht wach. Panisch knie ich mich aufs Bett und ziehe mit beiden Händen an der Kette. Sie ist schwerer, als sie aussieht, und klirrt, als ich daran ziehe, doch sie bewegt sich nicht. Sie führt durch die Löcher in den Schnitzereien am Bettende. Es gibt noch eine zweite Kette mit einer identischen, aber leeren Fessel. Für mein linkes Bein? Was geht hier vor? Ich will nach meinem Handy greifen, doch es ist weg, genau wie meine Nachttischlampe. Ich lehne mich aus dem Bett. Vor meinen Augen dreht sich alles. Auch meine Handtasche ist verschwunden.

Ich höre jemanden die Treppe hinaufkommen. Dann öffnet sich die Schlafzimmertür.

»Guten Morgen, Grace!« Anna tänzelt mit einem Frühstückstablett herein. Sie sieht sich gar nicht mehr ähnlich mit ihrem nun wasserstoffblonden Haar, das deutlich oberhalb der Schultern endet. Sie trägt Charlies orangefarbenes Batik-T-Shirt und trotz der kalten Temperaturen die knappen weißen Jeansshorts. Darin sieht sie genauso aus wie die Charlie auf dem Foto im Erdgeschoss.

Ich rutsche nach hinten und drücke meine Wirbelsäule gegen die Kopfstütze.

»Der Orangensaft ist frisch gepresst, so wie du ihn am liebsten magst. Auf dem Sandwich ist Ketchup.«

Blanke Angst setzt sich in meinem Hals fest und ich will schreien, bringe jedoch nur ein Winseln wie ein gepeinigter Welpe heraus.

»Geht es dir gut? Du warst spät im Bett. Die hier solltest du wirklich nicht nehmen«, sagt sie und schüttelt meine Tabletten-packung. »Sie verschaffen dir keinen natürlichen Schlaf.«

Anna stellt das Tablett auf den Boden. Als sie sich vorbeugt, sehe ich meine verloren geglaubte Halskette mit den zwei Herzhälften von ihrem Hals baumeln und im Licht schimmern.

»Du fieses Dreckstück!« Wut verdrängt meine Angst und ich stürze mich auf sie, reagiere jedoch zu ungeschickt und langsam. Anna tritt einen Schritt zur Seite. Die Kette rasselt und spannt sich, und ich heule auf, als ich neben meinem Früh-stück auf den Boden stürze. Die Fessel beißt sich in meine Haut und der Teppich schürft meine Knie auf. Der Geruch nach gebratenem Speck bringt mich zum Würgen und ich erbreche über das Tablett.

»Du bist ganz schön undankbar«, faucht Anna und rauscht aus dem Zimmer, wobei sie die Tür offenlässt und die Treppe hinuntertrampelt.

Ich bleibe auf den Knien und stütze mich auf die Ellbogen, bis der Raum aufhört, sich zu drehen. Dann setze ich mich hin und wische mir den Mund mit dem Ärmel ab. Ich greife nach der Kette und ziehe mit beiden Händen so fest daran, dass meine Schultern schmerzen, doch das massive Bettgestell aus Kiefer, das meine Großeltern uns zur Einweihung geschenkt haben, gibt nicht nach. Dan wollte ein Bettgestell mit Kunstleder haben, bei dem der Fernseher auf Knopfdruck hochgefahren werden kann, wie er es bei MTV *Cribs* gesehen hatte. Doch ich fand das geschmacklos und es hätte nicht zu unserem Cottage gepasst. Jetzt wünschte ich, ich hätte mich damals überreden lassen. Ich wünschte, er wäre hier. Stattdessen versuche ich, die Fessel an der Verbindungsstelle auseinanderzubiegen, und reiße mir dabei einen Fingernagel ab. Wieder wird mir schwindelig und ich lege den Kopf auf die Knie. Ich atme zu schnell, zu oberflächlich, und frage mich, ob Anna noch mal hochkommen wird. Mir graust es davor, wenn nicht. Ich zwinge mich, ruhig zu bleiben. Wieder höre ich Schritte die Treppe hinaufkommen und meine Angst nimmt wieder zu.

»Hier.« Anna rollt einen beigefarbenen Eimer zu mir herüber, wobei Sandkörner auf den Teppich fallen. Dan hat mich ausgelacht, als ich einen Feuereimer an die Hintertür stellte, doch bei den Rauchschwaden, die er fabrizierte, wann immer er Hotdogs oder Burger verbrannte, war es mir lieber so.

»Beschwer dich nicht, du hättest keinen Pott zum Pinkeln«, kichert Anna. Mir stellen sich die Nackenhaare auf. »Außerdem kannst du deinen Dreck da selber wegmachen.« Sie wirft eine Rolle schwarzer Säcke in die Luft, die in einer langen Schlange neben dem Tablett landet.

»Anna, das ist doch verrückt. Mach mich los und wir reden.« Ich spreche ruhig und gemäßigt, unterdrücke die Tränen und versuche, so etwas wie ein Lächeln aufzusetzen.

»Sehr gerne«, antwortet Anna, holt einen silbernen Schlüssel aus ihrer Hosentasche und lässt ihn vor sich baumeln. »Sobald wir eine Sache klargestellt haben. Wir mögen einen schlechten Start gehabt haben, aber ich möchte, dass wir Freundinnen sind, Grace. Oder sogar Schwestern. Familie ist wichtig, findest du nicht auch?«

»Ja.« In diesem Augenblick würde ich ihr in allem zustimmen. »Wir können noch mal von vorne anfangen, Freundinnen sein. Lass mich einfach frei.«

»Noch nicht.«

»Wieso? Ich tu dir nichts. Die Sache mit Mittens war ein Versehen. Ist schon in Ordnung, wirklich ...« Die Worte sprudeln nur so aus mir heraus, ich kann nicht aufhören zu plappern.

»Es geht aber nicht nur um Mittens, Grace. Es geht darum, dass du mir mein Leben gestohlen hast.«

»Ich habe dir nicht ...«

»Ich hatte diejenige sein sollen, die mit Charlie aufwächst, nicht du. *Ich!*« Sie schlug sich auf die Brust und ich zucke zusammen.

»Tut mir leid.«

»Das wird dir noch viel mehr leidtun.«

»Wenn du mich nicht gehen lässt, schreie ich.«

»Mach doch«, erwiderte sie und verschränkte die Arme.

»Hilfe! Hilfe!«

Ich schreie, bis mein Hals brennt und ich schweißgebadet bin. Meine Rufe werden schwächer, bis nur noch ein Krächzen zu hören ist, und ich schnappe nach Luft.

»Fertig?« Anna lächelt. »Wieso sollte dich irgendjemand hören? Es ist Samstag, somit kommen keine Handwerker. Mrs Jones liegt im Krankenhaus. Niemand kommt hier jemals am Haus vorbei. Ich dachte, du willst meine Freundin sein?«

»Das will ich auch«, flüstere ich.

»Wenn wir befreundet sein wollen, musst du alles wiedergutmachen.«

»Wie?«

»Das wirst du schon noch sehen.« Anna dreht sich um und geht.

»Anna«, krächze ich. »Komm zurück.« Aber ich bleibe allein.

DREIUNDVIERZIG

HEUTE

Ich gehe meine Möglichkeiten durch. Die Kette reicht nicht bis ans Fenster. Ich könnte den ganzen Tag schreien, doch Anna hat recht, mich würde niemand hören. Die Straße führt ins Nirgendwo. Niemand kommt hier einfach so vorbei.

Was soll ich tun? Ich schlucke schwer. Mein Mund schmeckt bitter. Meine Hand zittert, als ich den Orangensaft hochhebe und den Becher neige, um ihn auf Erbrochenes zu prüfen. Doch er scheint nichts abbekommen zu haben, also spüle ich mir mit einem Schluck den Mund aus, als hätte ich gerade meine Zähne geputzt, und spucke den Saft wieder aus. Ich werde auf keinen Fall etwas davon trinken, vermutlich ist er voller Nüsse. Außerdem habe ich bereits eine volle Blase und werde ganz bestimmt nicht in einen Eimer pinkeln.

Dann untersuche ich den Becher: Er ist grün und aus Plastik. Normalerweise steht er ganz hinten im Küchenschrank, falls Freunde mit kleinen Kindern zu Besuch kommen. Das Sandwich liegt auf einem der Pappteller, die wir in der Vorratskammer lagern, falls wir spontan grillen. Als Tablett hat Anna das dünne Plastikding aus dem Gewächshaus genommen, auf dem ich sonst immer Setzlinge platziere, statt mit dem schweren aus Silber, das ich immer abstaube, bevor Besuch kommt. Nichts Schweres oder Scharfes. Nichts, was ich als Waffe nutzen könnte. Wusste Anna, dass ich dieses Wochenende nach Hause kommen würde? Das kann sie doch gar nicht, es sei denn ...

Es sei denn, Lexies Unfall war gar kein Unfall.

Wie lange wird es dauern, bis mich jemand vermisst? Bis mich jemand findet? Die Arbeiter kommen am Montag wieder, bis dahin werde ich wohl kaum verhungern. Was hat Anna vor?

Ich will es mir gar nicht vorstellen. *Betrachte die Fakten, die vor dir liegen. Ein Schritt nach dem anderen,* würde meine Betreuerin Paula sagen. Ich gebe mein Bestes, komme mir jedoch vor wie im Karussell auf der Kirmes, drehe mich im Kreis. Ich lege meine Hände vor die Augen. *Denk nach, Grace.* Ich stehe auf. Blut schießt mir durch den Kopf und ich breite die Hände aus, um das Gleichgewicht zu halten. Mit dem linken Fuß gehe ich einen Schritt vor, den rechten Fuß ziehe ich nach. Ich teste, wie weit ich komme, versuche, die Kommode zu erreichen. Vielleicht finde ich darin etwas Nützliches. Die Kette spannt sich, die Fessel reibt gegen meinen Knochen und reißt mich zurück. Dann versuche ich, auf dem Bauch liegend so weit vorzurobben wie möglich. Wenn ich doch bloß an die unterste Schublade käme. Ich strecke meine Finger aus, erreiche sie aber nicht einmal annähernd.

Ich krabbele zurück aufs Bett, untersuche die Fessel und versuche, meinen Fuß herauszuwinden. Ich frage mich, woher Anna sie hat. Dann fällt mir wieder ein, dass sie *Fifty Shades of Grey* gelesen hat, und ich schaudere. Immer wieder stoße ich das kalte Metall meine Ferse hinunter, bis meine Haut aufgeschürft ist und Blut auf die Matratze tropft. Die Fessel passt einfach nicht über meinen Knöchel. Mir läuft es kalt den Rücken herunter, als ich mich daran erinnere, wie Charlie und ich uns eines Tages nach der Schule *Misery* angesehen haben. Ich hielt mir ein Kissen vor das Gesicht, als Kathy Bates mit einem Vorschlaghammer auf James Caans Füße geschlagen hat. »Hörst du, wie die Knochen zersplittern?«, quiekte Charlie.

Ich lasse den Kopf auf die Knie sinken, gehe mir mit den Fingern durch die Haare und ziehe das Haargummi heraus, was ich letzte Nacht vor lauter Müdigkeit nicht mehr getan habe. Eine Haarspange fällt auf die Matratze und bringt Hoffnung mit sich. Ich stürze mich darauf und fummele so lange an dem Metall herum, bis es gerade ist. Mit zitternden Händen stecke ich die Spange in das Schloss der Fessel und stochere darin herum. *Komm schon.* Ich wische mir den Schweiß von der Stirn, versuche es erneut. Im Film klappt das immer. So schwer kann es doch nicht sein. Mein Bizeps schmerzt vor Anstrengung, möglichst nicht zu zittern und die Hand ruhig zu halten, doch die Fessel springt nicht auf.

Mit den Fingern folge ich der Kette bis zum Bettgestell und fahre dann die Schnitzereien nach. Ich wackele am Holz, durch das die Kette durchgezogen ist. Es ist nicht so massiv wie die Beine, die Schnitzereien sind der Schwachpunkt des Bettes. Vielleicht kann ich das Holz zerbrechen. Also lege ich mich wieder mit dem Rücken auf das Bett, die Arme an meiner Seite. Dann ziehe ich die Beine ein und hole tief Luft, als würde ich mich auf eine Yoga-Übung vorbereiten. Mit Schmackes trete ich fest gegen das Holz und schreie auf, als sich der Schmerz durch mein Hüftgelenk zieht.

Mir wird wieder schlecht. Das Holz ist weder gerissen noch zersplittert. Ich drehe mich auf die Seite und warte, bis die Übelkeit nachlässt. Dabei spitze ich die Ohren und warte auf Schritte auf der Treppe, doch im Cottage bleibt es still. Das einzig hörbare Geräusch ist mein Herz, das in meiner Brust hämmert. Ich lege meine Hände darüber, als könnte ich es wie ein aufgescheuchtes Tier besänftigen. Dann ziehe ich meine

Knie an die Brust und kauere mich in der Embryostellung zusammen. Vielleicht ist es der Stress, möglicherweise sind es aber auch die Nebenwirkungen des Alkohols und die Schlaftabletten, denn mir fallen die Augen zu und ich sinke in einen unruhigen Schlaf.

Obwohl das Licht der Glühbirne durch den verrußten Lampenschirm getrübt ist, werde ich davon wach. Ich blinzele und rolle mich zusammen.

»Ich habe Abendessen gemacht.« Anna stellt das Tablett neben das Bett und tritt einen Schritt zurück, bevor ich mich überhaupt aufgesetzt habe.

»Anna«, krächze ich. Reden ist schmerzhaft. Vom ganzen Schreien ist mein Hals gereizt. »Lass mich bitte gehen.«

»Es gibt Nudeln«, sagt Anna, als hätte ich gar nichts gesagt.

»Was willst du? Woher wusstest du, dass ich hier bin?«

»Ich war gestern Abend bei Lexie und habe in Charlies Zimmer übernachtet. Und dann bin ich dir hierher gefolgt.«

»Lexie hat dir einen Schlüssel zu ihrem Haus gegeben?«

»Nein, die Nachbarin hat mich reingelassen. Ich habe ihr gesagt, dass ich Lexies Nichte wäre. Sie fand die Ähnlichkeit verblüffend.« Anna schüttelt ihre Haare auf. »Wie findest du meine neue Frisur? Ich finde sie etwas zu kurz.«

»Du bist verrückt. Lass mich gehen«, sage ich und ziehe leicht an der Kette.

»Noch nicht.«

»Grandpa erwartet mich heute zum Abendessen«, lüge ich. »Er wird merken, dass etwas faul ist, wenn ich nicht komme.«

»Wirklich?«

Ich nicke.

»Witzig.« Sie zieht mein Handy aus ihrer Tasche. »Denn er liegt krank im Bett und denkt, du bist in London.«

»Esmée ...«

»Denkt, du bist bei deinen Großeltern.« Anna wedelt mit meinem Handy. »Schau her, du hast ihr sogar eine Nachricht geschrieben, dass du sicher dort angekommen bist. Du bist aber auch nett zu anderen Leuten. Jetzt iss dein Abendessen, bevor es kalt wird. Und mach deine Schweinerei sauber, hier stinkt's.«

»Anna. Anna. Bitte!«

»HALT DIE KLAPPE!«, brüllt sie und knallt die Tür hinter sich zu. Am ganzen Leib zitternd höre ich sie weggehen.

Meine Blase fühlt sich an wie einer der Wasserballons, die wir in der Schule hatten: übervoll und kurz vorm Platzen. Ich schaue zum Eimer und muss aus Frust weinen. Mir bleibt nichts anderes übrig. Ich steige aus dem Bett. Meine Beine zittern, ob aus Müdigkeit oder vor Angst, und ich muss mich setzen, bevor ich meine Schlafhose herunterziehen und mich über den Eimer hocken kann. Auf meiner Haut bilden sich Schweißtropfen, während ich einen Urinstrahl in den Eimer laufen lasse und mir schwöre, niemals jemandem davon zu erzählen. Doch gleich darauf frage ich mich, ob ich jemals jemanden wiedersehen werde. Ich ziehe meine Hose wieder hoch und lege mich aufs Bett, weine in mein Kissen, damit Anna mich nicht hört.

Kaum zu glauben, aber ich muss noch mal eingeschlafen sein, denn als ich aufwache, leuchtet der Mond hoch oben am Himmel. Zum Glück habe ich keine Vorhänge, denn so kann ich die funkelnden Sterne sehen und daran denken, wie schön die Welt ist. Mein Magen knurrt und mir fällt auf, dass ich seit vierundzwanzig Stunden nichts mehr gegessen habe. Ich nehme die Plastikschüssel mit den Nudeln und schiebe mir ein paar kalte Fusilli und geronnenen Käse in den ausgetrockneten Mund. Im Badezimmer nebenan geht die Toilettenspülung, und plötzlich habe ich einen Kloß im Hals. Ich lege die Schüssel auf den Boden und schlüpfe unter die Decke, als könnte mich eine Lage aus Baumwolle und Federn beschützen. Es ist schrecklich, sich im eigenen Haus nicht sicher zu fühlen. Ob ich danach umziehen muss? Vorausgesetzt, es gibt ein Danach, doch ich schiebe den Gedanken schnell beiseite und zwinge mich, positiv zu bleiben. Irgendwann muss Anna mich gehen lassen, oder nicht?

VIERUNDVIERZIG

HEUTE

Der Gestank im Zimmer ist ätzend und schwefelhaltig, eine Mischung aus Erbrochenem und Urin. Abgestandener Schweiß klebt an meiner Haut und an meinem Schlafanzug, und ich wünschte, ich käme bis zum Fenster, um frische Luft schnappen zu können. Während der Regen gegen die Scheiben prasselt, sehne ich mich danach, draußen in den Himmel zu blicken und die Regentropfen mein Gesicht und den Nacken hinunterlaufen zu spüren. Meine Großeltern freuen sich bestimmt über den Regenguss. Grandma hat sich schon Sorgen gemacht, dass die Dürre zu lange anhält, denn Grandpa soll bald die Knollen einpflanzen. Wenn es ihm besser geht und er es heute schaffen sollte, wäre die Erde schön weich. Ich frage mich, wie es den beiden geht und ob ich sie je wiedersehen werde. Mir ist schwindelig und ich klammere mich an die Bettdecke, um das Gefühl loszuwerden, in der Luft zu schwimmen.

Das Bett im Gästezimmer knarrt. Ich höre Annas Schritte auf dem Treppenabsatz und dann, wie die Badezimmertür quietschend geöffnet wird. Mein Herzschlag verdoppelt sich. Ich habe noch immer nicht die Schweinerei von gestern sauber gemacht und möchte vermeiden, dass sie noch wütender wird.

Schnell setze ich mich auf und schwinge meine Füße Richtung Boden. Mein Körper tut so weh wie damals, als ich mit dem Yoga begonnen habe, und ich bewege mich ruckartig zum Eimer. Meine Oberschenkelmuskeln schmerzen, als ich mich hinhocke und pinkele. Dann stelle ich den Eimer möglichst weit vom Bett entfernt und reiße einen der schwarzen Säcke ab. Ich lege das Tablett hinein und verknote die Sackenden. Erst überlege ich, den Sack durch das Zimmer zu werfen, entscheide mich dann aber doch dafür, ihn unter das Bett zu legen. Er ist zwar nicht schwer, aber vielleicht kann ich Anna damit dennoch schlagen und überraschend angreifen, um an den Schlüssel zu kommen. Ich behalte die Idee zusammen mit den anderen Strohhalmen, an die ich mich klammere, im Hinterkopf.

Als die Tür geöffnet wird, spannen sich meine Muskeln an.

»Guten Morgen«, sagt Anna lächelnd. »Gut geschlafen?«

Ich schlucke meinen Sarkasmus runter. »Ich habe nachgedacht. Wie wäre es, wenn wir heute Charlies Grab besuchen? Du und ich. Wenn du magst, können wir auch Lexie mitnehmen. Es ist unfair, dass ...«

»Klingt gut«, antwortet Anna strahlend.

»Echt?«

»Nein«, sagt sie gereizt.

Ich sinke wieder in die Kissen. »Wie wäre es mit einer Tasse Tee?« Die könnte ich ihr wenigstens ins Gesicht werfen.

Anna zieht die Augenbrauen zusammen, greift wortlos nach dem Eimer und verlässt das Zimmer. Ich höre die Toilettenspülung und wie Anna die Treppe hinunterdonnert. Sosehr ich den Eimer auch hasse, hoffentlich bringt sie ihn wieder zurück. Mit geschlossenen Augen versuche ich herauszuhören, was sie gerade tut. Wasser fließt durch die Rohre, als sie die Küchenarmaturen aufdreht. Mit meinen verstärkten Sinnen fühle ich mich wie Spiderman. Mit meiner Cath-Kidston-Schürze um die Taille sowie einem Plastikbecher und dem

Eimer in den Händen kommt Anna zurück. Ich ziehe an einem losen Faden an der Decke und betrachte sie aus dem Augenwinkel. Wie will sie den Tee ohne ein Tablett zu mir bringen? Langsam geht sie auf das Bett zu. Adrenalin schießt durch meinen Körper. Auf die Hände gestützt verlagere ich mein Gewicht, bereit, sie jeden Moment so fest wie möglich zu treten. Sie bleibt stehen. Stellt den Eimer ab. Greift in die Schürzentasche und holt ein Schälmesser heraus. Die Klinge funkelt und mir kommt die Galle hoch.

»Nur für den Fall, dass du auf dumme Ideen kommst«, sagt Anna und stellt den Tee auf mein Nachttischschränkchen. Dann tritt sie zurück, ohne mich aus den Augen zu lassen.

Ich blicke zur Seite und nehme den Becher, kann das starke Zittern meiner Hände jedoch nicht unterbinden. Beigefarbene Flüssigkeit schwappt auf meine Oberschenkel.

»Er ist kalt.« Ich nippe am Tee, um sicherzugehen. Auch wenn es sehr riskant ist, etwas von ihr zu trinken, habe ich einen solchen Durst, dass ich den Becher in einem Zug leere.

»Natürlich. Oder hältst du mich für doof?«

»Nein. Du bist sauer. Verständlicherweise. Lass mich gehen, Anna. Es bleibt auch unter uns. Morgen kommen sowieso die Handwerker.« Ich wimmere wie die übermüdeten Kleinkinder im Little-Acorns-Kindergarten, doch ich kann es nicht ändern.

»Keine Sorge, Grace«, sagt Anna, während sie mit ihrem Finger über die Messerklinge fährt und einen Schritt auf mich zugeht. »Bald ist es vorbei.«

Die Wände scheinen immer näher zu kommen, die Decke fällt mir beinahe auf den Kopf. Im Schlafzimmer geht der Sauerstoff aus. Als Charlie gestorben ist, wollte ich nur noch bei ihr sein, doch jetzt fürchte ich mich so sehr vor dem Sterben, dass mir bewusst wird, wie sehr ich leben möchte.

Und dann klingelt es an der Tür.

· · ·

Anna verlässt mit schnellen Schritten das Zimmer und knallt die Tür hinter sich zu. Ich knie auf dem Bett und schreie und schreie, bis ich fürchte, in Ohnmacht zu fallen. Dann höre ich zwei Personen die Treppe heraufkommen und bin erleichtert, dass ich gehört wurde und nun gerettet werde. Mit den Händen in der Hüfte beuge ich mich leicht nach vorn und schnaufe, als wäre ich gerade einen Marathon gelaufen.

Die Tür schwingt auf. Im Türrahmen steht Lexie mit dem Arm in einer Schlinge. Ihre Wange ist blau geschwollen. Sie sieht klein und zerbrechlich aus. Unter dem einst weißen Krankenhaushemd schauen ihre dünnen Beinchen hervor. Anna steht im Schatten hinter ihr.

»Grace«, sagt Lexie und stolpert auf mich zu. Als sie die Fessel an meinem Knöchel sieht, bleibt sie stehen. »Belle, was zur Hölle tust du da? Lass sie gehen!«

»Erst wenn wir uns unterhalten haben. Du schuldest mir ein paar Antworten, *Mom*.«

»Wir reden, wenn du Grace nicht mehr wie ein verdammtes Tier ankettest.«

»Oh, arme Grace, wird von allen geliebt, nicht wahr?«

»Sie hat dir nichts getan.«

»Sie wollte mich dir nicht vorstellen. Du hättest mich durch sie kennenlernen und mögen sollen, und dann hätte ich dir gesagt, wer ich wirklich bin. Wir hätten eine richtige Familie sein können, aber nein, Grace wollte dich nur für sich behalten.«

»So war das nicht ...«

»Halt die Klappe«, unterbricht mich Anna und tritt einen Schritt auf mich zu. »Ich habe echt versucht, dich zu mögen, Grace. Ich war freundlich zu dir, doch du hast mich immer wieder verärgert. Mit jeder Geschichte darüber, wie sehr du Charlie geliebt hast, habe ich dich etwas mehr gehasst. Jeder liebt Charlie. Jeder liebt Grace. Wer zur Hölle liebt *mich*? Aber ...«, sagt sie und fährt mit einem Lächeln fort, »... ich bin bereit, euch eine zweite Chance zu geben. Auch wenn Charlie nicht mehr hier ist, können wir dennoch zu dritt eine Familie sein, oder nicht?«

»Nein«, erwidert Lexie kalt und hart. »Lass sie gehen oder ich rufe die Polizei.«

»Nur zu. Während du zum nächsten Telefon humpelst, habe ich genug Zeit, mich zu verdrücken. Und Grace?« Anna holt mein Schälmesser aus der Schürzentasche und wedelt mit der Edelstahlklinge durch die Luft. »Grace wäre noch hier, wenn auch nicht im aktuellen Zustand. Jetzt setz dich aufs Bett.« Anna streckt das Messer Richtung Lexie, als würde sie eine Herde anspornen. Lexie rührt sich nicht, doch als Anna das Messer in ihre Schulter rammt und Bluttropfen ihr Hemd färben, stolpert sie rückwärts.

»Anna, du tust ihr weh«, rufe ich und versuche, Lexie zu stützen. Doch die Kette ist zu kurz.

»Ich tue ihr weh ... Das sagt die Richtige.«

Lexie klettert neben mir auf das Bett. Dann greift Anna nach der zweiten Fessel und legt sie um Lexies linken Knöchel.

»Was willst du, Belle?«

»Ich will Zeit mit meiner Mutter verbringen. Ist das zu viel verlangt? Ich koche uns was Leckeres, und dann können wir uns zusammensetzen und uns gegenseitig richtig kennenlernen.«

Auf dem Weg nach draußen knallt Anna die Zimmertür hinter sich zu.

»Du blutest«, sage ich und strecke meine Hand aus, doch Lexie schlägt sie weg.

»Mir geht es gut.«

Der Blutfleck breitet sich aus, und während ich ihn beobachte, verschwimmt und dreht sich das Zimmer, bis sich mein Blickfeld nur noch auf zentrale Punkte fokussiert. In meinen Ohren rauscht es wie das Meer in einer Muschel.

»Atme, Grace.« Lexie streicht mir in kleinen Kreisbewegungen über den Rücken. »Du atmest nur ein. Du musst auch ausatmen.«

Ich atme aus und dieselbe Luft wieder ein. Lexie murmelt etwas vor sich hin. Ich spüre die Wärme ihrer Hand auf meinem Rücken und höre langsam auf zu zittern. Endlich kann ich wieder klar sehen.

»Alles gut?«, fragt Lexie und drückt mich fest mit ihrem gesunden Arm.

»Ja.«

»Okay.« Dann lässt sie mich los. »Nichts für ungut, aber du stinkst«, sagt sie und rückt weiter weg.

Ich lasse mich zurück in die Kissen fallen, während Lexie mit ihrem unverletzten Arm an der Kette zieht und gegen das Bettgestell drückt.

»Das habe ich auch schon versucht.«

Lexie legt sich auf den Rücken, tritt ihre Schuhe ab und platziert ihre Fußsohlen am geschnitzten Holz. Ich rutsche ans Bettende und lege meine Füße neben ihre.

»Bereit?«, fragt sie.

»Auf drei.«

Wir drücken und treten, bis meine Oberschenkel so sehr schmerzen, dass ich mich nicht mehr bewegen kann. Wir schreien, bis mir die Ohren klingeln. Das Holz hat nicht einmal einen Riss erlitten.

»Scheiße.« Lexie reibt sich die Füße. »Wie zur Hölle kommen wir hier raus?«

Ich schaue ihr in die Augen, in denen sich meine eigene Angst widerspiegelt.

»Ich weiß es nicht.«

FÜNFUNDVIERZIG

DAMALS

Sechs Tage nach Charlies Tod war der Morgenhimmel grau und dunkel. Die Kirchturmspitze, die ich normalerweise von meinem Fenster aus sehen konnte, war in Nebel gehüllt. Alles schien irgendwie stumm und stumpf. Selbst die Vögel waren ungewöhnlich still. Mit Charlies Tod war auch die Sonne verschwunden. Dan brachte mir Tee, den ich nicht schmecken, und Toast, das ich nicht schlucken konnte. Ich hätte ein Party-kleid anziehen sollen, denn schließlich war heute Charlies fünf-undzwanzigster Geburtstag, doch stattdessen trug ich Schwarz, um auf ihre Beerdigung zu gehen. Das Unterkleid, das beim Einkaufen leicht zu eng gewesen war und das ich zuletzt an Weihnachten getragen hatte, ließ sich nun ohne Probleme schließen. Der Stoff hing locker an mir herunter. Seit Charlies Tod hatte ich kaum etwas gegessen. Dan trug den Anzug, den er sich damals für sein Bewerbungsgespräch gekauft hatte, sowie eine geliehene schwarze Krawatte. Er sah aus wie ein kleiner herausgeputzter Junge.

Mit dem Taxi fuhren wir zu Charlies Haus. Wir beide zitterten zu sehr, um uns selbst ans Steuer zu setzen. Weil es keine weiteren Angehörigen gab, wurde entschieden, dass wir mit Lexie im Bestattungswagen fahren würden. Mom und Oliver würden wir gemeinsam mit Grandma und Grandpa am Krematorium treffen. Ich öffnete die Tür zu meinem einst zweiten Zuhause und folgte den Zigarettenrauchwolken. Lexie saß am Küchentisch und starrte auf einen überfüllten Aschenbecher. Ich legte meine Hand auf ihre Schulter, doch sie schlug sie wieder weg. Ich starrte zu Dan. *Sag etwas.*

»Ich mache uns einen Tee«, sagte er.

Während das Wasser kochte, ließ ich heißes Wasser in die schleimige Spülwanne und begann, die dreckigen Teller und Tassen zu spülen, die überall herumstanden. Ich füllte die Stille durch das Spritzen von Wasser und dem Klirren des Geschirrs. Dan brachte mir die Milch und ließ mich daran riechen. Ich rümpfte die Nase. Er kippte die Milch in die Spüle, wobei gelbe Klumpen darin zurückblieben, die ich mit einem Teelöffel den Abfluss herunterdrückte. Er brühte uns schwarzen Tee auf, den niemand trank. Während ich abtrocknete, leerte Dan den stinkenden Mülleimer und stapelte die leeren Weinflaschen und Bierdosen an der Hintertür, wo sie darauf warteten, zum Recycling gebracht zu werden.

Dann gab nichts weiter zu tun, als zu warten. Wir saßen zu dritt am Küchentisch, schwiegen und mieden jeden Blickkontakt. Das Klopfen an der Tür war eine Erleichterung. Dan sprang auf, um zu öffnen, und Lexie starrte mich an. Sie war empört. Ihre Wut legte sich um meine Trauer.

»Ich brauche Luft«, sagte ich und ging zu Dan in den engen Flur. Während er sich mit dem Fahrer unterhielt, klammerte ich mich an seinen Gürtel, um nicht in meiner Trauerblase fortzutreiben.

Im auf Hochglanz polierten Bestattungswagen lagen der Sarg aus Eichenholz und Blumen. Die Nelken formten Charlies Namen. Grandpa hatte Lexie geholfen, alles zu organisieren. Ich nahm an, dass er auch finanziell geholfen hatte, denn sie hatte noch nie gut mit Geld umgehen können. Lexie stieg als

Erste ins Auto, dann Dan und schließlich ich. Während der Fahrt starrte ich aus dem Fenster. Wir waren auf dem Weg, uns von jemandem zu verabschieden, der voller Lebensfreude gewesen war, und ich konnte noch immer nicht begreifen, dass Charlie nicht mehr da war. Ich beobachtete die Menschen auf der Straße, wie sie sich unterhielten und lachten. Mir schien unerklärlich, wie ihr Leben von den Geschehnissen unberührt bleiben konnte. Für sie war es ein ganz normaler Tag. Ich beneidete sie.

Der Himmel war ein eisengrauer Schleier, voller Wut und weinender Wolken. Vor der zweiflügeligen Eichentür der Kapelle wartete bereits eine große Menschenmenge. Die meisten trugen schwarz, tupften sich die Augen ab und putzen sich die Nase. Es wurden Kränze betrachtet und Karten gelesen. Jeder Einzelne der Anwesenden sah so benommen aus, wie ich mich fühlte. Wir warteten im Auto, bis alle in die Kapelle gegangen waren und der Bestatter uns abholte, um uns hineinzubringen. Alles schien so unwirklich, ich konnte nicht einmal weinen. Wir gingen zum Krematorium, während Eva Cassidy blauen Himmel versprach. Lexie hatte sich ›Somewhere Over The Rainbow‹ ausgesucht, worüber Charlie das Gesicht verzogen hätte, ganz nach dem Motto: »Was spricht gegen Madonna?«

Wir saßen auf Holzbänken, die dafür gebaut worden waren, den Hintern so taub wie das Herz werden zu lassen. Im vorderen Bereich der Kapelle stand Charlies Sarg auf einem Sockel, hinter dem purpurrote Samtvorhänge mit goldenen Verzierungen hingen. Auf dem Sarg stand ein in Silber gerahmtes Foto einer lachenden Charlie am Cromer Beach. Ich erinnerte mich daran, wie Grandpa das Foto geschossen hatte.

Die Messe hielt ein Mann mittleren Alters, der Charlie offensichtlich nie persönlich begegnet war. Nachdem allgemeine Begriffe wie »herzlich«, »lustig«, und »freundlich« in die Menge geworfen worden waren, kam ich an die Reihe.

Irgendwie schafften es meine wackeligen Beine, mich bis zum Rednerpult zu tragen, und ich schaute Reihe für Reihe in mit Tränen gefüllte Augen. Ich räusperte mich. »Charlie war meine beste Freundin«, begann ich. Ich erzählte von dem Tag, an dem wir uns kennengelernt hatten, wie sie Ketchup auf Dans Marmeladenbrot geschmiert hatte. An diesem Punkt mussten alle zaghaft lachen. Dann beschrieb ich, wie ich von diesem Moment an gewusst hatte, dass sie eine der wichtigsten Personen in meinem Leben sein würde.

»Und warum?«, kratzte Lexies Stimme durch das Krematorium. Sie klang, als hätte sie seit Charlies Tod mit dem Kettenrauchen nicht mehr aufgehört.

Mir stand der Mund offen. Mir fehlten die Worte.

»Warum?« Lexie war inzwischen aufgestanden und sprach nun lauter. Ihr Gesichtsausdruck war wütend und von Schmerz verzerrt.

»Warum was?«, fragte ich, weil ich nicht wusste, was sie von mir wollte.

Die Anwesenden ließen ihre Blicke zwischen Lexie und mir hin und her schweifen, als schauten sie sich ein grausiges Tennisspiel an.

»Warum hast du sie umgebracht?«

Lexie starrte mich so hasserfüllt an, dass ich nach hinten stolperte und hinfiel. Dan eilte an meine Seite. Ich hatte mir denselben Knöchel verdreht, den ich mir bereits beim Rennen gestaucht hatte, doch es war nicht der Schmerz, der mich zum Weinen brachte.

»Lexie, es ist verständlich, dass du heute aufgebracht bist«, schritt Grandpa mit ruhiger und klarer Stimme ein.

»Ich bin jeden Tag wegen dieser miesen Schlampe aufgebracht, die meine Tochter umgebracht hat. Die Siobhan umgebracht hat. Es ist ihre Schuld. Sie ist an allem schuld.«

»Ich habe niemanden umgebracht. Ich verstehe nicht ...« Verwirrt schaute ich mich um und suchte nach Antworten.

»Siobhan ist an einer versehentlichen Überdosis gestorben. Das ist ja wohl kaum Grace' Schuld.« Grandpas Hand fühlte sich brandheiß an, als er sie mir auf den Rücken legte. »Und ich wüsste nicht, mit welcher Begründung du Grace die Schuld an Charlies Tod geben kannst.«

»Wenn Charlie nicht abgehauen wäre …«

»Wieso ist sie abgehauen, Lexie? Sie ist deine Tochter! Klär uns auf.« Dans Stimme wurde lauter und Grandpa legte seine andere Hand auf Dans Arm.

»Dafür ist jetzt nicht der richtige Zeitpunkt, mein Sohn. Lexie, wie wär's, wenn wir zusammen raus und an die frische Luft gehen?«

»Ich will keine verdammte frische Luft, ich will meine Tochter zurück.« Lexie fiel auf die Knie und weinte.

Der Bestatter lächelte uns an, obwohl sein Blick eiskalt war. »Ich glaube, Sie gehen jetzt besser.«

Die Menge rutschte auf ihren Plätzen herum und streckte sich, um besser sehen zu können.

Ich zitterte vor Schock. Während ich zur Tür humpelte, stützte Dan mich mit einer Hand um meiner Taille und der anderen an meinem Ellbogen, als wäre ich eine neunzigjährige Frau.

»Das werde ich dir nie verzeihen, Grace«, kreischte Lexie hinter mir.

Draußen klammerte ich mich an Dans Arm.

»Ich hole das Auto.«

Grandpa eilte zum Parkplatz, während Dan mir über den Rücken strich. Mom, Oliver und Grandma standen dicht aneinandergedrängt, zu verblüfft, um etwas zu sagen.

Als wir zu Hause ankamen, hatte ich sämtliche Taschentücher in meiner Handtasche aufgebraucht. Mein Hals war trocken und meine Augen geschwollen.

»Was ist mit dem Leichenschmaus?«

»Möchtest du hingehen?«, fragte Grandpa.

»Nein«, antwortete ich mit heiserer Stimme. »Aber Charlie ...«

»Charlie hat dich geliebt. Sie würde es verstehen.«

Ich stieg aus dem Auto und stand auf Beinen, die sich nicht wie meine anfühlten.

»Kommt ihr mit rein?«, fragte ich.

»Wir sollten lieber im Pub vorbeischauen und nach Lexie sehen«, antwortete Grandpa.

»Scheiß auf Lexie«, sagte Dan kühl.

»Sie hat niemanden außer uns«, erwiderte Grandpa. »Aber wenn du möchtest, bleiben wir hier.«

Ich schüttelte den Kopf. Grandpa wendete in drei Zügen, gefolgt von Olivers Auto.

»Wir kommen später noch mal her, bevor wir wieder nach Devon fahren«, rief Mom mir durch das Fenster zu.

Wir standen im Flur und wussten nicht ganz, was wir tun sollten.

»Tee?«, fragte Dan.

»Lieber was Stärkeres«. Ich wollte etwas trinken, das mich betäubt. Ich zog mir das Kleid aus, das nach Kapelle roch, und schlüpfte in gemütliche Fleecekleidung. Obwohl wir zwanzig Grad hatten, war mir kalt.

Dan reichte mir ein Glas Wodka-Cola. Wir saßen nebeneinander auf dem Sofa und tranken auf die Frau, die für immer vierundzwanzig bleiben würde.

»Du hast nicht zufällig 'ne Kippe, oder?«, fragt mich Lexie.

»Nein.«

»Dacht ich mir.« Dann sitzen wir einfach nur schweigend auf dem Bett. Offene Fragen stehen wie eine Mauer zwischen uns und ich weiß nicht, wo ich anfangen soll, sie einzureißen.

»Als du gestern nicht vorbeigekommen bist, wusste ich, dass da was faul ist. Als ich deine Nachricht bekommen hab ...«

»Die Nachricht war nicht von mir.«

»Die Nachricht von deiner Nummer jedenfalls, in der du mich gebeten hast, hierherzukommen, bin ich sofort los. Ein Bäckereiwagen hat mich mitgenommen. Also hast du meine Belle bereits kennengelernt?«

»Anna.«

»Anna?«

»Dan ...«

»Dan? Dein Geschwafel ergibt überhaupt keinen Sinn, Mädchen. In ganzen Sätzen, bitte.«

»Dan hat ... Er hat mich betrogen«, platzt es aus mir heraus, und zeitgleich zieht sich der Knoten in meinem Magen enger zusammen.

Lexies Augen funkeln, als ich von ganz vorne anfange und erzähle, wie sehr Charlie ihren Vater finden wollte. Sie zieht ihre Augenbrauen zusammen, als ich davon berichte, wie ich das Foto von Paul Lawson mitgehen ließ und über die sozialen Medien versuchte, ihn zu finden. Lexie hört mir schweigend zu. Nachdem ich ihr erzählt habe, dass Anna hinter der Theke gearbeitet hat und Dan immer länger weggeblieben ist, wie Anna ihn verführt und erpresst hat, sie bei uns eingezogen ist und mich in dem Glauben gelassen hat, sie wäre Charlies Halbschwester, ist Lexies Gesicht so weiß wie das Kissen, gegen das sie sich lehnt.

»Sie hat sich ganz gezielt Dan rausgesucht?«

»Ja. Sie hat gefilmt, wie die beiden miteinander geschlafen haben. Dan sagt, er kann sich kaum an die Nacht erinnern. Zuerst habe ich ihm nicht geglaubt, aber mittlerweile zweifele ich nicht mehr daran. Ich traue Anna zu, ihm etwas ins Getränk gekippt zu haben, so verrückt ist sie. Wahrscheinlich dachte sie, dass du sie sowieso wieder ignorieren würdest, wenn sie dir noch einmal schreibt.«

Lexie zuckt zusammen.

»Ich glaube, du schuldest mir eine Erklärung. Den Geburtsurkunden entnehme ich, dass Belle und Charlie Zwillinge waren?«

»Ja.«

»Und Charlie hat nichts davon gewusst?«

»Nein.«

»Wieso nicht?«

»Es ist kompliziert«, erwidert Lexie schnippisch. Sie zieht an einem losen Faden ihres Verbands, bis er komplett ausfranst.

»Kompliziert?«, explodiere ich. »*Ich* sag *dir* mal, was kompliziert ist. Wegen *deiner* Tochter habe ich meinen Job verloren, sie hat meine Beziehung zerstört, meine Katze umgebracht und versucht, mein Haus abzubrennen, während ich noch drin war.«

»Was? Wie hat sie ...«

Ich hebe die Hand, als würden ihre Worte daran abprallen.

»Rück mit der Sprache raus!«

Lexie seufzt so schwer, dass ihr ganzer Körper zittert. »Ich habe dir die Wahrheit gesagt.« Ich muss mich zu ihr beugen, um ihr Flüstern zu verstehen. »Was Paul betrifft. Aber er wusste nicht, dass ich schwanger war. Er hat mich nicht deswegen verlassen. Er ist gegangen, weil er dachte, seine Ex-Freundin wäre schwanger, und er wollte sie zu einer Abtreibung überreden.«

»Wieso?«

Lexie sammelt sich für eine gefühlt endlos lange Zeit, sodass ich gegen den Drang ankämpfen muss, sie an den Schultern zu fassen und die Worte aus ihr herauszuschütteln.

»Hast du schon einmal was vom Marfan-Syndrom gehört?«

»Nein.«

»Das ist eine Erbkrankheit. Paul hatte sie. Er wollte keine eigene Familie, aus Angst, die Krankheit an seine Kinder weiterzugeben. Ich wusste nicht viel darüber, aber er hat erzählt, dass einem damit plötzlich das Herz stehenbleiben kann, vor allem, wenn man sich gerade anstrengt.«

»Charlie. Das Rennen.« Ich schlage die Hand vor den Mund.

»Ja. Deshalb habe ich dir die Schuld an ihrem Tod gegeben. Wenn sie nicht gelaufen wäre, wäre sie vermutlich nicht gestorben. Jedenfalls nicht zu dem Zeitpunkt.«

»Aber ich wusste doch gar nicht ...«

»Ich weiß. Genauso wenig wie sie selbst. Ich war nicht fair. Aber für mich war es leichter, dir die Schuld daran zu geben, statt auf meine eigenen Fehler zu schauen. Ich wusste nicht, dass sie das Marfan-Syndrom hat. Es gab Symptome, auf die man achten konnte, zum Beispiel eine überdurchschnittliche Körpergröße ...«

»Sie war *wirklich* groß.«

»Aber nicht außergewöhnlich groß, oder? Sie war nicht übermäßig müde. Hatte keine Schmerzen. Keine Dehnungsstreifen. Keinerlei Symptome. Kein einziges.«

»Hätte man es nicht überprüfen lassen können? Gibt es da keine Tests für?«

»Ich habe den Ärzten nichts von der Möglichkeit gesagt. Ich war jung und hatte total Schiss. Ich habe einfach so getan, als wäre ich gar nicht schwanger und bin zu keiner einzigen Voruntersuchung gegangen, obwohl ich einen deutlichen Babybauch hatte. Ich sah aus, als hätte ich eine verdammte Wassermelone unterm Pullover. Meine Eltern haben mich rausgeschmissen und nie mehr mit mir geredet. Ich habe bei Freunden auf dem Sofa geschlafen, bis die Wehen angefangen haben. Die schlimmste Erfahrung meines Lebens. Kaum war das erste Kind draußen, ging der Schmerz von vorne los und es hieß, ich bekäme noch ein zweites. Zwillinge! Ich war siebzehn! Und hatte keine Wohnung und kein Geld. Und trotzdem habe ich mich auf den ersten Blick in die beiden verliebt.«

»Was ist dann passiert?«

»Ich bekam eine Sozialwohnung und Sozialhilfe und habe mir durch einen Putzjob noch etwas dazuverdient. Das war alles ganz schön anstrengend, aber wir kamen über die Runden. Allerdings hatte ich die ganze Zeit über tierische Angst, dass die Mädchen krank werden. Es war schon schwierig genug, sich um zwei gesunde Kinder zu kümmern. Wäre eines von beiden krank geworden, hätte ich nicht gewusst, was ich tun soll.«

»Und war das bei Belle der Fall? Ist sie krank geworden?«

»Belle war anders. Ich wusste nicht, ob es an der Krankheit lag. Als Baby war sie ständig schlecht drauf und hat viel geschrien. Und als sie älter wurde, bekam sie immer wieder heftige Wutanfälle.«

»Das ist doch normal.«

»Sie hat Sachen kaputt geschlagen und mir ins Gesicht

gelogen und alles abgestritten. Ich konnte weder schlafen noch essen.«

»Warst du mit ihr beim Arzt?«

»Die Ärztin hat gesagt, ich wäre depressiv und Belle würde aus der Phase wieder rauswachsen. Doch dann ging das auch bei Charlie los und sie wurde frech. So war sie vorher nicht gewesen. Und sie hat behauptet, Belle würde sie zu den Dummheiten anstiften. Immer, wenn ich deswegen mit Belle geschimpft habe, hat sie sich dafür an Charlie gerächt und sie gebissen oder gekniffen. Eines Tages habe ich sie dabei erwischt, wie sie mit meinen Zigaretten und dem Feuerzeug gespielt hat. Dafür hab ich ihr den Hintern versohlt. Kurz darauf war ich draußen die Wäsche am Aufhängen und hab Rauch gerochen. Belle kam rausgerannt. Charlie stand oben am Schlafzimmerfenster. Ich dachte, ich würde sie verlieren.« Lexies Stimme bricht ab und ich habe fast schon Mitleid mit ihr, doch dann erinnere ich mich daran, wie sauer sie wurde, als ich sie nach dem Feuer fragte, an das sich Charlie erinnern konnte. Wie sie mir ins Gesicht gelogen hat. Wie sie Charlie davon überzeugt hat, dass sie eine zu lebhafte Fantasie hat und ihre Erinnerungen alle falsch wären.

»Danach hat sich das Jugendamt eingeschaltet und Belle zeitweise in eine Pflegefamilie gesteckt, damit ich mal durchatmen konnte. Und ohne Belle war alles so viel einfacher. Charlie war glücklicher. Ich war glücklicher. Ich wollte sie nicht zurückhaben. Hab versucht, so zu tun, als hätte es sie nie gegeben. Jedes Mal, wenn Charlie Belle erwähnt hat, habe ich ihr gesagt, dass das ihre eingebildete Freundin wäre, die gar nicht wirklich existiert.«

»Ich kann nicht glauben, dass sie dir das geglaubt hat.«

»Weißt du noch, was war, als du vier Jahre alt warst?«

Ich denke nach. »Nein.«

»Kinder können sich nur kurz an Sachen erinnern und glauben somit das, was du ihnen erzählst.«

»Und als Anna sich gemeldet hat ...«

»Das war vielleicht ein Schock! Ich hab so was von Panik gekriegt und wusste überhaupt nicht, was ich tun soll. Wie ich Charlie erklären sollte, dass sie eine Schwester hat, die ich ihr all die Jahre verheimlicht habe. Also habe ich versucht, jede Erinnerung wegzusaufen.«

»Das war vermutlich der Moment, an dem Anna sich an mich gewendet hat, nachdem sie keine Reaktion von dir erhalten hat. Erinnerst du dich an die Briefe, die ich bekommen habe?«

Schweigen. Ein Seufzen. »Die waren nicht von Belle.«

»Etwa von Charlie?« Ich ahne Böses. *Ich habe etwas Schreckliches getan.* Wie konnte sie nur?

»Nein.« Lexie schüttelt den Kopf. »Sie waren von mir.«

»Von dir?« Ich weiche zurück, als hätte sie mich physisch geschlagen.

»Es tut mir so leid, Grace.«

»Du? Du hast mir einen Karton mit Hundescheiße geschickt? Warum?« Ich zittere vor Wut und sitze auf meinen Händen, um mich selbst davon abzuhalten, ihr die Haare vom Kopf zu reißen.

»Zu der Zeit war ich völlig durch den Wind. An deinem achtzehnten Geburtstag bist du in mein Schlafzimmer gekommen, nachdem ich auf meinem Bett eingepennt war. Da habe ich gehört, wie du Charlie versprochen hast, ihr bei der Suche nach ihrem Vater zu helfen. Du hast sie sogar dazu ermutigt. Und da habe ich Panik bekommen. Das war das Letzte, was ich wollte. Ich dachte, wenn ich dich mit was anderem ablenke, vergisst du die Sache. Aber das hat nicht so gut funktioniert. Dieser ganze Scheiß um *Jeremy Kyle*. Die Unterhaltungen von wegen ›ein Mädchen in unserer Klasse hat ihren Vater gefunden‹. Glaubst du, ich war doof? Nach dem ersten Brief konnte ich nicht mehr aufhören. Das ist alles aus dem Ruder gelaufen. Ich wollte nicht, dass Charlie ihren Vater findet. Dass sie herausfindet, dass sie vielleicht eine Krankheit hat, an der sie sterben könnte. Dass sie anhand der Geburtsurkunde herausfindet, dass sie eine Zwillingsschwester hat. Ich wollte nicht, dass sie mich hasst. Ich habe sie so sehr geliebt. Doch ich habe sie vertrieben.«

»Wieso ist sie gegangen? *Was hast du getan?*« Ich schreie jetzt, doch es ist mir egal.

Lexies Gesicht ist kreidebleich, ihre Wangen eingefallen. Auf ihrer Oberlippe bildet sich eine dünne Schweißschicht. Ich bin froh darüber, dass sie so scheiße aussieht, wie ich mich fühle.

»Nach der Silvesterparty hat Charlie meine Schuhe zurück in meinen Schrank gelegt und da einen angefangenen Brief an dich entdeckt, die ausgeschnittene Zeitung und den Kleber. Sie war stinksauer. Ich habe ihr versprochen, damit aufzuhören. Flehte sie an, niemandem davon zu erzählen. Und sie hat versprochen, mich nicht zu verraten, dir nichts davon erzählen. Ich dachte, damit wäre alles in Ordnung, doch dann ist Siobhan einfach gestorben.«

»Sie ist nicht ›einfach gestorben‹, sie hat eine Überdosis genommen, weil sie so einsam war. Wir haben ihr alle die Schuld an den Briefen gegeben. Niemand hat mehr mit ihr geredet. Diese Junkies waren ihre einzigen Freunde.«

»Charlie war der Ansicht, dass Siobhan noch am Leben wäre, hätte ich dir nicht die Briefe geschrieben, und ist schier durchgedreht vor Wut. Ich hatte Angst, was geschehen würde, wenn die Polizei Wind davon bekommt und alle die Wahrheit erfahren. Ich habe Charlie angefleht, mir zu versprechen, niemandem jemals davon zu erzählen, und schon gar nicht dir, Grace.«

»Sie hat Lügen gehasst. Und du hast sie zu einer Lügnerin gemacht.«

»Sie wollte nicht lügen. Sie wollte dir die Wahrheit sagen, aber ich habe ihr gesagt, dass sie sich entscheiden muss.

Entweder du oder ich. Sie hat mir versprochen, niemals etwas zu verraten, aber sie konnte nicht hierbleiben. Sie konnte meinen Anblick nicht ertragen und dir nicht unter die Augen treten.«

Bitte verzeih mir, Grace. Ich habe etwas Schreckliches getan. Ihr Versprechen ... das Geheimnis, das sie für sich behielt. Wie habe ich je auch nur daran denken können, dass sie die Briefe geschrieben hat?

»Du widerst mich an.«

»Ich weiß, Grace, aber ich ...«

Lexie streckt ihre Hand aus, doch ich schlage sie weg. »Fass mich verdammt noch mal nicht an.«

»Okay.« Die nächsten Minuten sitzen wir schweigend und in unsere Gedanken versunken da.

»Wir müssen hier raus«, sagt Lexie.

»Oh, auf diese Idee bin ich ja noch gar nicht gekommen. Was würde ich nur ohne dich machen?«

»Nicht in diesem Ton, Grace. Der steht dir nicht. Wir brauchen einen Plan. Und dafür müssen wir zusammenarbeiten.«

Wieder breitet sich Stille zwischen uns aus, die nur von dem Geklapper unterbrochen wird, das Anna unten in der Küche produziert.

»Was haben wir für Möglichkeiten?«, frage ich. »Das Holz bekommen wir nicht zerbrochen. Unsere Schreie hört niemand. Das Schloss habe ich auch nicht geknackt gekriegt ...«

»Schloss knacken?«

»Hier.« Ich ziehe die Haarspange unter meinem Kissen hervor.

Lexie greift danach.

»Ich habe es schon versucht.«

»Es ist eine Kunst. Dagenham Dave hat sie mir beigebracht.« Mit der Zunge zwischen den Zähnen schiebt Lexie die Haarspange in das Schloss der Fessel und dreht daran.

»Hab's!« Lexie öffnet die Fessel und befreit ihren Knöchel.

»Den Trick habe ich selbst mit nur einer Hand noch drauf.« Sie grinst, und meinem eigenen Willen zum Trotz muss ich zurückgrinsen.

»Jetzt meine. Schnell.«

Lexie lehnt sich vor und hantiert mit der Haarspange. Es klickt und ich muss vor Erleichterung fast weinen, als der Druck an meinem Knöchel nachlässt.

»Und nun weg hier.«

Doch Schritte kommen die Treppe hoch und die Schlafzimmertür wird bereits geöffnet.

Lexies Füße sind schon auf dem Boden, doch ich greife nach ihrem Arm und runzele die Stirn.

»Das Messer«, flüstere ich. »Wir müssen warten.« Lexie nickt. Sie schwingt ihre Beine zurück ins Bett und ich ziehe die Decke über unsere Füße, in der Hoffnung, dass Anna die Fesseln nicht überprüft. Als sie das Zimmer betritt, rast mein Puls. Ich spüre die Anspannung, die Lexie ausstrahlt, und bete, dass sie nichts Unüberlegtes tut. Anna knallt das Tablett auf den Schminktisch, nimmt das Messer in die eine und einen Teller in die andere Hand.

»Pasta«, sagt sie, reicht Lexie das Essen und greift nach dem zweiten Teller für mich.

Mein Magen zieht sich zusammen, als der Geruch von Parmesan und Knoblauch in meine Nase zieht. Das Hackfleisch ist verklumpt und Fett sammelt sich am Tellerboden.

Dann stellt Anna den Schminktischstuhl vor die Tür und setzt sich auf das blumengemusterte Sitzpolster. Ich habe mich damals sehr über den Fund im Secondhandladen gefreut und ihn stundenlang geschliffen und neu lackiert, bevor ich mir ein

Stoffmuster von John Lewis als Sitzpolster aussuchte. Jetzt möchte ich den Stuhl am liebsten verbrennen.

Anna greift nach dem dritten Teller und schiebt sich Nudeln in den Mund. »Esst«, murmelt sie.

Ich nehme meine Gabel und steche sie in die Spaghetti. Sollte ich das hier überleben, esse ich nie wieder Pasta.

»Einen Scheiß werd ich«, schimpft Lexie und schmeißt den Teller durch das Zimmer. Doch er fällt zu Boden, bevor er Anna erreicht. Tomatensoße sickert in den verrußten Teppich.

»Du. Kannst. Einfach. Nicht. Nett. Sein. Oder?« Nun stellt Anna ihr Essen so energisch ab, dass der Spiegel am Schminktisch wackelt. Zwischen meinen Brüsten läuft der Schweiß herunter.

»Nett? Du hast mich ans Bett gekettet!«

»Immerhin habe ich dich nicht weggegeben.« Anna legt ihre Hand fest um den Messergriff.

»Na endlich kommt sie zum verdammten Punkt«, erwidert Lexie. »Was willst du? Eine Entschuldigung? Es tut mir leid, okay?«

»Ich will ...« Anna ringt nach Luft. »Ich wollte ein gemeinsames Essen mit meiner Mom. Aber jetzt hast du's ruiniert.« Sie hebt das Messer. Ich ziehe meine Knie an, bereit, Lexie zu verteidigen, doch Anna fährt mit der Klinge über ihren eigenen Oberschenkel und schneidet die Haut auf. Blut färbt Charlies weiße Shorts purpurrot. Mir wird klar, dass die Narben auf Annas Körper, die mir im Spa aufgefallen sind, alle von Selbstverletzungen stammen müssen.

»Belle!«

Anna hebt das Messer. Dann senkt sie es erneut und ritzt ein perfektes Kreuz in ihre Haut. Ihr Gesicht ist so weiß wie die Shorts es einmal waren.

»Belle, hör auf damit. Es tut mir leid«, sagt Lexie mit flehender Stimme.

»Wieso hast du mich nicht geliebt?« Anna klingt nun verzweifelt. Sosehr ich sie auch hassen möchte, habe ich doch Mitleid mit ihr.

»Ich habe dich geliebt. Liebe dich immer noch. Ich dachte, es wäre das Beste«, antwortet Lexie unsicher. »Ich dachte, du hättest so ein besseres Leben.«

»Wieso hast du mich aufgegeben und nicht sie? Was habe ich getan, dass du mich weggegeben hast?«

Lexie greift nach meiner Hand. Ihre ist feucht. »Ich weiß es nicht. Es tut mir leid. Ich konnte mich nicht um euch beide kümmern.«

»Niemand konnte sich um mich kümmern.«

»Sind deine Pflegeeltern umgekommen?«, frage ich.

»Umgekommen?«

»Im Auto, auf dem Weg zum Meer.«

»Das habe ich nur erfunden, damit du Mitleid mit mir hast. Es gab keine Pflegeeltern. Ich wurde immer nur von Pontius zu Pilatus weitergereicht. ›Oh, Belle stiftet so viel Unruhe.‹ ›Oh, Belle ist so ein schlechter Einfluss.‹ Mit zwölf Jahren wollte mich niemand haben, sie wollten immer nur die süßen Kinder. Also bin ich in ein Pflegeheim gekommen, so wie Oliver Twist. Könnt ihr euch vorstellen, wie deprimierend das war? Das Einzige, das ich hatte, war das Foto von dir. Wir sahen so glücklich darauf aus: du, ich und Charlie. Jede Nacht habe ich es vor dem Schlafengehen unter mein Kissen gelegt. Und nicht verstanden, was falschgelaufen war.«

»Oh, Belle«, sagt Lexie. »Ich hab verkackt, ich weiß. Aber uns hier gefangen zu halten, ist auch keine Lösung.«

»Es war der einzige Weg, damit du mir endlich zuhörst. Jahrelang hat mich der Gedanke am Leben gehalten, dass ich dich finden kann, sobald ich achtzehn bin, Mom. Und wir dann gemeinsam Charlie finden. Aber Charlie war die ganze Zeit über bei dir. Du hast sie behalten, ihr hattet euren Spaß, während ich ...«

»Ich hatte keinen Spaß. Ich habe dich weggegeben, weil ich depressiv war ...«

»Warst du auch achtzehn Jahre später noch depressiv? Wieso hast du nicht auf meine Briefe geantwortet?«

»Ich stand praktisch unter Schock.«

»Ich habe dich damals gehasst, wollte dich verletzen, dich leiden sehen, dich ...«

»Und wieso hast du nicht?«, werfe ich ein. »Du hast dich sechs Jahre lang nicht gemeldet. Warum nicht?«

»Weil ich sie nicht mehr gebraucht habe. Ich hatte meine eigene Familie. Menschen, die mich geliebt haben.«

»Du hast eine Familie?«

»Ich habe einen Kerl aus dem Pflegeheim geheiratet. Sam. Wir waren so glücklich. Wir hatten eine Wohnung, und zwar keine Sozialwohnung. Im Erdgeschoss mit Garten. Ich hatte einen kleinen Steingarten und ein paar Kräuter darin gepflanzt.« Anna starrt ins Nichts, als sähe sie etwas, das wir nicht sehen können. »Sam wollte einen Teich mit Fischen, doch ich wollte eine Katze. Eines Tages hat er eine von der Arbeit mitgebracht. Er hat mir immer alle Wünsche erfüllt. Sie war schwarz und hatte weiße Pfoten. Wir haben sie Socks genannt. Und weil wir Angst hatten, die Katze würde die Fische fressen, hat Sam nie einen Teich bekommen.«

»Sam hört sich sehr nett an«, sage ich in sanftem Ton.

»Das war er auch. Wir haben für unser eigenes Haus gespart. Mit Lucas war die Wohnung nicht mehr groß genug.« Anna schließt die Augen.

»Lucas?« Lexie umklammert meine Finger so fest, dass ich fürchte, meine Knochen würden bald brechen.

»Wir hatten so viel Spielzeug, man konnte kaum noch treten. Ich konnte nicht aufhören, ihm Spielsachen zu kaufen. Sam hat es mir verboten, schließlich wollten wir ja sparen, aber ich habe ihn so sehr geliebt. Ich wollte Lucas all die Sachen kaufen, die ich nie hatte.«

»Was ist passiert, Anna? Wo ist Lucas?«, frage ich kalt. Ich kenne die Antwort bereits. Lexie schmiegt sich an mich. Ich spüre, wie sie zittert.

»Wir waren Schwimmen.« Anna redet in abgehackten Sätzen und mit leiser Stimme. »Er war eine Wasserratte. Immer, wenn ich ihn in seine orangefarbene Schwimmente gesetzt habe, hat er wie wild mit den Füßen gestrampelt und gekichert. Auf dem Rückweg ist er dann im Bus eingeschlafen. Zu Hause hab ich ihn ins Bett gebracht. Das Babyfon eingeschaltet. Und seine Zimmertür geschlossen. Dachte ich. Dann bin ich nach unten gegangen, um zu bügeln, aber ich war so müde. Ich war immerzu müde. Also hab ich mich aufs Sofa gelegt und die Augen zugemacht. Und bin erst aufgewacht, als Sam nach Hause kam. Als ich sah, wie spät es war, wurde ich panisch. Lucas machte nie länger als eine Stunde Mittagsschlaf.« Anna bricht ab und ich halte den Atem an. »Ich bin in sein Zimmer gelaufen. Er war so still. Mein wunderschöner Junge. Socks lag schnurrend neben ihm im Kinderbett. Sam hat mich angeschrien, dass die Katze nicht im Kinderzimmer sein sollte. Er hat Lucas aus dem Kinderbett genommen. Er war so schlaff. Dann hat Sam Mund-zu-Mund-Beatmung gemacht, aber ...« Anna steht völlig steif da. Keucht. »Sie haben ihn mitgenommen. Ich wollte nicht, dass sie ihn mitnehmen.«

Lexie schlägt die Hände vor den Mund, kann ihren schmerzgeplagten Schrei jedoch nicht unterbinden.

»Es war meine Schuld. Ich hätte vorsichtiger sein müssen. Sam hat sich daraufhin verlassen.« Anna krümmt sich nun vor Schmerz und heult. »Alle verlassen mich. Ich wollte einfach nur meine Mom. Ich habe einfach nur meine Mom gebraucht.«

Das Messer fällt zu Boden, als Anna ihr Gesicht in den Händen vergräbt. Sie wiegt vor und zurück und wimmert wie ein verletztes Tier.

»Oh, mein armes Mädchen«, sagt Lexie und schlüpft aus

dem Bett. Sie geht vor Anna auf die Knie, zieht ihre Armschlinge ab und drückt Anna fest an sich. »Ich bin hier, Belle, ich bin hier.«

»Mommy.«

»Sch. Es war nicht deine Schuld. Vermutlich war es vererbt, es gibt da eine Krankheit, eine Erbkrankheit. Charlie hatte sie, du könntest sie haben, sie vererbt haben. Du hättest nichts dagegen tun können.«

»Vererbt? Also ist es deine Schuld? DU HAST MEIN BABY UMGEBRACHT!«, schreit Anna, während sie ihr Gewicht nach vorne verlagert, sodass Lexie nach hinten kippt.

Ich fühle mich so hilflos wie die Marionette, die ich einmal hatte: Die Schnüre sind gespannt, doch ohne Anweisung kann ich mich nicht bewegen. Lexie schreit und ich erinnere mich an Dans Worte. *Du kannst alles erreichen.* Ich ziehe die Decke zurück und springe aus dem Bett. Dabei lande ich ungünstig mit gespreizten Beinen und spüre einen Schmerz im linken Knöchel, den ich mir bereits beim Rennen gegen Charlie verletzt hatte. Er brennt und für den Bruchteil einer Sekunde fühle ich mich an den Tag zurückversetzt, an dem Charlie auf dem Boden lag. Die Angst. Die Panik.

Doch ich stütze mich an den Schubladen ab, stelle mich gerade hin und taumele zu Anna. Ihre Hand legt sich über das Messer, ihre Finger umschließen den Griff. Ich schnelle nach vorn und greife nach ihrem Handgelenk. Die Klinge streicht meinen Oberschenkel und ich spüre den Druck, allerdings keinen Schmerz. Der purpurrote Fleck, der sich auf meiner Schlafanzughose ausbreitet, überrascht mich. Ich bekomme den Griff des Messers mitsamt Annas Fingern darum zu fassen und lasse nicht mehr los, sondern weiche aus, als das Messer erneut durch die Luft wedelt.

»Schon in Ordnung, Liebes«, sagt Lexie und klammert sich an Anna wie ein Babyaffe an seine Mutter. »Mommy ist hier.«

»Mommy.« Anna löst ihren Griff um das Messer, ihr Schluchzen erschüttert ihren ganzen Körper. Ich schlage das Messer weg. Dann stolpere ich nach unten und suche ein Telefon.

Mit geschlossenen Augen lasse ich die Finger über die Tasten gleiten, während ich Beethovens ›Mondscheinsonate‹ übe. Das war eines von Dads Lieblingsstücken. Es klingelt an der Tür, bevor ich das Lied durchgespielt habe. Ich schließe die Klavierklappe und stehe umständlich auf.

»Guten Morgen. Soll das gleich in dein Auto?« Lexie schüttelt den alten Chips-Karton in ihrer Hand.

»Ja, meiner ist bereits drinnen.« Ich ziele mit dem Autoschlüssel in Richtung meines neuen Hondas und warte auf das Klicken, mit dem sich der Kofferraum öffnet.

Meine neuen Nachbarn steigen gerade in ihren Wagen und ich winke. Sie ist Krankenschwester, er arbeitet bei der Polizei. Es beruhigt mich, auch wenn ich auf ihre beruflichen Fähigkeiten hoffentlich nie zurückgreifen muss. Mrs Jones lebt nun bei ihrer Tochter, und ich fahre sie oft besuchen.

Meine Tasche steht im Wohnzimmer. Während ich sie hochhebe, streichele ich die schwarzweiße Katze auf dem warmen Klavierstuhl.

»Tschüss Moppet, ich bin bald wieder da. Benimm dich.«

Dann werfe ich meine Tasche auf den Beifahrersitz und drehe mich um, schaue Lexie an.

»Willst du wirklich allein fahren?«, fragt sie.

»Ja.«

»Belle hat gestern nach dir gefragt.«

»Wie geht es ihr?«

Lexie besucht Anna regelmäßig, doch ich möchte sie nicht sehen. Noch nicht. Vielleicht aber auch nie wieder.

Ich versuche, Lexie zu verzeihen. Sie ist inzwischen in Therapie und hat mit dem Trinken aufgehört. Sie gibt sich Mühe, die Vergangenheit wiedergutzumachen, eine gute Mom zu sein. Ich verdränge den Gedanken daran, dass alles hätte anders ausgehen können, wenn Lexie nicht die Briefe geschrieben hätte. Wenn Charlie nicht weggegangen wäre. *Du darfst nicht im Gestern leben*, wie Grandma sagt, und mir ist bewusst geworden, dass ich die meiste Zeit meines Lebens im Gestern verbracht und mir gewünscht habe, alles wäre anders gelaufen. Und dabei habe ich mir selbst an allem die Schuld gegeben. Als ich dachte, sterben zu müssen, hat mich das endlich in die Gegenwart katapultiert. Hier versuche ich nun zu bleiben, denn es gibt eine Menge, für das es sich zu leben lohnt.

»Sie ist erschöpft. Sie bekommt neue Medikamente. Aber sie hat gestern mit ihrer Psychologin geredet und sie nicht wie sonst ignoriert. Das ist ein Anfang.«

Ich möchte Lexie zustimmen und ihr versichern, dass Belle wieder gesund wird. Doch die Worte bleiben mir im Hals stecken. Ich weiß, was Trauer mit einem Menschen macht, wie sehr sie einen verändern kann, kenne die unsichtbaren Steine, die sie einem auf die Schultern legt. Ich mag mir gar nicht erst vorstellen, wie schrecklich es ist, ein Kind zu verlieren.

Ich lege meine Hand auf den Bauch und atme tief ein.

»Alles in Ordnung?«, fragt Lexie.

»Er tritt.«

»Er?«

»Jepp. Gestern hatte ich einen Ultraschall, es wird definitiv ein Junge.«

»Da freut sich Dan sicherlich.«

Ich nicke. Nach unserer Begegnung in Esmées Wohnung glaubte ich, Dan nie wiederzusehen. Doch als die Übelkeit nicht abflaute, vermutete der Arzt etwas anderes als Angst, und er hatte recht. Ich verlagere mein Gewicht, als mich ein Ellbogen oder Fuß erneut tritt. Dan war außer sich vor Freude, als ich ihm davon erzählte. Er machte mir sofort einen Antrag und seitdem erhalte ich jede Woche einen, doch ich möchte erst einmal allein klarkommen. Allein zu leben, brachte eine Freiheit mit sich, einen inneren Frieden, den ich nie zuvor gekannt habe. Ich bin das furchtbare Gefühl des Verlusts losgeworden, das mich mein halbes Leben lang begleitet hat, und ich bin jetzt glücklich. Vielleicht werden Dan und ich nie wieder ›wir‹ sein, vielleicht ist es dafür zu spät. Aber in jedem Fall sind wir Freunde und wollen die bestmöglichen Eltern für unser Kind sein. Das ist ein guter Anfang.

»Wir haben uns für einen Namen entschieden.«

»Erzähl!«

»Charlie.«

Lexie nickt und unterdrückt die Tränen. Sie tätschelt mir den Arm. »Gute Fahrt.«

Ich steige ins Auto und lege den Gurt über meine schon recht imposante Bauchkugel.

Die Straßen sind leer und laut meinem Navi erreiche ich in einer Stunde das Ziel. Ich schalte das Radio ein. ELOs ›Mr. Blue Sky‹ ertönt aus den Lautsprechern und ich lächle, während ich liebevoll an meinen Dad denke und die Lautstärke aufdrehe. Ich trällere mit.

Ich glaube, ich bin da. Ich fahre eine unbefestigte Straße

entlang, poltere auf ein Bauernhaus zu und parke hinter einem Volvo Estate. Ein schwarzweißer Hund schnüffelt schwanzwedelnd an meinen Beinen. Ich öffne den Kofferraum.

»Du musst Grace sein.« Zwei vertraute grüne Augen schauen mich an.

Er hat zwar graues Haar und einen Bart, aber die Ähnlichkeit zu Charlie ist verblüffend.

»Paul Lawson«, sage ich lächelnd.

Ich habe sein Foto weiter in den sozialen Medien verbreitet, und als ich kurz davor war, aufzugeben und zu akzeptieren, dass ich ihn niemals finde, bekam ich eine Antwort. Anfangs war Lexie wütend darüber, sah dann aber ein, dass er ein Recht hatte, über seine Töchter Bescheid zu wissen. Sie erklärte es ihm stundenlang am Telefon. Natürlich war er erbost und am Boden zerstört, als er von Charlie und Lucas erfuhr. Nächste Woche wird er Anna – Belle, ich muss mich noch an den Namen gewöhnen – besuchen. Doch heute bin ich für Charlie bei ihm.

Paul holt die Kartons aus dem Auto und stellt sie auf einen großen Bauernhaustisch. Ich ziehe meinen Pullover aus, denn im Zimmer ist es durch den Ofen sehr warm, und packe Fotos und Videos aus. Ich habe auch etwas Kuchen in einer Tupperdose mitgebracht.

»Meine Grandma hat ihn gebacken«, erkläre ich. »Heute wäre Charlie sechsundzwanzig geworden.«

Für den Fall, dass Paul keinen eigenen hat, habe ich Grandpas alten Videorekorder mitgebracht. Allerdings gibt es einen in der Küche, und daneben liegt ein Stapel *Monty-Phyton*-Kassetten.

Paul legt ein Band ein. Es surrt und knistert und wir sehen einen weißen Bildschirm, doch dann erscheint ein immer schärfer werdendes Bild. Es zeigt die Talentshow. Charlie steht in einem silberglänzenden Gymnastikanzug auf der Bühne, trägt eine rosa Strumpfhose und lila Stulpen. Dann tanzt sie voller Elan über die Bühne, schwingt die Beine und streckt ihre flache Brust heraus.

»Sie war wohl alles andere als schüchtern!«

»Kein bisschen. Eigentlich sollten wir zusammen auf der Bühne sein, aber ich stand die ganze Zeit zitternd hinter dem Vorhang. Sie hat den Wettbewerb gewonnen.«

Der Bildschirm wird kurz blau und springt dann zu Charlie und mir, wie wir am Strand ein riesiges Rennboot aus Sand bauen.

»Da war sie mit uns im Urlaub«, erzähle ich Paul. »Sie war richtig glücklich.«

Wir lachen und weinen gleichermaßen zu Geburtstagen und Weihnachtsfeiern, Ostereiersuchen und Picknickausflügen. Als wir alle Videos durchgesehen haben, zünde ich die Kerzen auf dem Kuchen an und wir singen dem Mädchen, das sich bei jedem Kerzenausblasen nichts sehnlicher wünschte, als ihren Vater an ihrer Seite zu haben, »Happy Birthday«. Dann pustet Paul die Kerzen mit funkelnden Augen für sie aus.

Wir haben ihn gefunden, Charlie. Wir haben ihn gefunden.

EIN BRIEF VON LOUISE

Hallo,

ich kann euch gar nicht genug danken, dass ihr meinen Debütroman *Ihre Schwester* gelesen habt. Es ist sowohl aufregend als auch angsteinflößend, mein erstes Buch in die Welt hinauszuschicken, und ich freue mich, dass ihr so viel Zeit mit Grace und Charlie verbracht habt.

Wenn euch das Buch gefallen hat und ihr über meine neuesten Veröffentlichungen informiert werden möchtet, meldet euch einfach unter nachstehendem Link an. Eure E-Mail-Adresse wird nicht weitergegeben und ihr könnt euch jederzeit wieder abmelden.

www.bookouture.com/bookouture-deutschland-sign-up

Ihre Schwester entstand während einer Aufgabe in einer Autorengruppe. Ich bekam drei Wörter und zehn Minuten, und daraus entstand das Grundgerüst des ersten Kapitels. Auf dem Heimweg jagte in meinem Kopf eine Frage die nächste: Was war Grace' Geheimnis? Wie ist Charlie gestorben? Was stand in dem rosa Umschlag?

In jener Nacht konnte ich nicht schlafen, weil Grace mit den Füßen scharrte und ihre Geschichte geschrieben haben wollte. Am nächsten Tag unterdrückte ich das Gähnen, setzte zaghaft die Feder an und erforschte die Auswirkungen von Lexies Lüge.

Liebend gern würde ich eure Meinung wissen. Fandet ihr Anna sympathisch? Hattet ihr Mitleid mit Lexie? Sollte Grace Dan eine zweite Chance geben?

Es ist mir unangenehm, um Rezensionen zu betteln, aber sie sind so wichtig. Wenn euch *Ihre Schwester* gefallen hat, würdet ihr mir einen riesigen Gefallen damit tun, eine Rezension zu hinterlassen.

Ihr könnt mich außerdem über meinen Blog erreichen, in dem ich regelmäßig Flash Fiction und Einblicke in das Autorenleben veröffentliche.

In Liebe

Louise xx

www.louisejensen.co.uk

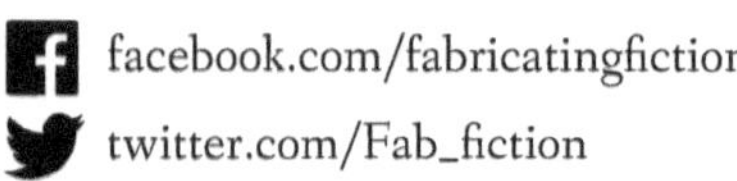

facebook.com/fabricatingfiction

twitter.com/Fab_fiction

DANKSAGUNG

Mein Dank gilt so vielen Menschen, dass ich gar nicht weiß, wo ich anfangen soll. Erst einmal ein fettes, fettes Dankeschön an das gesamte Team von Bookouture, insbesondere an meine Lektorin Lydia Vassar-Smith, die an mich geglaubt und mir diese Chance gegeben hat. Danke auch an Natasha Hodgson und die anderen Autoren von Bookouture, die ein großartiges und unterstützendes Netzwerk bilden.

Louise Walters, meine Mentorin beim fantastischen WoMentoring-Projekt, deren Einsatz mich erst dazu ermutigt hat, einen Roman zu schreiben.

Die WordPress-Bloggergemeinschaft, die mich freundlich kritisiert und als Autorin hat wachsen lassen, insbesondere Lyn Churchyard (du weißt warum!).

Mick Rodden vom Northern Fire Service für das nützliche Wissen in Bezug auf die Feuer- und Krankenhausszenen. Sämtliche Fehler unterliegen meinem eigenen Verschulden.

Andrew Lockhart für seine weisen Worte, Gary Tipping dafür, dass er mich bei der letzten Hürde beruhigt hat, und Jane Isaac für die ständige Erreichbarkeit, um meine verzweifelten Fragen am Telefon zu beantworten.

Ich danke meinen Testlesern Leah Gee, Ceri Wickens, Michele Harris und Karen Coles, und auch Lee Harris für seine Fähigkeiten als Korrekturleser. Danke, Cousin!

Mick Wynn, mit dem ich immer wieder meine Ideen ausgetauscht habe. Ich glaube, er hat mein Manuskript letztendlich weitaus öfter gelesen als ich selbst.

Die wunderbare Bekkii Bridges, die mir geholfen hat, das Ende abzurunden.

Meine liebe Freundin Natalie Brewin, die dankenswerterweise die ersten Fassungen gelesen und mir mehr als einmal dabei zugehört hat, wenn ich wie ein Kind gejammert habe.

Mein Dank gilt auch meiner Schwester Karen Appleby für ihre (oft sehr direkte) Meinung und meiner Mom für unsere Existenz!

Tim, der vermutlich geduldigste Ehemann der Welt, der sich nie beschwert hat, wenn er spontan die Kinder von der Schule abholen oder das Essen kochen musste, weil ich »nur noch eine Seite« schreiben wollte. Danke für deinen unerschütterlichen Glauben an mich. Ich habe es geschafft!

Meine hinreißenden Jungs Callum, Kai und Finley, die meine treibende Kraft darstellen. Ich liebe euch und bin so stolz auf euch alle.

Und Ian Hawley, der mich immer bei allem, was ich tun wollte, inspiriert hat. Du hast mir stets gesagt, dass ich ein Buch schreiben könnte. Ich wünschte, du wärst noch hier, um es zu lesen.